이 책을 손하늘, 김익건,
유한근 선생님께 드린다.

고양이 울음소리

고양이
울음소리

손경주

다솜북스

차례

제2부

제3부

제1부

소개팅

    호텔 커피숍 안은 넓고 휘황했어. 반가운 건 따듯한데. 옷 좀 갖춰 입었더니 춥더라고. 그래도 난 이런 데 마음에 안 들어. 공원이나 고궁 같은 데 운치 있고 좋잖아. 장소를 정한 건 상대방이야. 엄동에 달리 갈 곳도 없겠다고 생각했어.

    집 나올 때부터 걸리던 약지손가락 링 빼서 핸드백에 넣었어. 쏙 빠지데. 별일이네, 비누칠해서 빼려 해도 안 빠지던 건데. 또 뭐 해야지. 아, 폰, 진동으로 바꿔야지.

    오늘 소개팅 있어. 한 건물 건너 남잔데, 선배 언니가 시간과 장소까지 잡아놓고, 등 떠미는 거야. 썸 탄 것 같다나 어쩌다나. 할 일 많은 세상이지만 남녀가 만나는 일, 동서고금을 통틀어 가장 먼저였고 우선이었고… 나도 인간이니까 그렇지 뭐.

    홀 안 훑어봤어. 선남선녀들 많데. 모두가 한결 같이 예쁘고 잘생겼어. 저 중에 누굴까. 대리라던데 생긴 거며 성격이며 비전 등이 제대로 박힌 사람이어야 할 텐데. 좀 물어볼 걸 그랬나 봐. 생각했어. 내 생각… 음, 일단은 키가 커야지. 성격도 까칠하면 안 되고. 다음은 남자다워야 하지 않을까. 남자 얼굴 그려봤어. 씨, 그림 안 그려지네. 간밤에 꾼 꿈만 생각나며 정신 어지러워. 그게, 소개팅에 난데없이 돼지가 나타난 거야. 이게 뭐야 하며 죽어라 달아났지. 이제 쫓아오지 않나 숨 가다듬고 돌아보면 돼지야. 꽃 들고. 그래서 다시 달아나고… 아니, 새끼돼지던데. 이거 좋은 꿈이야?

응, 남자 스카이(S,K,Y대) 출신이래. 집안도 괜찮다고들 해. 나이도 나하고 동갑이야. 걸리는 건 5남매 중 외아들이래. 응, 좀 걱정돼. 어련히 다 알아서 분가시켜주실 거라고? 잠깐 너무 나가는 거 아냐.

카운터에 남자 이름 말했어. 안내원이 피켓에 내가 부르는 이름 받아 적더니 피켓 목에 걸고, 두부 장수가 쓰는 종 같은 것을 흔들며 홀 안을 돌데.

어떤 남자일까. 거참 긴장되더라고. 생각해 봐. 학벌이며 집안, 직장 따위가 좋아도 남자가 말더듬이거나 나보다 키가 작으면 어떡해.

한 남자가 느릿느릿 걸어오데. 뭐야, 저 걸음걸이. 또각또각 걸어와야지. 이거 무슨 시추에이션이야.

남자가 목례하더니 날 구석 자리로 안내했어. 기우와 달리 남자는 나무랄 데 없이 잘 생겼어. 호리한 몸에 시원하게 생긴 눈, 반듯한 콧날, 꽉 다문 입술, 뺨이며 턱의 푸르스름한 면도 자국. 아기돼지 아니더라고.

난 남자들 막 면도 끝낸 푸르스름한 피부를 보면 만지고 비벼보고 싶더라고. 좋겠다고? 좋아하긴 이르지. 호감이 가기는 해. 뭔가 통하는 거 같기도 하고. 나도 구석자리가 좋아. 입구나 중앙은 드나드는 사람 때문에 시끄럽고 번잡해서 신경 쓰이잖아.

근데 이 남자 옷차림, 이게 뭐야. 스니커즈에 청바지, 파카 점퍼 차림이잖아. 뭐 편한 옷차림이 나쁘다는 건 아냐. 근데 좀 억울한데. 난 정장이었거든.

통성명하고 몇 마디 얘기 주고받았어. 과묵하데. 말하기보다는 듣는 타입이야. 눈치 보니까 내가 좋기는 한데 뭘 어떻게 해야 할지 모르는 거야. 그래서 그런지 분위기 못 잡고 리드도 못 하고, 우물쭈물해. 질문과 답이 단답형으로 오갔어. 침묵, 정적. 웃겨, 수줍음 타는 남자라니. 아니면 낯 가리는 건가.

서로 얘기한 것도 별로 없는데 남자는 밑천 다 드러났는지, 이제는 날 드문드문 곁눈질하며 찻잔만 문지르고 있어. 세상 살기 힘들겠다. 하긴 뭐 약아빠진 군상인들 인생 쉽겠어. 나도 뭐 별로 할 말이 없는데. 그래도 클리셰한 말들이 오가는 것보다는 나. 일테면 '취미가 뭡니까, 독서와 음악감상… 현모양처' 어쩌고… 이랬다면 토 나왔을 거야. 그렇다고 이상형이나 결혼관에 대해 진도 나갈 순 없잖아.

남자가 화장실 좀 갔다 오겠다고 하데. 그러시라고 했지. 무료하데, 재미 꽝이네. 그렇다고 폰 꺼내 들고 앱 서핑하거나 친구랑 수다 떨 수도 없고. 이럴 때 담배라도 배웠다면. 남자는 모르지. 어디 가서 피우고 있을 수도. 볼일 봤는지 남자가 영화 좋아하냐고 묻데. 조금 본다고 했어. 영화 보러 가자네.

로비 나서니 차 대기해 있어. 발렛파킹은 봤어도 이건 좀 과하네. 이 남자 오버하는 거 아냐.

차 번쩍번쩍하데. 뭐야 이거, 렌트했겠지. 씨, 약오르는데 등록증 좀 보자고 할까. 극장과 차가 어떻게 매치 되나 했더니 자동차 극장이라나. 남자가 조수석으로 에스코트하네. 탔어. 남자는 도어맨이 열어주는 문 잡고 차에 오르고. 시동 걸고 내비에 목적지 입력하데. 어딘가 봤더니 미사리 쪽이더라고.

차는 강변로로 빠져 쭉 달려갔어. 좌로 굽고 우로 돌고, 울퉁불퉁… 차 타고 가다 보니 어디선가 들은 얘기 기억나. 남녀가 친해지려면 드라이브하라고. 차 진동이 섹스리듬과 비슷하다나. 혹시 그런 꿍꿍이… 단전에 힘줬어.

한 30여 분 갔나. 오나가나 차들 많아. 아파트는 또 왜 이렇게 많은 거야. 차들 휙휙 지나가고 십 몇 억씩 한다는 아파트

들도 지나가고. 저렇게 아파트 많은데 내 집는 없고. 어느 천
년에 저런 집을 산담. 남자는 그냥 앞만 보고 무심히 운전하
데.

왔나봐. 넓어. 처음이거든. 적당한 데 차 주차하고 카 오디오
주파수 맞추고 상영 기다리고… 나나 남자나 둘 다 참 재미없
는 인간들이야. 도대체 말이 섞이질 않으니. 어쨌든 걸리적거
리는 사람들도 없고 시트 편하고, 멀티플렉스보다는 난 것 같
아.

집중해서 한 20분 봤나. 예술영화야. 씨, 취향하고는. 지루
하고 한없이 늘어지는 줄거리라니. 그때부터 하품 나오고 몸
꽈배기처럼 틀어지고. 뭘 보는지도 모르겠어.

"재미없어요? 나가서 좀 걸을까요?"

눈치는 있네. 졸음 오던 참이었거든. 강변길 따라 산책 좀 했
어. 겨울 햇빛에 반짝거리는 물결, 바람에 흔들리는 마른 풀,
무리 지어 나는 새들… 풍광 좋은데, 금세 몸 움츠러드네. 발
도 시리고. 겨울바람 사나워.

"추워요? 어디 들어갈까요?"

역시 눈치만 있어. 강 보이는 카페에 들어갔어.

카페에 멀뚱히 앉아 다시 찻잔 만지기 시작했어. 그래 여기
까지다, 생각했어. 오늘 즐거웠어요, 뭐 이런 말을 입에서 굴리

고 있는데, 남자가 화장실 갔다 오겠다고 하데. 제길 오줌 누는 게 뭐 유세야. 눈치껏 갔다 올 수 있는 거 아냐. 물론 그러시라고 하기는 했어. 그런데 생각해 보니까 이 남자 요실금이 있는 거 아닌지 의심스럽데. 왜 이렇게 화장실을 자주 들락거리는지. 호텔 커피숍에서 두 번, 영화 보기 전에 한 번, 나 모르게 간 적도 있을 거 아냐. 그래, 잘됐어. 오줌싸개랑은 더더욱 사귈 수 없지.

돌아온 남자가 어디서 기 받았는지, 밥 먹으러 가자고, 바리톤으로 말하데. 밥, 밥은 먹어야지. 말을 안 해서 그렇지 배고파 죽을 지경이었거든. 아침, 점심 거른 데다 저녁 때잖아. 먹고 싶은 게 뭐냐고 묻네. 고기 좋지, 할 뻔했어. 아니지. 여자 이럴 때 잔머리 돌리잖아. 이참에 음식취향 어떤가 봐야겠다. 해서 '상우씨가 정해봐' 했지. 응, 이 남자 권상우 아니고 한상우래.

퓨전레스토랑에 왔어. 이것저것 주문하고 와인도 시켰어. 음식 정갈하데. 딱 두 젓가락만큼만 나오지만. 성찬 앞에 두고 이 남자 먹지도 않고 말도 없어. 내가 좋아 할 만한 음식만 내 앞으로 밀어놓네. 무슨 남자가 이래. 짜증나.

깨작깨작 젓가락질했어. 음식은 식어가고 할 말 없는 남녀는 알라딘램프 마냥 와인잔이나 문지르고… 음악도 축축 늘어지고. '오늘 즐거웠어요'라고 말하려는데 남자가 화장실에 갔다 오겠다고 하데. 못 말려. 그래도 이번 화장실행은 듣던 중 반가운 소리였어. 나도 화장실 가고 싶었거든. 남자가 사라지자 이때다 화장실로 달려갔어.

개운해. 생리현상은 참으면 안 되나 봐. 나오다 남자가 전화 통화 하는 소리 들었어. 뭔 얘기하나 엿듣게 되데. 예의는 뭔 얼어 죽을, 궁금하잖아. '저 엄마, 그런데요, 이번엔 뭐라고 해야 해, 집에 바래다 드린다고 하라고요, 애프터는요?' 뭐 이런 얘기를 들었어. 현기증 일더군.

난 자리로 돌아와 입술에 묻히기만 했던 술 마셨어. 핑그르, 술기운 오르는 것 같아. 진짜 일어날 때 됐나 봐. 핸드백에서 링 꺼내 손가락에 꼈어. 좀 차분해지네. 아기돼지 맞네. 이 남자는 화장실에 간다는 구실로 자기 엄마에게 전화해 상황 알리고, 묻고 코치 받고 있었던 거야. 속으로 물었어. 엄마가 택시로 바래다주래, 전철로 바래다주래. 아, 차 갖고 왔지. 안탄다.

남자가 돌아오자 '일어나죠'라고 말하고 발딱 일어섰어. 계산, 계산 왜 내가 해.

밖은 한겨울이야. 찬바람 불고, 가슴은 시리고. 집까진 또 왜 이렇게 먼 거야. 집에 갈 일처럼 내 앞도 험난해 보이고. 전화기 꺼내 들고 앱으로 택시 부를 때였어.

누군가 뒤에서 어깨 치며 말하데.

"핸드폰 좀 빌립시다!"

뭐 이런 깡패 같은 놈이, 뒤돌아봤어. 엄마야, 정말 깡패야. 두 놈인데 똑같이 귀에 피어싱하고 목엔 무거워 보이는 금줄 걸고 있어. 등짝에 덕지덕지 그림도 있겠지. 얼굴이며 몸도 우락부락해. 가슴 철커덕 내려앉데.

"핸드폰 좀 빌리자니까요!"

땅딸막한 녀석이 다시 어깨를 치며 말했어.

"없어욧!"

"손에 들고 있는 건 뭐요?"

두 덩치가 좌우 양쪽에서 빙글거리며 웃어.

소름 돋아. 미치겠네. 어떡하지.

"동작 그만! 이 자식들 뭐 하는 짓이야!"

남자가 계산 끝냈는지 문 열고 나오며 소리쳤어.

"어랍쇼, 이건 또 뭐야. 아, 까이구나. 우린 핸드폰 좀 빌려달라고 했을 뿐이야."

"닥쳐! 썩 꺼져!"

남자는 느릿느릿한 걸음으로 덩치들에게 다가왔어. 저 걸음걸이 생각나. 무슨 빼짱이람. 곧 한바탕할 기세야. 어쩌지…

싸움이 붙으면 식당 안으로 뛰는 거야. 카운터에 상황 말하고 112에 신고하고. 자, 준비….

덩치들이 남자에게 달려들었어. 생각과 다르게 나는 식당 안으로 달아나지 못하고 비명만 질렀어. 그런데… 어어, 예상 빗나가네! 그는 불량배 두 녀석을 흠뻑 때려주고 있었거든. 운동신경이 좋은 건지 싸움 정말 잘하데. 영화 '극한직업' 봤어? 경찰과 조폭 간 싸움 신 있잖아. 그거 보는 것 같아. 두 녀석 벌써 맨바닥에 퍼질러 앉아 애고대고 죽는다고 어깨며 다리, 몸 주무르고 있어. 멋져.

약지에 낀 링 슬그머니 빼서 주머니에 넣으며 물었어.

"어디 다친 데는 없어?"

어깨 으쓱하데.

"속단해서 미안해."

"뭘 속단하셨는데요?"

남자는 내 복잡다단한 감정을 모르는 모양이야. 다행이야. 아무것도 아니라고 얼버무렸어.

남자가 손을 탁탁 털며 불량배들에게 훈계했어.

"자식들, 엄마 말 안 들었지. 엄마 말 안 듣고 자라면 다 이 꼴 된다니까."

아니 이건 또 어떻게 돼가는 시추에이션이야. 쌈 구경하느라 깜빡했네. 맞아, 마마보이도 쌈 잘 할 수 있어.

한번 마마보이는 영원한 마마보일 거야. 내 참, 기 막혀서. 남자가 저 다음에 어쩌고 하며 애프터 신청하데. 국번 없이 1004번으로 전화하라고 했어. 그래서 끝난 거냐고? 당연하지, 영화 찍어?

병달이 상경기

요즘 포털 들어가 뉴스 보면 정신 사나워. 대장동 어디야? 화천대유는 뭐고 천하동인은 또 뭐야? 거기서 일한 누구는 2, 3년 일하고 퇴직금 50억 받았다며. 휴, 일할 맛 안 나. 그 돈이면… 쩝. 세상 무서운 게 없는 나, 흔들리네. 누구에게나 아킬레스건은 있다고? 글쎄 난 촌놈이라 그런지 무서운 게 없네. 어제 염라대왕 꿈꿨는데 염라대왕도 안 무섭데. 좀 따질 걸 그랬나 봐. 세상 왜 이렇게 불공정하냐고.

병달이가 이름이냐고? 이름 아니거든. 몇 놈이 그렇게 부르더니 이젠 죄 그렇게 부르네. 아, 무서운 거 있네. 개구리나 제비. 귀요미들인데 이상하다고? 건 사실이야. 녀석들만 보면 몸이 떨려 꼼짝 못 한다니까.

내 고향 강원도 화천이야. 산천어축제 때 와봤다고. 참 잘했어요, 도장 하나 찍어줄까. 어땠어? 근데 들어봤어? 그 산천어 저 밑 남쪽 지방에서 사다가 풀어 놓은 거라는 얘기? 인간세상, 사는 게 참 웃겨.

파포리서 태어나 여태껏 살아왔지. 우리 마을 어떤지 알아? 가까이 있는 건 논밭이고 멀리 있는 건 산이야. 집은 드문드문 한두 채씩 있지. 읍내나 면내는 좀 다르지만. 그러니 대장동이 어디 있는지, 화천대유니 천하동인 따위 알 게 뭐야. 땅 쪼개고 아파트 따위 건물 지었다며?

요즘 코로나니 셧다운이니 하던데 그것도 여기선 '강 건너 불구경'이야. 차기 대통령 후보에 대해서도 그래. 털어서 먼지 안 나는 사람 없듯 다들 흠결 있어. 구리기까지 해. 부인들 사생활은 그게 뭐래. 신사임당 같은 분은 책에서나 있나 봐. 여기서 신문 꽤나 읽는 식자들 대통령 '감' 없다고 해.

관심 많냐고? 그냥 주워들은 얘기야. 교육환경과 문화적 여건? 거 좋은 얘기야. 솔직히 나도 도시에 가고 싶어. 아무래도 큰물에서 놀아야 돈도 벌고 장가도 쉽게 가지 않겠어. 뭐라고? 응, 시골 총각들 장가가기 쉽지 않아. 내가 아는 총각 하나가 날 받아 놨는데, 글쎄 많고 많은 여자 중에서 동남아 처녀야. 그 여자가 어떻다는 게 아니라 돈 많이 든다고 하대. 뭐, 신부에게 몸만 오라고 했다나. 그러니 농에 테레비, 냉장고, 숟가락까지 사야 할 거 아냐. 그뿐만이 아니야. 재래식 화장실 집에서 신혼살림 차릴 수 없다고 집수리했지, 색시와 색시 부모님 비행기 삯에 일 년 체류비까지 드린다고 하더군. 체류비가 뭐냐고? 온 김에 두 양주가 일 년 일해서 돈 벌어 간다고 하데. 맞아, 효녀 심청이 따로 없어.

근데 난 이게 뭐야. 맥 빠져. 구해보라고? 여긴 할머니뿐이라고. 그래서 나는 부모님 몰래 기회를 노렸어. 장가는 고사하고 무엇보다 심심해 견딜 수가 없거든. 옥수수와 감자 파종 끝났겠다 뭐 할 일이 있어야지.

기다리면 기회는 온다더니, 드디어 나는 서울행 차에 몸을 실었어. 물론 짐짝처럼이지만. 이웃집 살던 순이 차에 무임승차했거든. 말이 나와 하는 얘긴데, 순이 출세했대. 아 글쎄 눈물 콧물 질질 흘리던 가스나가 떡 하니 4륜을 손수 운전해서 몰고 왔더라니까. 좀 친해둘 걸.

순이 하룻밤이나 잤나. 쌀, 감자와 고구마, 말린 나물과 고춧가루, 푸성귀 등 트렁크에 한 짐 싣데. 나, 짐처럼 묻어가기로 했어.

울퉁불퉁 이리 돌고 저리 돌고, 산 넘고 물 건너 차는 달렸어. 봉우재를 넘으면서 나는 이 물고 결심했어. 돈 벌기 전에는, 색시 구하기 전에는 돌아오지 않겠다고. 흙먼지에 가려 내 고향 파포리 신기루처럼 보여.

뜻대로 되는 일은 없나 봐. 서울 가기도 전에 죽을 맛이야. 속 메슥거리고 세상 빙빙 돌아. 차 이렇게 오래 타 본 적 없거든. 차라리 사나흘 걸려도 걸어가고 싶더라고. 그래, 나 촌놈 맞거든.

어쨌든 오긴 왔어, 서울. 서울, 크고 넓고 좋데. 우선 내가 무서워하는 개구리 울음소리가 안 들려. 하지만 정신 사나워. 눈이 핑핑 돌더라고. 길을 가득 메운 차들 하며 줄지어 늘어선 높은 건물들, 게다가 길은 또 왜 이렇게 사방팔방으로 뻗었는지. 미아 되기 딱 알맞겠더라고. 그래서 병달이라고 부르는 것 같다고. 씨, 그거 아니거든.

한 아파트 앞에 차가 섰어. 따라갔지. 물론 순이가 날 환영한 건 아냐. 하지만 뭘 어쩌겠어, 빌붙어야지.

가져온 짐 싣고 엘리베이터 탔는데 그거 기분 묘하더라고. 나쁜 예감이랄까, 돈이고 장가고 다 포기하고 돌아가고 싶었어. 나 애써 순이 외면했어. 계집애도 뭐가 바쁜지 연방 전화질 하데.

순이 번호키 누르고 현관문 열었어. 눈 마주치지 않고 들어갔어. 집안은 무질서하고 어지러웠어. 바닥에 머리칼, 먼지는 또 얼마나 많은지. 좀 놀랐지. 정연하고 깨끗할 줄 알았거든. 퍼뜩 이기적 생각 들데. 그래, 순이는 순이고 나는 나다. 이젠 놀라지 말고, 배짱 넉넉히 갖고, 목표를 향해서….

그런데, 놀라지 말자고 했는데… 좀 지내보니 순이 남편, 이

양반 건달이야. 나가서는 술 먹고 돌아다니고 집 와서는 주정 부리다 자. 그뿐인가. 걸핏하면 돈 내놓으라고 소리 질러. 안 주면 주먹질이고. 이 녀석 제비 출신 아냐. 이런 인간들 콩밥 먹여야 하는데. 신, 아니 법으로라도 뭐 어떻게 해야 하는 거 아냐.

돈 벌어 살림하는 사람은 순이였어. 눈치를 보니까 평화시장 어디선가 옷 장사하는 모양이더라고. 불쌍한 순이, 인생 어렵게 풀리네. 하긴 나도 남 걱정할 처지가 아니긴 해. 나도 내 인생 풀어야 하는데.

순이 일 나갔고 순이 남편 술 마시러 나갔고. 내가 주인이네, 뭘 하지. 우선 뭘 먹자. 곁방살이하느라 쫄쫄 굶었잖아. 집안 널널한 게 좋데. 다 나가니까 살 것 같아. 기분 맞춰주려는지 냉장고 문 활짝 열려있데. 황송하게 상까지… 이것저것 입에 맞는 음식 먹고 있었어. 그때 현관문 열리더니 순이 들어오는 거야. 뭘 잊고 간 모양이야. 계집애 칠칠찮다니까.

"아니, 이 웬수! 냉장고 문은 왜 열어 놓고 나갔어!"

냉장고 문, 쾅. 냉장고 갇혀 본 적 있어? 먼저 아무것도 보이지 않는 어둠이야. 다음엔 냉기가 밀려오지. 그리곤 감각이 없어지기 시작해. 시각 상실, 촉각 등 오감 마비. 춥고 졸려. 졸다 죽는다던데. 얼마나 있었는지 몰라. 지옥문 몇 번 왔다 갔다

했을 거야.

이렇게 죽을 팔자 아닌지 냉장고 문 열려서 나오긴 나왔어. 세상 찬란해. 여기가 지옥인가 주위를 둘러봤어. 주방, 찌개 끓고 밥솥에서 김 나고, 순이 저녁밥 차리는 모양이야.

'하이, 순이.'

순이 날 보더니 인사는커녕 다짜고짜 욕설이야.

"아니, 이놈의 파리가 어디서 들어왔지?"

순이 마분지 들고 와 여기저기 마구 후려쳐. 저거 정통으로 맞았다간(직방), 피했어. 계집애, 파리 잡는 데는 파리챈데. 요리조리 피했지. 안되니까 웬 통을 들고 와 칙칙 뿌려댔어. '종로에서 뺨 맞고 한강에다 눈 흘긴다'더니. 난 죽을힘을 다해 피하며 소리쳤어. 이봐, 순이! 나라고. 나 몰라! 그러나 그녀는 멈추지 않았어. 고향 친구인 날… 그게 뭔지 대충 알 것 같아. 고향에 있을 때 약 맞아 죽는 친구 여럿 봤거든. 나 순이네 집 나왔어.

집 나오면 '개고생'이라더니 춥고 배고프더라고. 고향생각나. 뭐라고? 다른 집들은 순이네 집보다 더해. 이곳저곳을 기웃거려 봤지만 모두 어찌나 위생 관념이 철저한지 발도 못 붙이겠더라고. 먹을 것은 어디에도 없어. 사흘 열 끼 굶어 봤어? 눈에 보이는 게 전부 먹을 거로 보여. 이제야 도시가 어떤 곳인지 알 것 같아. 아울러 왜 친구들이 없는지도. 친구들은 칙칙 뿌려 대는 살충제에 비명횡사한 거야.

거리 배회했어. 슈퍼며 편의점엔 먹을 것 천진데 먹을 게 없다니. 별수 없이 쓰레기통 뒤졌어. 쉽지 않아. 쓰레기 종량젠가 뭔가로 음식물을 비닐로 꽉꽉 묶어 논 거야. 세상 불공평해. 인간들은 이 세상의 주인인 양 온갖 것들을 소유하고 있는데, 아니 인간까지 갈 것도 없어. 모기만 해도 신선이지. 녀석은 과즙이나 피를 먹고 사는 데 왜 우리는 상한 음식이냐 이거야. 나, 나는 내가 싫어.

나는 구시렁거리며 쓰레기더미를 뒤졌어. 역시 죽으란 법은 없다더니 찢어진 봉투 사이로 음식이 있는 거야. 허겁지겁 먹었지. 배부르니까 좋긴 하더군. 해바라기 할 요량으로 자리 잡았어. 근데 배가 아파지는 거야. 뭔가 먹은 게 잘못된 것 같아. 창자가 끊어질 듯해지자 나는 비로소 깨달았어. 약 든 음식을 먹었다고. 아이고! 죽겠다. 이제 황천행인가. 돈도 못 벌고, 아니 장가도 못 가고.

낯선 곳에서 깨어났어. 나는 눈을 뜨고 조심스레 주위를 살폈어. 저승이야. 내가 왜 저승에… 그렇다면… 염라대왕이 내 앞에 떡 하니 버티고 있어. 열불 끓어오르더라고. 나는 따졌어, 나 죽은 거냐고. 시작은 좋았어. 입에 침을 튀겨가며 열변 토했으니까. 염라대왕께서 고개를 끄떡이며 무엇이 되고 싶냐고 말씀하시데. '그러니까 철밥통 직장은 기본이고… 핸섬에 부모 유산 많고, 유머 감각 뛰어나 여자 따르고….'

"에끼, 이놈아! 그런 데, 그런 자리 있고, 그런 사람 된다면 내가 먼저다. 나는 뭐 날로 먹는 줄 아냐. 해봐라. 못해 먹을 게 이 짓이다. 듣도 보도 못한 온갖 잡년, 잡놈들 덤프로 와서 가지가지 변명, 합리화 늘어놓고 되지도 않는 억지 부린다. 나 진실 가려내느라… 내 치아 성해 보이냐. 돌팔인 아니었군. 임플란트 여러 대, 해 넣었다."

에이, 씨. 나 염라대왕 똑바로 바라봤어. 그런데 비로소 무섬증이 와락 몰려오는 거야. 내게 무서운 건 개구리나 제비, 살충제가 아니라 염라대왕이었어. 괴상망측한 게 에이리언 저리 가라야. 심장이 쿵쾅거리고 정신이 몽롱한 데다 여섯 개 다리 떨려. 원하는 게 뭔지, 뭐가 되고 싶은지도 생각 안 나. 더듬었어. '어, 그러니까… 저… 날개 있고… 피….' 염라대왕께서 고개를 끄덕이셨어.

나는 쾌재를 부르며 다시 세상으로 내려왔어. 나도 이제 모기처럼 신선하고 깨끗한… 나는 내 몸을 살폈어. 어, 그런데 이게 뭐야. 내가 뭐로 환생했는지 알아. 위스퍼야. 개짐生理帶 말이야. 염라대왕께서 실수를 해도 이런 실수를 하다니. 정말 내

팔자도 기구해. 어쩌면 순이에게 팔려갈지도 모르겠는걸. 망할 놈의 염라대왕, 다시 만나기만 해봐라.

돼지꿈

상돈씨는 돼지를 뒤쫓고 있었다. 눈썹이 휘날리도록 뛰었지만, 녀석을 좀처럼 잡을 수 없었다. 숨이 차올랐다. 녀석은 꿀꿀거리며 잘도 달아났다. 그는 헐떡이며 중얼거렸다. 그냥 포기해. 아니야, 그럴 수 없어. 하늘이 주신 일생일대의 기회인지도 모르잖아. 그의 심사를 아는지 모르는지 녀석은 어느덧 주택가로 접어들어 있었다. 그는 자신을 채찍질해가며 필사적으로 달리고 또 달렸다. 돼지와의 거리가 점차 좁혀지고 있었다. 더구나 막다른 골목이었다. 그래, 이제 잡은 거나 마찬가지야.

녀석은 꽥꽥거리며 상돈씨를 거부했다. 왜 그래, 인마. 내가 누군지 알아. 해년亥年 해시亥時에 태어난 상돈이라고. 이리 뛰고 저리 뛰는 돼지는 그의 말을 알아듣지 못했다. 아니, 저기로 들어가면 안 되는데. 녀석은 과일 장사하는 이씨네 집으로 들어가려 하고 있었다. 안돼! 순간 상돈씨는 야구에서 몸을 던져 홈으로 뛰어드는 주자처럼 몸을 날렸다. 녀석이 이씨네 대문을 들어설 때였다. 녀석의 뒷다리를 두 손으로 잡았다고 생각했다. 하지만 그의 손에 잡힌 건 요리된 돼지족발이었다.

태어나서 처음 꾼 돼지꿈인데 맹랑했다. 상돈씨의 기분은 아쉽기도 하고 허무하기도 했다. 이게 횡재꿈인지 개꿈인지 도 대체 분간이 안 갔다. 녀석의 목덜미를 콱 끌어안았어야 했나. 이크, 것두 아니네. 그랬다면 고사용 돼지머리였겠지.

괜찮아. 어쨌든, 돼지꿈이잖아. 뭔가 좋은 일이 생길 거야. 상돈씨는 출근 준비를 하며 자신을 추슬렀다.

일하면서도 일은 건성, 상돈씨의 생각은 온통 돼지꿈의 끝 에 가 있었다. 어떤 좋은 일이 생길까. 혹시 로또에 당첨되는 거 아닐까. 특등? 아니 로또에 특등은 없지. 그럼, 일등. 그래 일등일 거야. 가만 일등이면 당첨금이 얼마더라. 그 돈으로 뭘 해야 하지. 우선 차를 한 대 뽑고, 근사한 데 가서 술도 한잔 마시고, 그리고 세계여행도… 아, 기부도 해야지. 또… 아차차, 아직 로또를 안 샀잖아.

상돈씨는 부장 자리를 살폈다. 불도그 같은 부장은 무슨 일 이 꼬였는지 씩씩대고 있었다. 에이, 윗사람 옆에 앉아 있어서 좋을 게 하나 없다니까. 그는 마음이 급해졌다. 누군가 자신의 로또를 먼저 가져가버릴 것만 같았다. 자리를 뜰 수도 없고 그 렇다고 앉아 있을 수도 없고. 상돈씨는 안절부절 화장실 급한 데 참는 사람처럼 엉거주춤 결정을 내리지 못하고 있었다.

에라, 상돈씨는 화장실에 가는 척 슬그머니 일어섰다. 부장의 눈길이 자신의 뒤통수에 박혀 있는 듯 머리끝이 쭈뼛거렸다. 사무실을 나서자 그는 뒤도 돌아보지 않고 내달렸다.

복권판매점에서 로또 다섯 장을 샀지만 불안했다. 상돈씨는 다른 판매점으로 가 다시 다섯 장을 샀다. 그래도 역시 뭔가 불안했다. 당첨이 안 될지도 몰라. 그는 거리를 돌아다니며 계속 로또를 샀다. 주머니가 불룩해지자 그제야 불안이 가시는 듯했다. 당첨만 돼봐라. 이놈의 회사 미련없이 사표 던질 테니까. 이제 할 일은 당첨일까지 기다리는 일만 남아있었다.

기다림은 무지갯빛이었다. 상돈씨는 유럽여행이라도 가는 듯 들떠있었다. 그는 일상의 나날에 사파이어 같은 빛을 수놓고 오렌지색을 칠했다. 상상은 아무리 덧칠해도 탁해지지 않았다. 그것은 이제 나래를 펼치며 구체성을 띠기 시작했다. 인생설계… 허물고 다시 짓는 레고블록처럼 새록새록 다채로웠다.

학수고대하던 날이 다가왔다. 기다리고 벼르던 날이었다. 술약속도 친구들과의 등산도 뿌리친 터였다.

상돈씨는 텔레비전을 켜고 거실 바닥에 로또를 쭉 늘어놓았다. 춤과 노래로 시작된 쇼가 끝나고 막 6등 추첨을 하고 있었다. 어서 지나가라. 내가 지금 천 원짜리에 연연할 때가 아니다. 3등 추첨 전에 가수가 나와 노래를 불렀다. '하늘엔 비둘

기가 날고… 원하는 것은 무엇이든 얻을 수 있네…' 당첨금이 많아질수록 그는 긴장했고 번호를 확인하느라 바빠졌다. '자, 988회 1등 추첨입니다. 준비하시고… 6번째 숫자 중 1번째, 6번 나왔습니다. 2번째 30… 마지막으로 보너스 숫자….'

이럴 수가, 1등은 고사하고 보너스 숫자로 맞출 수 있는 2등도 지나가다니. 상돈씨는 허탈했다. 아무리 확인하고 또 해도 결과는 마찬가지였다. 이게 어떻게 된 거야. 분명히 돼지꿈을 꿨는데 본전도 찾지 못하다니. 그럼 그게 가짜 꿈이란 말인가. 아니면 돼지꿈을 꾸지 않아야 했잖아, 사람을 희롱해도 유분수지. 부아가 끓어올라 방에 앉아 있을 수가 없었다. 그는 옷을 입고 집을 나섰다.

날씨는 화창했다. 눈이 시리도록 푸른 하늘에 몇 점 떠 있는 구름, 그리고 태양. 상돈씨는 아찔한 현기증을 느꼈다. 오후의 거리는 분주했고 오가는 사람들은 모두가 행복해 보였다.

어슬렁거리다 상돈씨는 이씨의 과일 좌판 앞을 기웃거렸다. 그는 무슨 좋은 일이 있는지 연신 싱글벙글하였다. 그의 웃음은 그가 파는 사과나 포도만큼 싱싱하고 아름다워 보였다. 뭔가 좋은 일이 있는 모양이었다. 상돈씨는 묘하게 뒤틀리는 자신의 심사에 짜증이 솟았다. 그가 자신의 행운을 빼앗아 갔을지도 모른다는 어처구니없는 생각 때문이었다. 상돈씨는 고개를 흔들었다. 못난 놈, 설사 행운이 있다 해도, 그 행운은 그에게 돌아가야 마땅하지. 상돈씨는 이씨에게 눈인사를 보냈다. 그래도 상돈씨의 마음속에선 두 개의 감정이 치열하게 싸우고 있었다. 나쁜 놈의 돼지, 아니 돼지족발.

상돈씨는 눈에 띄는 선술집으로 들어갔다. 술청은 지저분했지만 그게 오히려 마음을 편안하게 했다. 돼지고기 삶는 냄새가 코끝을 간지럽혔다. 맹렬한 식욕이 일었다. 그래, 먹는 게 남는 거다. 그는 돼지족발 큰 것과 술을 주문했다.

족발은 고소했고 술은 달콤했다. 상돈씨는 정신없이 먹고 마시느라 이씨가 뒤따라 들어온 것도 몰랐다.

"어쩐 일로… 앉으시지요."

엉거주춤 서 있는 그를 뒤늦게 발견하고 상돈씨가 말했다.

"아, 저 실은…."

이씨의 아들이 이번 대학수학능력 시험에서 좋은 성적을 받았다는 것이었다. 소위 말하는 '인 서울'에 갈 수 있는. 그래서 기쁨도 같이 나눌 겸 평소에 신세만 지던 자신에게 대접하고 싶다는 것이었다. 그는 그 감격을 먼저 막걸리 한잔으로 달랜 눈치였다.

정말 축하해줄 일이었다. 우리의 입시제도를 생각할 때 '가난한 집의 수재'는 박수를 받아 마땅했다. 있는 집 자식들이

유능한 고액과외 선생에게 '답 고르는 기술'을 연마하고 있을 때, 이씨의 아들은 자신의 머리와 노력만으로 공부했을 것이었다.

상돈씨는 이씨와 술을 권커니 잣거니 해가며 거나하게 마셨다. 이 사회의 온갖 부조리한 것들을 안주로 씹어가며.

술청을 나섰을 때는 어느덧 땅거미가 지고 있었다. 기분 좋은 하루였다. 그러나 상돈씨의 마음 한구석에는 술 마실 때와는 다른 감정이 꿈틀거렸다. 하지만 나는 뭔가. 이건 뭔가 억울하다. 일생에 처음으로 돼지꿈을 꿨는데 기껏 돼지족발을 얻어먹는 데 그치다니.

상돈씨는 거리에 구르는 낙엽을 힘껏 걷어찼다. 발에 와 닿는 감촉이 묵직했다. 나뭇잎 아닌 다른 뭔가가 수 미터쯤 날아가다 떨어졌다. 지갑이었다. 자신이 걷어찬 것이 검은색 장지갑이라는 것을 깨달은 순간 상돈씨는 주위를 두리번거렸다. 행인들이 무심히 지나가고 있을 뿐이었다. 술기운이 일시에 달아나고 가슴이 콩닥거리며 뛰었다. 지갑은 묵직하지도 얄팍하지도 않았다. 들춰볼 용기가 나지 않았다.

집에 돌아와서야 상돈씨는 내용물을 살폈다. 신분증은 없었다. 헬스카드와 신용카드 몇 장, 5만 원 권 십여 장에 1만 원 몇 장, 상품권 서너 장이 전부였다. 이걸 어쩌지. 갖고 싶다는 욕심이 이는 건 사실이었다. 그러나 양심이 허락지 않았다.

상돈씨는 밤새도록 지갑의 처리를 놓고 끙끙거렸다. 하지만 날이 밝도록 그는 결정을 못 내리고 있었다. 회사에 출근해서 야 그는 그까짓 기십만 원 때문에 양심 팔지 말자고 결심했다.

상돈씨는 헬스클럽에 전화를 걸어 사정을 설명한 뒤 카드 에 적힌 아무개씨의 전화번호를 알려 달라고 부탁했다. 반응 은 뜻밖이었다. 그 사람은 지금 나오지 않으며 전화번호는 개 인정보 보호에 관한 법 때문에 알려줄 수 없다는 것이었다. 헬 스클럽 얘기는 여기로 갖다주시면 그 사람이 나왔을 때 전해 주겠다는 것이었다. 상돈씨는 전화를 끊으며 중얼거렸다. 너희 를 어떻게 믿냐. 신용카드 회사로 전화를 걸었지만, 그들도 자 신들 회사로 갖다 달라고 했다. 역시 고객의 개인정보 보호를 위해 알려줄 수 없다는 것이었다. 전화를 끊으며 그는 내가 그 렇게 한가한 줄 아느냐고 중얼거렸다.

마지막으로 파출소를 떠올리며 상돈씨는 동료들에게 자신 이 주운 지갑 얘기를 했다. 동료들의 반응은 이랬다. '그래, 지 갑을 파출소에 갖다 준다고 하자. 경찰들이 뭐라고 하는지 알 아. 등신이라고 한다고.' 그런가. 그럼 어떻게 해야 하나. 상돈 씨는 지갑의 처리를 놓고 다시 고민했다.

그때였다, 두 명의 건장한 사내가 상돈씨에게 다가온 것은.

그들 중 한 명이 소속을 밝히며 말했다.

"점유이탈물 횡령죄로 조사할 일이 있으니 서로 가 주셔야 겠습니다."

"점유이탈물 횡령죄라뇨?"

"거리에서 돈이나 금품을 줍고도 신고하지 않은 것이 그 부분에 해당합니다."

상돈씨는 돌려주려고 했다고, 한 푼도 쓰지 않았다고 항변하려 했지만, 입속에서만 맴돌 뿐 말이 되어 나오지 않았다. 대신 상돈씨는 마구 팔을 휘둘렀다.

"여보! 여보! 무슨 잠꼬대를 그렇게 해."

아내가 상돈씨를 흔들어 깨웠다. 눈을 떠보니 방 안이었다. 휴일 하오의 햇살이 비쳐들고 있었다.

"꿈꿨나 봐?"

계단과 엘리베이터

'높은 곳에 이르기 위해서는 계단을 올라가야만 한다. 한 단씩 쌓아 올린 계단은 하늘을 향한 제단과도 같다. 아무리 급할 때일지라도, 그리고 욕망이 앞지른다 해도 계단은 결코 비약을 허락하지 않는다. 그러나 현대인이 만든 엘리베이터는 계단의 특성을 배반해버렸다. 지상에서 수십 층에 이르기까지 그것은 한순간에 우리를 운반한다. 단계를 뛰어넘어 높은 곳과 낮은 곳 사이에 있는 층계의 턱을⋯.'

엘리베이터가 18층에서 멎자 만수씨는 아내를 에스코트했다. 1층 단추를 누르며 그는 생각했다. 아내와의 만남이 이 엘리베이터 안에서 일어났다. 숙명이었을까. '헤라(제우스의 아내로 결혼과 출산을 관장하는 신)의 주사위가 그렇게 던져진 것은 아니었을까.

그날 만수씨는 1층에서 막 문이 닫히는 엘리베이터를 보자 급하게 달려갔었다. 일상과 다른 행동이었다. 평상시 그는 계단을 걸어 올랐었다.

안에는 지금의 아내인 여자와 만수씨, 둘 뿐이었다.

이상한 일은 연이어 일어났다. 이런 경우 만수씨는 승강기 바닥을 보거나 엘리베이터 벽에 있는 광고화면, 아니면 폰을 들고 앱 서핑을 해야 했다. 여자를 보았고 잠깐 눈이 마주쳤다. 여자는 이내 시선을 거두고 스마트폰 속으로 빠져들었지만, 그는 그러지 못했다. 조그만 얼굴에 오밀조밀 자리 잡고 있는 이목구비는 묘하게 인상적이었다. 그는 무례하게 여자의 몸과 가슴, 허리, 엉덩이, 다리 순으로 여자를 곁눈질했다. 균형 잡힌 체형이었고 다리가 멋지다는 생각이 들었다. 왜 이러지. 퍼뜩 '남녀가 사랑에 빠져드는데 걸리는 시간은 수 초'라는 얘기가 떠올랐다. 그러면 내가 지금… .

지금에서야 궁금하다. 그때 그녀의 감정은 어떠했는지. 하지만 물어보지 못했다. '존심'이라는 게 있으니까. 그럼에도 구애는 쉽지 않았다. 그 이야기는 생략한다. 왜, '뭐 팔리잖아.'

어쨌든 만남이 이어졌고 통상적 코스대로 밥 먹고 영화 보고 술 마시고 일 얘기에 사는 얘기 하고… 결혼에 이르렀다. 아, 차 얻어 타고 여행도 몇 번 갔었구나.

나는 지금 행복한가, 만수씨가 중얼거렸다. 바보, 결혼은 사랑이 아니라 현실이고 생활이야.

"뭐해, 1층 안 누르고? 혹시 족발 사 주기 싫은 거야?"

생각들을 걷어내고 만수씨는 우물거렸다.

"뭐 싫다기보다 같이 먹을 수 있는 거 많잖아. 그게 싫으면 시켜 드시면 되고. 왜 굳이 식당에 가서 같이 먹어야 한다는 거야?"

"야, 치사하다 치사해. 임신한 아내가 족발 먹고 싶다는데 것두 못 먹어 주냐? 다른 집 같으면 내가 이렇게 나서지도 않았을 거야."

"야… 살기 싫구나?"

"이 야, 그 야 아니거든. 그렇게 들렸다면 미안. 신 버전으로 말할 게. 만수씨! 족발 사주세요."

가려는 족발집은 인터넷에서 맛집으로 소문났다는 집이었다.

아내가 차(그녀는 지참금이랍시고 자그마치 할부 3십여 개월 남은 차를 가져왔다. 자신은 운전면허도 없는데) 운전석에 올라 시동을 걸었다. 만수씨는 느릿느릿 조수석에 앉았다. 차는 쿨컥거리며 출발했다.

식성이 문제였다. 만수씨가 채식(비건까지는 아니지만)을 선호하는 반면 아내는 다리 달린 고기를 좋아했다. 고구마 순 볶음에 가지무침, 열무김치에 밥 한 공기… 딱인데.

만수씨의 심사만큼이나 차도는 차들로 그득했다. 내비게이션도 제 역할을 못 하고 충돌 주의하라는 둥 서행하라는 둥 삑삑거리고 있었다.

"여긴 거 같은데…"

"그래, 찾아보자. 어, 저기 있다, 보신탕집."

"이럴래?"

태클도 바로 들어왔다. 급출발, 급제동, 난폭한 코너링…. 에구, 왜 이리 거치냐. 내가 할 수도 없고. 안전띠나 하자.

운전면허, 아니 망할 놈의 사인펜! 만수씨가 운전면허가 없는 건 사인펜 때문이었다. 몇 년 전 그는 운전면허 필기시험에 응시했었다. 문제가 평이해 마킹 후 코스와 주행에 대해 생각했다. 그것도 단숨에 해치울 수 있을 것 같았다. 그때 시험감독관이 만수씨를 호명했다. 뭐야, 만점이라고 부르는 거야.

"뭐로 마킹한 거예요?"

사인펜을 내밀었다.

"이거 수성이잖아요?"

"사무실에서 쓰던 거 들고 온 건데, 안 됐나요? 그럼 수기로 채점해주세요."

"어림도 없어요. 빵점입니다."

여기저기서 킥킥거리는 소리가 들려왔다. 태어나서 처음 받아본 점수였다. 망할 놈의 사인펜….

"정말, 이럴 거야?"

만수씨는 상념에서 깨어나 자신을 다잡았다. 가정을, 2세를 생각해야지. 결혼을 앞둔 세상의 남자들이여, 당신들도 알아야 한다. 결혼하면 양보해야 할 부분들이 많다는 것을. 그런데 내가 양보한 게 뭐였지. 그래, 머리 염색하는 거 싫어하는데 묵인한 것, 하이힐, 원색 의상, 좁은 거실에 들여놓은 엄청 큰 TV, 원수 같은 차….

"가게 이름이 뭐라고?"

"인간이 몇 번을 말했는데. 앞다리 뒷다리!"

"오케이!"

만수씨는 상가의 간판들을 살펴나갔다. 상점들, 참 많기도 많았다. 한 집 건너 커피집이고 두 집 건너 고깃집이었다. 비건족을 위한 식당도 몇 있으면 좋으련만.

내비가 가리키고 있는 곳에 족발집은 없었다. 전집, 양꼬치집, 커피집, 보쌈집, 정육식당… 드문드문 횟집, 양식집, 일식집, 중국집… 아내는 낙담을 넘어 분이 화산 분화구처럼 부글거리고 있었다.

"뭐야. 이사했다는 거야, 폐업했다는 거야, 전업했다는 거야!"

"어쩌지… 우리 저 집들 중에 하나 정하면 안 될까?"

"안 돼! 꼭 족발이어야 돼."

"네."

아내의 확고한 신념에 따라야 한다. 못 이긴다. 결혼이 이런 거구나. 슬프네. 그러고 보니 만수씨가 아내에게 양보한 건 아무것도 없었다. 아내가 하고 싶은 대로 내버려 두고 체념했다는 게 맞다. 그래두 타투나 피어싱 안 한 게 어디야.

족발집 찾아 '삼천리'가 시작됐다. 이사 온 지 얼마 되지 않아 길이 익숙하지 않은 탓도 있지만, 목적지 없는 운전이라 차가 흔들리고 있었다.

"내가 찾을 테니 운전 똑바루 해!"

"왜 성질이야!"

거의 1시간은 돌아다녔는데도 족발집은커녕 보쌈집도 없었다. 배도 고프고 짜증도 났다.

"개똥도 약에 쓰려면 없다더니 젠장."

"이상한 동네야. 이사 잘못 왔나 봐."

다시 20분을 헤매다 전집을 찾았다. 만수씨는 아내를 달랬다.

"유진씨! 내일 내가 맛있는 족발집 찾아 예약하고 에스코트할게. 오늘은 저기서 모듬전 먹자."

육류보다 어류가 몸에 좋다는 점도 침을 튀겨가며 설명했다. 지쳤는지 아내가 수긍하는 것도 같았다. 하늘이 돕는구나. 이렇게라도 길들여야지.

차를 주차하고 돌아설 때였다. 골목 끄트머리에 '메롱' 하듯이 족발집이 나타났다.

"그럼, 그렇지. 음식점이 이렇게 즐비한데."

아내가 만수씨를 잡아끌었다.

"저, 버섯전 좀 사면 안 될까?"

"당연히 안 되지. 족발은 다른 음식이랑 섞어 먹으면 맛없거든."

만수씨가 힘없이 족발집 출입문을 열었고 아내는 기세 좋게 식당 안으로 진격했다. 새우젓 찍고 쌈 싸서, 그래도 신부라고 얌전하게 먹겠지. 자신은 젓가락이나 빨고 있을 테고. 주문할 때 넌지시 제일 맛없는 부위로 달라고 해볼까. 힘든 하루야.

"여기요!"

테이블을 차지하고 아내가 소리치자 사장인 듯한 아주머니가 빠르게 다가와 메뉴판을 내려놓았다.

"포장밖에 안 되는데… 마칠 시간이라."

"엥, 힘들게 왔는데, 먹고 갈래요. 식으면 맛없단 말이야."

"일찍 오셨어야지."

거리에 그득하던 차들은 다 어디 갔는지 도로는 한산했다.

아내는 레이서처럼 차를 몰았다. 화나겠지. 그러게 시켜 먹지. 왜 사서 고생을 해. 족발은 묵직하고 따뜻했다. 빨리 식어야 하는데. 아내의 기분을 아는지 아파트 단지 주위는 어둡고 고즈넉했다.

"만수씨, 여기 우리집 맞아. 왜 이렇게 어둡지. 가로등도 안 들어와 있어."

"들어가자고."

"힘들어. 기운도 없고."

"단지 전체가 불 꺼졌는데."

"엄마야!"

아내가 바닥에 주저앉으며 비명을 질렀다.

"뭐야? 왜 그래?"

아내는 왼쪽 발목을 부여잡고 있었다.

"파인데 밟았나 봐."

발목은 부어오르기 시작했다.

"못 걷겠어. 업어줘."

만수씨는 아내를 업고 걸으며 중얼거렸다. 싸다, 싸. 임신한 여자가 캔버스화 같은 걸 신어야지 무슨 놈의 힐이냐고.

무겁다. 만수씨는 자신의 등에서 처지는 아내를 여러 번 추슬렀다. 그러나 엘리베이터 앞에서 그는 또 다른 난관에 부딪했다. 정전으로 승강기는 먹통이었다. 한 계단, 두 계단… 다리가 후들거리며 힘이 빠졌다. 그는 족히 일주일 치의 땀을 흘리며 중얼거렸다.

'계단이, 아니 계단도 싫어.'

부부싸움 관전기

　세상 참 좋아졌어. 아, 카드 한 장으로 모든 경제활동 할 수 있으니 말이야. 단언컨대 앞으론 구멍가게에서 물건 사거나 택시 이용요금도 카드 갖다 대기만 하면 될걸. 벌써 그렇게 하고 있다고. 그래, 내가 쉰세대라 좀 늦어. 어쨌든 그뿐 아니라 주민등록증, 면허증 따위의 라이선스도 카드 하나로 통합될걸. 명실상부하게 카드 한 장으로 모든 것을 해결하는 세상이 오는 거지. 무슨 말을 하려고 이렇게 떠벌리냐고? 씨, 알았어.

　부부싸움 났어. 죽을 맛이야. 내가 주인으로 섬기고 있는 길동씨 부부야. 주인도 잘 만나야 할 것 같아. 길똥이, 널널이도 이런 널널이가 없다니까. 누구는 질 좋은 가죽 지갑 속에서 품위 있게 지내고 있는데, 난 뭐 하루하루가 악몽이라니까. 월말이면 카드빚 막느라 이리 뛰고 저리 뛴다고. 물건도 받아보지 못하고 산 카메라에 오디오, 핸드폰도 수두룩해. 무슨 말이냐고? 왜 '카드깡' 있잖아. 딴 카드 제쳐놓고 거의 내 카드로 긁었거든. 빚내서 빚 갚는 거, 한계가 있잖겠어? 응, 마눌님한테 들킨 거지. 어쩌면 고의적이었는지도 몰라. 길똥이 지가 마늘님 손 안 빌리고 그 많은 돈을 무슨 재주로 메꾸겠어.

"친구들은 밥만 먹고 어떻게 사냐는데. 이건 밥도 굶게 생겼으니. 전화기 내나 봐, 사용 내역 좀 보자."

"왜 이래. 프라이버시는 권리야. 당신 내가 당신 전화기 달라면 줄 거야? 패턴까지 걸어놨으면서."

"그럼 카드 사용명세서를 내놓던가."

"지웠어."

재밌겠다고? 아무리 불구경, 싸움구경이 구경거리 중에서 으뜸이라 해도 너무 하는 거 아냐. 내가 지금 어떤지 알아? 자라목 봤어? 잔뜩 오므라들어 간당거리는 자라목. 길동씨도 저러면 안 되는데. 너무 당당하잖아. 무릎 꿇고 용서를 빌어도 될까 말깐데. 이크, 언성 높아지는데.

"카드, 내놔!"

"못 줘!"

"기가 막혀. 어쩜 이렇게 뻔뻔스러울 수가 있담. 한두 번도 아니고, 정말 어쩌자는 거야."

"그러게 용돈 좀 넉넉히 줬어야지. 남자가 밖에서 돈 없어 봐라, 줄 안 세운 핫바지 꼴이라고."

"적반하장도 유분수지. 몇백을 어떻게 마련하냐. 지난달도 내 월급 몽땅 밀어 넣었잖아. 지지난달은 또 어떻고…"

카드를 내놓지 않은 건 잘한 일이지만 내가 생각해도 길동씨가 너무하긴 해. 이 모두가 사람 좋아하고 술 좋아하는 데다 됨됨이가 무른 탓이야. 요즘같이 각박한 세상에 그런 사람도 있어야 한다고? 제길, 그것도 어느 정도라야지. 길동씨가 어떤 사람인지 알아? 후배나 동료가 한잔하자고 하면 얼씨구나 앞장서서 2차, 3차까지 가는 거야. 물론 도맡아 술값 내지. 뿐인가, 누가 돈 좀 빌려달라면 저도 없으면서 카드로 현금 서비스 받아 바친다니까. 나 오래 살긴 틀린 것 같아.

"어떻게 살라는 거야?"

"이 풍진 세상, 그냥 사는 거지."

"얼씨구."

"지화자."

내 소원은 통일이 아니라 명命대로 사는 거야. 나랑 같이 세상에 나온 친구가 있었는데, 자식이 자기는 플래티늄이라고 뻐기더라고. 기죽데. 근데 녀석, 석 달도 채 못 살고 허리 뎅겅 꺾여 쓰레기통에 처박혔어. 왜긴, 드런 주인 만난 탓이지. 뻐기던 생각하면 자식 당해 싸단 생각이 들면서도 안됐긴 해. 그래도, 별천지에 요지경 같은 세상 두루 구경했으니 여한 없을지도 몰라. 주인 녀석도 무식하지, 그런다고 뭐가 달라져. 며칠 못가 다시 새 카드 받아 마구 긁어댈 텐데. 남 얘기가 아니지. 뭐라고? 아, 난 싫어. 난 짧고 가늘게 살고 싶어. '죽느냐 사느냐, 위기일발'이야. 겪어보지 않고는 내 심정 모른다니까.

"길똥아, 날 더운데 너 정말 이러기냐!"

"뭐 길똥이?"

분위기 험악해지고 있어. 길똥이는 나만 부르는 호칭인데. 동을 똥으로 발음했으니 길동씨 기분이 어떻겠어. 더군다나 아내가 말이야. 뭔가 날아가고 깨지고 난린데. 아깐 서막이었나 봐. 그래도 그때는 서로 감정을 자제하고 있었는데. 길동씨도 네가 던지는데 나는 못 던질 줄 아냐 하고 받아치고 있어. 그래도 아직은 비싸지 않은 물건만 던진다고? 시방 그걸 위로라고 해주는 거야. 조마조마한데 애까지 죽는다고 울어.

"속았어. 나쁜 놈. 결혼 잘못한 거야. 내 청춘 돌려줘!"

"피차 마차 쌍 마차야."

"나 못 살아! 나가 죽어라!"

파국 향해 치달아. 마눌님 이제 손에 집히는 거 길동씨 겨냥해 던지고 있어. 아까는 앰한 데다 던졌거든. 이러면 안 되는데. 어쩌지. 주제도 모르고 나서서 말리고 싶다니깐. 차라리 내 한몸 던져 길동씨 가정을 살릴까. 이걸 사자성어로 살신성인이라 한다며.

"인간아 왜 사니? 뭘 하나 제대로 할 줄 아는 게 있어? 아이고, 이런 걸 서방이라고, 아니 믿지도 않았지만 내가 한심한 년이지."

와장창!

길동씨 머그잔 던져 전자레인지 박살났어. 여잔 저렇게 다루는 게 아닌데. 물론 심정은 이해해. 남자는 집에서만큼은 하늘처럼 떠받들어지고 싶거든. 한 집안의 가장이 집에서조차 무시당해 봐. 나라도 견딜 수 없을 것 같아.

"정말, 장하다. 아주 다 부셔라. 리벤지 야동 왜 도는지 이해된다."

마눌님도 저러면 안 되는데. 계속 모욕적인 말을 하면서 길동씨 부아를 돋우고 있어. 아이고, 마나님 던진 거 길동씨 이마에 정통으로 맞았어. 아프겠다. 피는 안 나지만 대번에 부어오르네. 분기탱천한 길동씨 마침내 마눌님 뺨을 때렸어.

"어쭈, 날 때렸어! 그래 아주 죽여라."

상황은 끝인 것 같아. 요즘 세상에 누가 맞고 살겠어. 마눌님 말마따나 돈을 벌어오기는커녕 빚만 잔뜩 안고 오는 인간인데. 그렇다고 비전이나 있나.

집안은 아수라장이야. 깨지고 부서진 세간들. 거기다 마눌님 질질 짜지, 하나 있는 세 살짜리 아들 녀석 따라 울지, 그야

말로 돌비 스테레오 영화 '장미의 전쟁' 중 한 장면이라니까.

눈물을 거둔 마눌님이 이윽고 분연히 일어섰어. 그리곤 짐을 싸기 시작하데. 저 모습 보니까 요즘 여자들 정말 당차다는 생각 들어. 부부는 돌아서면 남이라더니, 바늘로 찔러도 피 한 방울 나오지 않을 것 같아. 현모양처라는 유산은 옛날에 엿장수에게 줬나 봐.

길동씨 이제 화닥닥 정신 드나 봐. 자신이 한 짓이 얼마나 엄청난 것인지. 후회하는 기색이더니 안절부절 어찌할 줄 모르는데. 마눌님 심정 돌려놓고 싶겠지. 그렇게 평소에 잘하지. 그래도 자존심은 있어서 잘못했다고 빌진 못하고 나를 비롯한 다른 카드들을 마눌님 핸드백 속에 슬며시 밀어넣었어. 난 길동씨에게 한마디 충고해주고 싶었어. 이번을 기회로 개과천선하라고.

명줄 왔다 갔다 하니 친구 녀석들 중구난방이야.

'제군들 긴장하시게. 본분을 생각하자고. 카드의 3원칙… 하나, 카드는 인간에게 해를 입혀서는 안 된다. 둘, 인간에게 복종해야 한다. 셋, 두 명제에 반하지 않는 한 자신을 지켜야 한다.' 목소리 깔고 말했어. 잠잠해지데.

와, 여자 핸드백 속 별천지데. 우선 향기부터 다른 데다 온갖 기기묘묘한 물건들이 즐비한 거야. 난 잠깐 아찔한 현기증이 일었어. 뭐가 그래서야. 팔자에도 없는 립스틱, 파운데이션, 귀걸이에 발찌까지 구경하며 마눌님 친정까지 따라갔지.

지하철 갈아타고 강 건너 마눌님 친정에 도착한 시간은 자정이었어. 친정 부모님의 지치고 피곤한 얼굴에 담긴 아연한 모습들이라니. 나라도 가슴이 덜컥 내려앉았을 거야. 금이야 옥이야 키워서 시집보냈을 때의 부모 마음이란 게… 행복하게 잘 살길 바랐을 거 아냐. 근데 눈물, 콧물 범벅인 아들녀석을 혹처럼 달고 야심한 밤에 왔다는 건, 최소 전치 2주 이상의 상해를 입었다는 거고, 최악의 경우 이혼일 테니까.

"아빠!"

마눌님이 하소연했어.

"경제력도 없는 인간이 물 쓰듯 돈 쓰는 데다 이젠 뺨까지 때려."

"어디 다치거나 아픈 데는 없고? 어디냐, 맞은쪽이?"

마눌님이 '이쪽' 하고 대답하는 순간 아버지가 득달같이 반대편 뺨을 때렸어. 그리곤 말씀하셨어.

"내 딸 뺨을 때린, 남편녀석의 마누라 뺨 때렸으니 빚은 갚은 셈이지?"

부부싸움은 그렇게 끝났어. 난 이제 할 말도 없고 얘기 끝낼까 해. 뒷얘기? 응, 그날 친정아버지의 가르침도 있고 한데다 아침에 나를 발견한 마눌님이 회심의 미소를 짓데. 그녀는 자신이 이겼다고 생각했는지 길동씨에게 전화를 걸었어.

"자기야! 나도 미안했어. 그치만 카드 당분간 압수야!"

그럼, 내 운명은 어떻게 되는 거냐고? 걸 내가 어떻게 알아. 이제 내 주인은 마눌님인데. 그저 처분만 바랄 뿐이야.

페미, 페미, 페미!

스마트폰 카메라 기능을 확인하며 나는 삐쭉삐쭉 웃음을 흘리다 더 참지 못하고 낄낄거린다. 얼마만인가, 실로 오랜만에 웃어보는 것 같다. 할 수만 있다면 이 웃음을 담아, 확대해 벽에 걸어두고 싶다. 웃음을 확인하려고 거울을 본다. 웃음은 되살아나지 않는다. 거울 속에는 40대 사내가 잔뜩 표정을 찌푸린 채 웃으려고 애쓰고 있을 뿐이다.

어제 포털 뉴스를 검색하다 손해보험사의 캠페인 기사를 읽었다. 신호위반, 중앙선침범, 추월금지 등을 위반한 차량의 영상이나 사진을 찍어, 손해보험사나 손해보험협회에 보내면 1만 원의 보상금을 준다는 내용이었다. 교통법규를 어긴 차량은 담당경찰서에 제보된다고 했다. 제보자나 제보내용에 대한 비밀은 보장된다나.

아내를 엿 먹일 기회라고 무릎을 쳤다. 아내는 손수 운전자고, 아내의 차를 몇 번 얻어 탄 적이 있었던 나는, 그녀의 운전습관이며 교통위반 장소들을 속속히 알고 있었다. 아내의 교통위반 장면을 찍어 손해보험사에 보낼 생각이다. 부부간에 어떻게 그럴 수가 있냐고? 뭔가 오해하는 것 같은데, 나는 아내를 위하는 마음에서 이 일을 계획하는 것이다.

통계가 알려준다. 1년간 우리나라에서 교통사고로 다치거나 죽는 사람이 평균 32만 명이란다. 상상하기도 끔찍하지만 만일 아내가 사고를 당한다면… 그녀의 불행을 두고 볼 수 없지만, 만일 그러면 나는 최소한 간병인의 신세로 전락하거나, 아니면 홀아비(이 경우 세상 남편들은 화장실 가서 비죽비죽 웃는다던데 나는 어쩔지 모르겠다)가 되는 것이다. 억지라고? 무슨 소리. 단언하는데 이건 가정의 평화와 적자만 보고 있다는 손해보험사, 나아가 국가적으로도 보탬이 되는 일이다. 물론 그녀가 그깟 범칙금 몇 푼에 가정에 안주할 일은 없겠지만 적어도 교통위반만은 하지 않을 것 아닌가.

아내는 재능 있고 야심만만한 여자다. 솔직히 나는 아내의 직업과 배기량 큰 차, 굽히지 않는 자기주장이 싫은 것인지도 모른다. 아, 사귈 때는 그런 점이 장점이었다. 자신보다 똑똑하고 잘나 보이는 여자… 멋져 보였고 결혼하고 싶었다. 이제 와 깨닫지만, 연애와 가정생활은 다르다, 아니 달랐다. 현모양처라는 현인의 말씀도 있건만 그녀는 그런 건 배운 적이 없는 모양이었다. 애 키우고 살림하고 남편 내조하며 자기 일하는 여자… 너무 큰 욕심인가. 결혼 후(결혼 전에 과장이었다)에도 아내는 승진이 빨랐다. 내심으로 기뻐했었다. 그런데 살다 보니 그게 아니었다. 그녀는 자신의 건강과 일뿐이다.

페미니즘, 페미니즘이 뭔지 잘 모르겠다. 막연히 '일부만 동조하는 여성 극단주의, 아니면 젊은이들 사이에서 갑론을박 시끄러운 그 무엇 쯤으로 생각했다. 그런데 겪어보고 생각해보니 이건 남 일이 아니었다.

오늘 아침들만 해도 그렇다. 아내는 테니슨가 뭔가를 한다고 아침 6시에 집을 나섰다. 아내가 해준 아침밥을 먹기는커녕 나는 그녀가 어질러놓은 집안을 정리하고 나가기에 바빴다.

결혼 6년째, 아직 우리 사이에는 아기가 없다. 2세에 대한 계획이 있기나 한지 모르겠다. 아내의 그런 의식과 행동은 요즘 젊은이들 사이에 팽배해 있는 페미니즘인가 뭔가 하는 이즘ism의 영향일 터이다. 나는 페미니 워마드니 하는 것들이 뭔지 모르고, 알고 싶지도 않다. 다만 그것이 우리 가정을 가정답지 않게 만들고 있다는 건 알고 있다. 망할 놈의 페미니즘, 아니 망할 놈의 거시기….

아내보다 일찍 집을 나선다. 양치를 하다말고 아내가 내 이른 출근에 의구심의 시선을 보낸다. 나는 아내보다 1시간 늦게 전철로 출근했었다. 오늘부터 새벽같이 일어나는 것은 물론 지각과 조퇴를 불사하고라도 아내의 안전을 위해 시간과 노력을 아끼지 않을 생각이다. 현관문을 닫으며 나는 혀를 내민다.

아내가 첫 교통법규를 위반하는 곳은 17단지와 18단지를 사이에 둔 중앙선이다. 아내의 차는 18단지를 빠져나와 획 중앙선을 넘어 중앙공원 사거리로 달려간다. 그곳 사거리에서도 아내는 유턴 신호를 무시하고 핸들을 잡아 돌린다. 물론 이른 아침인 데다 차량통행이 뜸해, 단지의 차 다수가 그렇게 시내로 들어간다. 그래선지 아내의 그런 행동은 도덕적으로 크게 잘못돼 보이지는 않는다. 그러나 위반은 위반인 것이다.

단지 안 나무 뒤에 숨어 아내 차가 나타나기를 기다린다. 10분, 20분… 드디어 나타난다. 아직 해가 떠오르지 않았건만 그녀는 선글라스를 끼고 있을 것이다. 겉멋은… 나는 중앙선을 넘는 아내의 차 번호판과 황색 실선에 초점을 맞춰 스마트폰 카메라(달 분화구까지 찍힌다) 셔터를 터치한다. 한번, 두번 누르는 사이 차는 시야에서 사라진다. 눈으로 차의 뒤꽁무니를 쫓다가 나는 처음으로 기동력 없는 내가 무능하게 느껴진다. 이렇게 살아왔나.

그래, 그까짓 차 나도 살 여력 있고 면허도 있다. 문제는 따라하기 싫다는 것이다(아내는 결혼 전부터 차를 갖고 있었다). 경제적인 면도 걸린다. 나는 차의 효용보다는 무용 면에 손뼉을 부딪치는 사람이다. 지구환경문제는 차치하고, 차값에 기름값, 보험료에 유지비 등등… 그걸 여투어 2세를 위해, 노후를 위해 써야 하지 않을까. 그런데 오늘은 사정이 다르다. 아내의 교통위반 사례를 더 찍을 수가 없다. 조금 비참해진다.

출근해 일하면서도 나는 다음 교통위반 장소와 장면을 어떻게 찍을까 궁리 중이다. 폰 갤러리에 저장된 아침의 교통위반 사진은 잘 찍힌 편이다. 나는 양식에 맞게 위반 일시와 사유, 장소 따위를 타이핑하고 손보사에 이메일로 전송한다. 이런 내 행동을 두고 동료들은 의견이 분분하다. 야비하다, 어떻게 그런 짓을 할 수 있느냐는 둥, 아니다, 난폭운전, 교통질서 고쳐야 하고 지켜야 한다, 어찌 보면 이것은 우리 모두의 생명을 지켜주는 일이라는 둥. 반대하는 사람들은 오너 쪽이고 찬성하는 쪽은 대중교통을 이용하는 사람들이다.

동료들 얘기에 관심이 없다. 아내의 운전면허를 정지, 아니 취소시키기만 하면 된다. 왜냐고. 사람들은 잘난 아내를 둬 행복하겠다고 말한다. 행복, 행복이 뭔지 모르겠다. 마누라 잘난 것과, 자식 잘난 건 다르다. 잘난 자식은 예쁘지만 잘난 아내는 피곤하다. 성경에도 친구를 사귈 때는 한 계단 올라서서, 아내를 고를 때는 한 계단 내려서서 고르라는 말씀이 있지 않은가. 어쩌면 나는 실수 한 것인지도 모른다. 일생일대의 중대한 실수를.

퇴근길 저녁으로 뭘 먹을까 궁리하며 지하철 개찰구를 나선다. 간편식 살까. 혼자 먹을 게 뻔한 데 뭘 사, 밥이나 비벼먹자. 아니, 귀찮은데 먹고 들어갈까. 밥 생각하니 얼마 전 일이 떠오른다. 짬뽕 같은 라면에 대한 기억. 잘 끓여지고 있었다. 청양고추에 버섯, 양파 따로 넣고, 달걀 풀어 넣었고, 면 꼬들꼬들하게 익혔고… 막 먹으려는데 아내에게서 전화가 왔다. 뭐 오늘 일정이 어긋났다나. 그래서 어쩌고저쩌고. 결론은 늦어진다는 얘기였다. 면은 팅팅 불어 짬뽕 면처럼 굵어져 있었다. 씹을 필요 없이 잘 넘어갔다. '이런 밥 먹지 말자, 이건 개밥이다'라고 결심했었는데.

먹긴 먹어야 하는데 뭘 먹나. 밥 대신 술이나 마실까.

술을 마시며 TV를 보는 둥 마는 둥 하다가 나는 일찍 잠자리에 든다. '일찍 일어나는 새가 벌레를 잡는다'는데, 내일도 일찍 일어나야지. 우리는 각방을 쓴다. 마눌님, 아직도 안 들어오시네.

다음날, 나는 중앙공원 사거리에서 사진찍기 좋은 위치를 물색한다. 차 번호판과 적색 신호등이 함께 나오려면 수평 위치에서 찍어서는 안 될 것 같다. 장소를 찾다가 나는 근처 상가의 비상계단을 오른다. 3층에서 카메라 화면을 비춰 본다.

차 보닛과 번호판, 신호등이 앵글 안에 들어온다. 좋은 각이다. 다만 당겨서 찍어야 할 것 같다.

차들이 줄줄이 신호위반하며 지나가고 있다. 왜 안 나타나지. 이 차 아니고 저 차도 아니고… 저기 온다. 아내의 차를 찍는다. 콧노래가 나온다. 왜 사람들이 아침을 일찍 시작하는지 이유를 알 것 같다. 에라, 기분이다. 나는 마구 셔터를 눌러댄다. 이날 나는 여러 대의 신호 위반 차량을 찍었다.

조급증 때문인지 업무가 눈에 들어오지 않는다. 그래 할 일 미루지 말자. 나는 손보사로 아내의 다른 교통법규 위반 영상을 발송한다. 이제 흔적을 지울 차례. 삭제, 나머지 것들은 어떡하지. 그래, 나는 동료들에게 그것들을 한 장씩 전송한다. 그들은 신이 나서 당장 화소 좋은 스마트폰으로 바꿔, 거리로 나서겠다고 야단이다. 폰 안 갤러리에 저장된 사진은 비워졌다.

목을 기린처럼 빼고 기다리지만, 아내에게서는 반응이 없다. 보낸 게 몇 번이지. 더 찍었어야 했나. 우편함을 연다. 비었다. 기다리면 소식은 더디 온다더니. 자신에게 주술을 건다. 기다려라. 기다리는 자에게 복이 있나니.

일상의 나날이었다. 나는 다시 아내보다 1시간 늦게 일어나 출근했고 아내보다 일찍 귀가했다.

퇴근 후 집에 들어가기 전, 우편함 살피는 버릇이 생겼다. 오늘도 우편함은 비어있다. 맥 빠진다. 나는 승강기를 두고 터덜터덜 계단을 오른다.

소식은 와있었다. 아내는 식탁에 우편물을 한 무더기 던져둔 채, 남편인 나는 본 척도 않고 미간을 잔뜩 찌푸리고 있다.

"뭔데 그래?"

나는 짐짓 무신경한 척 의자에 앉으며 말을 붙인다. 그러나 신경은 온통 아내에게 쏠려있다. 드디어 아내가 울분을 터트린다. 아, 고소하다. 어디선가 참기름 냄새가 나는 것 같다.

"아이 속상해. 도대체 어떤 녀석이지."

어떤 녀석이라니, 하늘같은 서방님한테. 나는 짐짓 '이런 놈들 때문에 민주주의가 안 돼'라고, 같이 언성을 높이고 위로의 말도 잊지 않는다.

"범칙금도 범칙금이지만 벌점 때문에 큰일 났네. 벌써 96점을 넘었는데."

많이도 위반했네. 잠깐, 몇 점이라고. 벌점 운운에 귀가 번쩍 뜨인다. 벌점이 120점을 넘기면 운전면허가 취소된다는 말을 들은 기억이 난다. 신호위반이 벌점 30점이라는 것도. 그래, 그거야.

블랙박스 장착된 차를 빌려 아내 뒤를 쫓고 있다. 구애할 때와는 달리 불륜이라도 캐는 듯해 영 찜찜하다. 짙게 선팅된

차, 현대의 익명인지도 모른다. 나는 그 안에서 하루를 시작하고 마감한다.

기회는 좀처럼 오지 않는다. 아내의 운전이 정숙해진 반면, 나는 점차 차를 거칠게 몰고 있다. 못 볼 꼴(젊은 놈과의 신체접촉)을 봐서 그런지도 모르겠다. 업무상일 것이다. 어쨌든 못할 짓이다. 그래, 30점짜리 하나만 찍고 그만두자.

나는 거의 결사적이다. 그럴수록 아내는 교통법규에 있어서만큼은 칼이다. 초조해지기 시작한다. 손해보험사의 캠페인 기간은 이달 말, 이제 일주일 남아있다. 머릿속에서 이제 물러서야 할 때라는 경고가 온다. 욕심은 화를 부른다. 하지만 한편에선 아내가 전철로 출근하는 것을 보고 싶다고 아우성이다. 어쩌면 이 시대의 무력한 남성들에 대한 반발이, 나를 아드레날린 솟구치는 야성의 남자로 만드는지도 모른다. 저녁 퇴근길까지 아내 차를 뒤쫓지만 피곤하지 않다. 아침에도 벌떡 일어난다. 하지만 소득 없이 시간만 간다.

마지막 날이라 월차를 내고 아내 회사 앞에서 아내 차를 기다린다. 아내와 연애할 때는 아내를 기다렸었는데, 이제 차만 기다리는 꼴이라니. 젠장 밥이나 먹으러 갈까.

시동을 걸고 차를 출발시키려는데 아내의 차가 주차장에서 나온다. 시계를 보니 점심인지 외근인지 모호한 타임이다. 전에 스킨십한 놈도 타고 있을까. 아내 차도 시커먼 썬팅이 된 터라 안이 들여다보이지 않는다. 나는 급하게 차를 출발시킨다.

시내 맛집으로 가는 듯하다. 평소 아내를 뒤쫓을 때 차 서너 대 터울의 거리를 유지했었다. 오늘은 그게 안 된다. 나는 아내 차 뒤꽁무니에 바짝 차를 붙인다. 아서라, 접촉사고 나면 뭐 된다. 내부에서 주의하라고 경고하는데도 차간 거리를 벌리지 못한다. 질툰가. 나는 생각 없이 아내 차를 따라가는 중이다.

직진신호가 정지신호로 바뀠는데 아내 차는 달려간다. 서, 말아. 에라 가자. 가속페달을 밟는다. 호루라기 소리가 들리고 교통경찰이 나타나 길가 쪽으로 차를 대라고 수신호를 보낸다.

차를 세운다. 넘쳐나던 아드레날린 다 어디 갔는지 나는 단번에 의기소침해진다. 경찰관이 다가와 창문을 두드린다. 창을 내린다. 눈부신 햇살에 익명이 흩어진다. 핸드폰이나 블랙박스, 나를 가려주던 차창의 썬팅은 돌도끼가 아니었다. 나는 평범한 소시민으로 돌아온 것이다.

"신호 위반했습니다. 면허증 주십시오."

"앞차는 왜 안 잡고, 왜 제 차만 잡으십니까?"

"그 차는 교차로 진입 후 신호가 바뀠었고 선생님은 적색 신호에 교차로를 통과했습니다."

"아닌데, 여기 블랙박스 영상을 보면…."

"제 판단 정확합니다. 의의 있으시면 이의신청하십시오."

"아니 그게 아니라… 앞차도 딱지를 끊어야 하는데…."

그래야 마눌님 면허가 취소되는데.

숲속 잠자는 공주

아침햇살이 나뭇잎 사이를 비집고 들어와 숲을 비춘다. 볕을 받은 풀잎들이 기지개를 켜고 곤충들은 막 잠에서 깨어났는지 더듬이를 비비고 있다. 나는 이 산 저 골짜기를 다니며 꿀과 꽃가루를 모아왔다. 약초도 마다하지 않았다. 오늘은 이르게 나온 것 같다. 꽃들이 입을 열지 않고 있었다. 뭘 하지. 뭐가 있나, 더덕도 좋고 산삼은 더 좋다.

그런데… 저 뭐지. 가시수풀 속 으슥한 곳에 뭔가 감춰져 있었다. 조심스레 다가갔다. 아니… 공주다, 숲속 잠자는 공주.

이게 뭔 일. 혹, 백설공주. 아니다. 난 난쟁이가 아니고 왕자는 더더욱 아니니까. 공주는 잠들어있었다. 날렵한 발등에 드러난 푸른 정맥이 인상적이다. 햇살에 공주의 자태가 드러난다. 볕이 공주의 종아리며 무릎, 허벅지를 비춘다. 피부는 희고 투명하며 부드러워 보인다. 햇살이 복부를 지나 봉긋한 가슴에 머무는 순간, 무엄하게도 왈칵 달려들고 싶은 충동이 인다. 아니다. 그녀가 깨어나야 하고 일어나서 어떻게 된 일인지

자초지종을 듣는 게 순서다.

산머리에 머물던 해가 떠올라 공주의 자태가 적나라하게 드러난다. 목에서 턱에 이르는 선은 도예가가 빚은 선보다도 미끈하다. 입술 부위는 붉고 강렬하지만, 썩 아름답다고 할 수 없다. 니 하우마(너 하마)소리를 들을 만큼 큰 데다 꺼칠하다. 나는 누구에게인지 모를 위로의 말을 던진다. 모든 것을 완벽하게 갖춘 피조물은 없어. 있다면 신이지.

봐, 저 날렵한 콧등을 중심으로 이목구비를 질서 있게 갖추고 있잖아. 볼 피부가 창백하다고. 독 든 사과를 먹고 동면에서 못 깨어나서 그런 걸 거야. 공주를 깨워볼까. 공주가 일어난다면 내가… ㅎㅎ.

'깨어나라, 공주여!' 미동도 없다. 아닌가. '공주님, 일어나소서.' 역시 소용없다. 나는 샤먼처럼 잎사귀 붙은 나뭇가지를 들고 푸닥거리를 벌인다. 숭구리당당 숭당당… 이래도, 이래도… 힘만 뺐다. 제풀에 지친 나는 공주가 입속에 독 사과를 물고 있는가 싶어 공주의 입을 살며시 벌려본다. 하지만 웬걸 입은 꼼짝도 않는다.

일해야 한다. 부양할 처자식이 있고 당장 저녁거리는 없다. 떠나기 전 공주의 발바닥을 간지럽힌다. 역시 어림없는 짓이다. 왕자가 와야 하는가. 나는 떨어지지 않는 발걸음을 돌린다.

헛것을 봤나 싶기도 하고. 홀린 것 같기도 하다. 일이 손에 잡히지 않는다. 매번 허탕이고 매번 맹탕이다. 실수까지 연발이다. 발을 헛디뎌 넘어지기도 여러 번, 가시에도 무수히 찔렸다.

불현듯 누군가 먼저 공주를 채갈지도 모른다는 생각이 들었다. 가능성 1순위는 심마니다. 프로인지라 눈썰미가 좋아 세세하게 살피고 작은 것들도 놓치지 않는다. '여기 공주 없음'이라는 팻말이라도 세우고 왔어야 했나.

그래, 남에게 뺏길 순 없어. 나는 이른 아침에 갔던 길을 내달린다. 무거운 다리, 가쁜 숨… 참을 수 있다. 뭔가 나쁜 일이 일어났을 것 같은 예감에 심장이 터질 듯하다.

공주는 무사하다. 그런데도 나는 숨을 고르며 아침과 다른 점이 없는지 공주의 안위를 살핀다. 외형상 변화는 없다. 붉고 거친 입술, 닫힌 입… 다만 입에서 향기가 나는 점이 다르다. 꽃향기와 꿀내음이 섞인 냄새다. 냄새는 점점 강렬해지며 말초신경을 자극한다. 꽃보다 향기롭고 꿀보다 달콤한 내음. 참을 수 없다.

주위를 살핀다. 아무도 없다. 풀벌레며 매미 녀석들이 짝 찾는 소리를 낼 뿐이다. 단전에 힘을 주고 공주에게로 다가선다. 공주의 눈가 솜털이 파르르 떨리는 것도 같다. 착시일까. 아니다. 이젠 공주가 눈꺼풀을 깜박인다.

나는 계획을 수정한다. 옷매무시 가다듬고 품었던 흑심 털어내고, 중세의 기사처럼…. 머릿속에선 온갖 철자들이 조합되지만 적절한 말은 떠오르지 않는다. 과묵한 현대의 기사가 될 작정이다.

　공주가 자리를 딛고 일어나 눈이 부신 듯 세상이 낯선 듯 눈을 가늘게 뜨고 사방을 둘러본다. 세상을 인식했는지 공주는 이제 눈을 치뜨고 자기 자신을 살핀다. 나란 존재는 안중에도 없다. 자존심 구겨지지만, 공주의 행동을 지켜보기로 한다.

　공주가 머리와 얼굴 매무새를 매만지고 기지개를 켠다. 수줍은 표정이며 자태에 몇 번 침을 꼴깍였다. 나 기사야, 기사라고 자신을 일깨우면서도 공주에게서 시선을 뗄 수가 없다. 백미는 입술이다. 붉은 입술은 립스틱이라도 바른 듯 축축하게 젖어 빛나고 있다. 저 입술, 혀는 또 얼마나 달콤할까. 기사는 염병, 나는 더 참지 못하고 공주에게 달려든다.

　입술이 열린다. 공주 입 크긴 하다. 내 입과 혀로는 감당할 수 없으니 말이다. 그래도 멈출 수 없다. 젖과 꿀을 찾아 나는 진군한다.

　체취와 체액, 부드러운 촉감… 나는 파고들며 탐닉한다. '이보다 더 좋을 수 없다'. 기분 황홀하고 몸 나른하다.

"교수님! 이것 좀 보세요. 못 보던 종이죠?"

"놀랍군. 우리나라에도 이런 종이 있었다니. 여태까지 알려지지 않은 종이야. 남아프리카의 끈끈이주걱이나 일본의 병자초와는 달라."

"가혹한 생존환경에서 자라며 진화해온 결과겠지요? 벌써 한 녀석 걸렸는데요."

"샘플링 채취는 그렇고. 사진 찍고 위도 경도 기록하지. 이지역 대대적으로 조사할 필요 있어. 암벽지역이잖아."

공주의 입은 입이 아니라 잎이었다. 염산이 함유된 소화액이 잎에서 분비되고 있었다. 날개와 다리를 움직일 수 없다.

"나 좀 꺼내줘!"

술 권하는 사회

이거 세상 이래도 되는 겁니까? 이러니까 한강 다리가 뎅겅 끊기구, 백화점 건물이 폭삭 무너지구, 전직 대통령에 현직 대통령 아들 구속되는 거 아닙니까? 도대체 윗분들 국민을 뭐로 보고 이러는 겁니까? 증말이지 불쌍한 건 서민들뿐입니다. 오늘도 정치인들 줄줄이 검찰에 소환되는 거 보다가 부아 치밀어 테레비 꺼버렸는데, 몇십억, 몇백억이 옆집 똥개 이름입니까? 아니 똥개라면 확 된장이나 바르지. 이러니 국민이 '이까짓 월급 몇 푼 받아봐야 뭐하나', 하다못해 중국집 주인마저 '요까짓 자장면 몇 그릇 팔아 언제 돈 모아' 한다구요. 이게 정신적 공황이라는 겁니다. 아시겠습니까? 문제는 모든 국민 생각 속에 이런 정신적 공황이 팽배해 있다는 점입니다. 내 말이 그른가, 길가는 사람 붙잡고 물어보십시오.

한 잔 했냐구요? 네, 마셨습니다. 이게 다 경제를 살리고 나라를 살리는 길입니다. 생각해 보십시오. 우리 같은 사람들이 술을 마셔야 술집 주인 주머니에 돈이 들어가는 거고, 그 돈이

다시 돌고 돌아 경제가 활성화되는 거 아닙니까? 이해되시죠?

경제문제가 나와서 하는 말인데, 경기가 이렇게 불황인데 집 한 채 값 하는 차를 수입하는 사람은 뭐고, 그걸 사서 굴리는 사람들은 또 뭡니까? 저야 업무상 어쩔 수 없이 중형차를 굴립니다만 이건 국산입니다. 수입이 어디 그뿐입니까? 냉장고에 테레비, 가구에 모피, 골프채 하다못해 나무젓가락까지 수입하는 세상 아닙니까? 아, 자전거도 죄다 부품 수입해 조립만 한답디다. 이러다 국가 부도나죠, 납니다. 이게 다 테레비 드라마 때문입니다. 번드레한 주인공들 외모에 드라마 배경이 되는 집, 가구, 의상, 외제차 등이 최고급인 데다 내용마저 일확천금을 꿈꾸는 이야기니 국민이 뭘 보고 배우겠습니까? 이러니까 자라나는 애들마저 외모지상주의에 빠지고, 얼굴 피부는 덕지덕지 분칠에, 귀, 코, 배꼽에까지 피어싱이고, 수입 브랜드로 몸을 도배하죠. 사대주의가 따로 없는 겁니다.

이 나라 장래를 생각하면 눈앞이 아찔합니다. 지금 우리나라 외채가 얼맙니까? 설상가상이라더니 은행들마저 빌려줄 돈 없다는 거 아닙니까? 이러니 기업들 퍽퍽 쓰러지고 그나마 남아있는 회사들은 명예퇴직이다 뭐다 해서 사원들 목 치는 겁니다. 명퇴 얘기가 나와서 하는 말인데 요즘 직장인들 목이 자라목입니다. 정말이지 우리네 심정, 선생도 모르구 며느리도 모릅니다. 이러니 내가 어찌 술 한 잔 마시지 않을 수 있겠습니까? 선생도 이건 이해해주셔야 된다구요.

그렇다고 집에 가봐야 두 다리 쭉 뻗고 편히 쉴 수나 있습니까? 주식시세처럼 추락할 대로 추락한 게 요즘 가장의 권위입니다. 이건 집에 가서도 서슬 퍼런 마누라 비위 맞추고 자식새끼 눈치 살펴야 하니… 나, 나대로 정직하게 열심히 살았다, 이겁니다. 그런데도 현실은 우리를 슬프게 합니다. 아, 옛날 같으면야 생활비만 딱 줬지 어디 경제권을 넘봅니까? 감히 하늘같은 남편한테. 그런데 요즘은 통장 마눌님께 드리고 용돈 타 쓰는 신세라니. 이해하시겠습니까? 내가 술 한 잔 걸친 이유가 바루 여기 있는 겁니다. 이해한다구요? 아, 이제 좀 대화가 되는 것 같네요.

저기 밤거리를 배회하는 청소년들을 보니 나두 자식새끼 키우는 사람으로서 남의 일 같지 않습니다. 요즘 중·고등학생의 90퍼센트가 담배 피운다죠? 그것도 여학생들이 남학생보다 더? 말썹니다. 교육정책, 이건 조삼모사, 조령모개도 어느 정도지 시도 때도 없이 입시제도가 바뀌니 도대체 어느 장단에 춤을 추라는 겁니까? 학부모들이 어디 학교교육을 믿기나 합니까? 그러니 자식 가진 부모들이 너도나도 사교육에 매달리고 외국으로 유학 보내는 겁니다. 외국 유학 얘기가 나와서 하는 말인데, 내 기러기아비 여럿 봤습니다. 비참합디다. 환율 때문에 더 그럴걸요. 그러니 못 먹구 못 쓰죠, 돈 보내야 하니까. 오쟁이 진 놈처럼 대인관계 엉망입니다. 그렇다고 외국에 있는 새끼나 어미가 영어나 제대로 배우고 삽니까, 거기선 아웃사이더일 텐데? 뻔하죠. 영어가 뭔지, 초·중·고 12년 영어 했는데, 왜 영어 안 되는지 교육정책 담당하는 나리께 묻고 싶습니다. 아니, 영어 못하면 대접받지 못하는 현실이 슬픕니다. 대학 졸업장 없으면 이력서도 디밀지 못하는 사회구조도 문제지요. 나, 나대로 고졸이올시다. 만년 대리라구요. 아시겠습니까?

　-선생님 말씀 충분히 공감합니다. 하지만 그럴수록 우리가 서로 맡은바 직분에 충실해야 하지 않겠습니까? 자, 어서 불어주십시오.

　아, 그렇게 말씀드렸는데도 못 알아들으시네. 이해한다며. 그러니까 내 말은 정치, 잘못됐다 이겁니다. 정치가 잘못돼 사회가 이 모양이고, 사회가 이 모양이라 내가 술 한잔했다 이겁니다.

　-정치며 사회, 교육 다 좋은 말씀입니다. 하지만 제가 그것에 대해 뭐 압니까? 선생께서 정 그러한 사정이 있다면 대중교통이나 대리운전을 이용해야 했고, 여태까지 한 좋은 말씀은 TV 100분 토론 같은데 나가서 했어야지요. 저는 다만 교통경

찰로서 음주측정을 하고 있습니다. 계속 이러시면 공무집행방해죄가 추가된다는 사실도 아셔야죠.

아, 증말 이해 못 하시네. 술 마시게 하는 이 사회에 문제가 있지, 그것 때문에 술 한잔 마신 내가 뭔 잘못이 있다구 이러시는 겁니까?

혹시 댁의 가장은 밤거리에서 음주운전 단속에 걸려 이런 실랑이 벌이고 있지 않습니까? 가장은 고달픕니다. 가장, 계실 때 잘 모십시다.

외국에서 온 손님

빵빵.

며칠 전부터 청소를 합네, 가구 새로 들여놓네 소란을 떨더니 드디어 옆집에 손님이 온 모양이었다. 나는 길가와 옆집이 내다보이는 장독대로 올라갔다. 간장과 된장 항아리 사이로 몸을 내밀고 길가를 보았다.

차에서 내리는 손님 모습이 발치에서 보였다. 소문대로 손님은 성공한 신사다웠다. 기름 발라 빗질 해 단아하게 보이는 이마며, 햇살에 번쩍이는 금테안경, 흰 옷깃에 잘 다림질된 양복, 아니 그런데⋯ 나는 내 눈을 의심했다. 신사의 품에는 동행이 있었다. 한국방문의 해라고 여기저기서 떠들더니만 이젠 개까지⋯.

솔직히 나는 처음 녀석을 보는 순간 기가 죽었다. 녀석은 우선 생긴 것부터가 요상했다. 짧은 주둥이가 코와 함께 붙어 있는 뭉뚝한 입이라든지, 기묘한 구도의 커다란 눈, 깡마른 다리, 검은색 피부⋯ 녀석은 보스턴테리어 종이라고 했다. 거기다 사납긴 어찌나 사나운지 장독대에 있는 나를 보곤 맹렬하게 짖어댔다. 신사는 녀석을 다독이며 대문으로 들어섰고 숙이 어머니가 나를 향해 주먹감자를 먹였다. 나는 형편없이 위축되는 자신을 위로했다. 괜찮아, 정말로 무서운 개는 짖지 않는다잖아.

잠시 후 불고기 굽는 냄새가 풍겨왔다. 나는 장독대 너머로 마른 침을 삼키며 연신 옆집 응접실이며 주방 쪽을 힐끔거렸다. 신사는 엄지손가락을 세우며 원더풀을 연발했다. 숙이 어머니는 접시에 불고기를 담아 입으로 불어가며 녀석에게 권하고 있었다. 개 팔자 알 수 없다더니 정말 늘어진 녀석이군. 주방 식탁 의자에 턱 하니 앉아있는 것은 그렇다 쳐도 불고길 식혀서까지 주다니. 한데 더욱 의아한 건 녀석이 그 접시에 눈길도 주지 않는 것이었다.

내가 그 의문을 푸는 데는 녀석과 한 하늘 아래에서 몇 밤을 보낸 후였다. 숙이 어머니가 우리 아주머니에게 장광설을 늘어놓았다.

"아, 글쎄. 브레이크는 똥오줌을 가린다니깐요. 여북하면 개 변기가 따로 있겠어요. 먹는 것도 우리 건 안 먹어요. 깡통 통조림에 햄, 치즈, 과일 따위를 먹는데 그것도 원산지 거라야 된다니까요."

나는 그때 우리 아주머니의 눈빛에서 부러움을 읽었다. 그 부러움은 신사가 돈 많은 재미교포로 이 땅에 무슨 관광호텔인가를 인수하러 왔다는 말에 가서 극에 달했다. 내가 뭘 복에… 우리 아주머니가 엷은 한숨을 쉬며 돌아섰다. 나는 아주머니를 위로해야겠다는 생각에 살금살금 다가가서 꼬리를 흔들었다. 그러나 아주머니는 위로를 받을 기분이 아닌 모양이었다. '그렇지 않아도 심사 사나운데 자발머리없이 똥개 주제에' 하더니 냅다 내 엉덩이를 걷어차는 것이 아닌가. 나는 깽 하는 비명과 함께 내 집으로 처박히고 말았다. 하지만 집안으로 아픔보다 더 실감 나는 말이 따라왔다. '이걸 그냥 팔아버려.'

아, 이 무슨 치욕적인 말인가. 물론 빈말인지는 안다. 하지만 사실을 얘기하자면 나도 뼈대 있는 가문의 자식이다. 내 고향은 전남 진도로 나만큼 순수한 혈통을 가진 개도 드물 것이다. 나도 남 못지않은 용맹성에 충성심을 가지고 있으며 땅을 박차고 힘차게 달리면 누구도 따라오지 못할 것이다. 이런 나를 두고 아무리 빈말이라도 똥개라니 이 무슨 망발이란 말인가.

나는 여태껏 그런대로 만족할만한 삶을 살아왔다. 수돗물 먹는 생활 1년-사람으로 치면 10년-동안, 나는 즐거웠고, 행복했으며, 나름대로 문화생활도 누렸다고 자부한다. 그런데 굴러온 돌이 박힌 돌 빼낸다더니. 아, 서울은 이런 곳인가.

이후로 나는 행동을 조신했다. 정말, 아주머니 말마따나 또 자발머리없이 나섰다가 그야말로 '개 패듯이' 맞지 않는단 보장이 어디 있단 말인가.

외국에서 온 신사는 바빴다. 하루에도 열댓 번을 들락거렸고 어떤 날은 며칠씩 들어오지 않기도 했다. 듣고 본 바에 의하면 시내 관광에 전국 명승지까지 두루 돌아보는 모양이었다. 그래야 정확한 판단을 내릴 수 있다나 어쩐다나.

그사이 부래이크-에이, 혀가 짧아서 발음도 안 되네-는 숙이 식구들의 귀여움을 독차지하고 있었다. 아니 정확히는 숙이네 식구들이 일방적으로 쏟아붓는 애정이었지만. 녀석은 눈을 내리깔고 거만하게 앉아있거나 아니면 거실을 어슬렁거렸다.

그러던 어느 날이었다. 나는 본능적인 감각으로 귀를 쫑긋 세웠다. 평상시와 공기가 달랐다. 그것은 고요한 수면 위에 돌이 떨어져 일어나는 물결의 일렁임 같았다. 거기에 덧붙여져 익숙지 않은 냄새도 맡아졌다. 노린내(이 냄새에 대해 할 말이 있다. 서양 개들은 우리보고 똥내가 난다고 통을 놓던데 적반하장도 유분수지, 자기들 노린내 나는 줄도 모르고)였다. 어느 결엔지 온몸의 털이 뻣뻣하게 곤두섰다. 수상한 소리와 냄새는 숙이네 집에서 나고 들려왔다.

아, 나는 경악했다. 신사가 숙이네 빈집을 뒤지고 있었다. 나는 미친 듯 짖어대기 시작했다. 나 자신도 깜짝 놀랐지만, 그 신사는 더욱 놀란 듯했다. 동작이 어지럽게 출렁이더니 그가 마구 허둥거렸다. 이어 우리 아주머니와 수다를 늘어놓던 숙이 어머니의 비명, 골목을 울리는 고함, 경찰차의 사이렌 소리, 소리….

"아유, 속았다니깐요. 그동안 빌려준 돈에 들인 돈이 얼만데, 이 일을 어쩜 좋아요. 친척이라는 게 원수지. 글쎄 먼 친척이라는 그 사람이 사기꾼인 줄 누가 알았겠어요. 한두 번도 아니고 전과가 4범이나 된대요."

저녁식사에 나는 소고깃국에 말은 밥과 찐 고구마를 받았다. '아이고, 우리 진돌이 장하기도 하지. 진돌이 아니었으면…' 아주머니가 내 목덜미를 쓰다듬으며 말했다.

그날 이후 숙이네 집에서는 색다른 고함이 들려왔다. 아울러 녀석의 깽깽거리는 소리도.

"먹어! 어어, 안 먹어? 어디 네가 이기나 내가 이기나 해보자. 된장국밥 외에는 절대로 없어!"

혹시 임이 아닐까

땀 흘리는 남자를 좋아한다. 물론 보디빌더같이 울퉁불퉁한 몸에 팔뚝이며 가슴, 장딴지에 털이 북슬북슬한 남자라면 더 말할 나위 없다. 하지만 요즘 그런 남자는 망원경을 들고 봐도 찾기 힘들다. 이건 뭐 들어가야 할 부분(복부)은 나왔고, 나와야 할 부분(가슴)은 들어가 있다. 정말이지 아무리 눈을 부릅뜨고 살펴봐도 맨 뒤뚱거리는 오뚝이 같은 남자뿐이다. 누구냐고? 다리가 긴 여자. 이 정도면 알겠지?

그렇다고 나를 색만 밝히는 여자로 보면 곤란하다. 이건 조물주의 섭리이니까. 그래도 나를 그렇게 본다면 그건 당신의 음험한 상상력 탓이다. 게다가… 솔직히 얘기하겠다. 나는 아직 사랑의 열병을 한 번도 앓아보지 못했다.

오늘은 내가 첫 헌팅을 나가는 날이다. 나를 비난해도 할 수 없다. 내 나이 어언 스물하고도 둘, 꽃은 활짝 피어있는데 바보 같은 녀석들이 꺾을 생각은커녕 향기를 맡을 생각도 않고 있었으니까. 목마른 자가 우물을 파는 법이라지 않던가.

나는 목욕재계를 마치고 공들여 화장한다. 의상에도 나는 각별한 신경을 쓴다. 막 문밖을 나서는데 고모가 따라 나와 충고한다. 남자는 순 도둑놈에 강도라고. 알았다고 나는 가볍게 응수한다. 하지만 그녀의 잔소리는 그칠 줄 모른다. 순간의 선택이 평생을… 정신 똑바로 차려야지… 인생이 결딴나는 수가…. 소리를 지르려다 참는다. 씨, 격려를 해주지는 못할망정, 이건 순 악담뿐이니. 그러다가 나는 고모를 이해하기로 마음을 바꾼다. 그녀야말로 순간의 선택에 인생이 결딴난 경우다. 고모가 친정으로 피신해 왔을 때, 그녀의 눈두덩은 밤탱이였고 손발은 타박상이 아니라 골절상을 입고 있었다. 불쌍한 고모. 나는 정신 차리자고 다짐한다.

밖은 네온이 밝혀져 있다. 열대야 현상 때문에 더위는 수그러들 줄 모른다. 날씨마저도 내 기분을 맞추려는지 바람 한점 없다. 어쩐지 잘될 것 같은 예감이 스친다. 왜냐면 이런 날씨를 좋아하니까. 알 수 없는 아가씨라고? 게다가 왜 한밤중이냐고? 남이야.

어둠이 부드러운 비단처럼 가슴에 안겨온다. 나는 밤을 사랑한다. 이상하게도 나는 야행성 체질이다. 낮에는 병든 닭처럼 꾸벅꾸벅 졸며 맥을 못 추다가도 밤이 되면 기운이 솟는다. 남 말하기 좋아하는 이들은 이런 나를 두고 화냥기 어쩌고 짓까불어 쌌던데, 어쨌든 좋다. 나는 정숙한 요조숙녀니까.

내가 첫 순례지로 찾아간 곳은 나이트클럽이다. 나는 입구에 서 있는 기도 녀석들쯤은 무시해 버린다. 물론 나는 입장료도 내지 않는다. 이런 미모에 몸매를 갖고 있는데 입장료라니. 오히려 내 방문을 영광으로 알아야지. 아마 기도 녀석들이 입장료 운운했다면 나는 따귀라도 한 대 올려붙였을 것 같다.

실내로 들어서자 철 지난 랩음악 '잘못된 만남'이란 노래가 귀청을 왕왕 울린다. 귀를 틀어막고 싶다. 좋은 소리도 한두 번이라는데 이건 허구한 날 불러대고 틀어대니 미칠 지경이다. 사이키 조명이란 것에도 익숙지 않다. 번쩍번쩍 빙글빙글, 정신이 사납다. 나는 눈을 똑바로 뜨고 주위를 둘러본다. 괴성을 지르며 몸을 흔드는 젊은이들로 무대는 넘쳐난다. 내 몸은 용수철처럼 가볍게 튕겨 오른다.

나는 광어처럼 옆으로 눈을 치뜬 채 좌석 사이를 천천히 걷는다. 아무도 나를 주시하는 사람이 없다. 두 바퀴 쨌는데 이쯤 해서 '한잔하시겠습니까?', '앉으시지요?' 따위의 말들이 들려야 할 텐데 말이다. 아니, 반응이 없는 정도가 아니라 사람들은 나를 거들떠보지도 않는다. 슬슬 인내심에 한계가 온다. 자식들이, 정말…. 이런 경우를 두고 떡 줄 사람은 생각도 않는데 김칫국부터 마신다고 하던가. 모멸감이 찾아온다. 만일 그들이 수작을 걸어왔다면 나야말로 콧방귀도 안 뀔 생각이었는데. 물론 그들이 술을 권해와도 술 같은 건 마시지 않을 생각이었다. 술 얘기를 해서 그런지 갈증이 난다. 과즙이나 꿀물 같은 것들이 환장하게 마시고 싶다. 그러고 보니 엊저녁 이후로 아무것도 먹은 게 없다.

나는 클럽을 나온다. 어딘가에 내 사랑이 있을 것이다. 나는 자신을 북돋우며 이 도시를 순례한다. 하지만 연극 공연장에서 노래방, 마로니에 공원, 한강 선착장까지 이 도시를 샅샅이 돌아다녔지만 내가 찾는 남자는 없다. 모두가 쌍쌍이고 즐거운데 나는…. 뽕도 따고 임도 볼 겸 외출을 서둘렀는데.

나는 집 쪽으로 발길을 돌린다. 몸이 물먹은 솜처럼 무겁다. 다리도 후들거린다. 전신주에 걸려있는 보안등 하나가 파르르 떨고 있다. 아이들의 웃음소리며 텔레비전 드라마 소리가 집집에서 들려 나온다. 휴… 저 집의 남편은 넉넉한 미소를 짓고 있을까. 행복할까. 갑자기 맹렬한 질투심이 인다. 나는 이래서는 안 된다고 생각하면서도 남의 가정을 훔쳐본다.

그렇게 남의 집 엿보기를 몇 차례, 나는 탄성을 지른다. 아, 내가 찾던 남자다. 그는 책상에 앉아 책을 읽고 있다. 나는 그를 발끝에서 머리끝까지 천천히 훑는다. 그는 맨 가슴에 반바지 차림이었다. 보디빌더에는 미치지 못하지만, 그는 근육질의 사내이며 지성도 겸비한 듯이 보인다. 무엇보다 나를 흥분시키는 건 종아리에 무수히 나있는 모공이었다. 어느덧 나는 까칠한 입술을 연방 혀로 적신다. 입안에 침이 고이고 침은 꿀꺽 소리를 내며 목구멍으로 넘어간다.

나는 월장을 감행한다. 나는 거의 이성을 잃은 것 같다. 한 스텝, 두 스텝. 그는 전혀 눈치채지 못한다. 아니 나를 기다리고 있었다는 듯 그가 지그시 눈을 감는다. 막 그의 입술에 내 입술을 묻을 때, 그가 벼락같이 소리 지른다.

"이게 뭐야, 이놈이!"

그의 외침과 함께 손바닥이 날아온다. 나는 날쌔게 날아오른다. 김연아 사진패널 위에서 나는 숨을 고르며 그를 노려본다. 망할녀석. 내가 재빨리 피했기에 망정이지 하마터면 고모 꼴 될 뻔했잖아. 나는 온몸을 살핀다. 다행히 찰과상 정도인 것 같다. 그는 아직도 '이놈의 모기! 죽어라'를 외치며 허공을 향해 두 손바닥을 휘두르고 있다. '벌써 극성이네. 내일은 모기약 사와야지'를 후렴처럼 중얼거리며.

나는 그의 방을 빠져나온다. 그도 내가 찾던 남자가 아니다. 인물에 체격이 아깝긴 아깝다.

미시 되기

남편과 아이들이 빠져나간 집안은 정신만큼이나 어수선하다. 집안 정리하고 청소할 엄두가 나지 않는다. 남편이 출근하며 던진 말 때문이다. '아줌마 패션 보기 괴롭다. 얼굴 주름 좀 가리고, 너절한 살림도…' 남편의 샐쭉한 입술이 뇌리에 선연하다. 아줌마 패션이라니, 편한 옷이 어때서. 피부도 이 정도면 됐지, 제 살가죽은 이십 대고. 살림은 정리하란 얘기야, 버리란 얘기야. 충격이 가시지 않는다. 요즘 언론에서 떠드는 전前 대통령 통치자금 수천억에도 까딱하지 않던 나다. 그분 말씀이 그늘진 곳에 돈을 썼다는데, 그런 돈 한 푼도 못 받았으니 나는 양지쪽 삶을 살아왔다는 얘기니까. 남편은 무슨 말을 하고 싶었던 걸까.

남편은 외모며 패션에 신경을 많이 쓴다. 각양각색의 셔츠가 30벌이다. 넥타이며 양복, 신발까지도 그에 버금갔으면 갔지 덜하지 않다. 아웃도어 룩은 또 어떻고. 그뿐이 아니다. 남편은 화장까지 하고 다닌다. 로션 정도가 아니다. 뭐 원만한 사회생활을 위해 자신은 그렇게 살 권리가 있다나. 하지만 내가 보기에 그는 중증의 우모족uomo族이다. 잘났어 정말. 남편을 흉보며 거울 앞에 선다.

거울 속에는 사십 대 중반의 펑퍼짐한 여자가 표정 없는 얼굴로 자신을 바라보고 있다. 통 넓은 청바지(남편은 몸빼라 부른다)에 남편의 낡은 셔츠(소매며 앞자락에 찌개 국물이 묻어있다)가 걸려있다. 나는 거울 앞으로 바싹 다가가 표정 없는 얼굴의 여자를 살펴보다 눈을 질끈 감는다. 눈을 감고도 모습을 그려낼 수 있다. 아무리 관대하게 보아줘도 날씬하다고는 할 수 없는 몸이다. 남들이 말하는 소위 '인격'(아마 아이 둘을 낳고부터일 것이다)이 나와 있고, 얼굴 피부는 잔주름에 기미까지… 부정하고 싶지만 이게 나를 살펴본 결과다. 남편의 경멸은 당연한지도 모른다. 하지만 갑자기 맹렬한 분노가 솟는다. 내가 부엌데기 아줌마로 전락한 건 남편 때문이다. 또 내가 그의 뷰티즘과 최고 집착증에 맞장구라도 쳤다면 집안은 예전에 거덜났을 것이다. 그러나 이젠 아니다. 나도 왕년에는… 입술을 앙다문다. 흥, 두고 보라지.

나도 구질구질한 삶을 원한 건 아니다. 하지만 아이 둘을 키우느라 경단녀(경력 단절 여성)가 됐다. 아이들은 이제 제 앞가림을 하지만 나는… 육아와 일을 병행하려고 노력했었다. 지금이야 남자에게도 육아휴직을 준다지만 그때는 어림도 없었다. 아이들을 어린이집에 보내고 보모도 구해봤지만 결국 두 손 들었다. 타성이 무섭다. 한 해 두 해 눌러앉아 있는 사이 눈은 총기를 잃고 솥뚜껑 운전자가 된 것이다.

아름답다는 말은, 그리고 젊다는 것은 누구에게나 영원한 칭찬이다. 긴 생머리에 세련된 화장, 가죽점퍼에 미니스커트… 이게 요즘 말하는 미시의 첫째 조건인 모양이던데, 나라고 못할 게 뭐란 말인가. 어떤 상품 광고가 떠올랐다. '강한 여자가 아름답다. 자기를 가꿀 줄 아는…' 어쩌고 하는.

여성지를 꼼꼼히 뒤적인다. 여성지에는 머리 모양부터 미용, 코디, 가사, 경제, 실리 감각에 이르기까지 젊게 사는 방법이 자세하게 설명돼 있었다.

나는 머리 손질부터 시작한다. 비록 미시의 첫째 조건인 긴 생머리 아닌 단발머리지만 드라이로 웨이브를 주고 무스를 바른다. 다음은 메이크업이다. 여성지가 가르쳐주는 대로 바르고 닦아내고 다시 처바르기를 거듭했다. 얼굴 주름이 펴진 것도 같다. 아이섀도와 립스틱도 무수히 그리고 지우고 다시 그리길 반복해서야 나는 화장을 끝낸다. 마지막으로 옷 입기가 남아있다. 세련된 옷을 고른다. 좀 끼는 듯싶지만 나는 자위와 격려를 잊지 않는다. 이게 끝은 아니다. 나는 남편과 아이들이 벗어 던진 옷가지들을 발로 차 구석에 밀어놓고 집을 나선다.

내가 찾아간 곳은 백화점 문화센터다. 문전성시다. 자기계발에 여념이 없는 아줌마들, 그들은 너도나도 미시대열을 향해 달려가고 있는 듯하다. 나만 시대에 뒤떨어진 느낌이다. 여태 뭘 하고 있었지. 갑자기 조급해진다. 수영에 에어로빅, 볼링, 영어 회화, 컴퓨터… 도대체 무엇부터 먼저 해야 할지 갈피를 잡을 수 없다. 요것저것을 저울질하다가 나는 수영과 줌바 에어로빅, 컴퓨터를 수강신청했다. 줌바와 수영은 아무래도 살을 빼야겠다는 생각에서고, 컴퓨터는 아줌마들의 3C(운전, 컴퓨터, 커뮤니케이션) 운운에서다.

쇼핑도 잊지 않는다. 백화점 문화센터를 찾을 때 계획한 것이다. 싹 개비할 생각이다. 토스터기와 밥솥, 전자레인지, 인덕션, 세탁기, 냉장고 등의 가전제품을 샀다. 하나같이 리모컨이나 타이머가 붙어있다. 남편과 아이들보다는 내가 먼저다, 나는 이렇게 다짐에 다짐한다. 결제는 즉석에서 신청한 백화점카드다. 쇼핑은 끝난 게 아니다. 나는 북 코너에 가서 교양서적과 컴퓨터 관련 책을 샀으며, 여성의류 판매대에서는 재킷과 투피스, 외투 등을 쇼핑백에 담았다. 아, 살 게 또 있다. 나는 지하 매장에서 식품들을 고른다. 바구니에는 간편식을 담았다. 이제 남편과 아이들을 위해 몇 시간씩 미련퉁이처럼 요리하지 않겠다.

손에 든 물건들 때문에 몸이 무겁지만, 마음은 가볍다. 이제야 비로소 미시족이 된 기분이다. 시계를 보니 오후 5시다. 아니, 벌써… 마음이 급해진다. 주부의 본능은 어쩔 수 없는 모양이다. 나는 차를 잡느라고 이리 뛰고 저리 뛴다. 손에 들린 물건들이 짐스럽다.

그때 반짝하고 다른 생각이 떠오른다. 발걸음을 다시 백화점으로 돌린다. 백화점에 식당가도 있다는 걸 잊었다. 식사하고 차를 마실 작정이다. 음악을 들으며 술을 한잔 걸치는 것도 나쁘지 않다. 친구와 함께라면 더 좋다. 라운지에서 야경도 구경하자. 그러고 보니 종일 먹은 게 없다. 맹렬한 식욕이 인다. 아이들에게 문자로 엄마의 부재를 설명했다.

불러낼 친구가 없어 혼자 먹고 혼자 마셨다. 앱 서핑하며 자신의 존재에 대해서도 사색했다.

오늘은 여기까지다. 내일은 네일숍, 쥬얼리숍, 실면도숍 등에 갈 예정이다.

집에 도착하니 저녁 10시. 번호키라 내가 문을 열어도 되건만 나는 초인종을 누른다.

아이들의 반응은 '우와 우리 엄마 예쁘다'다. 그러나 남편은 뭐가 뭔지 모르겠다는 표정이다. 나는 쇼핑물을 하나하나 꺼내놓는다. 아이들의 실망하는 얼굴, 그리고 경악에 찬 남편의 얼굴. 나는 이 모든 것들을 놓치지 않는다. 나는 마지막으로 남편에게 일격을 가한다.

"미시족이 별건가. 까불고 있어."

물론 '까불고 있어'라는 말은 혼잣말이다. 나는 남편의 얼굴을 똑바로 바라본다. 그가 골프화면 속으로 시선을 거두며 한마디 던진다.

"호박에 줄 긋는다고 수박 되는 줄 아나."

오늘의 운세

혜진씨를 기다리고 있다. 단아한 외모의 그녀는 업무며 운동, 잡기 등 못하는 게 없는 팔방미인이다. 저렇게 다 갖추어도 되는 건가… 부럽다. 아, 약간 까칠한 성격이 흠결이긴 하다. 그래선지 개중에 시기하는 사람도 있다. 나도 그중 한 사람이다. 좋아하면서 싫어하는 이율배반… 수년째 벼르고 있었다. 오늘은 기필코….

몇 시지. 약속 시각 칼 같이 지켰었는데.

몇 가지 준비했다. 여자는 분위기에 약하다고 해, 실내를 어둡게 꾸몄으며 화병에 꽃을 넣었고 그림을 걸었다. 음악과 와인를 낼 생각이다. 나 자신 역시 씻고 정신을 맑게 가다듬었다.

몸싸움을 상상하니 짜릿해져 온다. 블라우스의 소매와 앞섶을 풀어헤친 혜진씨, 달아나봤자 소용없다. 오늘 제물이 될 것이다. 그동안 그녀에게 들인 돈과 시간, 공력 따위들을 보상받아야 한다.

사실 내가 믿는 건 '오늘의 운세' 때문이기도 하다.

'산 넘고 물 건너는 격으로 상오 한때 풍상도 겪겠으나 수신 적덕 하는 자세로 정도를 행하면 하오에 큰 성과를 얻으리라. 특히 동남쪽에서 오는 말띠 여성을 만나면 만사 순탄하다.'

내게 딱 들어맞는 점괘다. 수신과 적덕으로 단어를 나누어 사전에서 찾아봤다. 수긍이 갔고 동남쪽도 그렇다. 특히 혜진 씨는 말띠다.

우리 만남은 입사 시절부터였다. 혜진씨는 그때도 주위의 시선을 받는 존재였다. 변변치 못한 나는 음지에서 그녀를 바라만 봤다. 그러다 절치부심의 심정으로 그녀를 쫓아다녔다. 일테면 그녀가 수영장엘 다니면 나도 같은 스포츠센터, 같은 타임을 끊어 수영했다. 그녀는 여자인지라 변화가 무쌍했다. 어느 날인가는 당구장에 다니고 있었다. 같이 다니고 같이 쳤다. 포켓볼에서 스리쿠션까지 그녀는 빨리 배웠다. 재능이 부족한지 나는 그녀보다 '다마' 수가 모자랐다. 돌이켜보면 언제나 그녀 꽁무니를 쫓았던 것 같다.

혜진씨와 엎치락뒤치락하길 몇 년째. 아직 콧대를 꺾어놓지 못했다. 뭘 하든, 역부족이었다. 그 굴욕이라니. 이를 앙 다물었다. 오늘은 무릎 꿇리리라.

딩동.

혜진씨 온 모양이다. 똑같다, 티 없이 맑은 모습. 서로 눈을 맞추고 자리에 앉는다. 그녀가 자세를 바로 하며 눈을 감는다. 눈가의 검푸른 아이섀도, 약간 화장기 있는 얼굴이다. 사과향이 은근히 풍겨온다. 혹시 양다리. 늦은 것에 대한 설명도 없고. 계집애, 번개팅하고 온 건 아니겠지. 그런 말은 없었잖아. 조급해진다.

천천히, 나는 물을 한 모금 입에 넣고 우물거린다. 그만둘까. 안 될 말이다. 고개를 흔들며 나는 아랫입술을 깨문다. 혜진씨의 파르스름한 눈언저리에서 나는 우리 둘 사이의 숙명을 감지한다. 전생에 우리는 어떤 인연이었을까.

짐짓 가벼운 담소로 분위기를 이끌어 나간다. 기실은 속셈을 감추자는 것이지만. 자, 이제 자리는 폈다.

약장수처럼 포석을 늘어놓는다. 밑밥도 풀면서. '날이면 날마다 오는 게 아니야. 애들은 가라… 일단 한번 먹어봐…'라는 말이 목구멍에서 간질거린다. 이제 대충 늘어놓은 건가. 긴장도 되고 불안하기도 하다. 눈치 못 채겠지. 소피를 미리 보았는데도 방광이 부풀어 온다. 숨소리도 거칠어져 있다.

기우다. 혜진씨는 넙죽넙죽 잘도 따라오고 있다. 어서 오세요, 이리로 오시면 됩니다.

엥, 이건 무슨 포지션. 준다는 뜻. 왜 이래, 존심이 있지. 준다고 덥석 먹을 줄 아나. 거저 주는 건 안 먹어. 무심한 척 나는 시선을 돌린다.

한번 들여놓은 발은 빼기 힘들다. 그래 조금만 더. 발은 들여놓았고 이제 나가지 못하게 대못을 박으면 되는 건가. 들어올 땐 쉽게 들어왔지만 나갈 때는 마음대로 못 나가지.

나는 그녀를 찬찬히 훑는다. 발가락에서 발목, 종아리에서 허벅지, 그리고 허리와 가슴의 볼록한 선, 목덜미, 안색까지. 따먹어야 맛있지 덥석 주는 건 맛없다. 침이 고인다.

참 이럴 때가 아니지, 대의를 위해 잿밥을 탐하다니. 수순을 되짚어 본다. 계획대로 진행해 왔다. 떡밥을 조금 더 뿌려야 하나. 아니, 약발은 먹혔어.

정신을 헤쳐 놓으려는지 혜진씨가 '오늘 어땠어'라고 묻는다. '당신 생각만 했지'하고 말할 뻔했다. 순진해서 안 된다. '바빴지'라고 대답했다. 와인을 따라 잔을 부딪친다. 나는 혀만 적시고 향을 음미한다. 좋은 술이다. 계집애, 마시고 더 달라고 해야 할 텐데.

혜진씨가 덫 속으로 조심스레 발을 들여놓는다. 쾌재를 불러야 하나. 아니 슬슬 올가미 조여. 그러나 역시 그녀는 용의주도하다. 입질만 하더니 물러서는 게 아닌가.

잡아챘어야 했나. 실책을 인정한다. 모든 일에는 과정이 있는 법. 탐욕에 젖어 일을 그르치지 말자. 나는 침착, 침착을 되뇐다. 아직 기회는 있다. 혜진씨에게 와인을 한 잔 더 권한다.

방심하기를 기다리기 20분 째, 사냥감이 조금씩 피로한 기색을 내비친다. 이마에 땀이 맺히고 자세도 처음과 비교해 많이 흐트러져 있다. 나는 먹이의 발가락 꼼지락거림을 놓치지 않는다. 어려운 상황에 봉착했을 때의 혜진씨 버릇이다. 냄새 맡았나. 안 되는데.

혜진씨가 이마의 땀을 손수건으로 누른다. 와인 한 모금을 입속에 넣고 굴린다. 생각에 잠긴 눈치다. 생각할 거 없습니다. 좋은 약이라니까. 그냥 받아먹으면 됩니다.

아직 이른 모양이다. 기다리자. 지난 몇 달간 유튜브 보며 실전을 익히지 않았던가. 대어를 낚아챌 참인데 몇 분, 몇 시간쯤이야. 사냥감의 돌발액션에 대비해 준비한 것들을 되짚어 보자.

사실 나는 오랫동안 강박증에 시달렸다. 내가 나이가 어려… 왜 못 따먹어. 오기가 치밀어 삼수갑산을 갈망정 해치워 버리자는 충동에 휩싸이기도 했다. 하지만 그때마다 묵상하며 자신을 타일렀다. 승복을 받아내 결정적인 일격을 가해야 한다. 기다려라, 기다리면 때가 온다.

혜진씨가 손에 턱을 괴고 눈은 감는다. 뭔가 결단을 내리려

나. 무릎 꿇으면 좋지. 자리를 박차고 일어나는 불상사는 없어야 할 텐데. 그녀가 눈을 뜨고 휴 한숨을 쉰다.

성은 조금씩 무너지고 있다. 이제 손 드시지. 담배가 생각난다. 한 대 피워 물면 맛이 기막히게 좋을 것 같다. 독심술이라도 있는 듯 혜진씨가 미간을 찡그리며 눈을 흘긴다.

혜진씨를 몰아붙인다. 몸싸움은 예상했다. 그녀는 아웃파이터 기질이다. 요리조리 피하고 뒤로 물러서다 잽을 날린다. 잽 정도는 감수할 수 있다. 인파이터는 파고들 때 훅hook을 조심해야 한다. 아뿔싸 '말이 씨 된다'고 무리하게 달려들다 약한 훅을 한 방 맞았다. 무릎이 휘청인다. 잔매도 어찌나 맞았는지 머리가 띵하다. 그래도 물러설 수 없다. 나는 그녀에게 한 걸음 더 다가간다.

마지막 공격을 하기 전 판세를 다시 살핀다. 어, 이게 어떻게 된 거야. 뭔 묘수를 부린 건가. 전세는 역전돼 있었고 급박하다. 혜진씨가 던지는 돌을 안 받을 수가 없다. 받고 나면 또 날아오고… 꼬리를 잘라낸다. '뛰는 놈 위에 나는 놈' 있다더니, 내 계획과 작전은 허물어지고 있었다. 개미지옥 같다. 수를 내려 하지만 수는 없다. 나는 돌을 내려놓는다.

"혜진씨, 돌 던졌다고."

"언니한테 말본새가 그게 뭐야. 어쨌든, 계산은 확실히 해야지. 13집에 덤 5집 반은 18.5집. 곱하기 1천 원은…."

"누가 안 준대. 한 판 더 둬."

"혜숙아! 기력은 늘었는데 싸움 바둑 일관이니. 욕심 좀 버려. 우선 자기 말을 안정시키고. 좌상귀 수상전에서 회돌이 눈치 못 챘어?"

"말했지, 가르치지 말라고!"

패覇 때문이었다. 잽처럼 날아오는 고약한 패에 수상전에서 꼭 1수 차이로 수가 모자랐다.

이날의 내기바둑에서 나는 한 판도 이기지 못했다. 이상하다, 오늘의 운세는 이렇게 나오지 않았는데. 정말 운수 없는 날이다. 그럼, 혹시…. 나는 아까 보았던 포털의 기사를 다시 확인한다. 엥, 미리 보는 조간…. 내가 본 건 내일 운세다.

제2부

크리스마스 선물

아이를 위한 성탄절 선물을 고르는데 불현듯 오 헨리의 '크리스마스 선물'이란 단편 줄거리가 떠오른다. 우리도 그런 때가 있었던가. 우리는 머리카락이나 시계를 팔 만큼 가난하지 않았다. 그래서 그런지 기억에 남는 크리스마스 선물을 주지도 받아보지도 못한 것 같다. 결혼 10년째, 이제 나는 산타 할아버지를 믿는 아이 때문에 성탄절 선물을 고르고 있다. 나는 상품들을 이것저것 만지작거리다 그냥 가게를 나온다.

심란하다. 늙어가고 있다는 존재에 대한 자각 탓일까. 내 기분과는 상관없이 거리는 크리스마스 캐럴에 묻혀 차와 사람들로 넘쳐난다. 사람들의 얼굴에 배어나는 넉넉한 웃음에 은근히 심술도 난다. 나는 발걸음을 돌려 집으로 향한다.

놀이방에 맡겼던 아이를 찾아와 씻기고 식탁에 앉힌다. 아이가 묻는다. '아빠는 언제 와?' '아빠는 회사 일로 바쁘신가 보다'라고 대꾸하며 나는 아이에게 밥을 먹인다. 그때 유선 전화벨이 울린다. 남편은 술에 취하면 꼭 집 유선에 전화하는 못된 버릇이 있다. '받지 마!' 나는 단호하게 말한다. 아이가 아빠와 함께 먹고 싶다며 칭얼거린다. 나는 착한 아이에게만 산타클로스가 선물을 주신다는 얘기로 아이를 어른다. 남편은 요즘 매일 술이다. 닦달에 건강 운운해 보아도 소용이 없다.

아이를 재우고 나니 공허감이 몰려온다. 책을 펼쳐 읽다 덮고 TV 시청도 해보지만, 집중되지 않는다. 시간은 어느덧 자정이다. 나는 이불 속에서 이리저리 몸을 뒤척인다. 막 잠이 들려는데 다시 벨이 울린다. 한 번 두 번… 스무 번째 벨 소리에 나는 참지 못하고 수화기를 든다. 나는 앙칼지게 쏘아붙이려다 그만둔다. 남편의 목소리는 이미 꼬부라져 있다. 지금 뭐라고 해봤자 소귀에 경 읽기라는 사실을 알고 있기 때문이다.

"난데… 딸꾹, 아, 아까 저, 전화해, 했었는데… 소, 송년회였거든… 그, 근데 딸꾹,… 지, 집에 가, 가야 되, 되는데 차… 차에 도, 도둑이 들었네… 카, 카 내비에 해, 핸드폰 심지어 해, 핸들까지 뽑아가 버, 버렸네… 지, 지금 딸꾹, 고, 공중전화에서 저, 전화하는…."

미쳐. 하지만 나는 상냥하고 차분하게 말한다.

"당신, 무사한 거죠? 손가락 두 개 펴고 택시 잡으세요."

노심초사다. 나는 아이를 두 명 키우며 살고 있는지도 모른다. 십 분이 한 시간 같다는 말을 절감한다. 그러나 웬걸, 차

소리가 들려 나가보니 남편은 자신의 차를, 그것도 손수 운전해 온 것이 아닌가. 나는 가슴을 쓸어내린다. 핸들까지 뽑아갔다는 차를 어떻게 끌고 왔는지 놀랍기도 하고, 만취상태에서의 운전이 무모하다 못해 무섭기까지 하다.

"다, 당신, 딸꾹. 노, 놀랐지? 아, 그, 글쎄 내, 내가 차, 차를 뒤, 뒤로 탔지 뭐야, 따, 딸꾹."

어처구니가 없다. 나는 비틀거리는 남편을 부축해 들어간다.

이튿날 나는 남편에게서 차 열쇠를 낚아챈다. 물론 나는 남편이 처자식을 부양할 의무가 있는 가장이라는 사실과 음주운전의 위험성에 대한 장광설을 빠뜨리지 않는다. 남편은 다소곳이 내 결정에 따른다.

남편이 먼저 출근하고 다음은 아이와 내 차례다. 나는 안 일어나겠다는 아이를 억지로 일으켜 씻기고 옷을 입힌다. 아이에게 못 할 짓을 하는 것 같다. 아침을 먹이지 못한 터라 더욱 그렇다. 골목길을 나서자 겨울바람이 쌩하고 스쳐 간다. 아이가 목을 움츠리며 말한다.

"엄마, 내가 변신로봇 갖고 싶은 거 산타할아버지가 아실까?"

"아마, 아실 거야."

퇴근길, 나는 여전히 크리스마스 선물을 고르지 못하고 있다. 남편 것 때문이다. 이날도 나는 선물을 고르지 못하고 집으로 향한다.

차 열쇠를 빼앗았는데도 남편은 귀가할 줄 모른다. 오늘도 어제와 다름없이 아이에게 밥을 먹일 때 전화벨이 울린다. 아이가 제 엄마 눈치를 본다. 남편이 아니라 웬수다. 나는 아이의 입에 목메어지라고 밥을 퍼 넣는다.

자정이 넘어 막 잠이 들려는 순간 밖에서 인기척이 들린다. 신발 끄는 소리와 딸꾹질 소리, 쿵, 꽈당하는 소리에 이어, 아이고 죽는다는 남편의 외침. 옆집 1008호 보기에 창피해 못 살겠다. 잠시 후 초인종이 울린다. 나는 이불을 뒤집어쓴다, 이제 남편은 손과 발을 동원해 문을 두드리고 있다. 가끔 아이고 소리를 섞어가며. 그런다고 문을 열어줄 내가 아니다. 한동안 조용한가 싶더니 이제는 키 번호를 제대로 누르지 못해 전전긍긍하는 소리가 들린다.

이윽고 찬바람과 함께 남편이 집안에 들어선다. 그는 다짜고짜 나를 흔들어 깨우더니 상처를 봐달란다. 병원에 안 가도 되는지 모르겠다고 연발하는 그에게 나는 연고와 밴드를 내주고 침대로 돌아가 (각방 쓴다) 이불을 머리끝까지 끌어올린다.

다음날 세면대 거울에 칠해지고 붙은 연고와 밴드를 보고 나는 웃어야 할지 울어야 할지 갈피를 잡지 못한다. 세상에…

아무리 취했기로서니 거울에 비친 모습을 보고 거울 속 얼굴에다 연고를 바르고 밴드를 붙이다니…. 그래 웃자. 그러자 장난기가 발동하며 반짝 한 가지 생각이 떠오른다.

하루를 어떻게 보냈는지 모르게 나는 남편의 선물카드에 적을 문구를 생각했다. 그러나 막상 아이와 남편의 선물을 고른 후 카드를 펼치자 문장이 만들어지지 않는다. 한참 단어들을 굴리다 나는 적어 나가기 시작한다. '당신 요즘 부쩍 시력이 나빠진 것 같아요. 요긴하게 쓰길 바래요. 메리 크리스마스.'

집으로 가는 발걸음이 가볍다. 집 앞에서 나는 케이크와 샴페인을 한 병 산다. 아이와 크리스마스 이브를 축하할 생각이다.

나는 식탁에 촛불을 켜고 음식을 차린 후 헨델의 메시아를 튼다. 아이와 함께 막 음식을 먹으려는데 딩동 하고 초인종이 울린다. 아이가 아빠다 하고 소리친다. 아이의 직감이 놀랍다. 전화벨 아닌 초인종 소리를 나는 상상도 하지 못했다.

남편이 내게 샴페인을 한 잔 따른다. 우리는 건배한다.

아이가 잠든 것을 확인하고 나는 아이의 선물을 머리맡에 놓는다. 그때 남편이 이것도 하며 자신이 준비한 아이 선물을 내놓는다. 그는 계면쩍은 모양이다. 물론 나도 그의 그런 행동에 감격하지 않는다. 아이는 스스로 크는 줄 아는 인간이니까.

아이 방을 나오며 남편이 말한다.

"당신 것도 있는데."

"그래, 나도 준비했는데."

우리는 서로 포장 꾸러미를 뜯는다.

"보청기야. 요즘 당신 귀 어두워진 것 같아서. 전화벨 소리 스무 번 울려도 못 듣잖아."

순간적으로 욕 나올 뻔했다. 나쁜… 적반하장도 유분수지.

"그러는 당신은 왜 그렇게 못 봐. 차를 뒤로 타질 않나, 번호 키도 안 보여서 못 누른 거지? 세면대 거울에 연고와 밴드 바르고 붙인 건 어떻고."

어쨌든 나도 돋보기안경을 건넸으니 피장파장인 셈이다.

어떤 수다

사람들은 나를 수다스럽다 한다. 뒷담화 신경 쓰인다. 그렇지만 나는 개의치 않기로 했다. 왜냐면 나는 세상이, 사회가, 불공평하며 불합리하고, 부당하며 부박하다고 생각하기 때문이다. 참아서 약 되는 게 있고 병 되는 게 있다고 들었다. 불행히도 내 철학은 후자다. 그러므로 나는 세상에 대해, 그리고 내 남편과 아이들, 이웃들에게 할 말, 싫은 소리, 있으면 해야 한다.

한 표 찍는다고. 정치 관심 없다. 그렇지만 언론 보도 국내 정치면부터 세계면까지 꼼꼼히 본다. 오래전 킬링필드란 영화 봤다. 무섭고 끔찍했다. 광활한 세상에 미친놈들 활개 치는 세계, 정의와 민주주의는 실종됐고 '민중은 개, 돼지'처럼 죽어갔다. 그런데도 세상은 꿈쩍도 하지 않았다. 그냥 흘러갔을 뿐이다. 어떤 전능한 힘이 나타나 미친놈들 응징하고 평정해야 하지 않았을까. 결국 토템이란 원시사회에서 시작된 사람들의 의식변화에 따라, 오늘날의 종교로, 신으로 형상화된 것 아닐까.

무엇이 세상을 움직이는가. 정치와 여자, 돈이라던데… 돈 얘기하니 현재도 세계경제를 쥐락펴락한다는 로스차일드가 떠오른다. 중세(고대에도 그랬겠지만, 기록으로 보지 못했다) 때부터 왕은 국가를 지배하고, 돈(로스차일드가)은 왕을 지배했다. 뭔 말이냐고. 일례로 영국이 프랑스와 전쟁해야 하는 빌미와 명분 생겼다. 전쟁, 사람도 많이 죽지만 돈도 많이 든다. 보급물자에 용병… 문제는 전쟁비용이었다. 돈 없는 중세 유럽 국가의 왕들, 로스차일드 가문과 이자지급약정 맺고 돈 썼다. 현재도 마찬가지다. 영란은행이나 미 연준의 뒤에는 로스차일드가 있다.

잠깐, 전화 오네. 동창 희선이야. 기집애, 오랜만, 잘 지내지. 그렇지… 응… 뭐해… 수다 떨고 있었어. 나 혼자 떨어. 안 미쳤어. 나 사는 방식이야. 그래, 오늘은 같이 좀 떨자.

어쨌든 요즘 세계 정치지도자들 됨됨이 웃기고 같잖다. 하는 짓에 도덕성, 사생활도 그렇고. 푸틴, 바이든, 시진핑, 김정은, 문재인, 트럼프, 전두환, 박정희… 마구 씹고 싶지만… 그래, 참자. 우리 떠들면 우리 제 명에 못 산다. 정적들 독살하고 암살했잖아. 중요인물, 내가? 풋, 정치얘기 그만.

희선아! 지구환경 생각하면 더 심란해. 미디어에서 보고 들었는데 요즘 화두 탄소 제로라데. 이산화탄소… 지구온난화

주범이지. 한데 우리 같은 아줌마 집에서 어떻게 해야 하는 거야. 음식 할 때 가스 말고 인덕션으로 요리하고, 베란다에 태양광 패널 달고… 또 뭐해야 하지. 아, 단열 되는 창틀 바꾸고. 냉난방도 전기로 해야지. 참 차도 전기차로 바꿔야겠네. 그런데 전기 뭐로 만드는데. 전기 60%가 탄소 배출하는 화력발전으로 만든다던데. 이거 탄소 제로 맞는 거야.

미세플라스틱은 더 대책 없어. 히말라야에도 있고 바다에도 있데. 물론 수산물, 소금, 맥주, 꿀 등에도 있고. 우리 몸속에도 있을걸. 그거 여러 곳에서 나오겠지만, 가정에서는 세탁기 돌릴 때 나와서 하천, 강, 바다로 떠돌다 돌아오나 봐. 희선아, 어떡해야 해. 거를 방법이 없잖아. 아이고, 이것저것 따지니까 머리 아파. 뇌 신경 엉키는 것 같아.

'유엔 미래보고서'라는 책 봤어? 나 왜 그 책 읽었나 몰라. 거기 보면 미래예측 연대표 있어. 기술, 과학은 발전해. 하지만 지구 생태계는 피폐해져. 암울해. 기후변화 심각하고 종 다양성 문제야. 절멸하는 종 부지기수래. 환경오염에 해수면 상승도 그렇고. 우리 대에는 그냥 1퍼센트 정도 '이따이이따이' 병 같은 거 걸리며 살겠지. 자식 세대는 2퍼센트쯤. 하지만 더 후대는… 정치가와 자본가의 획기적 변화, 결단 있어야 하지 않겠어. 하지만 현실은 요원하지. 정치인 표 얻어 집권하는 게 우

선이고, 기업가 돈 버는 게 제일이잖아. 탐욕의 표본 인간… 그
래 희선이, 적절할 때 멘트 넣네. 인류의 끝은 어디일까? 1년,
10년, 100년, 500년 후의 지구 미래.

　미래 타령 그만하고 사는 얘기? 좋아. 요즘 정치판, 주식판
개판이데. 정치인들 사생활(이건 가십도 아니고)도 그렇고. 주
식, 나 마이너스 1천만 원이야. 문제는 우리 집 주담대 받아 집
넓혔는데 금리 계속 오르잖아. 집값은 내려가고. 이거 제대로
돌아가는 세상이야?

　개판 얘기하니까 소싯적 들은 얘기 생각나. 개판, 어떻게 생
긴 얘긴지 알아. 며칠 쫄쫄 굶은 길고양이, 먹이 구하다 생선가
게에 진열된 생선 봤대. 구운 생선도 파는 가게였나 봐. 잘 구
워진 민어 한 마리 덥석 물어들고 튀었대. 품위있게 식탁에서
먹으려고. 했는데 그걸 본 동네 개 한 마리 왈왈대며 길고양이
쫓는 거야. 고양이 앗 뜨거라, 열라 뛰었지. 숨 차오르고 막다
른 골목이야. 다급해진 고양이 전봇대 올랐네. 한숨 돌리고 아
래 내려다보니 동네 개란 개는 다 모여서 자신을 향해 짖어대
는 거야. 고양이 길바닥 개들 내려보며 왈 '개판'이네.

　얘기 샜네. 사는 건 어떠냐고. 그냥저냥 살지. 아니, 사실 지
겹고 넌덜머리 나. 이런 삶이 결혼생활이라면 물리고 싶어. 남
편이라고 달랑 하나(능력 있는 여자는 둘, 셋도 거느릴 수 있으니

까) 있는 게 허구한 날 술 냄새 풍풍 풍기며 밤 12시 땡 소리에 맞춰 들어와. 남편 폭력적이냐고? 얘는, 내가 때리지. 어쨌든 그럴 위인이 못돼. 소심하거든. 뭐라고? 다음은 뻔하지. 발도 씻지 않은 채 자기 바쁜 거야. 내게도 꿀처럼 달콤한 신혼시절이 있었는지 긴가민가하다니까. 사업 때문에 바빠서? 사업 좋아하네. 내가 돈이나 왕창 벌어오면 말도 안 해. 창피해서. 응, 비전이란 일찌감치 엿장수에게 줘버린 만년 과장이야. 하긴 피차 마찬가지라고 내 비전도 그래. 육아휴직 중인데 언제 복직해서 유리천장 깨겠어.

그뿐이 아냐. 새끼라고 둘 있는데, 이놈들 누가 사내 아니랄까 봐, 극성 여간 아니야. 넌 하나라고. 좋겠다. 무자식 상팔자 맞아. 낮 동안 큰아이 목욕시키고 놀아 주면서, 자는 틈틈이 작은아이 우유병, 기저귀 삶고, 빨래, 집안 청소 벅찬 거, 애 키워본 사람은 알 거야. 하지만 산 넘어 산이라고, 첫째 네 살배기 녀석 어떤지 알아. 치우면 어지르고 다시 치우면 또 어지르고, 얼려서 밥이라도 먹이려면 밥그릇, 반찬그릇 뒤집고… 어떤 땐 감정 자제 못해 애 때려. 죽는다고 우는 애를 보니 후회도 되고, 나 자신 가엾기도 하고 몹쓸 어미란 생각도 들고. 감정 다스리고 애들과 나 자신을 대할 때마다 나 심각한 고민에 휩싸여. 과연 내게 모성애가 있는가 하고. 랜선에서 얘기하는 정상적인 엄마는 자식에게 언제나 따듯하고 너그러우며 신경질을 내는 법이 없잖아. 한데 실생활에서 이게 되냐고… 휴, 사는 게 뭔지.

이렇게 하루 가냐고? 웬걸, 악몽은 계속돼. 밤에도 쉬고 잘 수가 없어. 자식 누가 애물 아니랄까 봐, 두 녀석 밤에도 서너 번씩 깨서 우는 거야. 남편은 들은 척도 안 해. 남편 코 고는 소리와 애 우는 소리 듣고 있자니 만감 스쳐. 집 나가고 싶은 마음 꾹꾹 누르고 아이 달래지. 잠 한번 실컷 자는 게 소원이야. 이런 일상이 반복되다 보니 사는 게 사는 게 아니야. 서방이며 새끼들이 죄다 웬수야. 좀 가르쳐 줄래, 내가 뭘 보고 무슨 낙으로 살아야 하는지?

산업혁명 때 런던 시민들 평균수명 20살이었다고? 나도 어느 책에선가 읽은 기억나. 그 시대 사람들 7살 되면 공장 가서 하루 18시간씩 일했다는. 과도한 노동에 기아, 질병… 잠깐, 이거 냄새 나는데. 희선이 너, 어디 정당활동하니? 구의원이라고? 입당원서? 어쩐지 생전 연락 안 하던 계집애가… 그러니까 산업혁명 시대와 비교해 지금은 얼마나 잘 사냐. 닥치고 가만 있어라. 이것도 공갈 같은데. 누구는 닭은 쳤는데 '가마니' 쓰지 않아 총 맞았다는 얘기 들었거든.

그래, 그냥 사는 얘기나 하자.

바빠서 좋겠다. 남들은 쉴 새 없이 저만큼 앞서 달리고 있는데, 남들까지 갈 거도 없지, 누구… 계집애 바쁘다며. 나는 허송세월만 하고 있네. 나 정말 밥솥 안 오래된 밥처럼 머리에서 쉰내 나는 것 같아. 휴직주부도 그래. 그녀들은 화려한 옷차림으로 집안일 한다는데, 나는 갈 데 없는 부엌데기거든. 깨끗이 차려입으면 뭘 해. 애 어르다 보면 등이며 가슴에 침이며 우유투성이인걸.

나, 읽고 싶은 책 읽고, 보고 싶은 영화 보고, 친구들 만나 사는 얘기하며 음식 곁들여 술도 한 잔 마시고, 중단했던 운동도 하고… 할 거, 하고 싶은 거 너무 많아. 그런데 못 하잖아. 이건 육아 독박이야. 그래, 수다 아닌 푸념 됐네.

그래도 위안이 되는 게 하나 있어. 같은 라인에 철이 엄마 있어. 엘리베이터에서 마주치지. 근데 이 아줌마 하는 거 보면 코미디 따로 없어. 글쎄 화장이며 액세서리, 패션 따위는 생긴 데 조화를 맞춰야 하잖아. 그런데 이 아줌마 어떤지 알아. 다리 짧고 굵은 여자가 하체 드러나는 레깅스가 뭐야. 게다가 그녀는 최고 품질의 상품이 자신을 최고로 만든다고 생각하나 봐. 고가 립스틱, 고가 스타킹, 고가 아웃도어, 고가 신발… 이렇게 그녀는 최고만을 몸에 두르는 거야. 내가 보기에 그녀는 모든 기준을 광고에 맡긴 채, 행여 시대에 뒤떨어질까 봐 전전

궁금하고 있는 것 같아.

미디어가 문제야. 그래, 매력적인 외모에 모든 걸 완벽하게 해내는 여성… 남편과 아이를 최고로 만들기 위한 정보를 알고, 골프 치면서 문화강좌나 음악감상, 사진 등 문화생활도 해야 하는데 반드시 전문직 직업 갖고 있어야 해.

이해되기도 하고 안 되기도 한다고. 나도 그래. 우리나라 4십대 여자 칠십 퍼센트가 자신을 미시로 생각하고 있다며? 아줌마. 아니 의원님! 이게 보통 사람의 능력으로 가능이나 한 주문이야? 철인경기를 완주한 석학도 그렇게는 못 할 것 같아.

어쩌면 이건 이 시대의 비극인지도 몰라. 남자들 책임도 커. 뭐 과거는 용서할 수 있어도 못생긴 건 용서할 수 없다며? 가사 분담은 나 몰라라 하면서 맞벌이는 당연시하고. 이게 올바른 정신 가진 사람이 할 소리야. 그래, 하지만 문제는 모든 남자가 다 이 지경이라니까. 내 말이 틀린다고 생각된다면 오빠나 동생, 아니 길가는 남자들을 붙잡고 물어봐. 열이면 열 모두 이런 소릴 지껄여댈 테니.

아, 나를 페미니스트로 몰아붙이지 마. 나 어떤 주의도 이즘도 싫어. 아까도 얘기했지만 나는 기껏해야 수다와 신나게 도마질하는 거로 화 푸는 아줌마에 불과하니까. 어떤 땐 자유인 꿈꿔. 불공평, 불합리, 부당, 부박하다는 말 이해하겠다고? 아줌마, 아니 의원님! 나나 당신이나 분하고 원통하고 치욕스러워서 해야 한다고.

아이고! 저놈의 새끼. 내가 아끼는 화장품 죄 늘어놓고 얼굴에 잔뜩 처바르고 있네. 내가 잠시도 한눈을 못 판다니까. 잠깐만, 내 이놈의 새끼를….

"이년아! 너도 네 애처럼 컸거든. 똑같아. 모전자전이야, 쯧쯧. 계집애가 극성스러워 에미 고생도 시켰고 걱정도 많았었다. 입방아 어째 이리 똑같냐. 에미도 너 키우며 시대와 사회에 대해 생각 많았다. 사는 게 그런 거다."

"씨, 엄마는 왜 전화 엿듣고 그래?"

"지랄, 엿듣긴. 주방에서 설거지하며 애 배냇저고리 삶는데 어찌나 목청 큰지 다 들리더라."

"그럼 못들은 체하지 왜 나서."

"이년아! 내 손주 팰까 봐 그런다. 나 너 키울 때 매 안 들었다."

"얼래. 사흘에 한번 꼴로 맞았구만."

"시끄럽다. 애 씻길 테니 넌 늘어논 화장품 단도리해라."

"울 엄마 최고라니까. 오시라고 하길 잘했지."

"이럴 때만 엄마지. 자식이 뭔지…."

신 부창부수

"은숙씨! 지금 무슨 쌍소리를 그렇게 하는 거요. 배웠다는 사람이, 더구나 임신한 여자가… 창피하다 창피해!"

이게 무슨 소리냐고? 무슨 소리긴, 남편 바가지 긁는 소리지.

에구 귀두 밝지. 현관 들어서면서 구시렁거린 소리를 어떻게 듣고는. 하지만 내가 욕 안 하게 생겼어. 오늘 부장에게 한 방 먹었지, 에어컨 고장 난 차 끌고 집 오다 딱지 한 장 끊었지, 단지에 들어와 차 주차하려고 4바퀴를 돌았다고. 그뿐이면 말도 안 해. 누가 짐 옮기는지 엘리베이터가 8층에서 꼼짝도 하지 않는 거야. 걸어 올라갔지. 8층까지 올라와서 어떤 인간이 전세 낸 거야 하고 주위를 둘러봤어. 그런데 아무도 없어. 엘리베이터는 내려가고 있고. 열 받네. 그래서 에라 사우나 하는 셈 치고 14층까지 땀 삐질삐질 흘리며 올라왔다고. 생각해봐, 아무리 여자라도 이런 땐 절로 욕 나오지 않겠어?

남편은 이런 내 몸과 마음을 이해하지 못하는 모양이야. 냉채라도 만들려는지 오이 썰다 훈시해대는 거야. 나는 다소곳이 그의 말을 들었어. 그러나 남편 근엄한 모습에 기죽었을 거로 생각했다면 오산이야. 남편 앞치마 두르고 저녁식사 준비 중이었거든. 상상해봐. 요리하면서 마누라 야단치는 모습을.

나는 분위기 좀 돌릴 양으로 '당신 손 씻고 하는 거야' 하고 농담을 던졌어. 그런데도 그는 기분을 풀기는커녕 칼로 도마를 쾅쾅 내려치며 잔소리를 계속해대는 거야. 왜 저럴까. 곰곰 생각해 보니 이 기회에 실추된 남편 권위 되찾자는 뭐 이런 의도가 숨어있는 것 같아. 그래서 한 마디 해줬지.

"집에 오느라고 길바닥에 버린 시간이 2시간이라고, 에어컨 고장 난 차로 말이야."

"그게 욕하는 것과 무슨 상관이 있어?"

돈 벌기가 이렇게 힘들다, 뭐 이런 뜻으로 얘기했는데 먹통 못 알아듣네.

"왜 상관이 없어. 꽉 막힌 도로에서 운전대 잡고 욕 안 할 사람이 어디 있다고. 예의도 모르고 염치도 모르는 인간들뿐인데. 게다가 내가 뭐 욕을 당신한테 했단 말이야. 나한테 한 거라고."

그러자 남편은 마침 너 잘났다는 듯 입에 침 튀겨가며 속사포 늘어놓는 거야.

"이 아줌마가 입만 열었다 하면… 배울 만큼 배웠다는 여자가… 배 속의 아기가 뭘 보고 뭘 배우겠으며… 욕이나 달고 다니는 인간을… 항차 어떻게….”

그런데 어째 뭐가 이상한 것 같다고? 이상하긴 뭐가? 아, 남자와 여자의 역할? 이게 뭐. 능력 있는 사람이 버는 거 아냐? 집에 있는 사람이 살림하는 거고? 어떡하다 이렇게 됐냐고? 남편 공부하거든, 결혼 전부터 말이야. 그러니 어쩌겠어? 근데 알고 있어? 심상정 정의당 대표 남편, 2004년부터 전업주부인 거. 우리는 몇 년 안 됐지. 어쨌든 그 집 남편, 심 대표가 건네는 3백으로 생활한다던데. 나, 생활 될 만큼 남편 통장으로 이체하지.

남편 잔소리는 그칠 줄 몰랐어. 정말 안팎으로 볶아댄다니까. 아, 지겨운 바가지, 아내에게 다소곳이 순종하고 따르는 것이 남편의 도리이건만. 남편과 아내가 바뀐 것 같다고? 바뀌긴, 부창부수婦唱夫隨라고 들어봤어? 아내 주장에 따르는 것이 부부화합의 도道라는 뜻이야. 아, 요즘 개정판 국어사전에는 그렇게 나와. 찾아봤는데 아니라고? 아직 개정 못했나 보네.

내가 잘못했다고 할까도 생각해 봤어. 그때 친구들 얼굴 떠오르데. 결혼 초에 꽉 잡지 못하면 잡힌다는 충고와 함께. 그래, 물러설 수 없어. 잡아야 해.

"초보아저씨! 아저씨도 운전해 보라고. 욕이 안 나오나."

"뭐, 초, 초보아저씨? 나 날 무 무시하는 거야? 그 그래, 나 난 초보에 시 식돌이구…."

남편 말 한마디 할 때마다 칼이며 도마, 그릇 따위를 하나씩 쾅쾅 내려놓네. 에구, 이거 뭔가 잘못된 것 같아. 남편 아킬레스건 건드렸나. 그는 흥분하면 말을 더듬거든. 마구 자기 비하도 하고. 남편을 좀 달래야겠다는 생각에 남편에게 다가가 아양을 떨었어.

"동식씨! 욕지거리도 장점이 있다고요. 스트레스가 싹 풀린다니깐요. 당신도 한번 해보세요. 개 같은…. 얼마나 속이 후련해지는데요."

"그걸 지금 마, 말이라고 하는 거요."

그럼, 말이 아니면 개나 손가. 그러나 나는 참자고 다짐했어, 가정의 평화를 위해서 말이야. 나는 주섬주섬 반찬이며 수저 따위를 식탁 위에 올려놓았어. 씨, 내 아니꼽고 더러워서 정말. 이만큼 양보했으면 수그러들 줄도 알아야지, 더 기고만장이잖아.

냉랭한 기류는 밥 먹으면서도 계속됐어. 우리는 묵묵히 수저를 놀렸지. 입맛 없데. 나는 이 반찬 저 반찬을 헤집어놓고 젓가락으로 밥알을 깔짝거렸어. 사실 남편은 요리를 썩 하는

편이야. 물론 살림도 말할 나위 없지. 문제는 남편의 생활철학이야. 그는 조선시대 유생처럼 보수적인 데다 융통성이 전혀 없어. 데리고 살기 힘들겠다고? 그렇긴 해. 반면 나는 좀 외향적이지. 작은 일에 신경 쓰면 큰일 못하잖아. 그래서 남편에게 책잡힐 실수를 가끔 하지. 응? 화장실 가서 볼일 보고 물 안 내리는 실수 말이야.

그날 밤 우리는 서로 등을 돌린 채 돌아누웠어. 옛날이 그립더라고. 전에는 고생했다고 팔, 다리도 주물러주고 그랬거든. 그래서 그런 뜻으로 아 피곤해, 분명히 들리게 혼잣말 해봤어. 그러나 남편은 커다란 산이 되어 꿈쩍도 안 하는 거야. 나는 다른 방법을 썼어. 발가락으로 남편의 발바닥을 간지럽혔지. 이래도. 남편은 몸을 부르르 떨더니, 내 발을 거칠게 차고 이불을 반으로 탁탁 나누는 거야.

"내 더러워서 정말!"

에구, 큰일 났네. 또 습관적으로 욕 했잖아. 나는 황급히 내 입을 가로막았어. 그러나 이미 엎질러진 물이야.

남편이 일어나 앉더니 정색하더군. 저런 얼굴 본 적 있어. 남편이 내게 구혼할 때 표정이야.

"당신 내일부터 차 두고 다녀!"

감히 내게 명령을…. 이럴 땐 울먹울먹해야 하는 거라고? 웃겨. 내가 누군데. 이 집 가장이라고.

"그건 안돼… 요. 당신 아시죠, 나 임신 중인 거. 지하철에 사람이 얼마나 많은데. 2세를 위해서라고요."

"얘가 욕 배우는 건 괜찮고. 아마 이놈 나오면서 욕질부터 할걸."

"씨…."

삐거덕거림은 밤새 그칠 줄 몰랐어. 난 남편이 황소고집이라는 걸 잘 알아. 그게 열등콤플렉스 때문이라는 것도. 그만하고 싶었어. 그런데 이놈의 자존심이 붙잡고 놓아주질 않는 거야. 어쩌면 이건 내 의식 깊이 잠재해있는 남존여비 사상에 대한 반발인지도 몰라. 솔직히 난 이 사회가 불공평하고 불평등하다고 생각하는 사람이야. 직장뿐 아니라 가정에서도 그래. 지금 남편은 내 콧대를 꺾고 남자의 권위를 내세우겠다며 내 약점을 잡고 늘어지는 거니까. 휴, 출산휴가 받으면 남편과 종일 같이 있어야 할 텐데, 아옹다옹 신경전 벌일 생각하니 끔찍해. 그러니 내가 어떻게 물러나겠어.

아이 양육? 그야 물론 남편이 키워야지. 너무하다고? 웬걸, 할 수만 있다면 모유까지 남편이 먹여야 한다고 생각하는데. 남편은 자기가 돈 벌어올 테니 눌러앉아 애나 잘 키우라고 소리치지만, 난 그게 허풍이라는 걸 알아. 지가 뭔 재주로 취직을 하겠어. 나이제한에 걸릴 게 뻔한데. 그렇다고 장사를 할 거야, 노동할 거야.

싸움은 무승부야. 남편이 내 출퇴근을 떠맡겠다고 했거든. 나야 좋지. 근데 이 남자 보통이 아니야. 언제 이런 강단진 면이 있었는지, 결혼 후 다소곳하게 길들여가던 그가 아니라니까.

남편 뒤척거리며 잠 이루지 못하데. 나도 그가 운전하는 차를 타고 갈 생각을 하자, 걱정도 되고 삐죽삐죽 웃음도 나와. 남편 운전실력 알고 있거든. 말 마. 면허 딸 때 인지 도배했다니까. 그게 안쓰러워 날 잡아 좀 가르쳐줬더니, 땍땍거린다고 오히려 화를 내더라고. 걱정한다고 뭐가 달라지냐고? 맞아. 에라 모르겠다, 잠이나 자자.

이튿날, 남편 청심환 씹으며 조바심내데. 거들먹거리며 따라나섰어. 아파트단지를 빠져나오기 전부터 남편은 애를 먹고 있어. 어제도 얘기했지만, 주차질서 엉망이거든. 서민아파트에 웬 놈의 차만 이렇게 많은지, 하여튼 우리나라 사람들 의식에 문제 있다니까. 나는 우선 우리 차의 진로를 방해하는 차들을 좌우로 밀라고 지시했어. 그리곤 후진으로 차를 빼라고 말했지. 그것만 하는데도 진땀 흘리더군. 나는 혀를 쏙 내밀었어. 아이고 소리 나오지?

"어디로 가야 하는 거요?"

남편이 안전띠를 매며 말했어. 어이구, 저 자세하고는. 나는 내색을 감추고 직진하라고 그랬어.

부드럽게 출발하데. 나는 편하게 앉아 라디오를 틀었어. 듣는 프로 있거든. 기분 괜찮데. 이 맛에 사람들이 기사 두나 봐. 나는 흥얼흥얼 노래를 따라 부르며 슬쩍 남편을 곁눈질했어. 가관이야. 핸들 꽉 움켜잡은 손, 부릅뜬 눈… 저러다 눈알 튀어나오지 않으려나 몰라. 팬터마임 봤어? 꼭 그거라니까. 하지만 도로는 웃고 즐길 상황 아니었어.

난장판이야. 차들로 꽉 막힌 도로는 차선 따위는 무시한 채 서로 먼저 가려고 조금의 틈만 보이면 차 앞머리를 들이미는 거야. 저 몰상식한 놈들(어머, 차만 타면 이렇게 욕이 나온다니까). 정말이지 저런 놈들은 욕을 한 바가지 퍼부어도 시원치 않아. 에고, 차선 지키고 꼬박꼬박 신호 지키는 내 남편만 불쌍하지. 남들 줄줄이 끼어드는데도 남편은 속수무책이야. 차는 남들이 가면 미적미적 쫓아가고 서면 들입다 제동 페달을 밟아 정지하기를 반복했어. 부아 나서 오늘 중으로 가긴 가는 거냐고 남편에게 핀잔 줬어. 효과 있어. 죽자고 기를 쓰며 앞차만 따라가데.

그러나 역부족이야. 왼쪽 차선의 차들이 아슬아슬한 간격을 두고 밀고 들어오는데 별수 있어. 밀리다 보니까 차는 버스전용차선 쪽으로 들어가 있데. 그냥 그렇게라도 갔으면 좋겠는데 버스라고 가만있겠어. 까불지 말라는 듯 전조등 번쩍거리고 빵빵대니, 엄마 뜨거워라… 남편 목이 자라목처럼 오므라들데. 간이 워낙 콩알만한 인간이니 뭐.

버스전용차선 얘기가 나와서 하는 말인데 것도 문제 많아. 전용차선을 그어줬으면 일반차선으로 나오지 말아야 할 거 아냐. 거리도 안 두고 튀어나올 땐 아찔하다니까. 한두 대가 아니야. 모두 그따위라니까. 입에 욕 밴 게 이해 가지?

그러니 딱한 건 남편이야. 세상 물정을 몰라도 너무 몰라. 남편은 지금 악전고투 중이야. 이마며 콧잔등에서 흐르는 땀, 시동까지 몇 번 꺼진 터라 앞뒤 좌우 분간 못해. 못할 짓을 시키는 것 같아 후회돼. 하지만 남편이 원한 거잖아. 고생 좀 해야 해. 아내 노릇이 얼마나 힘든지도 알아야 하고.

얼마나 왔을까, 남편이 운전하는 것을 보고 있자니 답답하기도 하고 기가 막히기도 해. 하나를 보면 열을 안다는데, 이거 결혼 잘한 건지 모르겠어. 글쎄 차선을 못 바꾸는 거야. 왜긴 뒤에 오는 차 겁 나서지. 종일 직진만 하게 생겼다니까. 어디 그뿐이겠어. 질서 지킨답시고 건널목 앞에선 일단정지고, 교차로 노란불 신호에도 무조건 멈춤이야. 그러니 뒤에 있는 차들이 가만있겠어? 난리지. 그뿐이면 말도 안 해. 뒤에 있던 성질

급한 차들이 추월해 가며 우리에게 주먹감자를 먹이는 거야. 엄마 젖 좀 더 먹고 나오라는 둥, 얌마 너 같은 놈 때문에 시내 교통이 막히는 거야 둥 야유와 함께 말이야. 에구 못살아.

남편도 열 받긴 받은 모양이야. 얼굴 하얗게 질리더니 녀석들을 노려보데. 하지만 어쩌겠어. 애꿎은 내게 라디오 끄라는 둥 신경질을 내는 거야. 나 참, 그러게 왜 사서 고생을 해. 속으로 구시렁거렸어.

남편은 점차 험하게 차를 몰고 있어. 급출발하고 얼마쯤 가다 급제동 반복했어. 성인군자도 어쩔 수 없는 모양이야. 불안해 죽겠어. 하지만 아무 말도 안 했어. 예민한 성격에 뭐라고 한마디 해봐. 담배 생각 간절해. 아, 지금은 뱃속 아기 생각해서 안 피워.

신은 있나 봐. 가다 서길 반복하던 차들이 공덕동 교차로 부근에서 꼼짝도 못 하고 있었거든. 살다 보니 지하철공사현장이 도움 될 때도 있데. 응, 한시름 돌렸어. 지각하지 않겠냐고? 일 나게 생겼는데 지금 그게 대수야? 안달한다고 차가 날아가는 것도 아니잖아?

슬그머니 라디오를 다시 켰어. 세계여행 티켓을 놓고 퀴즈대결을 벌이고 있더라고. 마침 나도 참가하겠다고 벼르던 터라 온 신경을 집중했지. 그때였어, 뒤차들이 마구 경적을 울리며 전조등을 켜댄 것은.

"엄마! 애 떨어질라!"

정말 깜짝 놀랐다니까. 내가 정신 차리고 남편 바라보았을 때(아마 그도 나 이상 놀랐을 거야), 그는 혹시 자신이 무슨 실수라도 했는가 싶어 안절부절못하는 거야. 그는 주위를 살피고 차의 계기를 점검했어. 앞차와의 거리가 5미터쯤 벌어진 것 외에는 우리가 잘못한 점은 없었어. 운전 경력 5년인 내가 봐도 말이야. 그런데도 뒤차들의 난폭한 반응은 계속되는 거야. 남편의 안색이 붉으락푸르락한데. 드디어 그의 자제심이 무너지고 있는 거야.

남편이 창밖으로 얼굴을 내밀고 씩씩거리며 소리쳤어.

"야, 이 거지 발싸개 같은… 차 밀려있는 게 안 보여? 왜 빵빵거리고 야단들이야!"

야홋! 나는 손뼉을 치며 쾌재를 불렀어. 그러나 울상인 남편 얼굴을 보니 안됐다는 생각이 들기도 해.

이후로 남편은 예전처럼 조신해졌어. 당연히 차로 날 출퇴근 시켜주겠다는 떼도 안 쓰지. 남편 길들이기에 대해 박수를 보낸다고? 그런 소리 하지 마. 난, 이 현실이 슬프다고. 나 지금 반성하고 있어. 남편하고 접시는 내돌리지 않는다는 말이 있듯, 나 다시는 남편을 시험에 들지 않게 할 작정이야.

그 남자가 18층에서 내리는 이유

우리 동네는 산에 접해 있다. 학교가 파한 후 나는 걸어서 산자락을 돌아 집으로 돌아온다. 얼마 전까지 산은 겨울이었는데 지금은 아카시아꽃이 흐드러지게 피어있다. 향기가 맡아진다. 조용하고 평화롭다. 나는 이런 우리 동네가 좋다.

그런 어느 날, 한 남자가 우리 앞집으로 이사 왔다. 남자는 흰 피부에 이목구비 정연한 외모를 갖고 있다. 특히 긴 손가락에 드러난 푸른 정맥이 섬세한 성격의 소유자라는 인상을 준다. 단지 흠이 하나 있다면 키가 작다는 것이다. 하지만 그의 작은 키는 나와 썩 잘 어울린다. 왜냐하면 나도 큰 키-나는 초등학교 5학년 소녀다-가 아니기 때문이다.

그날 이후 나는 우리 집 번호키를 누르기 전에 그 남자의 집을 쳐다보는 버릇이 생겼다. 35층 4호가 그 남자의 집이다. 그 집의 문은 좀처럼 열릴 줄 모른다.

다른 버릇도 생겼다. 학교를 파하고 집으로 걸어올 때, 나도 모르게 그 남자의 푸른 정맥을 생각한다. 푸른 정맥은 그 남자의 긴 손가락과 준수한 외모에 겹쳐진다. 아마 그 남자가 그 시각에 이사 왔기 때문일 것이다. 그러나 나는 집에 있을 때나 학교에 있을 때, 줄곧 그 남자만 생각하는 멍청이는 아니다. 왜냐고? 남들에게 내 속마음을 들킬 염려가 있지 않은가.

그날도, 나는 막 올라가려는 엘리베이터를 후닥닥 뛰어가 잡아탄다. 물론 아파트 입구에 들어설 때 그 남자 생각은 이미 걷어낸 후다. 그러나 엘리베이터 안에 그 남자가 있다. 얼굴이 후끈 달아오르며 숨이 가빠진다. 나는 마음을 진정시키고 태연스러운 척 거울을 쳐다본다. 거울 속에 비친 남자의 얼굴은 무심하다. 내 존재에 대해 전혀 모르고 있는 듯하다. 내가 원하던 바다.

땡. 엘리베이터가 멎고 문이 열린다. 남자를 따라 내리려던 나는 이곳이 18층이라는 사실을 깨닫는다. 나는 닫힘 단추를 누르고 받침대를 밟고 올라서서 35층을 누른다. 내 머릿속에는 온갖 의문들이 뽀글거린다. 왜 그 남자는 18층에서 내렸을까. 나는 생각하고 상상하고 추리한다. 그러나 그 범위는 12세 소녀의 틀 안이다. 나는 내가 모르는 어른들의 세계가 많다는 것을 알고 있다.

그 남자는 그 후에도 몇 번 더 엘리베이터에서 나와 마주쳤다. 그때마다 그 남자는 18층에서 내렸다. 더 이상한 점은 내가 먼저 타고 있을 때였다. 내가 먼저 타고 있을 때, 그 남자는 나와 같이 35층에서 내린다. 나는 궁금해서 견딜 수가 없다. 그 이유를 밝히기 전에는 잠도 못 잘 것 같고 공부도 안 될 것 같다.

내 일기장에는 어느덧 그 남자가 등장한다. 학교수업을 끝내고 집에 돌아올 때만 그 남자를 생각한다는 나 자신과의 약속을 깬 것이다. 하지만 나는 다른 사람들에게, 특히 엄마에게는 그 남자에 대한 비밀을 말하지 않을 작정이다. 어른들은 아무것도 아닌 일을 문제 삼아 부풀리는 나쁜 습성이 있기 때문이다.

다행인 점이 있다면 혼란의 와중에도 나는 내 일상을 빈틈없이 조율할 수 있었다는 것과, 그 사이 그 남자와 내가 안면을 익혔다는 사실이다. 이제 나는 그 남자에게 '안녕하세요' 라고 인사를 건넨다. 그 남자도 내게 웃으며 가볍게 눈인사를 보낸다. 그렇지만 그 남자가 18층에서 내리는 이유는 여전히 의문이다.

나는 혼자 18층에 내려 보기도 했다. 그러나 아무리 살펴봐도 35층과 다를 게 없었다. 탐정처럼 이곳저곳을 기웃거리며-확대경까지 동원해 가면서-뭔가 단서를 찾아보려고 했지만 별 소득이 없었다. 그래서 나는 그 남자와 같이 18층에서 내려보

앉다. 그러나 그 남자는 나를 의식했음인지 35층까지 계단을 오를 뿐이었다.

이제 그 남자는 내 일상의 호수에 던져진 돌멩이다. 아마 그 남자가 우리 옆집으로 이사를 오지 않았다면, 나는 애거서 크리스티의 추리소설을 읽으며 포아로나 미스 마플이 되어 그들이 풀어가는 사건 속에 푹 빠져들었을 것이다. 그러나 이제는 아니다. 꼭 이 사건을 밝혀야 한다는 책임과 의무가 생긴다.

나는 침착하자고 자신을 타이르며 여태까지의 전후 맥락을 되짚어본다. 한 남자가 이사를 왔다. 나이는 30세 전후, 썩 잘생긴 외모를 갖고 있지만, 미혼으로 짐작된다. 일정한 직업이 없다. 다만 이삿짐 속에 들어있는 노트북과 프린터로 보아 글을 쓰는 사람이 아닌가 추측된다. 여기까지는 아무런 문제도 없다. 문제는 왜 35층에 사는 남자가 18층에서 내리는가 하는 점이다. 그 남자의 친척이 18층에 살고 있어 반찬이나 김치 따위의 부식을 얻으러 들렀다, 이런 추리도 가능하다. 그래서 나는 18층에 있는 두 집을 방문했다. 그러나 그 집들은 35층의 그 남자와 아무런 관계도 없었다.

지금 내 머릿속은 휘슬 달린 주전자처럼 소리를 지르며 끓어 넘치기 직전이다. 이제 내가 할 방법은 직접 부딪히는 것, 그것뿐이다. 나는 기회를 노려 엘리베이터에 그 남자와 같이 탄다. 나는 어른에게 모든 걸 맡긴 어린아이처럼-물론 위장이다-행동하며 그 남자를 지켜본다. 그 남자는 층 단추를 누르지 않고 우물쭈물한다. 나는 신발끈을 고쳐 매는 척하면서 그 남자의 행동을 관찰한다. 그 남자의 목적지는 역시 18층이다.

나는 이때를 놓치지 않고 그 남자에게 묻는다. 물론 나는 이때 내가 어떤 표정으로 말해야 하는지 알고 있다. 순진무구한 12살 계집애의 표정을 지어야 한다는 것, 무심히 지나가는 말투로 얘기한다는 것 등등.

"아저씨? 아저씨 집은 35층인데 왜 매번 18층에서 내리세요?"

그 남자의 얼굴이 움찔하더니 굳어진다. 이윽고 그 남자가 안색을 풀고 나를 한동안 바라보더니 한 걸음 다가온다. 그리곤 침울한 목소리로 내 귀에 대고 말한다.

"꼬마야."

꼬마라니, 나를 어떻게 보고 하는 소리야. 그러나 그 남자는 내 기분 따위는 전혀 개의치 않고 말하고 있다.

"내가 너한테만 하는 말인데, 35층 단추까지는, 음… 손이 안 닿잖니. 눈으로 보고도 모르니?"

남편이 심령술사?

이름 김카라, 결혼생활 7년째, 그러나 무자식(상팔자?), 그리고 카피라이터. 아, 서울 아파트값 급등 전, 대출 끼고 작은 거처를 하나 마련한 일도 프로필에 추가하자.

대충의 이력이다. 이런 나를 두고 뭇 사람들은 부러움의 시선을 던진다. 자신 있게 사는 현대 여성의 표본! 이상적인 기혼여성상!

그러나 그건 나를 모르고 하는 소리다. 내게도 문제는 있다. 물론 나는 직장에서 인정받고 있으며 내 일에 자부심과 보람을 느낀다. 문제는 그쪽이 아니다. 그렇다. 남편이 속을 썩인다. 그렇다고 남편이 '셔터맨'이라거나 '마마보이'란 소리는 아니다. 바람을 피운다는 건 더더욱 아니다.

남편은 기자였는데 지금은 휴직 중이다. 기자 생활이 힘든 줄은 안다. 밤새워 뻗치기 해 기사 썼는데, 데스크에서 줄 찍찍 그어버리기 일쑤였을 테니까. 어쩌면 일주일에 몇 번씩 그런 수모를 당했는지도 모른다. 하지만 그 정도도 못 견딘다면 이 험난한 인생 어떻게 살아갈까. 나 역시 카피 문구 한 줄을 위해 일주일, 한 달을 끙끙거린 적이 부지기수다.

맞벌이였는데 지금은 외벌이니 대출금에 공과금, 생활비 등 살기가 벅차다. 어떻게 된 사람이 처자식(참, 자식은 없지) 먹여 살릴 생각은 안 하고 저렇게 집에서 빈둥거릴 수가 있는지. 무슨 심볼까. 남편은 복직할 생각이 있는지 없는지 마냥 빈둥거린다. 한량도 이런 한량이 따로 없다.

나는 부식을 사기 위해 집 근처의 마트에 와있다. 매장은 퇴근 무렵이라 장을 보러 온 사람들로 북적인다. 약간 부아가 돋는다. 이런 거라도 좀 도와주면 얼마나 좋아. 퇴근하는 아내를 위해 저녁 찬거리를 마련하는 남자들이 부럽다. 나 홀로 가구라고? 어쩌면…. 간혹 부부가 함께 캐리어를 밀고 가는 커플도 보인다. 좋은 그림이다. 나는 간편식에 조리된 반찬 몇 가지를 카트에 담는다.

휴직에 소원한 부부관계… 4,5년 직장생활을 하는 사이 내 월급이 남편 월급보다 많아지기 시작했다. 이게 문젤까. 회사에서 인정받지 못하고 와이프에게 무시당하고….

남편은 매사 트집을 잡고 사사건건 신경질을 부리다 요즘엔 뭔가에 몰입해 있다. 심령술이다. 짜증을 안 내니 다행이지만 이 역시 걱정이다. 일이 없는 삶이란 페인으로 가는 지름길 아닐까. 어쨌거나 그가 영향 받은 건 유튜브에서 본 초능력자가 묘기를 보이는 걸 보고 난 후인 듯싶다. 하지만 그런 거라면 나도 본 적이 있다. '유리 겔라'인지 '유리 껠라'인지 하는 사람이 시곗바늘을 마구 움직이고 숟가락을 휘어놓는 따위의 쇼 말이다. '메두사'라는 영화와 스티븐 킹의 '캐리'란 소설을 보고 읽은 적도 있다. 그렇지만 그게 무어 그리 대단한 걸까. 그 염력念力이라는 게 내게는 황당하거나 괴기스러울 뿐이다. 어쨌든 나는 심령술이라는 게 뭔지도 모르고 알고 싶지도 않다.

현실적인 문제도 있다. 집안 세간이 하나, 둘 제 기능을 잃어가고 있다. 까짓것 그런 건 버리면 되지만, 그가 심령술사가 돼 염력을 휘두른다면 얼마나 끔찍할까.

가관인 건(아니 점입가경이라고 해야 하나), 술까지 마신다는 점이다. 퇴근해 집에 돌아오면 그는 취해있기 일쑤다. 대낮부터 술을 마신 게 분명하다. 그가 안쓰러워 마음을 달리 먹어보기도 하지만, 파김치가 되어 돌아온 나를 본 척도 하지 않을 땐, 내 인내심도 한계에 다다른다. 뭔가 선을 긋거나 관계를 정리해야 할 것 같다.

오늘도 다르지 않다. 그는 주방에서 술을 마시고 있다. 눈이 충혈된 걸 보면 이미 많이 취한 듯싶다. 그는 주사酒邪라고까지 할 수는 없지만 안 좋은 술버릇을 가지고 있다. 마셨다

하면 인사불성이 되도록 술을 퍼마시는 것이다. 남편 직장생활 할 때 많이 겪었다. 솔직히 남편 흉을 보려니 창피한 생각이 들기도 하지만 이참에 까발려야겠다. 그가 어느 날인가는 술에 취해 자다가 벌떡 일어나더니 방문이 아닌, 창문으로 나가려고 하고 있었다. 나중에 알고 보니 화장실에 가려고 그랬다는 것이다. 우리 집은 작은 평수라 화장실이 하나다. 또 하나도 역시 화장실과 관련된 일인데, 자다가 일어나 장롱문을 열고는 볼일을 보아 버리는 것이 아닌가. 취중에 거기가 화장실이라고 생각했던 모양이다. 기막히고 살림 규모까지 드러나니 쪽팔린다. 농 바꿨다. 그러고 보면 남편의 주사(아니 기행이라고 해두자)는 술을 먹으면 발동하는 모양이다.

남편을 건드리지 않기로 한다. 묵묵히 부식들을 냉장고에 쟁여 넣으며 그를 곁눈질한다. 오늘 그의 학습은 숟가락 구부리기인 모양이다. 그는 뚫어져라, 아니 구부러져라, 숟가락을 노려보고 있다. 5분, 8분… 숟가락은 요지부동이다. 숟가락도 자존심이 있지, 취한 놈 말 들겠는가. 안 되겠다고 판단했는지 남편은 다시 매직인형(머리와 몸통, 발은 판지로 형상을 갖추고 있고, 그 머리와 몸통, 발을 연결하는 부분은 실이다.)에게 일어서라고 명령한다. 매직인형은 메롱 하는 듯 식탁 위에 어지럽게 누워있다. 그러길 십여 분, 그의 눈빛이 점점 자신을 잃어간다. 어느 순간 그의 눈과 내 눈이 맞부딪힌다. 그가 꼬리를 내리는 강아지처럼 슬그머니 내 시선을 피한다.

어쩌다가 남편이 저렇게 천덕꾸러기가 됐단 말인가. 아까의 남편에 대한 분기는 다 어디 갔는지 나는 울컥 몸을 떤다. 예전의 남편은 매사에 자신만만했는데. 혹시 내가 남편을 저렇게 만든 것은 아닐까. 세계를 지배하는 것은 남자고, 그 남자를 지배하는 것은 여자라는데. 나는 남편에게 자신감을 되찾아 줘야겠다는 생각이 들기도 한다. 하지만 나는 그런 식의 감정표현에 미숙하다. 저녁이나 차려 같이 먹자.

거실과 안방, 건넌방을 건너다니며 청소를 하면서도 신경은 온통 남편이 있는 주방 쪽으로 집중되어 있다. 냉장고 문을 여닫는 소리와 술병이 부딪히는 소리 따위들이 다시 신경을 잡아당긴다. 나는 진공청소기의 흡입력을 최대로 올린다.

바로 그때, 남편의 괴성이 들려온다. 나는 청소기를 내던지고 주방으로 달려간다.

"여보! 드디어 해냈어. 내가 화장실 문을 열면서 '켜져라, 불!' 하고 소리치자 불이 켜지고, 화장실 문을 닫으며 '꺼져라, 불!' 하고 말하니까 불이 꺼졌어. 해낸 거라고. 이제 된 거라고."

남편은 부들부들 떨고 있다. 주방 바닥을 뒹굴고 있는 술병들, 그리고 풀어진 눈과 몸… 남편은 만취 상태였다. 나는 퍼뜩 집히는 게 있어 서둘러 냉장고 문을 연다. 아뿔사, 나는 그대로 바닥에 주저앉고 만다. 맙소사 냉장고에 실례를 하다니, '유리 깰라'라는 사람이 심령술사인지는 모르지만, 내게는 원수임이 분명하다. 머릿속에는 빙빙 떠도는 말… 신이여, 냉장고를 버려야 합니까, 남편을 버려야 합니까.

머릿속이 맑아지면서 응답이 들려온다.

'둘 다 버려라!'

들들이 아빠, 딸딸이 아빠

길남씨는 시계바늘이 6시를 가리키자 뒤도 돌아보지 않고 주차장으로 뛰었다. 뒤통수가 근질근질한 것도 같았다. 욕해도 어쩔 수 없지. 회식 자린데 누군 가고 싶지 않나 뭐. 그렇지만 보름달 같은 배를 안고 애오라지 남편만을 기다리고 있는데 어떡하란 말인가. 더구나 아내의 출산예정일은 닷새 앞으로 다가와 있지 않은가. 길남씨는 자꾸 떠오르는 음식과 술, 여흥 따위들을 밀어냈다. 나도 아들을 본다고. 길남씨는 애써 자위하며 차에 시동을 걸었다.

아파트 현관을 들어서다 옆집 철이 아버지(그는 명실공히 아들 둘을 거느린 들들이 아빠다)를 만났다. 그는 목욕탕에 가는지 떡하니 비누며 수건 등속을 아들 녀석들에게 들리고 나서는 중이었다. '이번엔 득남하셔야 할 텐데.' 철이 아버지가 껄껄 웃었다. '그럼요, 이번엔 틀림없을 겁니다.' 길남씨는 철이 녀석의 볼을 쓰다듬어주다가 살짝 꼬집었다. 녀석이 얼굴을 찡그리며 씨이 하고 중얼거렸다. 정말 일찍이도 퇴근했네. 좋긴 좋겠다.

서로 등도 밀어주고.

딩동. 누구세요? 수연이 목소리였다. 길남씨는 대꾸 없이 재차 초인종을 눌렀다. 누구시냐니깐요? 이번에 수진이가 앙칼지게 말했다. 영악한 것들. 아내의 빈틈없는 교육이 발휘되는 순간이었다. 응, 아빠하고 대답하자 비로소 문이 열렸다. 길남씨는 쪼르르 달려온 수연이와 수진이의 볼에 입을 맞췄다. 아내는 그제야 뭉그적거리며 거실로 나서고 있었다. 길남씨가 황급히 달려가 아내 손을 잡았다.

"그냥 편히 쉬고 있어. 오늘 별일 없었지? 내가 저녁 준비할게."

아내는 당연하다는 눈치였다. 제기랄, 길남씨가 회사 일에 집안일까지 두루 떠맡게 된 건 아내가 아들 태몽을 꾸고부터였다. 길남씨는 5대 독자에 종손이었다. 딸만 둘인 길남씨 부부에게 당연히 어머니와 아버지, 친척 등 여기저기서 온갖 지청구와 핍박이 끊이질 않았었다. 가관인 건 아내의 선언이었다. '뭐야, 내가 애 낳는 기계도 아니고. 아들 낳을 때까지 낳아보라고. 못해!' 이렇게 아내는 5년이란 세월을 정말 당차게 버텼다. 안팎으로 길남씨의 스트레스는 이루 말할 수 없었다. 그런 어느 날, 아내가 아들 태몽을 꾸었다며 호들갑을 떨었다. 그런 지경이었으니 길남씨에게 돌연한 아내의 심경변화는 다만 감사하고 황송할 따름이었다. 그러니 어찌 길남씨가 아내를 받들어 모시지 않을 수 있겠는가.

탕탕탕. 길남씨는 흥에 겨워 칼을 들고 마구 도마질을 해댔다. 밥은 타이머를 맞추어 놨으니 이미 됐을 것이고, 어머니가 마른반찬에 밑반찬을 냉장고 가득 쟁여놓아 주셨으니. 이크, 찌개 끓어 넘치네. 길남씨는 불을 줄이고 냄비 뚜껑을 열었다. 그리곤 두부와 파를 넣었다.

"자, 식사 시간입니다!"

길남씨가 숟가락으로 사기그릇을 땡땡 두들겼다. 아내가 딸아이들을 시종처럼 거느리고 식탁의자로 걸어왔다. 길남씨는 영화에서 본 대로 의자를 끌어 아내와 딸아이들을 식탁 앞에 앉혔다. 아이들은 맛있다고 먹는데 아내는 아니올시다였다. 아내는 밥 공기에 밥알이 몇 알인가 세기라도 하듯 젓가락으로 깔짝거리다, 다시 이 반찬 저 반찬을 헤집어놓았다. 아니꼬와서 못 봐주겠네. 길남씨는 끝없이 구시렁거렸다. 옛날 같았으면 국물도 없는 건데. 아니 참아야지.

설거지하는데 아내의 비명이 들려왔다. 길남씨는 황급히 고무장갑을 벗어던지려 했으나 쉽지 않았다. 하긴 들어갈 때도 그렇게 어렵게 들어갔으니. 할 수 없이 장갑을 낀 채로 안방엘 뛰어들었다. 아내가 배를 움켜쥐고 울부짖으며 방바닥을 굴렀다. 산기가 있는 것 같았다. 덩달아 수연이와 수진이도 울먹울먹하더니 '엄마' 하며 따라 울었다. 울음소리가 스테레오로 온 방 안에 울려 퍼졌다. 처음이 아니건만 길남씨는 안절부절 어찌할 줄 몰랐다. 어떡해야지. 그래, 병원으로 가야지. 길남씨는 허둥지둥 아내를 어깨로 부축해 차에 태웠다.

차를 출발시키는데 경황 중에도 아내가 대학로로 가자고 말했다. 동네에 가까운 의원도 많건만 아내는 꼭 종로구 연건동에 있는 병원이라야 한다는 것이었다. 기실 길남씨도 그 병원이, 시설이 좋고 훌륭한 박사님들이 즐비하며 간호사들이 친절하다는 신문기사를 본 적이 있었다. 그러나 아내가 믿는 건 고교동창인 그 병원의 간호사였다. 아내는 그 사실이 무슨 악어가방 줄이라도 되는 줄 알고 있었다. 동창이 산부인과도 아닌 외과병동에서 근무하고 있는데 말이다.

어찌 잠잠하다 싶어 길남씨는 룸미러로 힐긋 아내의 동태를 살폈다. 그녀는 내가 언제 배를 쥐고 방바닥을 굴렀냐는 듯 딸아이들을 양옆에 두고 시시덕거리며 장난을 치고 있었다.

"예정일이 닷새나 남았다며. 이거 괜히 헛고생하는 거 아냐."

"자기는, 그럼 내가 죽는다고 소리라도 질러야 좋겠다는 거야."

뭐 그런 건 아니지만 어째 이상하잖아. 길남씨는 병원으로 가면서도 오늘은 아닐 거라고 지레 넘겨짚었다. 그래도 혹시 알 수 없으니까 일단 가보는 거라고. 만일 태평히 집에 있다, 자신의 손으로 아기를 받게 되면 어쩐단 말인가.

"틀림없겠지?"

"뭐가?"

아내는 딴청이었다. 갑자기 길남씨는 이번에도 딸일지 모른다는 불안감이 되살아났다. 아니야, 그럴 리 없을 거야. 저렇게 자신만만한데, 믿는 구석이 있어서 저러겠지. 사실 길남씨가 아들을 보기 위해 나름의 정성을 들이지 않은 것은 아니었다. 여자는 채소를 많이 먹고 남자는 고기를 많이 먹어야 한다는 식생활 습관부터, 컴퓨터 앞에 오래 앉지 않는다는 생활철칙까지 두루 지켜온 터였다. 그래도 의구심은 사라지지 않아, 초음파검산가 뭔가로 아내 뱃속의 녀석을 확인해보고 싶은 마음이 굴뚝같이 치밀었었다. 아들을 낳는 가장 확실한 방법,-그 검사를 해봐서 딸이면 중절시켜 버리는- 길남씨는 알고 있었다. 끔찍했다. 온몸에 소름이 돋으며 부르르 진저리가 쳐졌다.

그렇지만 길남씨 부부는 한때 그 검사를 놓고 고민을 한 적이 있었다. 아내가 먼저 고개를 절레절레 흔들었다. 길남씨도 같은 생각이었다. 길남씨와 아내는 천주교신자였다. 한데 막상 닥치고 보니 그게 아니었다. 그 검사를 했어야 했나. 그래 볼걸. 아니야. 그건 절대로 용납할 수 없어. 결국, 길남씨는 애타게 신을 찾을 수밖에 없었다. 자비로우신 성모님! 은총을 베푸소서….

부랴부랴 아내를 분만실로 들여보내 놓고 나니 온몸의 기운이 쏙 빠져버렸다. 길남씨는 갑자기 뭔가 잃어버린 듯한 허전한 느낌에 사로잡혔다. 아차차, 내 정신 좀 봐. 이 녀석들이 어디 갔지. 수연아! 수진아! 길남씨는 주위를 돌며 아이들을 찾았다. 녀석들은 복도의 구석빼기 의자에 버려진 아이처럼 오도카니 앉아있었다. 너희들이 무슨 잘못이 있단 말이냐. 다이 아빠 잘못이지. 길남씨는 비감스러워졌다. 녀석들은 엄마아빠의 심정을 십분 헤아리고 있었던 것이다.

그러나 그 자책도 잠시뿐이었다. 아내의 비명이 다시 들려왔다. 길남씨는 연방 아내가 들어간 분만실을 흘끔대며 일어섰다 앉았다, 여기저기를 왔다 갔다 서성였다. 그래도 초조하기는 마찬가지였다. 가만있자 아내가 꾸었다는 아들 태몽이 뭐였더라. 해가 몸속으로 들어오는 거라고 했던가. 아닌데. 그럼 뭐였지. 길남씨는 그 태몽을 기억해 내야 아내가 아들을 낳을 것 같은 주술적인 힘에 사로잡혔다. 생각나라, 제발. 하지만 그럴수록 길남씨의 머릿속은 하얗게 비어갈 뿐이었다. 그때 아기

울음소리가 들려왔다.

"조경순 씨, 보호자 분!"

길남씨는 초등학생처럼 '네' 하고 씩씩하게 대답했다. 그리곤 간호사에게 달려가 사근사근 물었다. 산모는 건강한지, 그리고 아기도. 그녀가 말없이 싱긋 웃으며 어서 들어가 보라는 시늉을 건넸다. 길남씨는 이번엔 딸아이들의 손을 잡고 회복실로 뛰어갔다. 아내는 바람 빠진 자동차 타이어처럼 푹 짜부라져 있었다. 길남씨는 아들이지라고 물어보고 싶은 마음을 애써 밀어내며 치하의 말을 늘어놓았다.

"수고했어. 고생 많았지."

아내는 예전의 부른 배를 안고 호령하며 길남씨를 부리던 군주가 아니었다. 이제 아내는 처녀시절처럼 얌전해져 있었다.

"자기야, 우리 돈 벌었다. 공주님이래. 포경수술비 안 들여도 되잖아."

아내가 슬며시 고개를 돌렸다. 길남씨는 억장이 무너지는 기분이었다. 신이여! 당신이 정말 계시긴 계신 겁니까? 저는 5대 독자에 종손이란 말입니다! 아무런 대답도 들려오지 않았다. 길남씨의 머릿속엔 다만 어린 시절에 봤던, 못난이 삼형제 인형 중에서 가운데 인형의 모습이 막 태어난 녀석과 겹쳐질 뿐이었다. 녀석의 출생으로 못난이 삼형제 인형은 구색을 갖추는 모양새였다.

길남씨는 딸아이들을 아내 곁에 두고 밖으로 나왔다. 5월의 봄날은 마냥 따스했다. 나무들은 푸르름을 더해갔고 화단엔 라일락이며 장미 따위의 꽃들이 흐드러지게 펴있었다. 믿을 수가 없었다. 자신이 이렇게 피폐한데, 세상은 여전히 평화스럽고 아름답다는 것이.

이제 어떡해야 하나. 길남씨는 하릴없이 이곳저곳을 배회했다.

다시 길남씨의 발걸음이 머문 곳은 미우나 고우나 아내가 있는 곳이었다.

길남씨가 막 회복실 문을 열 때였다. 찢어지는 목소리가 들려왔다.

"아이고, 또 딸이라니! 이게 도대체 몇 번 째란 말이고. 칠공주 아닌가벼. 이 일을 우짜면 좋을꼬."

성장한 중년여인이 대성통곡하고 있었다. 성장에 어울리지 않게 그녀는 표정이 너무도 생생했고 어투도 충분히 원색적이었다. 그럼 저 집은 딸만 일곱이란 말인가. 남의 일 같지 않았다. 그래, 저런 사람들도 있는데. 모녀가 건강한 것에 감사해야지. 유심히 보지 않아 그렇지, 병원은 아픈사람 천지가 아니던가.

길남씨는 아내의 건강한 출산을 축하할 선물과 아기의 신생아용품을 사기 위해 다시 발걸음을 돌렸다. 갑자기 녀석이 보고 싶어졌다. 녀석은 어떤 모습을 하고 세상에 나왔을까. 정말 못난이 삼형제 인형의 가운데 녀석이라도 좋았다. 아빠인 내가 녀석의 출생을 축하해주지 않으면 누가 축하해준단 말인가. 길남씨의 발걸음이 빨라지고 있었다.

바이블 코드 속의 凡人

마이클 드로스닌의 '바이블 코드'란 책을 펼친다. 잡지기사를 보고 서점에서 산 책이다. 책에는 2차 세계대전, 케네디 대통령 피살, 로스앤젤레스와 고베지진, 걸프전 따위의 사건들이 시간과 장소와 함께 코드 속에 나타나 있다. 아, 다른 예언들도 코드 속에 암호화되어 있다. 예컨대 2030년 지구가 혜성과 교차하며 그 옆에 어둠과 침침함, 파멸된 지구가 나타나는 식으로.

코드 도출과정은 구약의 모세 5경이 모체가 된다. 여기서 중요한 것은 성경의 내용이 아니라 글자 자체다. 성경에 있는 문자를 히브리어 글자로 입력하고 띄어쓰기한 빈칸을 모두 없앤다. 그러면 30만4천8백5자의 히브리 알파벳이 늘어선다. 이 글자 배열을 컴퓨터 프로그램으로 검색하면 있었던 사건이나 일어날 사건에 대한 암호를 찾아낼 수 있다는 것이다. 이렇게 찾아낸 코드들이 우연히 나타날 확률은 0.001% 이하라고 한다.

책은 장정판의 표지가 안겨주는 딱딱한 만큼이나 내용을

이해하기도 접근하기도 힘들다. 아니 더 정확히는 분통이 터진다. 그것은 굵직하거나 끔찍한 사건에 대한 무수한 열거 때문이기도 하고, 내가 히브리어 문자를 전혀 읽을 수 없다는 열패감에서다. 어쩌면 나는 완성도 높은 한 편의 소설을 기대했는지도 모른다.

열패감을 떨치기 위해 나는 담배를 한 대 피워 문다. 열패감은 담배 연기처럼 허공으로 흩어진다. 그러나 머릿속에선 다른 반발이 고개를 든다. 왜 평범한 사람에 대한 예언은 없는가 하고. 그것은 이내 호기심으로 내게 다가온다.

나는 집중력을 갖고 히브리어 자음표를 반복해 숙지한다. 생경한 철자들이라 쉽게 눈에 들어오지 않는다. 이번에는 소리 내 읽으며 철자를 써본다. 그렇게 하길 30여 분, 비로소 책 속의 히브리어 철자들이 떠듬떠듬 읽힌다. 하지만 그뿐이다. 이래봤자 범인凡人에 대한 예언을 찾아낼 수 없다는 사실을 나는 알고 있다.

나는 곧 일상으로 복귀했지만, 바이블 코드 속 평범한 사람에 대한 예언은 내 의식 속에 잠재해있었다. 어쩌면 나는 나 자신의 미래를 엿보고 싶은 것인지도 모른다. 아주 조금만이라도. 그것은 평범하고 권태로운 일상에 젖어있던 사내가 품을 수 있는 어떤 위안이나 희망이었는지 모른다.

평범한 일상을 보내다 나는 우연히 용산전자상가의 컴퓨터 전문가에게서 모세 5경 코드프로그램을 구할 수 있었다. 신실한 가톨릭 신자인 컴퓨터전문가도 바이블 코드에 깊이 빠져있었던 까닭이다. 나는 컴퓨터공학, 고난도 수학 운운하는 그의 얘기를 채 듣지 못하고 가게를 빠져나왔다.

나는 모세 5경 코드프로그램이 담긴 플래시 메모리를 컴퓨터와 연결한다. 디렉터리 검색결과 모세 5경 코드프로그램은 한 개의 히브리어파일과 몇 개의 실행파일로 이루어져 있다. 나는 하드디스크로 모세5경 파일들을 복사한다. 프로그램에 담긴 30만여 자는 그렇게 많은 양이 아니다. 그런데도 카피는 더디게 되는 것 같다.

복사가 완료되고 실행키를 누르자 초기화면이 뜬다. 나는 우선 드로스닌의 바이블 코드에 나와있는 사건을 검색한다. 많은 사건 중에서 이츠하크 라빈을 입력하고 기다린다. 그는 암살당한 이스라엘의 총리였다. 잠시 후 결과가 모니터 화면에 뜬다. 물론 결과는 드로스닌의 바이블 코드란 책에 나와 있는 표와 일치하지 않는다. 코드 사이에 끼어든 불필요한 알파벳을 균등한 비율로 생략하지 않았기 때문일 것이다. 또 드로스닌은 임의로 행을 바꿔 의미 있는 코드가 한눈에 드러나게 만든 반면, 나는 그렇게 하지 못했기 때문일 수도 있다. 여러 번의 시행착오 끝에 나는 드로스닌의 코드와 같은 히브리어 철자 배열을 내 컴퓨터 화면에 띄울 수 있었다. 한데 이것을 이츠하크 라빈으로 읽어야 하는지 의문이지만. 라빈을 루반으로도 읽을 수 있고 로분으로도 읽을 수 있다. 히브리어에는 모음이 없으므로 자음을 보고서 적당히 모음을 붙여 읽는다. 나는 몇 개의 사건들을 더 검색해 본다. 발음에 문제가 있지만 원하는 결과를 얻었다. 프로그램의 신뢰도는 어느 정도 입증된 셈이다.

나는 내 이름 석 자와 미래란 단어를 입력하고 등거리 간격을 조정한 후 검색한다. 모니터의 히브리어 철자들이 카지노의 바 게임기처럼 흘러내린다. 어떠한 예언이 나올 것인가. 초조하다. 사륜차로 오지 경사길을 달릴 때처럼 손에 축축한 땀이 배어나온다.

결과가 나온다. 결과를 유의적인 낱말로 이해하는데 나는 시간과 노력을 들였다. 내 이름에 수직으로 교차하는 히브리어의 우리말 뜻은 '정지된 시간의 삶'이다. 이게 도대체 무슨 뜻일까. 불멸을 말하는 것일까. 아니다. 유사 이래 진시황을 비롯한 수많은 사람이 불사를 갈구했지만, 그들은 모두 죽었다. 그러므로 불사란 있을 수 없고 일어날 수 없다. 더구나 나는 죽을 때 죽지 못한다는 것이 얼마나 끔찍한 형벌인지를 알고 있다. 그렇다면 죽음을 예언하는 것일까. 죽음을 예언하는 것이라면 언제인가. 갑자기 몸이 부르르 떨린다. 죽을 때 죽지 못한다는 것도 끔찍하지만, 언제 죽을 것이라는 예언을 받아들이는 것도 몸서리쳐진다. 아니야. 정지된 시간을 죽음으로 해석한다는 건 맞지 않아. 나는 애써 부정한다. 나는 이렇게 이율배반적인 내가 싫다.

나는 코드 속의 해석을 유보하고 죽음이란 단어를 컴퓨터에 입력한 후 검색을 실행한다. 그러나 결과는 도출되지 않는다. 등거리 간격을 넓혀 잡아도 마찬가지다. 죽음과 유사한 단어들을 넣어봤으나 역시 결과는 나타나지 않는다. 나는 안도의 한숨을 내쉰다.

하지만 안도하기는 이르다. 나는 정지된 시간에 대해 여러 각도에서 생각하고 해석을 시도한다. 그러나 답은 구해지지 않는다. 좋다, 그건 그렇다 치고 도대체 언제 일어난다는 말인가. 나는 모니터 속의 히브리어 철자들을 유심히 살핀다. 철자들은 개미떼처럼 무수히 늘어서 있다. 거리를 무시한 채 이 속에서 유의적인 단어를 찾아내야 한다. 암호화된 히브리 철자는 10여 개의 글자 간격으로 배치되었을 수도 있고 1천여 개마다 하나씩 묻혀있을 수도 있다. 간격이 멀수록 사람 눈으로는 발견하기 어렵다 한다. 눈이 아프고 현기증이 난다.

나는 잠시 바이블 코드에서 물러나 욕조에 더운물을 받아 놓고 물속에 몸을 담근다. 마음이 편안해진다. 하지만 잠시뿐이다. 바쁠 일이 전혀 없는데도 마음은 항상 급하다. 머릿속은 항상 뭔가를 생각하고 질문을 던지며 답을 구한다. 지금도 나는 내게 질문을 던지고 있다. 나란 누구인가. 글쎄, 주민등록증에 적혀있는 기재사항을 말한다면 나에 대한 설명이 될 수 있을까. 아니야, 얼굴부터 발끝까지 신체 특징을 말해야 할지도 몰라. 어쩌면 학력과 직업, 재산 정도를 밝히는 게 더 빠를 거야. 나는 나에 대한 답도 찾지 못한다. 욕조 안의 수증기 때문에 사물이 불명료하게 보이는 것처럼 나에 대한 모든 것들은 모호하고 확실하지 않다. 나는 나에 대한 존재이유를 찾으면서도 지나치게 남을, 세상을 의식하고 있다.

이쯤에서 내가 누구인가 밝힐 필요가 있을 것 같다. 이름 정오진, 나이 35세, 직업 프리랜서, 미혼. 이것이 내 프로필이다. 참, 프리랜서란 직업에 대해 약간의 설명이 필요하다. 내 경우는 통상적으로 사람들이 알고 있는 자유계약에 의한 기고가란 뜻이 아니라, 자유로이 창lance을 써서 먹이를 잡는다는 뜻이다. 이런 나를 두고 사람들은 노마드nomad 운운하며 부러움의 시선을 던진다. 하지만 그건 나의 일면만을 본 탓이다. 깊은 밤, 나는 지독한 외로움에 시달린다. 주위를 둘러보지만 아무도 없다. 고정수입이 없다는 것도 불안하다. 게다가 앞날은 불확실하다. 내가 바이블 코드에 매달리는 건 이런 요인들 때문일 것이다. 불확실한 삶, 불확실한 미래를 피해갈 수 있다면….

다시 모니터 앞에 앉는다. 오랜 시간 히브리 철자와 씨름한 끝에 나는 정지된 시간이 예언하는 때를 찾아낸다. 그 철자는 긴 간격을 둔 채 규칙 없이 사선으로 늘어서 있다. 히브리 연도 5793년, 서기로 환산하면 올해다. 2012년 11월 11일 정지된 시간이 일어난다. 이제 나는 이것이 어디서 일어날 것인지를 찾는다. 이것 역시 쉽지 않다. 철자들을 쫓다가 슬며시 이게 뭐 하는 짓인가라는 후회의 감정이 인다. 이쯤에서 그만둘까. 이것이 운명이라면 받아들이는 거야. 그러면 삶이 평온할까. 그럴 수 없다. 그게 뭔지 알아야겠다. 그러나 알려고 할수록 바이블 코드 속 괘卦는 나를 거미줄에 걸린 날벌레처럼 만든다. 벗어나려 발버둥칠수록 더 옭아매일 뿐이다. 이제 거미가 다가와 독을 주입하고 거미줄 고치를 만드는 건가.

온 밤을 나는 바이블 코드 속의 예언이 짓누르는 중압감에 시달린다. 의미의 해석은 수학문제와 다르다. 답이 딱 맞아떨어지는 수학문제와 달리 이것은 여러 답이 나올 수 있다. 생각할수록 혼란만이 가중되며 동면, 뇌사 따위의 단어들이 불쑥불쑥 튀어나온다. 잠들기 전 이불 속에서 나는 의미를 찾지 못하는 게 신의 뜻일지도 모른다고 생각한다.

나는 여러 날째 내게 일어날 바이블 코드 속의 암호를 새기지 못했다. 과거 현재 미래의 구분은 사람들의 착각에 불과하다는 아인슈타인의 말만이 머릿속을 빙빙 돈다.

마침내 나는 서기 2012년 11월11일을 맞이했다. 나는 이날 0시부터 깨어있었다. 지금 시간은 오전 7시 46분 57초를 막 지나고 있다. 시간은 흐르고 있고 달라진 것은 없다. 아니 밤사이 꺼칠하게 자란 수염이 달라진 변화라면 변화다. 나는 커피를 내려 마시며 배달된 신문을 읽는다. 대통령 후보들의 일면 유세 사진이 인상적이다. 무수히 많은 청중이.

종합면의 머리기사를 대충 훑어보고 나는 신문을 뒤집어 사회면을 펼친다. 특이하다고 할 만한 일은 없다. 고만고만한 사건들이 지면을 채우고 있다. 신문을 읽다 나는 다시 시간을 확인한다. 8시 15분, 역시 시간은 계속 흐르고 있다. 아무 일도 일어나지 않고 있잖은가. 나는 결국 지나치게 신비주의에 경도되어 있었던 것일까.

나는 10시에 용변을 보고 12시 30분경에 아침 겸 점심을 먹는다. 배가 부르니 피곤이 몰려오며 잠이 온다. 커튼을 내리자 어둠이 찾아온다. 나는 침대에서 이불을 덮고 잠을 청한다. 프리랜서의 좋은 점은 이런 것인지도 모른다.

내가 잠을 깬 시각은 이튿날 새벽 4시다. 꿈 없는 잠이었다. 잠을 자는 동안 나는 집세를 걱정하지 않았고 바이블 코드 속의 의미 해석에 전전긍긍하지 않았다. 하지만 깨어있는 시간은 다르다. 나는 시간을 확인하며 자책한다. 이런 돼지 같은, 너무 많이 잤어. 나는 거칠게 베개를 걷어찬다. 나는 오늘 할 일을 생각한다. 주어진 일이 있는 것은 아니다. 뭔가 일거리를 찾아야 한다. 그러기 위해선 전화질도 해야 하고 아양도 떨어야 한다. 프리랜서의 나쁜 점은 이런 것이다. 하지만 지금은 전화하기에는 이른 시간이다.

나는 커피를 마시며 배달된 신문을 읽는다. 나는 소스라친다. 어제 읽은 기사와 똑같다. 대통령 후보들의 일면 유세사진은 이제 인상적이지 않다. 나는 신문을 뒤집어 사회면 기사를 펼친다. 역시 어제와 똑같은 기사내용이다. 어떻게 이런 일이… 그래, 배달 중에 뭔가 착오가 생긴 걸 거야. 나는 신문사로 전화를 건다. 발신음이 가고 걸쭉한 사내의 목소리가 들린다.

"오늘이 며칠입니까?"

나는 다짜고짜 묻는다.

"오늘은 11월12일인데, 그거 묻자고 전화하셨습니까?"

"11월12일 맞죠? 그럼 1면 톱기사는 뭐였습니까?"

"오늘 1면 톱은 불법 선거운동입니다."

사내의 목소리는 차가워져 있다. 나는 슬그머니 풀이 죽는다.

"그래요? 그럼 제가 어제 신문을 배달받은 모양이군요."

"지국으로 연락해 오늘 신문으로 다시 배달해 달라고 전화하십시오."

찰깍 전화가 끊기고 이명이 내 귀를 울린다. 내가 너무 바이블 코드를 의식해서 착각한 모양이다. 나는 손에 들고 있는 신문을 다시 들여다본다. 역시 대통령 후보 유세가 머리기사다. 그러나 날짜를 확인하는 순간 나는 아연했다. 내 손에 들려있는 신문의 날짜는 서기 2012년 11월12일이다.

미스터 說을 찾아서

나는 한 여자를 비교적 소상히 알고 있다. 그녀의 이름은 숙, 나이는 30세, 미모가 출중하고 아울러 지성도 갖추고 있다. 한데 그녀는 아직 결혼하지 않았다. 나는 의아했다, 왜 아직 결혼하지 못했는지. 그렇다고 그녀가 독신주의자라는 얘기는 아니다. 그럼 혹시 레즈비언이 아니냐고 사람들이 묻기도 하던데 결단코 말하지만 그것도 아니다.

나는 지금 숙이씨에게 구애를 하는 중이다. 꽃을 수십 차례 보냈고 장문의 문자만도 50통 넘게 띄었다. 하지만 그녀의 반응은 냉담하다. 언젠가는 마음을 열어주겠지만 지금 내게 그녀는 찬바람 부는 겨울이다. 견디다 못한 나는 육탄돌격을 감행한 적도 있다.

"내겐 평생의 반려자 미스터 설이 있어요. 그러니 헛수고 마시고 이젠 찾아오지 마세요."

그녀가 차갑게 말했다.

그러나 나는 그 미스터 설이라는 사람을 만나본 적이 없다.

그동안 숙이씨는 부모의 닦달을 견디지 못해 선이라는 것을 몇 번 본 모양이다. 그러나 마음이 다른 데 있는데 성혼이 될 리 없었다. 아니, 남자 쪽에서 넌덜머리를 내게끔 선수를 친다. 예를 들면 숙이씨가 푼수 짓을 하거나 아니면 상대에게 도도하게 굴면서 망신을 주는 식이다.

솔직히 얘기하자면 나도 그녀에게 퇴짜 맞은 사람이다. 물론 처음에는 자존심도 상했고 기분도 나빴다. 하지만 나는 줄기차게 그녀에게 집적거렸다. 그만큼 나는 첫눈에 그녀에게 반해버렸다. 열 번 찍어 안 넘어가는 나무 없다지만 숙이씨는 달랐다. 그녀는 요지부동 그놈의 미스터 설만을 생각한다. 다른 누구도 안중에 없는 눈치다. 어쨌든 부모의 처지에서 보면 그녀는 분명 불효를 하는 셈이다.

나는 미스터 설이 누구인지 궁금했다. 정말 그는 누구이며 어떻게 생겼을까. 그의 어떤 매력이 그 까다로운 숙이씨의 마음을 사로잡게 했을까. 나는 은근히 질투를 느낀다. 나두 이 정도면 괜찮은 남자 아니냐고. 빠지는 데가 한 곳이라도 있냐고. 좋아, 해보는 거야. 끝까지 부딪쳐보는 거라고. 나두 오기라면 남에게 뒤지지 않는 사람이잖아.

그동안 나는 그녀에 대해서 여러가지를 알아냈다. 소득 중의 가장 큰 것 하나는 누구도 미스터 설이라는 사람을 보지 못했다는 것이다. 어쩌면 미스터 설은 가공의 인물인지도 모른다. 만일 그렇게 가정한다면 아직 희망이 있다는 얘기가 아닌가. 나는 안도의 숨과 함께 심기일전하자고 자신에게 다짐한다.

미스터 설은 아직 나타날 기미를 보이지 않는다. 언제 어디서라는 기약도 없다. 적어도 내가 살피고 관찰한 바에 의하면 그렇다. 숙이씨가 꽃 같은 나이를 넘기고 있는데도 말이다. 어서 녀석을 만나 담판을 지어야 하는데. 나는 점차 초조해지기 시작한다.

나는 직접 미스터 설을 찾기로 다짐한다. 물론 숙이씨는 반려자로서였겠지만 나는 경쟁자로서 말이다. 도대체 어떻게 생긴 녀석일까. 회사에서 업무를 보면서도 나는 동료들을 곁눈질한다. 정대리, 저 녀석은 아닐 거야. 너무 뚱뚱한 데다 둔하잖아. 그럼, 유산 많은 차 대리. 아니야, 저런 타입이 아닐 거야. 혹시 미스터 소가 아닐까. 미스터 소 정도면 인물 좋고 체격 건장하고 머리 잘 돌아가니…. 하지만 미스터 소는 숙이씨보다 나이가 어리잖아. 그러나 연하年下가 큰 문제가 되는 것은 아니지. 숙이씨의 미스터 설이 어쩌면 연하의 남자인지도 모르니까.

나는 부끄러움을 느낀다. 내가 지금 뭘 하는 거지? 사람이 이렇게 치졸할 수가 있나. 그러나 내 질투와 상상은 멈추질 않는다. 그것은 퇴근해 밖에 나와서도 마찬가지다. 숙이씨는 길을 가도 항상 눈과 귀와 마음을 열어 놓고 걷는다. 사물을 보고 듣고 만져보고 마음으로 받아들인다는 것이다. 나 자신도 그래 보려고 애를 쓴다. 하지만 불가능하다. 속물이기 때문에 그런지도 모른다.

길을 걸으며 무수히 부딪히는 행인들, 그들은 모두가 쌍쌍이고 얼굴에는 미소가 담겨있다. 그 속에서 나는 미스터 설을 찾고 있다.

연극, 음악회, 영화 포스터 따위들이 덕지덕지 붙어있는 지하철의 계단을 내려간다. 오늘 같은 날 그녀와 연극이라도 한 편 보면 얼마나 좋을까. 지하철 속에서 나는 문득 숙이씨의 미스터 설이 배우나 음악가는 아닐까 생각한다.

어느덧 나는 숙이씨의 집 앞에 있다. 자석에 이끌리듯 오늘도 그녀의 불 켜진 창을 본 후 가려고 온 것이다. 그녀는 지금 자취를 한다. 시집가라는 부모의 성화를 견디다 못해 밖으로 나온 것이리라.

그녀는 매년 12월이면 몸살을 앓는다. 그녀는 현재 직장도 쉬고 두문불출이다. 걱정돼서 전화를 걸어보지만 그녀가 전화를 받는 때는 없다. 언제나 메시지를 남겨달라는 차가운 기계음뿐이다. 나는 이름을 밝히고 연락해 달라고 말한 후 수화기를 내려놓는다. 그러나 숙이씨에게서 전화를 받아본 적은 없다.

그녀의 방은 컴컴하다. 실망과 분노가 동시에 치민다. 어쩐 일일까. 나는 안절부절 어찌할 줄 모른다. 마지막 담배가 다 타들어 가자 나는 꽁초를 골목 어둠 속으로 튕겨버리고 돌아선다. 그러나 나는 주위를 배회하다 새 담배를 한 갑 사들고 돌아온다. 나는 이런 나 자신이 서글프기조차 하다.

골목길을 휘젓고 들어온 바람이 내 외투깃을 스치고 지난다. 숙이씨의 방 창문은 아직도 켜지지 않는다. 그녀는 지금 어디서 무엇을 하고 있을까. 미스터 설을 찾아 이 도시를 헤매고 있는 것이 아닐까. 어쩌면 내가 숙이씨를 짝사랑하고 있듯 그녀도 미스터 설이라는 사람을 짝사랑하고 있는 건 아닐까. 만일 그렇다면 이건 남녀 간의 아이러니이자 비극이다.

눈발이 날린다. 첫눈이다. 눈발 하나가 내 뺨 위에 내려와 앉는다. 눈은 곧 녹아버린다. 시간은 이제 송년의 문턱에 와있다. 저 멀리서 들려오는 구세군의 종소리가 내 가슴 속에서 공명하여 울린다. 공염불 드리길 3년째, 이렇게 또 한해가 가고 있다. 하긴 나는 아무것도 아닌지 모른다. 그녀는 10년을 넘게 미스터 설을 기다려왔다고 하지 않던가. 나는 집으로 가자고 자기최면을 걸며 돌아선다.

나는 아까부터 자신에게 질문을 던지며 걷고 있다. 내가 지금 왜 이러고 있지. 나는 누구이며 무엇인가, 내가 왜 미스터 설을 찾고 있지. 그러나 나는 답을 찾지 못한다. 머릿속은 백지처럼 하얗게 비어있다.

지하철역에서 내가 구독하던 신문을 몇 부 산다. 내가 지금 몰두할 수 있는 일이란 신문을 읽는 일밖에 없기 때문이다. 송년특집이라 신문들은 하나같이 두툼하다. 나는 그저 무심히 머리기사들만 훑어 나간다. 그러다 나는 낯익은 이름을 만난다. 이숙, 그녀다. 사진과 함께 그녀의 소설이 실려있다. 소설의 제목은 기묘하게도 '미스터 설을 찾아서'다. 나도 모르게 긴장과 탄성이 새어 나온다.

'미스터 說을 찾아서'는 가상 속의 인물을 찾아가는 사람의 이야기다. 나는 '미스터 說을 찾아서'를 단숨에 읽어나간다. 재미있다. 나는 갑자기 소설 속으로 빠져버린다. 간결한 터치와 순발력 있는 묘사, 탁월한 문장구사에 치밀한 구성으로 특이한 소재를 재치있게 그리고 있는 점이 돋보인다. 숨이 차 온다. 마지막 문장을 읽었을 때 전율과 함께 나는 땀 밴 손바닥을 마주치지 않을 수 없다.

나는 비로소 숙이씨가 찾는 미스터 설의 실체를 이해한다. 그것은 다름 아닌 소설이었다.

전세방 구함

아까부터 요통이 찾아오고 있었다. 녀석은 기철씨의 허리를 집요하게 물고 늘어지며 쑤석거렸다. 아무 데고 드러눕고 싶었다. 하지만 누울 곳은 어디에도 없었다. 방 구하기가 이렇게 힘들단 말인가. 나라 전체가 이사 가야 해. 이건 뭐, 한두 번 겪는 일도 아니고…. 기철씨는 연신 이렇게 구시렁거렸다.

아내의 부른 배가 떠올랐다. '지하 방은 절대 안 되고, 입식 부엌에 욕실, 난방은 가스여야 하며… 계약 전에 꼭 등기부 등본 열람….' 아내의 앵앵거림이 아니더라도 기철씨는 거실에, 서재에, 딸애 방까지 있는 집을 구하고 싶었다. 그러나 채 서너 군데의 부동산중개업소를 전전하며 그런 생각은 희망 사항임을 깨달았다. 그런 집은 세상 어디에도 없었다. 아니 정확히 얘기하자면 돈이 모자란다는 표현이 옳겠지만.

기철씨는 요통을 달래고 다리도 쉴 겸 근처의 편의점 의자에 앉았다. 음료수 한 병을 마시며 주위를 둘러보니 어느덧 저녁놀이 지고 있었다. 아침나절부터 방을 본다고 나섰으니 종일 다리품을 판 셈이었다. 그러나 소득은 없었다. 어떡한다. 방 비워줄 날짜가 다가오는데.

세상엔 팔십몇 평짜리 아파트도 있다는데. 며칠 전에 친구에게 들은 얘기였다. 그는 무슨 일 때문인가 잘사는 친척 집으로 그 아파트를 방문하게 되었다고 했다. 친구는 드넓은 거실이며 방, 가구, 수족관 따위의 실내를 구경하는 사이에 그만 자신의 아이를 잃어버렸다는 것이었다. 애 울음소리는 분명히 들리는데, 이 방 저 방을 기웃거려 봐도 도대체 찾을 수가 없었다며 씁쓸하게 웃었다. 기철씨의 약을 더 올리자는 건지 때마침 가게 텔레비전에서는 공직자의 재산공개 뉴스가 보도되고 있었다. 기철씨는 갑자기 자신이 요지경 속에서 헤매고 있다는 생각이 들었다.

그래도 힘을 내자. '잘난 놈은 잘난 대로 살고, 못난 놈은 못난 대로 산다'지 않는가. 기철씨는 가게 앞 진열대의 만물시장 정보지를 꺼내 펼쳐 들었다. 무슨 큰 기대가 있는 것은 아니었다. 벌써 여러 가지 정보지에 볼펜으로 동그라미를 긋고 전화질만도 수십 번 했었으나 결과는 낙담뿐이었으니까. 기철씨는 정보지를 대충 훑어 나갔다. '도원동 큰방 3, 입식 부엌, 욕실, 베란다…' 기철씨는 눈이 번쩍 띄었다. 이런 헐한 전셋집이 있었다니.

집주인은 젊은 사람이었다. 그가 내놓은 집을 보시겠냐고 물었다. 자식아, 그야 당연하지. 기철씨는 속으로 거만하게 대답했다. 기철씨는 그가 운전하는 차의 푹신한 시트에 묻혀 이리 꼬불, 저리 꼬불 해가며 길을 달렸다.

2층 독채는 과연 그가 말한 대로였다. 그래도 기철씨는 꼼꼼히 이곳저곳을 살펴봤다. 시세보다 주위 환경이며 전망도 좋았지만, 무엇보다 보기 드물게 넓은 집이 기철씨의 마음을 흡족하게 만들었다. 단지 구옥이라는 것이 마음에 걸리기는 했지만.

"계약할까 하는데 그전에 거실 귀퉁이에 물 새는 것과 보일러를 새 거로 갈아주셨으면…."

기철씨의 기어들어 가는 목소리에 비해 주인은 사람 좋게 웃었다.

"그럼요, 해드려야죠. 나도 고생해봐서 압니다. 근데 날짜가 맞춰지려나 모르겠네. 2층은 뺐는데 1층 전주인이라는 작자가 뭉그적거린단 말입니다. 수리는 내일부터 들어갈 겁니다. 시끄럽고 먼지 나서 하루라도 빨리 이사하겠죠."

기철씨는 아까와는 달리 이제 그를 주인으로 섬기기로 했다. 돌아가는 길에 아내에게 전화를 걸었다.

"난데…. 응, 계약했어…. 얼마나 고생했다고. 괜찮은 집이야…. 고기 좀 볶아놔…. 지금 들어갈게."

기철씨는 집에 돌아오자마자 큰대자로 방바닥에 누웠다. 딸아이가 쪼르르 달려와 내 방도 있는 거냐고 물었다. 기철씨는 그럼 하고 대답하며 딸아이의 볼에 입을 맞췄다. 아내도 달려와 콩이네 팥이네 해가며 이것저것을 세세하게 물었다. 기철씨는 딸아이에게 허리를 밟으라고 말했다. 아까와는 사뭇 다른 근엄한 얼굴이었다. 기철씨는 계속 가장의 권위를 갖추어가며 오래간만에 반주를 곁들여서 저녁식사를 했다.

이삿날까지는 아직 날이 많이 남아있었지만, 아내는 매일 필요 없는 물건부터 짐을 싸기 시작했다. 이래야 차질이 없다는 것이었다. 그 사이 기철씨가 한 일이란 이사할 집주인에게 전화를 걸어 입주날짜가 차질 없이 지켜질 수 있는지, 그리고 집수리는 시작했는지에 대해 확인한 것이 전부였다.

드디어 이삿날. 기철씨의 아내는 부른 배를 돌볼 새도 없이 새벽부터 설쳐댔다.

"아니, 이런 날 와서 도와줄 친구 하나 없단 말이어요? 어이구, 정말 장하시우. 이삿짐센터에 전화해서 인부도 보내달라고 하세요."

기철씨는 아무런 대꾸도 하지 못했다. 다만 낑낑대며 이불이며 밥상 따위의 자질구레한 물건들을 대문 밖으로 날랐을 뿐이었다.

차에 실린 살림살이들은 초라했다. 기철씨는 치부를 들킨 것처럼 창피했다. 아내와 처제가 딸아이를 데리고 앞자리에 타고 기철씨는 인부들과 함께 짐처럼 뒷자리에 올랐다. 큰길로 나갈 때는 이불보로 머리와 몸을 가리기까지 하며 새집으로 달렸다.

새집에는 다른 차가 먼저 도착해 있었다. 황당한 일은 잠시 후 계속 일어났다. 이삿짐을 그득 실은 차들이 연이어 도착하는 것이 아닌가. 기철씨는 화다닥 정신이 들었다. 집안은 1, 2층 모두 비어있었다. 기철씨의 머릿속은 백지처럼 하얗게 비어갔다.

아내가 다른 세입자를 만나보고 온 후 말했다.

"우린 속은 거라고요. 시가보다 싸면 일단 의심부터 해야 하는 거 아녀요. 어이구 속 터져. 그럼 그렇지, 우리가 무슨 복에…."

그 사이에도 이삿짐 차들은 계속 도착하고 있었다.

어떤 나들이

우직씨는 두 주째 아내에게 시달리고 있었다. 아내가 말하기를, 자신은 생활에 짓눌려있다며, '사는 게 사는 게 아니'라고 했다. 밥 짓고 애 보고 빨래하는 일 따위가 결혼이라면 진작에 되물렸을 것이라며 징징거렸다. 아내가 덧붙여 말했다. 속았다고 내 청춘 돌려달라고. '김밥 옆구리 터지는 소리'하고 있네. 사는 게 뭐 이런 거지, 그럼 장밋빛 인생인 줄 알았나. 도대체 누굴 보고 바람이 들었담.

그러나 한편으로 아내에게 미안한 마음이 드는 것도 사실이었다. 더구나 아내의 요구란 별 게 아니었다. 남들처럼 우리도 휴일나들이 한번 하자는 것이었다. 우직씨는 결국 져주고 말았지만 속으로 툴툴댔다. 나가 봐라. 집 나서면 고생이란 걸 알게 될 테니까. 거기다 돈까지 뿌리고 다녀야 한다니.

아내는 아침 일찍부터 김밥을 만든다고 부엌에서 통탕거리며 도마질을 하고 있었다. 하나 있는 다섯 살배기 아들녀석까지 덩달아 온 집안을 휘젓고 다니며 우직씨의 잠을 깨웠다.

결혼 5년 만에 하는 외출이었다. 우직씨는 사뭇 못마땅한 표정으로, 희희낙락하는 모자의 뒤를 쫓았다.

전철 안은 출퇴근 때보다 더 미어터지게 만원이었다. 우직씨는 아들녀석을 안고 전철이 서면 서는 대로, 다시 달리면 달리는 대로 사람들 사이에서 떠밀렸다. 한 20분을 그렇게 시달리고 보니 팔이 떨어져 나갈 것처럼 아팠다. 무정한 놈들 같으니라고. 자리 양보는 말고라도 애 받아 주겠다는 사람 하나 없으니. 아들 녀석도 다리뼈가 제법 튼실해져 동네를 쑤석거리고 다니긴 하지만, 전철 바닥에 내려놓았다간 무수한 발길에 차여 온전할 것 같지가 않았다. 울컥 짜증이 끓어올랐다. 사서 하는 고생도 어느 정도라야지.

종착역이 가까워져오고 있었지만, 아직 가야 할 길은 멀고 험난했다. 또 시외로 나가는 버스를 타고 무슨 랜든가 대공원인가로 가야 했으니까. 장장 30분을 기다려 탄 버스는 설상가상이라고 전철보다 더 혼잡했다. 이게 무슨 좌석버스란 말인가. 좌우측으로 두 개씩 있는 의자 때문에 입석보다 서있기가 더 괴로웠다. 우직씨는 이제 꾀가 나 아들녀석을 슬그머니 아내 등에 업혔다. 교외의 원경을 보자 아들녀석은 대번에 환호성을 지르며 내리겠다고 버둥거렸다. 아내의 마른 몸은 그때마다 위태롭게 흔들렸다. 그는 아내와 시선이 부딪힐세라 창밖으로 눈을 돌렸다. 아내가 자청한 거니까.

차는 사람들의 걸음보다 느린 속도로 움직였다. 누구를 탓할 수도 없게 도로는 차들로 꽉 미어져있었다. 엄청난 차량의 행렬로 아내의 뾰로통한 얼굴이 겹쳐왔다. 차들이 저렇듯 많은데 위인이 오죽 못났으면, 아내는 필시 이렇게 생각하고 있으리라. 제기랄.

서있는 것도, 그렇다고 간다고 할 수도 없는 차에서 1시간을 시달렸다. 아직 도착하지도 못했지만, 집 돌아갈 생각을 하니 아득해왔다. 지친 승객들이 하나둘씩 차에서 내려 걷고 있었다. 숫제 그편이 빠를 것 같았다. 맑은 공기도 마시고 운동도 되니까. 차에서 내리자 아들녀석이 꺄꺄 환성을 지르며 내달렸다. 이리도 좋아하는 것을. 아비 노릇, 남편 노릇에 대한 반성과 후회가 없는바도 아니었으나 잠시뿐이었다.

가다가 지치고 허기진 사람들이 도로 안쪽에 자리를 펴고 음식을 먹고 있었다. 그들의 먹거리 풍속도 가지가지였다. 조용히 마른밥에 음료수를 먹는 사람, 고기 굽는 연기와 냄새를 피워올리며 와자하게 먹는 사람, 일찌감치 술에 젖어 '노세노세'인 사람 등.

멀리 광고탑과 애드벌룬 따위들이 보였다. 입구에 다가갈수록 모든 것이 넘쳐나고 있었다. 사람에 차에 심지어 쓰레기까지. 우직씨도 입장권을 끊고 자신과 가족을 그 무리 속에 밀어 넣었다.

아들 녀석은 눈에 띄는 장난감마다 사달라고 성화였다. 녀석은 이미 양손에 풍선과 총을 들고 있는데도 말이다. 우직씨는 아들녀석의 손목을 잡아당기랴, 아가씨들 다리 훔쳐보랴 정신이 없었다. 쭉 뻗은 종아리만도 황홀한데 허벅지까지 드러낸 짧은 스커트니 그 아찔함은 말할 나위도 없었다. 뿐인가, 도톰한 엉덩이에 잘록한 허리, 융기한 가슴까지 공짜로 볼 수 있었으니까.

"이이가 어디다 한눈을 팔고 그래."

아내가 우직씨의 옆구리를 찔렀다.

"내가 뭘?"

말은 그렇게 했지만 사실 우직씨는 입안에 고이는 침을 연방 삼켰다. 젊고 발랄하다는 것은 그 자체만으로 아름다웠다. 자신의 젊은 시절은 어떠했던가. 공부, 경쟁, 좌절 따위로 점철된 나날이었다. 웃음이나 여유를 가져본 적이 없었다. 결혼 후 겨우 안정을 찾아가는 듯하지만, 무엇인가에 항상 쫓기는 느낌이었다. 그것은 아마 물질에 대한 열등, 승진에 대한 욕구 따위들이 아니었을까.

"아니, 얘가 어딜 갔지?"

우직씨는 아내의 자문에 정신이 번쩍 들었다. 주위를 둘러보았지만 보이는 거라곤 뒤섞여있는 사람들뿐이었다. 그제야 입구에서부터 들려오던 '어디서 오신 아무개'를 찾는다는 안내방송이 남의 일이 아님을 깨달았다.

"진영아! 진영아!"

아내는 이미 사색이 되어 풍 맞은 사람 마냥 부들부들 떨고 있었다. 우직씨는 아내의 손목을 붙들고 흔들었다. 멀리 가지는 않았을 테니 따로 찾아보자고. 그는 무수히 많은 사람과 어깨를 부딪쳐가며 황망히 뛰었다, 진영아를 외쳐대며.

아들녀석은 어디에도 없었다. 우직씨는 차츰 혼자 힘으로 아들녀석을 찾기가 불가능함을 깨달았다. 동물원에 식물원, 놀이터까지 이 공원은 너무 넓고 너무 사람들로 넘쳐나고 있어서, 그저 막막할 뿐이었다.

"진영이를 찾습니다. 나이는 다섯 살, 흰 신발에 청색 멜빵바지, 하늘색 티셔츠에 하늘색 점퍼를 입고 있습니다. 이 어린이를 보호하고 계신 분은…."

아내는 훌쩍이고 있었다. 마음과는 다르게 우직씨는 아내를 위로했다. 아내를 안내소에 앉혀두고 다시 아들녀석을 찾아나섰다. 그는 공원 안을 샅샅이 뒤지며 걷고 또 걸었다. 창졸간에 이산가족이라니. 망할 놈의 여편네, 그러게 내 뭐랬어. 집

나서면 고생이라고 했잖아. 하지만 타령 좀 했기로서니 그놈의 말이 씨가 될 줄이야. 유괴 따위의 온갖 험한 단어가 떠오르는데도 염치없게 뱃속에선 꼬르륵거리며 먹을 걸 달라고 소리를 질렀다. 그러고 보니 아침부터 아무것도 먹질 못했다. 자신이 이런데 아들녀석은 오죽하랴 싶었다. 어디선가 아들녀석이 아빠를 부르며 뛰쳐나올 것만 같았다.

아들녀석을 찾아 헤맨 지 2시간 째, 우직씨는 마침내 신께 빌었다. 지난날의 소소한 잘못들을 회개한다고, 앞으로는 이웃에게 선행을 베풀겠으니 진영이를 찾아 달라고. 그러고 나자 그는 갑자기 자신이 몹쓸 사람이 되어버린 기분이었다. 그는 지친 심신을 다독여 다시 길을 걸었다. 대체 이 녀석이 어딜 갔단 말인가. 피켓이라도 하나 만들어 들고다녀야 하는 건가.

아니, 우직씨는 자신의 눈을 의심했다. 나보다 낫잖아. 아빠, 엄마는 쫄쫄 굶어가며 얼마나 애를 태웠는데. 어처구니없게도 녀석은 야외결혼식의 피로연장 식탁에 앉아서 음식을 먹고 있었다. 누가 보아도 하객의 아이로 생각할 정도로 아들녀석은 당당하고 자연스러웠다. 이런 자리에 있었으니 아이를 찾는다는 방송과 자신의 다리품이 소용없었던 모양이었다. 그는 아들녀석과 마주 앉아 같이 밥을 먹고 반주도 곁들였다. 근래 가장 맛있게 먹은 식사였다. 그는 본 적도 없는 두 사람의 결혼을 마음속으로 축하해 주고 축의금을 건넸다.

아들녀석과 일어섰다. 피곤한 하루였지만 포만감만큼이나
만족스러운 하루이기도 했다. 아들녀석이 커가는 것을 비로소
보았으니까.

거울 속의 사내

안경을 벗은 탓인지 거울 속 얼굴은 초췌하다. 거울에 서린 수증기를 닦고 다시 본다. 낯설다. 교활해 보이는 눈매에 비틀어진 입꼬리… 이게 내 얼굴이라고. 휴대폰 셀카사진을 찾아 비교해본다. 다르다. 뭐지.

의문을 털지 못하고 면도기를 찾아든다. 내가 거품면도를 한다는 건(주중에는 전기면도기를 사용한다), 한 주일이 지났고, 다시 한 주일이 시작된다는 것을 뜻한다. 언제부터인가 월요일마다 거품면도 하는 버릇이 생겼다. 그건 거품면도가 피부노화 방지에 효과가 있다는 포털의 기사를 읽은 후부터였다. 면도날이 수염을 깎는 감촉은 매번 좋은 느낌으로 다가왔다.

오늘은 다르다. 수염이 뜯긴다. 날이 무뎌진 건가. 나는 엄지손가락으로 면도날의 끝을 건드려본다. 불빛에 반사된 칼날은 빳빳하게 긴장돼 있다. 날은 괜찮은데… 나는 쓰던 면도기로 수염을 민 후, 로션을 바른다. 늘 맡던 향이다. 벗어 놓은 안경을 끼자 사물들이 명료하게 보인다.

출근길 거리는 초중고생들의 등교 물결로 채워져 있어야 했다. 형형색색의 옷차림과 낭랑하게 떠드는 목소리들은 내가 출근할 때 마주치는 광경들이었다.

오늘은 아이들이 없다. 문구점과 잡화상, 떡볶이, 어묵, 순대를 파는 분식집도 문이 안 열렸다. 호흡기 전염병 때문이다. 방역당국은 학교 수업을 온라인으로 돌렸고 기업 업무도 비대면을 권고했다.

대학생명공학연구소란 간판을 흘깃 보며 나는 안으로 들어선다. 연구소는 죽은 듯 조용하지만 사실 온갖 생명이 바글거린다. 물론 인간의 맨눈으로 볼 수 없는 생명체들이 대다수지만.

김영실 연구원이 내게 커피를 건네준다. 무심코 커피를 한 모금 마시다 나는 뭔가 이상하다는 느낌에 사로잡힌다. 이건 오감 외에 오로지 인간에게 하나가 더 있다는 것, 육감에 의해서다. 나는 김영실 연구원을 바라본다. 그녀는 내 앞에서 눈에 띄게 머뭇거리고 있다. 왜 저러지. 우리는 과는 다르지만, 선후배지간이라 서로 내외하는 사이는 아니다. 혹시, 나는 바지 지퍼를 살핀다. 다행히 지퍼는 내려져 있지 않다.

"아침에 오다 날아가는 참새 거시기라도 봤나, 왜 그래?"

그러나 그녀는 얼굴을 붉히며 더 쩔쩔맬 뿐이다. 난처한 건

나 역시 마찬가지다. 나는 문제를 원치 않는다. 인간관계에 있어서는 더더욱. 그때 다른 연구원이 '굶었니?' 하며 들어온다. 그의 인사말은 굿모닝의 콩글리시다. 그는 아침밥을 챙겨주지 않는 세상의 여자를 원망하고 있었다. 그가 반갑다. 그의 출근에 맞춰 사람들이 하나씩 도착하자 일상이 시작된다.

요즘 우리가 연구하고 있는 분야는 인간의 질병에 영향을 미치는 바이러스들이다. 광견병이나 광우병 바이러스, 감기 바이러스, 에볼라 바이러스, 에이즈 바이러스 따위 말이다. 우리는 이들 바이러스를 분류하고 배양하고 증식시킨다. 물론 이런 과정을 기록하며 독성물질을 투여해 이들이 어떻게 내성을 만들어나가고, 어떤 독에 치명적인가 데이터를 쌓는다. 하지만 말이 쉽지 그렇게 간단하지는 않다. 1년 중 인간에게 서너 차례씩 찾아오는 감기 바이러스의 경우만 하더라도 아직 치료약이 없는 실정이다. 백신을 개발해도 감기 바이러스는 새로운 변종을 만들어 내, 어렵사리 개발한 치료약을 무용지물로 만든다.

바이러스의 처지에서 보면 인간은 가장 원시적으로 진화해 온 동물인지도 모른다. 그도 그럴 것이 이들은 우선 불멸의 생명을 갖고 있다. 또 이들은 생식행위에 에너지를 낭비하지 않는다. 구애하고 식 올리고 출산하고… 그리곤 아이러니하게 이혼하는 인간들… 바이러스는 다르다. 먹이를 흡수한 후 배설하는 과정도 경이롭다. 냄새나는 배설을 하지 않고 이를 화학적으로 처리한다. 그 화학적 메커니즘은 인간들이 만든 최첨단 화학공장의 수준을 능가한다.

연구는 교과서 나온 고정된 것이 아닌 상상력으로 가능성을 찾아가는 것이다.

과학도로서 나는 다원주의를 신봉하는 편이다. 그러다 보니 인간이 지구에서 가장 우월한 생명체이고, 앞으로도 영원히 번성할 것이라는 가정에 동조하지 않는다. 수의 면에서 볼 때 개미는 모든 인간의 무게와 맞먹는 개체를 갖고 있다. 개미가 많은 것은, 생태계에 문제가 되지 않지만 만일 개미의 수처럼 인간이 증식한다면….

종일 바이러스와 씨름하다 보니 어느덧 해거름이다. 나는 하던 일을 정리한다. 내가 퇴근을 서두르는 이유는 돌봐야 할 가족이 있기 때문이다. 가방을 챙기는데 김영실씨가 다가와 머뭇거린다. 울컥 짜증이 솟는다. 앞서 잠깐 얘기했지만 나는 사람과의 유대를 원치 않는다. 특히 여자는 더욱 그러하다. 만일 내가 그녀를 동료가 아닌 이성으로 생각했다면 우리 관계는 더 소원했을 것이다. 나는 그녀에게 가벼운 인사말을 던지고 연구소를 나온다.

내가 돌볼 가족은 사이버 애완동물이다. 녀석(땅이라고 이름 지었다)은 컴퓨터 속에 들어있다. 내 동작과 소리에 반응하는 '테오 안테나'를 통해 나는 녀석과 서로 교감을 나눈다. 녀석은 나를 호출해 배가 고프다며 칭얼거리기도 하고 심심하다며 놀아 달라고 하기도 한다. 그렇다고 녀석을 간단한 장난감으로 생각한다면 큰 오산이다. 녀석을 돌보는 데는 세심한 배려가 필요하다. 녀석이 생물이냐 무생물이냐는 하는 문제는 컴퓨터 바이러스처럼 논란의 여지가 있지만, 녀석은 인공지능을 갖추고 있어 희로애락의 감정을 표출할 줄 안다. 생로병사의 과정을 살아있는 애완동물들처럼 똑같이 겪는다. 따라서 나는 녀석을 마음대로 통제하거나 조작할 수 없다. 내게 녀석은 가족이다.

나는 녀석에게 먹이를 준다. 기분이 좋은지 녀석이 노래를 부른다. 녀석의 체중과 체온을 체크한다. 정상이다. 이제 나는 녀석을 밀어내고 석사논문을 준비한다.

언제나 똑같은 나날이다. 내겐 이런 나날이 소중하다. 주중에 특별한 일이 있었다면 몇 번의 회의가 열렸다는 점이다. 국내 대학연구소 바이오메디카 사가 만든 새 에이즈 치료제 '벡터'에 고무된 지도교수의 주재회의였다. 지도교수는 학문적 업적과 물질특허, 그리고 상용화 때의 로열티에 대해 반복해 말했다. 아, 또 한 가지, 김영실 그녀가 그림자처럼 내 주위를 머물러 있었다는 사실이다.

사람들에게 금요일 저녁은 넉넉해 보인다. 교정의 초목은 푸르고 삼삼오오 모여 앉은 사람들의 웃음소리는 한껏 부풀어 있다. 저절로 긴장이 풀리는 순간이다. 그러나 나는 라일락 그늘 밑에 있는 김영실을 발견한다. 도대체 왜 이러는가. 화가 치민다. 나는 곧장 그녀에게 다가간다. 뭔가 심한 말을 하려고 나는 그녀를 똑바로 응시한다. 그런데 그녀의 표정이 심상치 않다. 나는 그녀의 형형한 눈길에서 분노를 읽고, 질끈 깨문 아랫입술에서 그녀가 치욕스러운 감정에 휩싸여있다고 깨닫는다.

"뭐야, 쪼개지자? 이 반지 기억나?"

난다. 귀금속점에 가서 골랐고 손가락에 끼우며 구애하던 장면들…

"선배! 껄떡댄 거야, 간 본 거야!"

하지만 그건 꿈에서였었다. 몇 년을 같이 연구실에 있는 동안 나는 그녀의 손목은커녕 흑심 한 번 품어본 적이 없었다. 억울한 것은 그런데도 나는 벌 받는 아이처럼 고개를 숙이고 그녀의 얘기를 조용히 들어야 한다는 점이다. 왜냐하면, 내가 만일 극구 부정을 한다면 그녀의 상태로 보아 먼저 따귀가 한

대 날아올 것이며, 더 흥분하면 죽는다는 소동을 벌일 게 뻔하기 때문이다.

그녀를 집에 바래다주는 동안, 그리고 집에 돌아오며 내내 나는 그녀가 말하는 나에 대해 생각한다. 내가 그녀를 찾아갔다니 어처구니가 없다. 더군다나 반지를 주고 결혼 승낙까지 받았다니. 있을 수 없는 일이다. 나는 그녀가 말하는 나에 대해 되새겨보고 상상한다. 그러나 상상들은 마구 헝클어지기 시작한다. 어느 게 현실이고 어느 게 꿈인지 모호해진다.

의식 속으로 사념들이 비집고 들어선다. 부부가 되고 아이를 낳아 아버지가 된다… 내 부모를 긍정하지 않듯 나는 아버지가 될 생각이 없다… 여자란 까다롭고 복잡다단한 동물이다… 물론 다원주의 처지에서 볼 때, 이런 관점은 내 유전자가 보존되고 세습될 가치가 없다는 의미이기도 하다.

피곤한 하루다. 그러나 나는 쉽게 잠들지 못한다, 혹시 뇌신경에 문제가 생긴 건 아닐까. 전자 호출음 소리가 들린다. 땅이다. 어디가 아픈 걸까. 그러나 웬걸, 심심하단다. 지금은 잘시간이다. 나는 녀석에게 가벼운 벌을 준다. 하지만 자리에 누워 나는 곧 후회한다. 나도 자지 못하는데 그렇다면 나는 누구에게 벌을 받아야 하는가.

일상에 혼란이 온다. 여태까지의 내 일상은 계획표처럼 정확하고 차곡차곡 정돈된 것이었다. 그런데 지금은 모든 게 엉망이고 뒤죽박죽이다. 일요일 10시, 이 시간이면 나는 집 앞산에 올라 있어야 한다. 그런데 나는 이불 속에 있다. 늦도록 자지 못한 데다 못 마시는 술을 마신 탓이다.

오후의 일상도 삐꺽거리기는 마찬가지다. 무엇에도 집중이되지 않는다. 나는 컴퓨터 앞에 앉았다가는 물러나고 책을 읽다가는 덮고 티브이를 틀어놓았다가는 끈다.

월요일 아침, 나는 정신을 차리고 마음을 다잡자고 내게 말한다. 담배를 한 대 피워 물고 나는 화장실 변기에 앉아 폰을펼쳐 든다. 배변은 순조롭다. 다시 일상의 리듬을 회복한 듯하다. 나는 거품면도를 시작하기에 앞서 거울 속의 나를 살펴본다. 얼굴 형태와 이목구비가 조화를 이루지 못하고 있다. 특히음흉하게 빛나는 작은 눈이 마음에 걸린다. 이게 내 얼굴이란말인가. 내가 알고 있는 내 얼굴과는 너무도 다른 모습이다. 나는 중얼거린다. 얼굴은 변한다는데, 아니야, 일상으로 돌아오지 못한 탓일 거야.

면도는 매끄럽게 되지 않는다. 의지와는 상관없이 손끝이떨린다. 앗 따가워! 헝클어진 일상을 증명이나 하듯 나는 면도날에 베이고 만다. 전기면도기를 사용했어야 했는데. 나는 거울에 베인 턱 피부를 살펴본다. 그러나 거울 속 피부는 멀쩡하다. 나는 경악한다. 쓰라리고 분명 손끝에서 피가 묻어나는데 거울 속 피부에는 상처가 없다.

오랫동안 나는 거울 속의 내 얼굴을 보고 나서야 현실을 받아들인다. 이 녀석이 그녀가 말하는 나인지 모른다고. 하지만 나 아닌 내가 있다는 사실은, 역시 인정하기 어렵다.

연구실에 도착해서도 생각은 온통 거울 속의 사내뿐이다. 나 아닌 또 다른 내가 있다는 사실을 어떻게 받아들여야 하는가. 이 도시에 나 아닌 다른 내가 돌아다니고 있다니. 김영실 씨 말대로라면 그 사내는 파렴치하고 위험스럽다. 앞으로도 그 사내는 어떤 짓을 할지 모른다. 퍼뜩 오기가 뻗친다. 나 아닌 나를 찾아내 감옥에 가두고 싶다. 하지만 어떻게.

나는 녀석을 과학적으로 규명해 보기 위해 자료를 뒤적였다. 자료를 취합하고 방법을 모색하지만, 의학처럼 진단하고 처방할 방법이 없다. 어쩌면 이 문제는 과학으로 해결할 수 없는 것인지도 모른다. 과학이 어떠한 현상에 대해서 합리적 설명을 초월한, 신비적 의미까지 설명할 수 없기 때문이다. 이것은 죽음에 대해 과학적으로 설명해도 인간의 내부에 있는 슬픈 감정을 완화하는 데에는 어떤 역할도 하지 못하는 것과 같다. 이 때문에 사후세계와 영혼이 있고 신이나 신화가 존재하는 것이다. 그러나 앞서 밝혔듯 나는 다원주의자다. 내 의식엔

신이나 신화가 개입할 여지가 전혀 없다. 종교란 원시시대의 토테미즘이나 샤머니즘이 인간의 의식 진화에 맞추어 발전해 온 것이다. 토템이나 샤먼은 현대에도 존재한다. 예수교, 석가모니교, 심령술사, 만신 따위로.

나는 냉철해지자고 자신을 타이르며 우선 책에서 거울 속의 사내를 찾아보기로 한다. 머릿속에 가장 먼저 떠오른 분야는 신화다. 어딘가 있을 것이다. 나는 학교 도서관의 도서목록을 모니터로 불러낸다. 마우스를 클릭하는 속도가 점점 빨라진다. 그렇게 며칠을 모니터 앞에 붙어 앉아있었지만, 동서양 어디에도 거울과 관계된 신화는 보이지 않는다.

밖은 한밤중이다. 창밖으로 바람 소리가 요란하고 그 기세로 놀이터의 빈 그네 소리가 기묘한 조화를 울리며 들려온다. 나는 점차 지쳐가고 있다. 어쩌면 거울 속의 사내가 나를 조종해 조금씩 파괴하고 있는지도 모른다. 실제로 나는 꿈속에서 낯선 곳을 배회하고, 때론 치한처럼 여자들을 희롱하는 꿈을 꾸다 깨었다. 상상해보지 못한 일이다. 괴상한 꿈처럼 내 일상도 망가져 가고 있다. 내 유일한 사회적 반경은 연구실이었다. 이곳에서 나는 대인관계는 원만하지 못하지만, 학문에 있어서만큼은 성실하고 능력 있다는 평을 들어 왔다. 그러나 이젠 다르다. 거울 속의 사내는 내가 쌓아온 탑을 무너뜨리고 있다.

이제 나는 거의 필사적이다. 와중에 나는 한가지 실마리를 좀 전에 얻었다. 거울 속 사내의 실체를 문학 쪽에서 찾아야 한다는 도서관 사서의 조언 덕분이다. 물론 나는 전화로 통화했고 내가 누구인가를 밝히지 않았다. 현대인에게 익명이란 훌륭한 보호막이다.

소설, 사서가 문학 쪽이라고 한 건 소설을 두고 한 얘기일 것이다. 소설만이 이런 이야기를 풀어나갈 수 있는 장르다. 나는 소설 장르를 검색하며 눈살을 찌푸린다. 소설에 대한 평소의 내 견해 탓이다. 쉽고 간단한 이야기를 괜히 어렵고 복잡하고 모호하게, 뒤틀어 늘여놓은 게 소설이라고 나는 생각한다. 이런 까닭에 나는 거울 속의 사내란 임시제목을 입력하고 모니터에 뜨는 정보들을 건성으로 훑어 나간다. 이건 아니고, 이것도 아니고… 어느 순간 눈에 띄는 문장을 찾았다. 꿀꺽, 침을 삼키고 찾은 이야기를 읽어 나간다. 이야기의 줄거리는 대략 다음과 같다.

'고대에서는 거울 속의 세계와 인간 세계가 서로 왕래할 수 있었다. 즉 사람들의 의식 속에 있는, 실현 불가능하거나 비도덕적인 생각들이 거울 속 세계로 옮겨가는 것이다. 그들은 거울 밖 사람들의 분신들이었다. 그러나 어느 날 거울 속 분신들이 인간들을 공격해옴에 따라 질서가 깨지기 시작했다. 황제는 분신들을 몰아내 거울 속에 가두고 그들을 인간과 사물에 종속된 단순한 그림자로 만들어버렸다. 그러나 거울 속의 존재들은 언젠가 이 동면 상태에서 깨어나기만을 기다리고 있다.

거울에 비친 우리의 모습은 우리의 실상이 아니다. 자기 자신을 볼 수 있는 사람은 아무도 없기 때문이다.'

마지막 두 문장이 마음에 든다. 나는 카타르시스를 맛보고 비로소 마음의 안정을 찾는다.

40일 후.

나는 영문도 모르는 채 정신병원에 갇혀 있다. 날짜를 기억하려고 기록해 왔지만, 시간감각이 모호하다. 꽤 긴 시간이었던 것 같다. 간호사가 부른다. 이 병원에 와서의 첫 면회다.

면회자는 김영실 그녀다.

"이봐, 영실씨! 내가 대체 왜 여기 와 있는 거지?"

"선배는 성격장애에 의한 해리장애를 앓고 있대. 지킬박사와 하이드씨 알지. 선배가 이런 경우야. 낮에는 모범적인 정상 생활을 하고 밤에는 잠재해 있던 의식에 따라 행동하는…."

"믿을 수 없어. 날 내보내 줘. 난 돌봐야 할 가족이 있다고."

"사실이야. 땅이는 내가 돌볼게요."

제3부

고양이 울음소리

고양이는 어김없이 나타났다. 베란다 창밖에서 발톱으로 유리창을 긁어대며 머리를 디밀고 있었다. 거실에서 서성이던 현지수는 고양이를 보자 살의에 몸을 떨었다. 정말이지 년을 죽이고 싶었다. 그래, 죽이자. 죽인다면 어떻게 죽일까. 집안으로 불러들여 약 논 먹이를 줄까. 한데 년이 먹이를 먹기는 먹을까. 기분 같아서는 사브르로 베고 찔러 죽이고 싶은데. 신음이며 피 튀는 몸부림이 볼만할 거야. 깨끗하기는 총이 좋지만. 다른 방법은 뭐가 있을까. 검색해볼까. 여자는 창밖을 살피며 중얼거리다 고개를 흔들었다. 내가 왜 이러지. 고양이에게 시달린 탓이야. 여자는 며칠째인지 모르게 불면에 시달렸다. 거실을 서성이다 베란다 창을 보면 예의 고양이가 있었다.

고양이는 앙칼지게 울어댔다. 앞발로 유리창을 긁어대며 집안으로 들어오려는 모습은 필사적이고 괴기스럽기까지 했다. 방음 잘된 창이지만 창밖 년이 우는 소리가 들려오는 듯했다. 여자는 부르르 진저리를 쳤다.

침실로 가며 여자는 깊고 단, 꿈 없는 잠을 자고 싶다고 생각했다. 삶이 생각대로 된 적이 없었듯 불면은 매일 찾아오는 고양이처럼 여자를 끈질기게 물고 늘어졌다. 매 순간 머리가 무거웠다. 오늘도 다르지 않았다. 누웠다 일어나길 반복하다 작정하고 침대에 누웠다. 여러 생각에 시달리다 잠깐 잠이 들었다. 고양이가 나타났다. 고양이는 거북이로 현신해 있었고 색에 환장한 사내처럼 대가리를 들이밀었다. 망할 년의 고양이 새끼. 여자는 욕을 퍼붓다 소스라쳐 깨어났다. 지금이 낮인지 밤인지 분별이 안 되는 것처럼 꿈과 현실 사이는 모호했다. 분명한 건 등딱지 밖 거북이 대가리가 나 피디의 성기를 연상시킨다는 점이었다. 꿈을 되짚자 다시 잠들기가 두려웠다. 오늘도 날밤 새우게 생겼다. 고양이 꿈을 꾼 이후엔 그로테스크한 고양이 얼굴에 번들번들한 나 피디의 낯짝이 오버랩되며 지난날이 여자를 괴롭혔다.

안 돼. 오늘은 자야 해. 현지수는 협탁에 놓인 약병을 집어들었다. 무슨 주술처럼 자자고 중얼거리며 처방받은 수면제보다 많은 양을 입에 넣었다. 물을 마시고 불을 껐다. 밤의 적막이 펼쳐졌다. 나 피디의 쥐 같은 눈, 하마 같은 배, 이어 후원자 계약을 맺었던 남자들의 얼굴이 떠올랐다.

자야 한다니까. 머리끝까지 이불을 뒤집어썼다. 자자. 자야지, 숫자를 셀까. 하나, 둘, 셋… 백, 아흔아홉, 아흔여덟… 잠은 오지 않고 의식은 말짱해졌다. 외간남자들이 밀려나고 남편과의 지난 일들이 떠올라 펼쳐졌다.

남편이 던진 꼬냑병은 홈시어터의 사운드바와 티브이패널을 회복불능으로 만들었다. 싸움의 발단이 뭐였지. 사소한 거였지만 남편은 자신을 함부로 대하고 있었다. 막 나간다 이거지, 차라리 이혼하자고 하지. 결국, 결과론적으로 그렇게 될 것 같았다. 퍽하고 터지면서 흩어지던 유리 파편들, 여자는 잠시 약해졌었다. 남편과의 관계는 정말 그렇게 깨지는 걸까. 자신은 왜 참지 못하고 길길이 날뛰었을까. 되돌릴 수만 있다면, 그래서 다시 시작할 수만 있다면. 아니, 못할 것도 없잖아. 드라마 엔지(NG) 나면 새로 찍듯 내 인생도 지우고 싶은 삶 지우고 새로 인생 담는 거야. 현지수, 잘 나가던 탤런트였잖아. 어쩌면, 그때 결혼이 아니라 계속 일을 해야 했는데, 남편 때문에. 가정에 안주하지 않았다면 지금도….

모든 것은 언론 때문이었다. 묻혀 있던 지난날 이야기가 무슨 몇 주기 특집 어쩌고 해서 다시 들춰진 것이었다. 물론 시청률을 올리던 피디의 죽음은 애석하고 방송사로서도 손실이었으므로 그를 되돌아보자는 의도를 탓하고 싶지는 않았다. 문제는 피디가 은밀한 장소에서 술자리를 주도했고 자리가 끝난 후 차를 몰고 가다 교통사고로 사망했다는 데 있었다. 윗선에서 손을 썼는지 음주운전 문제는 묻힌 채 거론되지도 않았다.

대중의 반응은 뜨거웠다. 사람들은 호기심을 넘어 더 깊은 내막을 알고 싶어 했다. 방송 이후 월간지가 가세해 심층취재란 타이틀을 달고 사건을 대서특필했다. 재력가의 실명이 올랐고 여자들의 이름은 사생활을 보호해 주겠다는 듯 이니셜로 표기되었다. 하지만 그건 누가 봐도 누가 누군지 알 수 있는 호칭이었다. 은퇴해 가정을 가진 여자에게 이래도 되는 건지 분노가 일었다. 기사에서 까발려졌듯 그 자리는 스폰을 물색하는 자리였다. 연예계에서 크려면 스폰서는 필수지. 나 피디는 뚜쟁이처럼 말했었다. 물론 그 자리에서 후원계약을 맺었다. 그뿐만 아니라 다른 사람들과도.

남편은 변해있었다. 현지수는 남편의 변화가 그 기사 때문이라고 생각했다. 하지만 결혼 전 남편은 현재와 미래가 중요하다고 누누이 역설했었다. 나쁜놈, 그런 말 할 때는 언제고. 내가 얼마나 좋은 조건을 마다하고 널 택했는데. 컸다 이거지. 결혼 전만 해도 남편은 보잘것없는 중소기업체의 사장에 불과했다. 그런 그가 벤처 붐을 타고 사세가 불어나면서 달라져버린 것이었다. 사회적 지위가 높아지면 친구를 바꾸고 돈을 벌면 마누라를 어쩐다더니.

현지수는 남편에 대한 적의로 충만해 있는 자신을 발견했다. 바람 속 불길 같았다. 용서할 수 없어. 좋은 시절 온갖 감언이설로 꼬드길 때는 언제고 이제 와서… 아니야, 이제라도 돌아와만 준다면, 나도….

남편의 돌연한 폭언과 난동을 현지수는 견딜 수 없었다. 어디로든 가자고 자신을 다잡으며 무작정 머스탱을 몰았다. 길을 나섰지만, 딱히 어디 갈 곳이 없었다. 친정이라고 가봐야 아무도 없었고, 달리 하룻밤을 의탁할만한 친구도 없었다. 아무 생각 없이 고속도로를 달렸다. 자신을 환영할만한 사람이 아무도 없다는데 생각이 미치자 가속페달을 들입다 밟았다.

밤바다가 보였다. 파도 소리와 함께 밀물처럼 회한이 몰려왔다. 남편에게선 전화는커녕 문자조차 없었다. 여자도 연락하지 않았다. 분노가 삭지 않았기 때문이기도 하지만, 자신의 부재로 인해 남편은 불편을 겪을 것이고, 그러면 새삼 자신의 존재에 대해 아쉬움을 느낄 것이라는 생각에서였다.

호텔에서 잠을 청하며 현지수는 너그러워지는 자신을 발견했다. 신문은 어떻게 챙겨 읽었나, 국과 찌개가 없으면 밥을 못 먹는데. 낯선 방에서 여자는 그렇게 이러는 게 아니었다고 자책하며 밤을 밝혔다. 이튿날 여자는 서둘러 귀경했다. 밤새, 그리고 돌아오는 차 속에서 집으로 돌아가자고 무수히 결심했건만 집 근처에 다다르자 자존심이 여자를 붙잡고 놓아주질 않았다. 차를 돌렸다. 그때 여자의 심정은 사고무친인 고아처럼 참담했다. 이곳저곳을 싸다니며 배회했다. 그렇게 사흘을 더 보낸 후 집에 돌아왔는데, 남편은 없었다.

드넓은 집은 적막강산이었다. 매일 드나드는 파출부 아주머니만이 집 안에 있는 사람 전부였다. 아니, 고양이가 있기는 했다. 현지수의 적적함을 달래줄 수 있다는 구실로 포장된 남편의 호사 취미였다. 고양이는 페르시아산 친칠라 암컷이었다. 남편과 달리 여자는 고양이를 좋아하지 않았다. 더 솔직히 얘기하자면 년을 처음 본 순간 여자는 요사스러운 짐승이란 생각에 오싹한 한기마저 느꼈다. 고양이는 당연히 자신보다 남편을 따랐다. 년의 침상 눈동자와 흰 털이 여자의 머릿속에 떠오르다 갑자기 남편의 혈색 좋은 얼굴과 겹쳐졌다.

"아줌마! 어디 연락 온 데 없었어요?"

분위기를 파악했는지 파출부 아주머니는 가만히 고개를 흔들었다.

도대체 어디 간 거야. 안팎으로 이게 뭐야. 잘 나가는 집구석이네. 혹시 사고가 생긴 게 아닐까. 아니야. 남편은 출근했어. 그렇다면 잠은 어디서….

고양이와의 동거가 시작됐다. 고양이는 남편의 부재에도 생활리듬을 잃지 않은 듯했다. 가끔 해바라기를 하고 낮동안 잠만 자고 있었다. 삐걱대는 건 자신이었다. 안절부절 어쩔 줄 몰라 했고 어떨 땐 넋 나가 있는 자신을 발견하기도 했다.

어디 있고 대체 무슨 꿍꿍이야! 현지수는 털고르기를 하는 고양이를 잡아들고 2층에서 아래층으로 내던졌다. 마치 고양이가 남편인 듯이. 고양이의 비명과 신음을 듣고 싶었는데, 년은 멋지게 공중제비를 넘더니 바닥에 사뿐히 내려앉았다. 실실 달아나는 년을 잡아다 한번 더 반복했지만, 결과는 마찬가지였다. 오히려 손등에 생채기만 생겼다. 쓰라림과 함께 화가 치밀었다.

상처가 아물도록 남편은 돌아오지 않았고 전화연락도 없었다. 물론 자신이 먼저 연락할 수도 있었다. 하지만 네가 그렇게 나오는데 하는 예의 자존심이 전화기를 들게 하지 않았다.

분명 집 밖으로 내쫓았는데 고양이가 거실탁자 위에 앉아 있었다. 망할 년, 누가 주인인지도 모르고. 이참에 아주 보내버려야지. 년이 탁자에서 풀쩍 내려와 사냥방으로 걸어갔다. 남편은 년을 위해 방에 사냥터를 만들었고 가끔 햄스터를 풀어놓았었다. 넌 죽어야 해. 감정을 누르고 눈으로 고양이를 쫓았다. 방은 어두웠다. 고양이가 캣타워(올라가고 내려가게 수직 운동을 할 수 있게 만든 인공구조물) 위로 풀쩍 뛰어올라 주위를 살폈다. 뭔가 찾은 듯 바닥으로 내려온 년이 자세를 낮추고 소리도 흔적도 없이 걸음을 옮겼다. 움직임이 한층 신중했다. 년의 눈이 인광처럼 번쩍이더니 년은 긴 뒷발을 차고 새처럼 날아올랐다. 눈을 감았다. 사냥감이 내지르는 단말마의 비명이 들려왔다. 이게 무슨 짓이야. 내 집에서, 묵과할 수 없어. 손에 잡히는 것을 잡아 던지려고 주위를 두리번거리다 년과 눈이 마주쳤다. 년은 사냥감의 목덜미 살을 물어뜯던 중이었다. 차갑게 번들거리는 눈동자에 날카로운 송곳니, 그리고 피가 묻어난 살점… 현지수는 비명을 질렀다. 무서워. 하지만 이건 꿈이야. 왜 이런 꿈을 꾸지. 꿈에서 깨어나야 해. 여자는 자신이 꿈을 꾸고 있다는 사실을 깨달았다. 그러나 여자는 꿈에서 깨어나기까지 오래 침대에서 버르적거렸다.

가까스로 현지수는 침대에서 몸을 일으켰다. 소름이 돋고 이마며 등이 땀투성이였다. 수면제 때문에 머리가 아팠다. 밖은 아직 한밤중이었다. 어둠은 술과 약, 섹스의 시간이었다. 그리고 두려움의 시간이기도 했다. 어둠 속에서 다가오던 사내들, 피학, 사디스트들… 기억들을 떨치려는 듯 여자는 고개를 흔들었다.

언제 날이 밝으려나. 자리에서 일어나 불을 켰다. 그것으로 부족하다고 느꼈는지 여자는 머리맡의 갓등을 밝히고 책 읽을 때 쓰는 스탠드등도 켰다. 그리곤 방을 나와 집안의 등이란 등은 모두 밝혔다. 이젠 뭘 하지, 방으로 돌아와 침대에 걸터앉으며 여자가 중얼거렸다. 아, 뉴스를 들어야지. 거실에 나가 24시간 뉴스채널을 볼 엄두는 나지 않았다. 오디오에 전원을 넣었다. 치직 소리뿐 공중파 방송은 잡히지 않았다. 신경질적으로 리모컨 버튼을 눌렀다. 오디오는 달각거리며 데크에서 플레이어로 다시 방송으로 옮겨지며 소리들을 재생해 내고 있었지만, 여자가 원하는 소식은 들려오지 않았다.

잠을 자야 하는데. 다시 협탁 속 수면제가 어른거렸다. 안돼. 현지수는 고개를 도리질했다. 수면제 대신 주스 한 모금에 철분제와 영양제를 입에 털어 넣었다. 다시 누워 잠을 청했지만 잠은 올 것 같지 않았다. 여자는 집 나간 남편과 고양이 생각에 시달렸다. 둘 다 죽여버려야 하는데, 여자가 이를 갈았다. 여자는 날이 밝은 후 잠들었다.

누군가 현지수를 부르고 있었다. 아줌마는 어디 간 거야. 잠결에 퍼뜩 남편일지 모른다는 생각이 들었다. 일어나야지. 현지수를 부르는 소리는 초인종 소리와 가세해서 한층 더 세차게 여자의 의식을 흔들어 깨우고 있었다. 남편이야. 여자의 얼굴에 미소가 번졌다. 내가 이겼어. 드디어 그가 돌아온 거야.

여자의 의식은 꿈과 현실 사이를 오락가락하고 있었다. 현실로 돌아온 여자는 퉁겨지듯 자리에서 일어났다. 천천히, 서둘러서는 안 돼. 여자는 자신에게 말하며 거울을 보고 얼굴에 콜드크림을 처발라 빠르게 티슈로 닦아냈다. 화장은 말아야지. 현지수는 청초하니까. 아니, 기초화장만 할까.

대문에 서있는 사람은 집배원이었다. 가운 깃을 끌어 올렸다. 가운 바람이라는 부끄러움보다도 순진했다는 자신에게 모멸감이 치밀었다. 병신 같은… 자학하던 여자의 입에서 부지불식간에 욕이 튀어나왔다. 여자는 집배원도 잊고 한동안 자신에게 증오의 말을 퍼부었다.

서명하고 받아든 우편물은 법무법인에서 보내온 것이었다. 거칠게 봉투를 찢었다. 어려운 법률용어에 머리가 지끈거렸지만, 찬찬히 내용을 훑어갔다. 법원 협의이혼 신청서류는 서식이 맞게 모든 내용이 기재되어 자신의 서명만 기다리고 있는 상태였다. 그 외 첨부된 서류는 불응 시 소송하겠다는 내용이었다. 여러 귀책사유가 나열된 인쇄물들을 찢었다. 개애새끼. 예전에 쓰던 욕이 다시금 튀어나왔다. 거부감은 없었다. 개 같은 새끼를 개새끼라고 했을 뿐인데, 못할 것도 없잖아. 그 욕은 어감에서부터 뉘앙스까지 썩 마음에 들었다. 이상하게 몸이 근질거리며 쾌감이 솟아났다. 여자는 다시 입을 열었다. 개애새끼.

잠깐 눈물이 났지만 이를 악물었다. 뭐든 먹어야 한다고 생각했다. 먹고 기운 차려야 해. 그러고 보니 며칠간 음식을 먹은 기억이 없는 것 같았다. 생각날 때마다 철분제와 비타민을 주스나 우유와 함께 마신 게 전부였다. 주방으로 가 냉장고 문을 열고 반찬들을 식탁 위에 늘어놓았다. 밥솥의 밥은 말라있었고 국은 식어 기름이 엉겨있었다. 이 아줌마가 살림을 어떻게 하는 거야. 국에 밥을 말아 꾸역꾸역 밀어 넣었다. 그리곤 그것이 남편인 양 힘주어 씹었다. 여러 번 씹었음에도 밥은 잘 넘어가지 않았다. 누구 맘대로, 호락호락 당할 순 없어. 여자가 중얼거렸다.

A4지에 타이핑됐던, 귀책사유라는 게 마음속에서 걸렸다. 결혼을 계속할 수 없는 그 사유에는 자신의 가임 능력에 대해서 언급하고 있었다. 분기 충전하던 여자는 슬그머니 기가 죽는 자신을 발견했다. 사실 그 부분에 대해서는 할 말이 없었다. 돈 없고 암울했던 나날을 보내야 했던 탤런트 초기 시절, 다가오던 향응과 찬사와 금전을 거부할 수 없었다. 겪어보니 남자들은 한결같이 추했다. 그런데도 여자는 자신의 발이 파리처럼 꿀 속에 파묻히는 줄 모르고 탐닉했었다. 너무 일찍 몸의 쾌락과 약에 빠져들었는지도 몰랐다. 여자는 자신을 잘 알았다. 강

박장애에 의한 섹스중독, 물론 자신의 몸도 잘 알았다. 빈번한 중절로 인한 나팔관 손상, 의사가 내린 진단이었다. 남자들은 콘돔을 끼면 성감이 반감된다고 거부했었다. 남편은 지금 그것을 중대한 이혼 사유로 거론하고 있었다. 남편은 또한 아내의 강박장애 때문에 결혼생활을 계속할 수 없다는 점에 대해서도 걸고 넘어졌다. 그리고 인터넷에 돌고 있는 여자의 결혼 전 성관계 동영상에 대해서도. 여자는 점점 의기소침해져 갔다. 여자는 결국 남편을 이길 수 없다는, 남편이 나쁜새끼라는 결론에 도달하고 있었다. 여자가 넌지시 지난 일을 꺼내놓았을 때 과거는 중요하지 않다고 떠들던 놈이었는데.

현지수는 거실과 침실을 오가며 서성거렸다. 이제 어떻게 해야 하지. 담배를 피워볼까. 담배가 어딨더라. 아, 남편 방에 쿠바산 시가가 있었지. 현모양처가 되겠다며 끊은 담배였다. 시가를 집어 들었다. 연초 향내를 맡으며 이 나라 담배는 기름진 걸 먹는 놈들만 피는 담배라는 생각이 들었다. 아니나 다를까, 한 모금 채 빨지도 못했는데 기침이 연방 나왔다. 너무 독했다.

담배를 포기하고 전신거울 앞에 섰다. 몸은 되는 거지. 힙이 약간 처진 것 같았다. 거울 앞에서 물러섰다 다가서기를 반복하며 여자는 자신의 몸을 살폈다. 예전의 처녀시절로 돌아가고 싶었다. 얼굴은 삭은 건가. 거울 앞으로 바짝 다가가 얼굴을 디밀었다. 세월은 어쩔 수 없어. 관리 좀 받고 나이에 맞는 배역 찾아야지.

드레스룸으로 향하는 여자의 손에는 양주병이 들려 있었다. 술 한 모금 마시고 병을 바닥에 내려놓은 후 옷장 문을 열었다. 빼곡히 들어찬 옷들을 하나씩 꺼냈다. 블라우스와 스커트, 원피스와 투피스, 스리피스와 재킷, 무스탕에 밍크코트까지 옷들은 한없이 나왔다. 몸에 대보았다. 아직 몸에 잘 맞는 듯했다. 입어볼까. 좀 끼는듯했지만, 여자의 얼굴이 환해지며 미소가 배어 나왔다. 여자가 이번에 장신구들을 꺼내기 시작했다. 반지에 팔찌와 발찌, 귀걸이와 목걸이 따위들도 무궁무진하고 기기묘묘했다. 여자가 사파이어 반지를 뽑아 들고 손가락에 끼웠다. 길고 가느다란 손가락에 반지는 꼭 맞았고 잘 어울렸다. 여자는 잠시 눈을 감고 이 반지를 선물했던 사람이 누구였던가를 생각했다. 깡마른 김 피디의 모습이 떠올랐다. 신인들 보면 사족을 못 쓰는데, 여전히 껄떡대겠지. 약간 들뜨는 기분이었다. 김 피디가 뭔가 도와줄 것이라는 기대감에서였다. 어쩌면 다시 방송에 출연할 수 있을지도 몰라. 요즘 컴백하는 게 유행이잖아. 핸드폰에 번호가 입력돼 있을까. 벌써 몇 년 전인데 지웠을 거야. 없었다. 여자는 조급증을 내며 명함철을 뒤적거렸다.

모바일 번호는 없었다. 어떤 전조처럼 느껴졌지만, 방송국

유선 번호를 썼다. 예능부에 전화를 넣고 20분을 기다려서야 김 피디와 통화할 수 있었다. 그의 목소리를 듣자 기다리던 동안의 초조와 불안감이 가시고 있었다. 여자는 20분이나 기다렸던 부분에 대해서 불평할 수 없었다.

"예? 누구시라고요… 현지수? 잘 모르겠는데… 어쨌든, 무슨 일입니까?"

형식적인 인사는 집어치우고 얘기를 꺼내려고 했는데, 어쨌든 무슨 일이냐고. 개새끼. 현지수는 전화기를 내동댕이쳤다. 내 얼굴에 대해, 몸에 대해, 그리고 연기에 대해 침이 마르도록 칭찬해대더니 모르겠다고. 그럼 이 반지는 뭐야. 여자는 반지를 손가락에서 빼내 바닥으로 던졌다. 그래도 화가 가라앉지 않았다. 흥, 피디가 저만 있는 줄 아나 보지. 다른 피디 번호를 찾으려고 몸을 일으키다 여자는 갑자기 찾아온 어지럼증에 무릎을 꺾었다. 무수히 많은 보랏빛 날벌레가 여자의 눈 주위에서 날아다니고 있었다. 벌레들이 일으키는 소리가 윙윙거리며 귀청을 때리는 듯했다. 여자는 침대 모서리를 잡고 안간힘을 쓰며 몸의 균형을 유지했다. 증상이 사라지자 여자는 자신의 몸처럼 사랑했던 옷과 장신구들을 발로 거칠게 걷어찼다.

한동안 아무것도 할 수 없었다. 여자는 침대에 누워 멍하니 천장을 응시했다. 아무것도 보이지 않았고 어떤 생각도 들지 않았다. 알츠하이머를 앓는 사람 같았다.

이래선 안 돼. 뭔가 해야 해. 새삼 의식이 돌아온 듯 여자가 중얼거렸다. 그래, 뭐든 해야지. 침대에서 일어선 여자는 엉거주춤 서 있었다. 하지만 뭘 해야 하지…. 맞아, 철분제를 먹어야지. 언제 먹었었더라. 술도 좀 더 필요해.

현지수는 거실로 나와 새삼 안을 훑어보았다. 타인의 집처럼 낯설었다. 맞아, 남편의 거실이야. 남의 집 구경하듯 세간들과 장식품들을 살폈다. 거실은 남편의 호사 취미에 맞게 물건들이 진열되어 있었다. 수집품 중에는 라이플이 으뜸을 차지하고 있었다. 공기총부터 산탄총, 선조총에 이르기까지 총들은 잘 닦여진 듯 번들거렸다. 개량형 레밍턴이 눈에 들어왔다. 꺼내서 들어보니 제법 묵직했다. 쇠 냄새가 지독했다. 언젠가 사냥 다녀온 남편이 하던 말이 떠올랐다. 스코프가 좋아 백발백중이면 뭣해. 잡을 짐승이 없는데. 빈 캔에다 총질만 하고 왔다니까.

이렇게 겨냥하고 쏘는 건가. 망원렌즈의 줌인 기능을 사용해 거실 밖 주목의 가지 속 분홍색 열매를 겨냥했다. 먼 거리 작은 열매인데도 선명하게 보였다. 약실에서 나는 화약내에 연신 재채기가 났다. 방아쇠에 건 검지가 떨렸다. 이래서야 제대로 쏘겠어. 술을 마셔야 해. 바닥에 있는 술병을 들어 병을 기울여 한 모금 마시며 마음이 진정되길 기다렸다. 술기운이 오르자 마음은 오히려 차분해지는 것 같았다. 내려놓았던 총을 집어 들어 목표물을 조준하고 방아쇠를 당겼다. 탄알이 장전되지 않은 총은 철컥하는 소리만을 냈다. 뭐야, 별거 아니네.

고양이 울음소리가 들려왔다. 어디지, 어디서 우는 거야. 이년부터 요절내야 해. 현지수는 총을 내려놓고 벽에 X자로 걸려 있는 펜싱 검을 뽑아 들었다. 사브르는 예리하고 날카로웠다. 단단히 움켜잡고 허공을 향해 휘두르자 검은 짧고 날카로운 금속성 소리를 내며 울었다. 검을 사려 잡고 귀를 기울였다. 고양이 울음소리는 끊겨 있었다. 이년이 어디 있는 거야. 술을 한 모금 더 마셨다.

김 피디가 나타났다. 다짜고짜 검을 휘둘렀다. 사선으로 그어진 그의 뺨에서 피가 솟았다. 상처 부위를 손으로 누르며 그가 용서를 구했다. 똑바로 살아. 나도 너 같이 질 낮은 놈하고는 안 놀아. 나 피디가 가쁜 숨을 몰아쉬며 진정하라고 소리쳤다. 뚜쟁이 같은 자식. 잘 뒈졌지 뭐야. 뒈지는 바람에 엿 됐지만. IT 기업인인 양 나대는 남편이 나타났다. 개애새끼, 새장가 가고 싶다 이거지. 누구 맘대로, 이혼 절대 못 해. 목에 총을 들이대자 남편은 사색이 되었다. 조심해, 장난감 총 아니라고. 조심하고 있거든, 장난감 아닌지도 알고. 옷 벗어. 장난해, 홀랑 벗어. 남편은 고분고분 옷을 벗었다. 누워. 손 치워. 발로 음경을 지분댔다. 미쳤군, 이 상황에 발기가 돼. 좋아, 아주 보내주지. 축축한 입술과 혀를 대밀었다. 땀과 새된 소리에 합류하겠다는 듯 여자는 격정적이었다. 좋지, 소리쳐봐. 나밖에 없다고 말해봐.

다시 우는 고양이 울음소리를 들으며 현지수는 환영에서 깨어났다. 년을 찾아 죽이겠다는 생각뿐, 가위에라도 눌린 듯 꼼짝도 할 수 없었다. 생각해야 해. 움직여야 해. 여자는 버르적거렸다. 정말 되돌릴 수 없는 건가. 대체 무엇이 잘못된 걸까. 결혼 생활 5년, 특별히 문제도 없었지만, 순탄하기만 한 것도 아니었다. 남편은 상황 판단이 빠른 사람이었다. 구멍가게 수준으로 벌인 사업이 운때가 맞아, 그는 로비도 해가며 적절히 키를 조절했다. 사세가 불어난 그가 신부를 찾았다. 그와 자신은 궁합이 잘 맞는 결합이었다. 그는 자신의 탤런트란 외모에 반해 결혼한 사람이고, 자신은 그의 돈을 보고 결혼한 것이었으니까. 그는 열심히 벌었고(물론 짬짬이 딴 짓도 했겠지만) 자신은 신나게 돈을 썼다. 돈이란 쓸수록 재미가 쏠쏠했다. 세상은 공평했다. 남편은 외모 콤플렉스를 가진 못생긴 사내였지만 돈이 많았고, 자신은 그 반대였으니까. 그런 질서와 균형이 지금 어긋나며 뒤틀리고 있었다.

현지수는 예전으로 돌아가고 싶다고 소망했다. 예전으로 돌아갈 수 있다면 다시 몸이라도…. 예전의 현지수는 사람들에게 찬사와 선망을 한 몸에 받지 않았던가. 한데 지금은 이게 뭐야. 시간을 되돌릴 수만 있다면… 예전에 내가 출연했던 작품이라도 볼까. 감이라도 되찾아놔야지.

작품들은 하드디스크에 장르별로 저장되어 있었다. 컴퓨터를 부팅하고 현지수 폴더를 열었다. 뭘 볼까. 단막극, 드라마… 하나를 골라 더블클릭했다. 영상이 재생되었다. 전성기 때의 1회분 50분짜리 드라마 중 한 부분이었고, 자신을 부정했던 김 피디 연출이었다.

진부한 연속극이었음에도 여자는 극에 집중했다. 여자가 맡은 역은 현대를 살아가는 여성지 기자였다. 기자는 '여자가' 하는 남성들의 습관성 우월주의에 반발하면서 좌충우돌 파란을 일으키고 있었다. 화면 속의 여자는 데스크와 언쟁 중이었다. 여자가 말했다. 이 기사가 뭐가 잘못됐다는 거죠. 미스 최, 내 말은 그러니까…. 부장님! 제 이름은 미스 최가 아니라 최경진입니다. 미스 최, 미스란 격이 높은 존중형 호칭이야. 그래요, 그렇다면 저도 부장님을 미스터 변으로 불러드릴까요. 화면 밖의 여자는 점점 극 속으로 빠져들어 갔다.

저 언변에 저 표정 연기라니. 여자는 감탄을 자아냈다. 여자는 기억해 낼 수 있었다. 함께 했던 출연진이며 극작가, 세트에 소품, 심지어 1회분이 몇 신이라는 것까지. 또 증오하는 김 피디의 연출 버릇까지도. 극을 보면서 여자는 과거로 돌아간 듯한 착각에 빠져들었다.

거실 소파에서 일어난 현지수는 극 중 연기를 따라 하기 시작했다. 대사를 똑같이 옮기는 여자의 목소리와 액션은 약간 오버하고 있었지만 진지했다. 그리고 행복한 듯했다. 그러다 여자는 가끔 현실로 돌아왔다. 이게 아니야. 안 되잖아. 현실로 돌아온 여자는 삶에 지친 여인이었다. 여자는 현실을 자각할 때마다 들고 있는 위스키병을 기울였다. 여자는 취해갔다. 더불어 연기는 점점 엉망이 되어갔고.

드라마가 끝났다. 현지수의 볼은 상기되어 있었다. 텅 빈 모니터 화면을 버려두고 여자는 비틀거리며 방으로 들어갔다. 전신거울 앞에서 겉옷을 벗었다. 여자는 자신의 몸을 비춰보기 시작했다. 172센티의 키에 몸피는 가냘팠다. 젖가슴은 작았지만 작은 탓에 처지지 않았고 탄력이 있었다. 하체가 길었는데 종아리는 잡아 늘였는지 유난히 길고 살집이 없었다. 여자가 물었다. 거울아, 거울아! 이 세상에서 누가 가장 예쁘니. 거울은 대답이 없었다. 슬립부터 한 꺼풀씩 벗기 시작했다. 옷에서 팔이나 다리를 뺄 때마다 몸이 위태롭게 휘청거렸다. 골반에 걸린 마지막 천 조각도 벗어버리고 여자가 다시 물었다. 거울아, 거울아! 누가 이 세상에서 제일 예쁘니. 여자는 처절하고 절실해 보였다. 쌍, 생까는 거야. 퀭한 두 눈에 산발된 머리, 여자는 점점 정신을 놓치고 있는지도 몰랐다.

병나발로 술을 몇 모금 더 마셨다. 맞아, 사람들은 내 금빛 치모에 대해 칭찬을 아끼지 않았었지. 거울에 비친 자신의 거웃을 바라보았다. 검은색 치모는 무성하게 엉켜있었다. 남편은 털이나 머리칼 물들이는 걸 싫어했었다. 매니큐어나 립스틱, 화장도 마찬가지였다. 여자는 자신의 치모를 노란색으로 물들였다. 이어 진홍색 립스틱을 입술에 칠하고 빨간 매니큐어를 손톱과 발톱에 발랐다. 음, 이쁜데.

여자가 여러 자세를 취했다. 워킹스텝도 밟아볼까. 힐을 신어야 하는데… 이리 비틀 저리 비틀, 걸음걸이는 엉망이었다. 이 정도면 아직은 괜찮아. 잘 차려입고 나서면 아직 처녀 줄 알거야. 새로 시작하는 거야. 현지수! 넌 잘할 수 있어. 무슨 주술처럼 중얼거리며 여자는 잠이 들었다.

야옹. 니야옹. 다음날도 고양이가 창문에서 울었다. 춥고 섬뜩한 느낌에 현지수는 잠에서 깼다. 저 소리, 저 소리 땜에 미칠 거야. 그나저나 얼마나 잔 거지. 밖은 밤이었다. 온종일 잤다는 건가. 머리가 아팠다.

"아줌마! 물 좀 줘요. 그리고 저 고양이 좀 어떻게 해봐요!"

응답 대신 다시 고양이 울음소리가 들려왔다. 야옹. 니야옹. 저년을… 문득 태아의 울음소리가 연상됐다. 저 소리는 뱃속 아이가 우는 울음소리야. 내가 여태 듣지 못했던 소리를 년이 전해주고 있는 거야. 자신이 낙태시킨 자궁 속 태아들, 죽임을 당한 아기들의 원혼들이 지금 저렇게 울고 있는 거야. 년이 원혼들을 옮기는 거라고. 오늘은 그냥 두지 않겠어. 년을 죽여야 해. 따지고 보면 모든 불행의 시작은 고양이 때문이었다. 가임이 안 되었던 것도 년 때문이라고 생각되었다. 어쩌면 년도 복수하고 있는지 몰랐다. 년의 건강과 장수를 위해 우생수술(去勢)을 했다고 남편은 가볍게 말했었다. 결혼 3년 만에 처음 임신을 했는데 공교롭게도 년을 거세했다는 얘기를 들은 후 유산되었다. 이후 임신되지 않았다. 나쁜 일은 겹으로 찾아오는지 그때부터 두통과 빈혈에 시달렸다.

사브르를 뽑아 들고 현관을 나섰다. 익히 써왔다는 듯 검을 잡은 자세가 능숙했다. 나비야! 착하지, 이리와. 널 쫓아낸 걸 후회하고 있었단다. 들어가자. 밥 먹어야지. 사브르를 뒤에 감춘 채 고양이에게 다가갔다. 년은 길고양이처럼 추레해져 있었다. 이혼당한 이후 자신의 모습을 보는 것 같았다. 먹고 씻자, 옳지. 주인을 알아보는 것일까, 고양이는 쫄래쫄래 집안으로 들어섰다. 고양이를 바라보는 여자의 눈은 세상 남자들에 대한 적의로 이글거릴 때의 눈빛이었다.

가족의 일원이었다는 듯 고양이는 자기 자리를 찾아가고 있었다. 밥 먹는 곳에 가서 밥을 먹고 털 고르는 자리에 가서 털을 고르겠지. 고양이는 거들먹거리며 느리게 걸었고 여자는 집사처럼 뒤를 쫓았다.

내가 이렇게 된 건 다 너 때문이야! 사브르가 허공에서 공기를 갈랐다. 휙 하는 소리와 동시에 위험을 감지한 고양이가 괴성을 지르며 튀어나갔다. 이어 고양이는 탁자 위로 올라가 여자를 쏘아봤다. 털을 빳빳하게 세우고 발 사이의 발톱이 내밀어져 있었다. 숨이 가빴다. 가슴이 터지기 직전 풍선처럼 부풀었다. 여자는 마구 검을 휘둘렀다. 검은 번번이 빗나갔다. 고양이 발톱에 할퀴어진 손에서 피와 땀이 배어 나왔다. 쓰라렸다. 휙 하고 사브르가 공기를 가를 때마다 년은 라켓에 퉁겨진 테니스공처럼 뛰어올랐다. 막 현관을 빠져나가던 고양이의 몸을 갈랐다. 아니, 찔렀는지도 몰랐다. 피가 튀었다. 쾌감이 솟았다.

이건 꿈일 뿐이야. 왜 이런 꿈을 꾸지. 어서 깨야 하는데. 현지수는 중얼거렸다. 여자는 그렇게 허우적거리다 꿈 없는 잠 속으로 빠져들었다.

이튿날, 현지수는 파출부 아주머니의 찢어지는 비명을 듣고 잠이 깼다. 왔다는 표시를 이런 식으로 낼 건 뭐람, 조용히 할 일이나 할 것이지. 요새는 파출부도 상전으로 모셔야 한다니깐. 여자는 쫑알거리며 자리에서 일어났다. 현관 앞에서 아주머니가 파랗게 질려 부들부들 떨고 있었다.

"무슨 일인데 그래요?"

"사, 사모님!"

현지수는 아주머니의 안색을 보고 손가락이 가리키는 방향으로 시선을 던졌다. 아니, 여자는 경악했다. 현관 문턱은 피로 범벅이 되어있었다. 검붉은 피는 불결해 보였고 이미 마른 상태였다. 현기증에 여자는 비틀거렸다. 무수히 많은 날벌레가 눈 주위에서 빙빙 돌고 있었다. 벽을 손으로 짚고 한동안 서 있었다. 아줌마, 나 쓰러질 것 같아. 부축을 받아 소파에 앉았다. 놀란 가슴과 현기증을 진정시켰다. 도대체 누가 이런 짓을. 의문은 또 있었다. 피만 있고 사체가 없다는 것은 무엇을 뜻하는 걸까. 여자는 다시 현관으로 가 주변을 살폈다.

"겨, 경찰에 신고해야겠지요?"

그걸 말이라고 하세요 라고 쏘아붙이려다 현지수는 현관 옆에 버려져 있는 피 묻은 사브르를 발견했다.

"아줌마! 저 칼이 왜 여기 있죠?"

아주머니는 현지수에게 의문의 표정을 보내왔다. 뭐야, 저 얼굴… 범인은 여기 있다… 새삼 칼과 함께 쓰라린 손등이 신경을 건드렸다. 그럼 어젯밤 일이 꿈이 아니라… 아니야, 그건 꿈이었다고. 아니 이건 남편이 꾸민 짓이야. 순응하라는 협박, 계속 불응한다면 살인청부업자가 올까. 비열한 인간…. 여자는 아까와는 다르게 치를 떨었다.

남편 짓이라고 단정을 내렸음에도 의식 속에서 뭔가 현지수를 붙잡고 늘어졌다. 뭐지… 설마… 그래도 몰라…. 떨리는 마음으로 지식검색을 했다.

'수면 중에 발작적으로 일어나서 정돈된 행동을 하다 다시 잠이 드는 병적 증세… 다음날 일어나서 제정신으로 돌아왔을 때는 전혀 간밤의 말과 행동을 기억하지 못하며… 몽유는 수분에서 수 시간 계속되는 수가… 정신분석학에서는 인격 분리 현상의 일종으로 분류…'

몽유증의 정의를 여자는 되풀이해서 읽었다. 아니야, 현지수는 고개를 흔들었다. 고양이 땜에… 망할 년! 머리가 아팠다. 일이 더 꼬여가고 있었다. 침착하자. 하나씩 잘게 쪼개서 해결하자.

현지수는 신경정신과 의원과 흥신소를 검색했다. 업체가 뭐 이리 많은지 찾는 것도 일이었다. 인터넷으로 병원을 예약하고 흥신소에 전화를 걸었다. 일단 의사 진료를 받고, 흥신소에는… 듬직하고 건장한 사내에게 잠복을 부탁할 생각이었다. 남편에 대한 근황도 알아볼 심산이었고. 뭐로든 엮어 궁지에 몰아넣으리라. 아, 변호사도 선임해야지. 여자의 얼굴에 잠깐 차가운 웃음이 번졌다.

바쁜 나날이었다. 현지수는 병원과 법률사무소, 흥신소에 들려 진료받고 상담하고 요구했다. 뭐 하나 말랑한 게 없었다. 정신과 진료는 여자를 지치고 맥 빠지게 했다. 의사는 여자를 진단하고 치료하지 않고 끊임없이 묻고 이야기를 유도했다. 영양제와 철분제 외 먹어야 할 약만 더 늘었다. 하지만 진료와 치료는 끝난 게 아니었다. 다음 주 예약을 했고 진료 후 처방전을 받고 다시 예약해야 했다. 법률 상담은 다른 차원으로 여자를 진 빠지게 했다. 늙은 변호사는 여자의 질문에 여러 논점이 있을 수 있으며, 우리(언제부터 이 인간이 우리란 단어를 썼지)는 이 논점들에 대해 다방면으로 검토하고 판례를 찾고 대응해야 한다고, 했던 얘기를 하고 또 했다. 그만해라, 지겨워 죽겠다. 가만 수임료 올리려고 수작 부리는 거 아냐. 하지만 여자는 조신하게 굴었다.

흥신소 사람을 집으로 불렀다. 파출부 아주머니의 안내로 거실에 들어선 사내는 양손을 모아 잡고 서 있었다. 라운드 티에 통 좁은 바지 위로 드러난 몸은 군살이 없었다. 나이는 50대 초반 정도나 되었을까. 명함에 경찰 출신이라고 적혀있던데 뭐 받아 처먹다 그만뒀겠지.

"앉으세요. 김 탐정님이라고 부를까요?"

"뭐, 좋습니다."

일의 개요를 설명하면서 사내를 살폈다. 그는 작은 눈을 내리깔고 가끔 메모하면서 여자의 이야기를 듣고 있었다. 과묵한 사내 같았다.

아주머니가 내온 음료수 잔을 건네며 현지수는 슬쩍 사내의 옆구리를 찔렀다.

"제가 어디까지 얘기했었죠?"

"첫째, 24시간 사모님을 안전하게 경호할 것. 둘째, 남편에 대한 일거일동을 관찰하고 보고할 것 등입니다."

"다른 이야기는 없었나요?"

"사소한 게 몇 가지 있었지만 저는 업무와 관련 없는 일들은 삭제합니다."

현지수는 고개를 끄덕였다. 일을 맡겨도 될 듯했다. 그래, 언제까지나 눈물만 질질 짤 수는 없어. 현실을 직시하자고 여자는 자신에게 말했다. 소송은 법원에서 계류 중이었다.

"사모님. 이 일은 2인 3조의 인원이 필요합니다."

"좋아요. 믿고 일임하겠어요. 착수금이 얼마랬죠?"

평범하고 평온한 일상이었다. 그러나 몸으로 느낄 수 있었다, 태풍 몰아치기 전 고요라는 것을.

일이 제대로 돌아가는 건가. 병원 정기적으로 다니고, 협의 이혼 안 할 거니까 법원 우편물 쓰레기통에 버렸고, 또 뭐가 있지. 아, 남편 근황.

흥신소 탐정은 재깍 전화를 받았다.

"지금 어디죠?"

"사모님 집 앞입니다."

사내는 짧게 대답했다.

"그는 어떻게 지내죠?"

"부군께서는 한남동 아파트에서 숙식하십니다. 새벽 4시에 일어나서 운동하고 샤워 후 신문을 읽다, 6시에 집을 나서서… 회사는 6시 40분경 도착… 업무를…."

세컨드하우스라고 산 집이고 몇 번 간 적이 있었다. 웬수 같은 인간 여전히 꼭두새벽에 일어나네. 같이 자는 여자와 사이클이 맞으려나 모르겠네.

"그건, 됐어요. 몇 시에 집에 들어가죠?"

"특별한 일이 없으면 6시 10분쯤입니다."

"동거인이 있나요?"

"아, 저 그게….."

"본 대로 얘기해주세요."

여자가 드나들고 가끔 자고 가기도 한다고. 누구라고, 모르는 여잔데. 아, 신입이라고 했지. 치, 새 치마폭에 빠진 건가. 여시 같은 년이겠지. 가만 이건 새로운 논점이 될 것 같은데. 중혼이잖아. 계산 좀 해보고 변호사와 상담해야겠네. 현지수는 어느덧 닳고 닳은 여자가 되어 이해득실을 따지고 남편의 새 여자를 투기했다.

"여자에 대해 영상은 남겼을 거고, 이후엔 뭘 하죠?"

"저녁 식사는 대부분 밖에서 해결하며… 거실에서 TV나 신문을 보고… 10시쯤 잠자리에…."

탐정이 전하는 얘기는 남편의 평소 버릇과 일치하고 있었다. 현지수가 두통과 불면에 시달리다 새벽녘에 잠드는 데 비해, 남편은 일찍 자고 일찍 일어나는 사람이었다. 그는 매일 첫새벽부터 일어나 온 집안의 불을 밝히고 일찍 일어나는 새가 어쩌고 하며 설쳐댔었다.

"오늘 밤 어디 계실 거죠?"

"물론 사모님 집 앞입니다."

"다른 뭐, 그러니까 새로운 정보나 이상 징후는 없던가요?"

"아직은."

"좋아요. 예정대로 진행하시고 여자에 대해서도 알아봐 주세요."

밤은 고통의 시간이었다. 남들은 행복한데 자신만 진창에 빠진 것 같았다. 팽팽히 당겨진 악기줄처럼 긴장해서 여자는 온갖 것들과 싸웠다. 첫 번째 찾아오는 적은 두통과 불면이었다. 놈들은 매일 찾아왔고 매번 굴복해 약을 먹었다. 그렇게 잔 잠은 머리가 맑지 않았고 종일 멍했다. 그런데도 의사에게는 약 잘 먹고 잠 잘 잔다고 말했다. 두 번째 적은 물리쳤다. 사립탐정 덕인지 고양이는 찾아오지 않았다. 세 번째는 남편과의 전투였다. 남편이 요구하는 상황들에 대해 경우의 수를 구해봤다. 한결같이 나빴다. 아니 엿 같았다. 결국 남편 의도대로 되는 건가. 그의 패를 누를 에이스가 있을까.

현지수는 형편없이 위축된 자신을 돌아보았다. 돈 벌겠다는 집념과 외모 하나로 세상에 뛰어든 하룻강아지였었다. 탤런트 공채에 합격했을 때 신데렐라가 된 듯했고 꽃길이 펼쳐져 있을 줄 알았다. 방송국은 그러나 절대왕이 지배하는 야생이었다. 왕은 폭군이었다. 폭군 밑에서 서로 씹고 씹히고 밟고 밟히고… 연기로 빛을 보지 못하고 시간이 흘러갔다. 어느 순간 연기보다 돈을 좇다 여자는 속물이 된 자신을 발견했다. 남편감을 물색하다 지금의 남편을 만났고 은퇴해 가정에 안거했다. 아니 남편이란 작자가 이혼을 요구하고 있으니 했었다가 맞겠군. 친구 하나 없는 신세가 한탄스러웠지만 자업자득이었다. 여자는 의식적으로 친척이며 친구들을 멀리했었다. 삶에 지친 얼굴과 남루한 입성, 그들은 입만 열면 돈 좀 빌려달라고 말했었다. 남편이 자신의 과거를 알까 봐 부끄러웠고 두려웠다.

길 잃은 아이처럼 여자는 안절부절못하고 있었다. 못 이길 거야. 변호사가 제시한 두 번째 안案 대로 해볼까. 재산분할소송만 제대로 된다면 괜찮을 것도 같은데. 아니야, 남편이 어떤 놈인데. 최고의 법무팀이라잖아. 못 이길 거야. 전관예우니 뭐니 하는 카드로 판결이 2심에서 뒤집히는 결과가 다반사인데. 남편의 요구대로 협의이혼을 할까. 하지만 대리인을 통해 전해 들은 위자료는 형편없었다. 이후의 나날이 상상됐다. 아마 제반 비용 제하고 남은 돈으로 먹고 살겠다며 커피집 따위나 차리겠지. 와중에 온갖 건달에 사기꾼, 똥파리 따위들이 낄 것이고. 혹 가는 놈한테 다 털리고 셋방을 전전하는 모습이 상상됐다. 여자는 버림받았다는, 재기하지 못할 거라는, 늙어가고 있다는 생각에 사로잡혀갔다.

나쁜놈! 뭐, 집을 비워달라고. 동거녀와 입성하겠다. 그건 안되지. 끝까지 가는 거야. 여자는 어금니를 힘주어 물었다.

신열이 느껴졌다. 여자는 베란다로 가 창문을 조금 열었다. 밤공기는 차갑고 눅눅했다. 몇 시나 됐을까. 오래전 신데렐라를 꿈꾸던 시절 달을 보는 버릇이 있었다. 초승에서 상현, 보름에서 하현, 그믐달로 바뀌는 달을 보며 이야기하고 소원을 빌었었지. 지금 소녀들도 달을 볼까. 오래전 여자의 의식 속에서 달이 사라졌듯 달은 없었다. 하늘은 어둠의 세상이 펼쳐진 듯 별 한 점 없이 새까맸다.

니야옹. 어디선가 고양이 울음소리가 들려왔다. 뭐야, 어디야. 여자가 창문을 열고 소리쳤다. 정원은 낮과는 다른 모습으로 다가왔다. 괴기했다. 주목 밑 그늘을 살폈다. 시커먼 어둠 속에서 파란 인광을 잠깐 본 것도 같았다. 탐정 이놈은 뭐 하는 거야.

니야옹. 여자는 몸을 움츠렸다. 이년이 뭐 하러 온 거야. 아니 그 새끼가 보낸 걸 거야. 미쳐 죽는 꼴 보려고. 오늘은, 그냥 안 보내. 살의가 일어서고 있었다. 총을 찾아 걷는데 뭔가 여자를 붙잡고 늘어졌다. 아차, 오늘치 약 안 먹었지. 여자는 침대 협탁 안, 약병을 꺼내 들고 화장실로 갔다. 변기에 약을 쏟고 물을 내렸다. 화장실을 나와 총을 들었다. 총은 전에도 그랬지만 이상하게 익숙했다. 총알이 어딨더라. 아, 장전됐지.

거실 등을 끄고 정원 등을 켰다. 나무들이 드러나며 어둠의 정령들이 사라지고 돌보지 않은 정원이 나타났다. 관목과 잡초가 뒤엉켜 유난히 어두운 곳, 년의 울음소리는 그곳에서 들려왔다. 기다렸다. 손이 축축했다. 이년이 살림 차렸나, 왜 안 나오는 거야. 바람이 잎사귀와 가지를 흔들고 다가와 여자의 심사를 건드렸다.

여자는 사격 자세를 잡고 스코프에 눈을 디밀었다. 어서 와. 나와 넌 이렇게 끝나게 돼 있다고. 고양이가 어둠에서 나왔다. 등 밑에 드러난 모습은 추레했다. 흰털이 오물과 피로 더럽혀져 있었다. 몸은 비쩍 말라 있었으며 걸을 때 앞발을 절었다. 여자의 얼굴에 조소가 번졌다. 나와 비슷해졌네.

입에 고인 침을 삼키고 숨을 가다듬었다. 발광 스코프 십자선 안에 고양이 머리가 들어왔다. 지금이야. 방아쇠를 당겼다. 격발음 속에 짧은 단말마의 비명이 섞여 들렸다. 고양이는 펄쩍 뛰어올랐다가 널브러졌고, 여자는 뒤로 쓰러졌다. 어깨에 배어드는 통증과 함께 화약 냄새가 짙게 났다. 냄새는 여자를 흥분시켰다. 남편 놈도 없애버려야 해.

왜 이런 꿈을 꾸지. 무서워. 어서 깨어나야 해. 그러나 꿈은 계속되었다. 남편을 찾아가는 꿈이 이어졌다.

현지수는 차고로 달려갔다. 빨간 머스탱에 올라 시동을 걸었다. 차고 문이 더디게 올라간다고 생각하며 가속페달을 밟앉다 떼길 반복했다. 차는 갸릉갸릉 하며 튀겨나갈 듯 들썩였다. 룸미러에 비친 자신의 얼굴이 언뜻 눈에서 들어왔다. 자다 일어난 낯이었다. 민얼굴로는 안 나다니는데… 뭐야 이런, 옷도 잠옷 차림이잖아. 미쳤나.

머스탱은 신호 따위는 무시하고 달려나갔다. 커브 길에서 차는 날카로운 괴성을 질렀다. 새벽의 차로는 가로등만 밝혀있을 뿐 차들이 없었다. 들입다 가속페달이 밟힌 차는 사정 직전의 수컷처럼 거친 신음을 토해내며 떨었다. 차는 한남대교에 진입해 있었다.

아파트 18층을 주목했다. 불이 켜져 있었다. 망원렌즈를 통해 안을 살폈다. 베란다에 기구가 널려 있었고 남편은 트레드밀 위에서 뛰고 있었다. 지랄하네, 헬스클럽은 뒀다 찜 쪄 먹으려고. 아래층 뭐라 안 하나. 그는 사람 몰리는 자리를 꺼렸다. 등신, 그런 위인이 무슨 사업을 하고 정치를 한다고. 그는 비례인지 뭔지 국회의원 출마를 고심하고 있었다.

조준했다. 남편이 스코프scope 안에 정확히 들어왔다. 셔츠를 배꼽까지 내려오게 입었고 반바지 밑 종아리는 울퉁불퉁했다. 견디기 힘들게 가슴이 두근거렸고 방아쇠에 걸려있는 손이 떨렸다. 총열이 흔들려 남편의 모습이 스코프에서 사라졌다. 뭘 망설여. 인생 망쳐 놓은 놈이라고. 그때 쟁반에 머그잔을 받쳐 든 여자의 모습이 나타났다. 총을 바투 잡고 심장을 조준했다. 총성이 울렸다.

현지수는 정오가 지나서 잠에서 깼다. 소독약 따위의 약품 냄새에 여자는 미간을 찌푸렸다. 생소한 건 그뿐이 아니었다. 누군가를 부르는 다급한 목소리, 분주히 오가는 신발 끄는 소리에 여자는 참지 못하고 아줌마를 찾았다. 대답 대신 새로운 도우미라는 듯 크고 거친 손이 여자의 어깨를 지그시 눌렀다. 여자는 주위를 두리번거렸다. 초점에 잡히는 사물들이 점차 명확해져 왔다. 병원 안이었다. 내가 왜 이런 곳에 와 있지. 여자가 다시 몸을 일으키려 했다. 아까와 같은 손이 다시 여자의 어깨를 눌렀다.

"정신이 드십니까? 그대로 누워 계십시오."

흥신소 김 탐정이었다. 그는 무표정으로 자신의 감정을 감추고 있었다.

"여기가 어디죠? 내가 왜 병원에 있는 거예요?"

"사모님은 새벽에 쓰러지셨습니다. 그래서…."

"쓰러지다니요? 빈혈 때문이었나… 기억이 안 나는데… 꿈을 꾸었어요… 꿈에서 고양이를 죽이는…."

"맞습니다. 유감스럽게도 고양이는 죽었습니다."

"범인을 잡았나요?"

"글쎄, 그게… 사모님은 치료를 받아야 하고 경찰을 만나야 합니다."

"그게 무슨 소리예요? 치료는 뭐고, 경찰은 또 뭐야."

"돌발사고가 있었습니다. 사모님은 현재 피의자 신분입니다. 제가 이리로 모시고 왔고 경찰에 연락해 담당 형사가 와 계십니다."

"담당 형사라니요? 왜 형사가….."

형사는 의사와 언쟁 중이었다.

"그러니까 수면장애가 몽유증이라는 거고, 피의자는 사건을, 그러니까 자신이 저지른 일을 인지하지 못한다?"

"제가 말씀드릴 수 없습니다. 검사를 해봐야 하고 최종 판단은 교수님께서 내리실 겁니다."

"무슨 소리, 일단 우린 용의자를 서로 데려가겠소."

"그건 안 됩니다. 환자는 절대 안정을 취해야 하고 뇌파검사를 비롯해 여러 검사를 해야 하니까요."

"젠장, 못 알아들으셨나 본데 살인사건 용의자란 말이요."

"우리에겐 환잡니다. 치료가 우선입니다. 정 데려가고 싶으면 병원에서 경찰서로 환자를 이송하라는 법원명령서를 가져오시던가."

"우라질, 얼마나 기다리면 되겠소. 빨리 끝내쇼."

의사가 다가왔다. 4년 박박 긴 말년 차 레지던트 같았다. 그가 안경을 콧등 위로 밀어 올리며 차트를 뒤적였다.

"어디 불편한 덴 없으신가요?"

"뭐 딱히…."

"지난밤 일을 기억하십니까?"

"자정까지 잠이 들지 못해 처방받은 약을 먹고 잤죠."

"그 외 기억나시는 건 없나요?"

"꿈을 꿨죠. 꿈에서 고양이를… 매일 밤 나타나는 웬수 같은 년이었거든요."

"이후에 다른 꿈도 꾸셨나요?"

"아니요. 그리곤 쭉 잔 것 같아요. 뭐가 문제죠? 심각한가요?"

"검사를 해봐야죠. 일단 동공부터 좀 볼까요? 괜찮으시겠죠?"

고개를 끄덕이다 현지수는 의사의 입꼬리에 걸린 측은지심을 읽었다.

"좀 더 자고 싶네요. 캡슐 말고 수면유도제 주실 수 있죠?"

235일 뒤, 현지수는 자신의 집 소파에 앉아 신문을 읽고 있었다. 남편을 살해한 한 중다성격 환자의 살인사건에 관한 판결기사였다. 여자는 몰라보게 혈색이 좋아져 있었고 몸도 조금 나 있었다.

논란이 많은 사건이기는 했어. 법정에서 검사와 변호사 모두 서로에게 유리한 법정 심리학자와 정신의학자들을 출석시켜 공방전을 벌였으니까. 그 때문에 심리다 법리다 뭐다 해서 재판이 길어졌지. 여자는 생각을 거두고 다시 기사를 읽어나갔다.

"사건은 해리장애解離障碍에 의해 비롯된… 해리장애란 개인의 성격이 분열되는 것으로… 정신적으로 견디기 어려운 고통과 스트레스를 받는 사람이 어떤 계기에 의해 갑자기 특정한 기간의 기억이나 특정한 사건의 기억을 상실… 해리장애에는 이중성격과 중다성격이 있는데… 지킬박사와 하이드 씨는 이중성격의… 현지수는 은퇴한 탤런트로서, 그녀는 성폭력에 시달렸고 이는 공포장애로… 아이를 낳지 못한다는 극단적인… 이는 고양이에게 투사돼… 이 사실은 그녀의 집에서 4년간 일했다는 파출부 아주머니의 증언에 의해서도… 남편으로부터 이혼을 강요당하자… 스트레스와 중압감에… 중다성격장애를 잃는 상태에서… 쟁점은 피의자가 살인 당시에 정신이상이었는가 라는 점… 법원은 양측의 법정 심리학자 및 정신

의학자의 증언과 의견을 종합해… 그러나 일부에서는 반대의
견도 만만치 않아…."

현지수는 행동주의자들의 반대의견 기사를 읽었다.

"이 장애는 학습되고 유지될 수 있으며… 개중의 영리한 피
의자는 전문가를 속일 수도… 특히 이번 사건의 경우 치료자
인 의사들이 피의자의 머릿속에 이 장애를 심어주었을 수 있
다는… 즉 피의자에게서 부가적인 이 장애의 증거가 나타나
자… 치료자들은 이 희귀한 장애에 유별난 관심을 보이고 무
죄 추정의 주장을… 이에 피의자는 자신의 이상행동을 강
화… 더 빈번하게 일어나게 만드는…."

좋은 지적이었다. 어쨌든 그날 치, 약 변기에 넣고 물 내린
행동은 크게 위험하지 않았잖아. 그날 잤고 깨어났을 때 무슨
일이 있었는지 기억에 없었으니까. 하이라이트는 변호사를 바
꾼 일이었지. 이쁘기도 하지.

로스쿨을 갓 졸업한 초짜였는데 좌충우돌 무데뽀였다. 그는
정신의학자와 법정심리학자들을 불러들여 논점에 대해 그들
의 의견을 개진시켰다. 와중에 자신을 치료했던 응급실의 말년
차 레지던트가 자신의 행동을 중다성격 장애 쪽으로 몰고 갔
다. 미처 생각하지 못한 부분이었다. 여자는 방향을 바꿨다.

언론도 우호적이었다. 사건 초기부터 기자들은 들추어낼 수

있는 건 모두 들추어내고 있었다. 마침 미투me too 바람이 불었고, 남편에게 성추행을 당했던 여자가 SNS에 남편의 만행을 폭로했다. 여론의 공분을 샀고 재판은 죽은 자에 대한 마녀사냥식으로 흘러갔다. 남편이 살아있었다면 아마 똥구멍까지 파헤쳐졌을 것이다. 쯧쯧, 여복 없는 인간이 말로도 비참했다. 속속들이 신상 털린 데다 총 맞아 죽었으니.

검사는 기자와의 인터뷰에서 이 사건은 민주주의 국가에서 벌어진 언론재판이자 인민재판이기에 항소를 포기한다고 했다.

미흡하지만 그런대로 괜찮은 연기였어. 흥신소 김 탐정이 단역으로 제때 나타났고 파출부 아주머니도 맡은 역을 무난히 소화했어. 소품으로 고양이도 멋졌고. 현지수는 그들에게 박수를 보냈다. 참, 법정 심리학자와 정신의학자들에게도 땀 밴 손을 부딪쳐야지. 특히 레지던트 4년 차에게. 신참 변호사에게는 성공보수를 얼마나 얹어야 할까.

이제 뭘 해야지. 아, 마무리. 신참 변호사, 요 이쁜 놈 계속 돌려 말아. 똘똘해서 잘할 것 같긴 한데. 그나저나 벌려 놓은 재산 얼마나 되나 모르겠네.

보이와 뽀이

이영심, 나이… 어, 숙녀 나이 묻지도, 알려주지도 않잖아. 그래도 대충의 신상명세 있어야 스토리 풀린다고? 띠로 얘기할게. 꽃띠에 악어가죽 허리띠. 나 이제 나이 먹지 않기로 했어. 몇 년째 설날 떡국 안 먹고 있거든.

용모에 지성에 뭐 하나 모자람 없는 내게, 뭐 이렇게 엮이는 게 없는지. 참 지성, 지성 있게. 어쨌든 뭐가 부족해 솔로냐고. 자, 보라고. 쭉 뻗은 종아리에 튼실한 엉덩이, 잘록한 허리에 알맞게 솟아오른 가슴, 시원한 이마에 깊은 눈. 속눈썹은 또 얼마나 길어. 이 정도면 남자들 줄 서야 하는 거 아냐. 어머, 오늘 말 막 나오네. 꽉 차서 그런가 봐.

뭐 남자들이 없었던 건 아냐. 분위기 있는 데서 와인 깔짝거리기도 했고 나이트 가서 춤추고 술 여러 병 쓰러뜨리기도 했어. 차박 캠핑도 해봤고. 하지만 같이 놀 남자하고 같이 살 남자는 다르잖아. 그런데 내 인생이 그런지, 주위엔 맨 노는 남자들이야. 물론 노는 거 마다할 이영심 아니지. 놀자는 남자 오면 같이 놀았어. 근데 아까 얘기했지만, 꽉 차서 그러나, 불안도 하고 스트레스도 쌓이고… 나 이렇게 살아도 되나, 자성하게 되더라고. 올해도 기도해.

신이여! 이번 크리스마스 선물로 같이 살 남자, 보이boy를 보내(데이비드 보위 같은 남자면 더 좋고)주소서. 앞으로 노는 남자 만나지 않(않에 힘을 줬다)겠나이다. 가정을 일구고 제 유전자를 남기게 하소서. 추신, 뽀이는 사절합니다.

한번 데인 적 있거든. 감성적인 사람이지만 강단 없고 우유부단한 남자였어. 좀 쎄게 대했더니 대번에 기죽어 내 눈치만 보더니, 이후론 술 마시면 문자에 전화질이야. 뭐 삶이 어떻고 인생이 어쨌다나. 아련한 감정 사라지데. 집앞이라고 나오래. 곤란하다고 했지. 그랬더니 내일이나 모레, 요번 주 중 어떠네. 더욱 곤-난할 것 같다고 답했지. 나 찬 거 맞지? 그런데 이후로도 전화질에 문자는 또 어찌나 보내는지. 씹었지. 그랬더니 출퇴근 길목에서 기다려. 학 뗐어.

거리에 눈 날리고 캐럴 울리는데 혼자야. 올해 이렇게 가나. 몇 명 만나기는 했어. 근데 하나같이 보이 아닌 '뽀이'야. 작년에도 기도했는데 기도 전달 안 된 모양이야. 아니, 신은 없나봐. 아, 신 있지. 부츠에 힐, 스니커즈에 런닝화까지 세보지 않았지만 2십 켤레는 넘을 것 같은데. 백신도 부스터 샷까지 맞앉고.

어떤 남자? 남자다운 남자. 핸섬에 스트롱, 머니와 무드 갖춘. 의구심 들어. 왜 보이는 없고 남자들 카사노바 아니면 '뽀인'지. 박나래 스탠딩 토크에서 세상엔 두 종류의 남자들 있다던데 들어봤어. '자신과 잔 남자와 앞으로 잘 남자'라고. 웃자고 한 얘기야. 남들은 쌍쌍인데 이렇게 홀로 걸으며 신년 맞이해야 하나 봐.

집 갈까, 클럽 갈까. 날리는 눈발 보며 걸었어. 집 가봐야 엄마 아빠 애잔한 눈길 싫고, 클럽 가면 '한잔하실래요' 하며 달라붙는 똥파리들 귀찮고. 어디 가지. 그렇다고 이렇게 걷다 괜찮다 싶은 남자 붙잡아 사귀자고 할 수도 없잖아. 뭐가 안 되려는지 요즘 소개팅도 안 들어와.

"저… 혹시 이영심씨 아니신가요?"

뭐야, 이건. 뒤통수에 대고 말하는 예의 하며. 돌아봤어. 허우대는 멀쩡하데.

"누구… 신지?"

"맞구나, 이영심. 나 김영찬. 중학교 때 같은 반이었잖아."

그러네. 한데 여드름쟁이가 어떻게 핸섬 보이가 됐대.

"미모 여전하네. 내 첫 짝사랑이었는데."

웃겨. 그때도 나대더니 여전히 나대네.

"우리 여기서 이럴 게 아니라… 시간 있어?"

야경 괜찮아. 호텔 스카이라운지야. 실내에서 보니, 보이 김영찬 달라 보이네. 검은 뿔테안경을 꺼내 끼더니 메뉴판 들고 살펴봐. 긴 손가락에 안경 속 까만 눈망울… 지적이고 매혹적이야. 궁금해서 물었어.

"뭐해?"

"그냥 뭐, 강의하고 글 쓰고. 글 읽고."

"교수 하기엔 이르잖아?"

사실 어디 어느 보습학원이야, 조카 보내볼까, 이렇게 묻고 싶었어. 근데 좀 그럴 것 같아서.

"글쎄, 좀 빠르게 학위 딴 데다 기념식수하라고 해… 뭐 그렇게 됐어."

돈 좀 있나 보네. 들은 말 있거든. 교수 임용될 때 교정에 기념 식수한다고. 나무 한 그루 값… 억 넘는다데.

전채요리에 와인 곁들였어. 나쁘지 않아. 고집에 말빨 좀 있지만, 선생이니 그러려니 했어. 학교 다닐 때 얘기하고 선생 욕도 좀 하고… 난 주로 듣기만 했어. 말 잘해. 리드할 줄도 알고 센스도 있고 유머도 있어. 이 정도면 됨됨이도 된 거 아냐. 한데 이거 어쩌면 좋아. 그냥 동창일 뿐인데.

"딸 하나, 아니면 아들, 딸 둘?"

보이 김영찬 와인잔 돌리다 말했어. 아까부터 뭔가 생각하는 눈치더니… 나 아줌마냐고 묻는 거네.

"김영찬, 죽고 싶구나!"

"조크야. 하는 김에 하나 더 하자. 나 여태 기다린 거야?"

"얼씨구. 생각도 안 했거든. 술이나 마시자."

"이 미모에 이 지성에 혹시… 모태솔로?"

그건 내가 여태 들고 있고 묻고 있는 화두거든.

"방학인데 선생은 뭐해?"

"쉬지. 충전해야 하거든. 새 학기 강의준비도 하고. 그래도 시간 내 수영 다녀."

"오, 생존수영? 나도 그거 배워야 하는데."

"가르쳐줄까?"

"글쎄."

와인 한잔 더 하고 얘기 좀 듣다 일어났어. 헤어지기 전, 번호 묻대. 알려줬어. 안 하면 죽는다, 혼잣말 하면서.

그냥 그렇게 끝나나보다 했는데 통화했고, 뭐 엮이려는지 수영장 왔어. 생존수영 가르쳐준다네. 호텔 수영장인데 피트니스 센터도 있고… 좀 사나 봐. 노는 스케일이 다르잖아. 수영장, 레인도 길고 수심도 깊어. 탈의실에서 비키니 걸치면 너무 드러나는 거 같아 원피스 입었어.

김영찬, 몸 군살 없고 잘 빠졌데. 혹시 문신 있나 봤어. 몸에 다 그림 그린 놈치고 제대로 된 놈 없잖아. 문신은 없고 가슴에 털이 좀 있데. 저 털, 고기 대여섯 근 먹어야 한 올 나온다던데.

준비운동하고 에스코트 받아 풀에 들어갔어. 웃겨. 이 남자 가르쳐주는 헤엄, 개헤엄이야. 건성으로 따라 했어. 사실 나 수영 자신 있거든. 울 엄마 나 임신하고 태교 수영했대. 엄마 뱃속에서부터 한 데다 어릴 때도 엄청나게 시키더라고. 지금도 되려나 모르겠는데 나 물에 들어갈 때 선수처럼 다이빙으로 입수했어.

한데 이 남자 왜 이렇게 주위를 곁눈질하지. 사팔뜨기 아니잖아. 나도 비키니 입었어야 했나. 남자는 참, 어쩔 수 없나 봐. 부아나더라고. 어디 한번 놀라 봐라. 물 깊은 곳 가서, 사람 살리라고 악쓰며 허우적거렸어. 보이 김영찬이 가장 먼저 다가오데. 역시 더뎌, 품 엉성하고.

아이고, 저 실력으론 우리 둘 다 빠진다. 아니나 다를까. 어어, 보이 김영찬 힘 빠졌는지 쥐 났는지 내게 오기도 전에 물에 빠져 가라앉고 있어. 가슴 덜컥하데. 황망히 다가가 스위밍 캡 벗기고 머리칼 잡고 나왔어. 건져놓자 멋쩍은지 씩 웃어. 보이 (Boy Scouts)맞네. 그래 수영 좀 못하면 어때. 내가 가르쳐주면 되지.

이후 자주 만났어. 영화 봤고 맛집 찾아다녔고 술 마셨어. 4M(핸섬맨, 머니맨, 무드맨, 스트롱맨) 맞아. 대시 좀 하데. 스킨십, 키스 … 어림없지. 이영심 만만치 않거든. 물렁해 보이면 안 돼. 단호할 땐 단호해야 하고.

관계 약간 소원해졌어. 남자도 삐치나 봐. 난 좀 그래. 동창이잖아. 아니 동창 넘어서는 단곈가. 어쨌든 김영찬, 보이는 맞는 것 같은데 뭔가 확신이 안 들어.

1주일 지나 카톡 왔어. 독서토론하자네. 김대식 '빅 퀘스천', 유발 하라리 '사피엔스', 홍익희 '유대인 경제사'. 읽기 목록이야. 식자 티내는 거야 뭐야. 언제든 하자고 답신 보냈어. 예전에 다 읽은 책들이거든. 그런데 뭔가 통하는 건가. 내가 그 책들 읽었다는 거, 알 리는 없을 테고. 1주일 후에 만나자고 다시 톡 왔어. 어쭈, '유대인 경제사' 10권짜리 1주일에 읽으라. 'ㅇㅋ'. 만나면 죽었어.

아, 씨. 늦었어. 1시간 지났는데 기다릴까. '낀대'의 슬픔 알아. '꼰대'에 차이고 아랫것들에 치이는. 차이고 치이는 바람에 퇴근 더뎠고 차도 막히네. 늦는다고 문자 보냈어야 했나. 급한 놈이 먼저 보낼 수도 있잖아. 안 그래. 급하지 않은가 봐.

저기 레스토랑 간판 보여. 마음은 급한데 천천히 걷게 되네.

있어, 김영찬. 뿔테안경 쓰고 후드 티 입었어. 아이고, 탁자

엔 책 십여 권과 펜, 노트북 놓여있고. 혼쭐내려고 작정했는데 내가 나게 생겼어. 다가가 의자에 앉기 전 오른손 들고 말했어.

"쏘리! 일이 좀 꼬여서 늦었어."

"어서 와. 종일 일하고 오느라 고생했어."

오늘은 착한 보이네.

"뭐야, 이 책들?"

"독서토론."

해, 한다고. 그렇다고 이걸 다 들고 나오냐. 미친다. 학구적이면 저렇게 되나. 차 마시자길래 난 맥주로 시켜달라고 했어.

"전공 굶는학이랬지, 전공과 다르게 따분한 책들 아니데. 울림이 큰 책들이었어."

"어떻게?"

"뭐야. 미비하다 싶으면 가르치려고?"

"구체적으로 어떻다고 해야지."

"숙제했나 검사하는 거야?"

김영찬 논설 풀어. 독서토론에 대해 길게 말씀 늘어놓고 시작하데. …'유대인 경제사'는 유대인 관점에서 바라본 세계사… 기원전부터 세계는 어떻게 변화하고 발전해… 이를 통해 우리는 과거를 이해하고 현실을 직시하며 미래를…. 에구, 지겨워. 나도 읽으며 그렇게 생각하고 그렇게 느꼈다고. 근데 말로 표현이 안 돼요, 보이 김영찬씨.

"그 중 뉴욕이란 도시명 생긴 연유 읽었는데, 역사 그런 거야? 개판이잖아."

"언어순화!"

"뭘 순화해. 역사부터 정화해야지. 뉴암스테르담이란 식민지 (뉴암스테르담도 억지지. 원주민 몰아내고 자기네 살던 도시 이름 갖다 붙이면 되는 건가), 네덜란드가 영국과의 전쟁 져서, 찰스 2세 영국 왕에게 할양, 찰스가 동생 요크York에게 하사… 영국엔 요크란 도시가 있어서 새로운 요크, 뉴욕. 맞잖아, 개판."

"슬픈 역사지."

보이 김영찬, 얘기하던 중 뭔 영감이 떠올랐는지 노트북 자판 열심히 두드리데. 이건 뭐, 나 들러린가. 바보 된 기분이야. 멀거니 있기 뭐해서 탁자 위 책 중 '사피엔스' 펼쳐 훑어봤어. 이 인간, 좋은 문장이나 의미 있는 문장에 줄 치며 읽나 봐. 나도 줄 치는데. 유심히 봤더니 내 책 아닌가 싶을 정도로 줄 친데 흡사해. '빅 퀘스천'은 어떤가, 페이지 넘기며 봤어. 역시 비슷해.

"미안. 생각난 거, 적느라. 영감은 삼베 바지 속 방귀와 같다잖아. 근데 커닝하는 거야? 그래 '빅 퀘스천' 어땠어."

"인간과 세계와 우주, 아 씨. 나 말 못 하거든. 들을게, 얘기해. 참, 거기 삽화나 그림, 사진들 인상적이었어."

멍석 펴줬더니 물 만난 고기야. 잘 놀면서 유려해. '사피엔스' 얘기하다 오이디푸스로 넘어가질 않나, '빅 퀘스천' 존재의 존재 어쩌고 하더니 주경철 '대항해시대' 얘기해. 배고프겠다, 저렇게 입이 쉬질 않으니. 역시, 뭐 먹으면서 하자네. 요깃거리 될 만한 거 시켰어. 오늘은 내가 내려고.

인간, 먹고 마시면서도 주저리주저리야. 한데 티 내지 않으면서 박식해. 재밌기도 하고. 이영심이나 김영찬이나 지적 호기심 있나 봐.

마주 앉아 얘기 들으며 음식 먹으니 시선 상대편 얼굴에 가데. 김영찬 얼굴 찬찬히 살펴봤어. 미남 미녀 기준 코 중심으로 세로 선 긋고 봐, 좌우 균형이 잘 맞는 얼굴이라는데… 보이 김영찬 코 높고 긴 데다 좌우 균형 잘 어울려. 볼수록 빨려드는 얼굴이야. 보이 맞아. 너무 빤히 보기도 그런 것 같아 시선 거두는 찰나, 평온한 김영찬 표정 뭔가에 놀라 움찔했어. 순간이었지만 김영찬 얼굴을 유심히 보고 있었기 때문에 느낀 거야. 뭐지. 그러고 보니 아까도 몇 번 그랬던 것 같아.

뭘까. 건장한 남자가 움찔 놀란다. 티는 내지 않는다. 뭐가 김영찬 감정 건드린 걸까…. 이제 김영찬 얘기 귀에 안 들어와.

"영심씨. 뭐해? 나 혼자 떠들고 있는 거 아냐?"

"아, 나도 읽으면서 전율이 오기도 했어. 인간이 뇌에 칩 심고 영생하는 세상, 신이 되려는 사피엔스… 유토피아는 아닌 것 같아."

"노예무역의 시작 '중간항해'에 대해 얘기하고 있었는데. 딴생각하고 있었구나?"

"어, 그랬나. '중간항해', 음, 문명의 야만이 빚은 결과물이야. 아, 책 읽다 캡처해 둔 거 있는데. '노예상인 하이네'. 알아?"

"영심이, 지적 분위기 풍기는데."

"원래 지적이잖아. 근데 영찬이 슬슬 맞먹네, 죽으려고. 캡처한 글 볼까."

'독일문학사에서 가장 우수한 서정시인이며 풍자시인 하인리히 하이네. 시 '노예선'. '고무도 좋고 후추도 좋다. 3백 자루에 3백 통 사금도 있고 상아도 있다. 하지만 검은 상품이 더 좋다. 세네갈강 강가에서 검둥이 6백 명을 사들였다. 지급한 대가는 포도주와 렌즈와 강철 제품뿐. 8배의 이익이 남는다. 검둥이가 절반만 살아남는다면.'

"이딴 놈이 무슨 시인이야. 얘기 좀 해봐."

"글쎄, 나도 뭐 그 정도밖에… 검색할 가치도 없는 거 아냐."

"그나저나 맨날 이렇게 책 속에 묻혀 살아? 힘들게 산다. 뭐 좀 재밌는 일도 있어야지."

"사는 게 그렇지. 참, 이번 주 금요일 카드 치는데."

"포커, 돈 베팅해?"

"대학 동기들인데, 돈 기백 정도 들고 모여."

"판 크네. 잘 쳐?"

"나? 좀 치지."

"좋았어. 나도 거기 끼워줘."

샌님이 포커는 어떻게 배웠데. 나 사실 포커 못 치는데. 포커 치는 인간들하고 놀아보질 못해서. 여자들끼리 모여 포커니 고스톱 치지는 않잖아.

자정이야. 일어났어. 독서토론 재밌고 유익하데. 보이 김영찬 책이며 노트북 들고 가는 걸 보니 차 한 대 있어야겠다는 생각 들데. 안 끌고 나온 건가. 차 있단 얘기는 안 했잖아.

한 주 내내 퇴근 후 포커 공부했어. 검색해보고 유튜브 보고 모바일 포커도 해봤는데 어려워. 다들 좀 친다는데. 나 왜 이러는 거야. 닭띠도 아닌데 왜 '꼬끼오(꼭 끼어)' 드냐고. 뭐 그렇다고 후회하진 않아. 구경만 하지 뭐. 사람 됨됨이도 볼 겸. 게임 하다 보면 성격 나온다잖아.

나까지 5명 모였어. 집주인도 좀 사나 봐. 오피스텔 널찍하데. 식탁에 앉아 건성으로 인사 나눴어. 보이 김영찬 선수 데려왔다고 흰소리하네. 양주며 맥주, 치즈와 견과류 꺼내놓고 먹고 마시며 사는 얘기부터 하데. 사는 건 비슷한 거 같아. 돈 많은 사람이나 돈 없는 사람이나 사는 건 다 힘들고 다 돈 부족해. 따뜻한 사무실에서 일하는 사람이나 한 데서 허드렛일 하는 사람이나 바쁘기도 매일반이고.

거실 테이블로 자리 옮겨 판 시작하데. 바닥에 에이스 스페이스 한 장 깔려있고 내 패 두 장 받았어. 다들 '콜'이야. 따라 했더니 패 한 장이 더 와. 조합 맞춰보다 '다이' 하고 패 던졌어.

판 거듭됐어. 계속 죽었어. 보니까 패 던진 치들 식탁에서 한 잔 걸치거나 베란다에서 담배 피우고 돌아오더라고. 보이 김영찬도 한 잔 마시고 한 대 피우기도 하데. 돈은 좀 딴 거 같아. 들은 말 있어. 바닥 패와 자기 패 갖고 상대 패 읽는다는 고수. 보이 김영찬 실력 그쯤 되나 모르겠어.

쉬고 싶은데 또 카드 와. '콜' 했더니 다들 따라오데. 다시 '콜', 이번에도 '콜'… 판돈 쌓이고 술 마시는 인간, 담배 피우는 인간 생겼어. '뻥카' 먹히네.

다 죽고 보이 김영찬만 남았어. 라스트 카드 받고 '콜'. 보이 김영찬 '다이'하고 패 던지더니 바닥 패랑 뒤섞어. 이쁘다니까. 카드 던지고 판돈 챙겼어.

두둑하니까 여유 생기데. 이후엔 베팅하다 죽기도 하고 맥주도 마시고… 남들 어떻게 치나 봤어. 사람들 대부분 카드 '쪼이는'데, 쪼이는 방법이 가지가지야. 바닥에 놓고 귀퉁이 살짝 들춰보는 사람, 카드 들고 조금씩 내려 무늬나 숫자 보는 사람, 콧김부터 불어넣고 카드 조금씩 들추는 사람… 표정이 재밌어. 하나같이 벌건 얼굴에 눈은 튀어나올 것 같아. 씩씩대는 사람도 있고 어떤 사람은 감정 감추려고 하는데 그게 영 어색한 거야. 십중팔구 얼굴 굳어있다니까. 어쨌든 돈 놓고 돈 먹기 똑같아. 나 금융 쪽 일하거든. 대출, 저리에 확보한 돈 이윤 붙쳐 빌려주는 거고, 주식은 저가에 사서 고가에 팔잖아. 이게 더 직접적이긴 해.

보이 김영찬 의연해. 페이스도 한결같고.

판 돌아가는 거 보니 밤새워 할 모양이야. 그만 일어날까 하다가 패 받았어. 나도 쪼였지. 어, 그림 그려질 것 같아. 가슴 두근거리고 아드레날린 솟아. 이 맛에 카드 하는구나. 한 장만 들어오면 스트레이트야. 베팅하며 기다렸어. 카드 들출 때마다 손 떨리는 것 같아. 근데 안 오네. '카드는 기다림이다', 젠장 기다리다 밤새겠네.

안 왔어. 일어날까 하는데, 판 다시 돌아. 그래 받은 카드니까, 바닥 패 보다 움찔했어. 핸드폰 진동으로 해 놨거든. 엄마 전화야. 카드 던지고 식탁으로 가 받았어. 뭔 일이 있는 건 아니고 과년한 딸 걱정 전화야. 귀 얇은 울 엄마 흉흉한 뉴스 봤거나 아니면 누구한테 뭔 소리 들었을 거야. 친구들이랑 카드 게임하고 있고 1시까지 들어간다고 했어.

맥주 마시며 혼잣말했어. 그만하자, 집에 가자. 잃지도 않았 잖아. 그때 오버랩되는 게 있었어. 보이 김영찬이랑 독서토론 할 때, 김영찬도 움찔 놀란 적 있었거든. 그것 전화기 진동 때 문이었나.

판 눈에 안 들어와. 스트레이트나 플러시 언제 잡겠어. 아니, 한 서너 달 기다리면 잡기는 잡겠지. 일어섰어. 인간들, 예, 가 세요 하면서 눈은 카드에 가 있네. 차 잡아 준다고 보이 김영찬 따라나서데.

오피스텔 나왔는데 앱으로 콜 했는지 택시 있데. 탔어. 그런 데 보이 김영찬 날 안쪽으로 밀어 넣더니 따라 타는 거야.

"나 딴 데 샐까 봐?"

"갈 데나 있고?"

"기사님! 북악산로요."

"어디, 가려고? 이러시면 안 됩니다. 집에 가셔야….”

"놀라긴."

사실, 놀래킨 거야. 덤비잖아. 이 시간 갈 데가 어딨겠어. 집 가는 길에 야경 보며 가자는 생각이거든. 차 막힘없이 정숙하 게 잘 달려. 술기운 약간 오르고. 북악산로 정상에서 차 세워 달라고 했어.

상쾌, 시원해. 야경 멋지고. 인생에 대해 산다는 것에 대해 생각했어. 보이를 만나 내 유전자를 남기겠다, 어려워. 김영찬 자판기에서 뽑았는지 캔맥주 들고 와 건네네. 뭐 좀 떠벌릴 줄 알았는데 야경 보며 맥주 홀짝여. 착한 보이.

집에 왔어. 김영찬 타고 온 차 타고 돌아갔고. 가기 전 스킨십 하더니 볼에 뽀뽀하데. 받아줬어. 나쁘지 않아. 신이여! 제가 잠시 당신을 부정했나이다. 용서하소서.

씻고 푹 자고 싶은데 엄마 화장실까지 쫓아와 오늘 뭐 했는지 시시콜콜 물어. 피곤해. 사는 게 힘들어. 인생 이런 거야.

일 바빠서 한동안 김영찬 연락 받고 답신 못 했어. 그래서 그러나 요즘 연락 안 와. 또 삐쳤나 봐. 인간, 개구리헤엄이나 제대로 하고 있나.

그사이 소개팅 들어와서 나갔어. 소개팅 남자 깎아내리긴 그렇지만 그냥 그래. 평범해. 매력 없어. 김영찬 생각나 작정하고 문자 보냈어. 뭐하냐고. 1시간, 2시간 지났는데 답신 안 와. 이 인간 봐라. 전화했어. 안 받아. 뭔 일 있나. 씹는 건가. 존심 스크래치 생기데. 그래 동창일 뿐이야. 고기 사 들고 집에 와 엄마한테 건넸어, 구워 달라고. 오랜만에 아빠랑 엄마랑 고기 반찬으로 저녁 먹었어. 고기 질겨. 오래 씹었어.

침대에 누워 자려는데 김영찬 문자 왔어. 세미나 어쩌고 하던데 안 읽었어. 나도 바쁘거든. 자기 전 신께 물어봤어. '신이시여! 김영찬 보이 맞습니까?' 응답 없어.

다음 날 새 메시지 왔어. 한가한가 봐. 씹었더니 연일 문자 보내고 전화질이야. 이후론 씹기도 하고 받기도 했어. 만나자고 할 땐 일 있다고 핑계 댔고. 사실 회사 일 겁나 많아. 정초잖아. 새 프로젝트 기획하고 세부안 짜고… 어느 회사나 그렇잖아. 그런데 일하면서 여자라, 여자니까 이런 소리 듣기 싫더라고. 유리천장 딛고 이사 승진하고 싶어. 차 나오고 기사 배치해주잖아. 이영심 폼나게 사는 거지. 물론 여전히 돈 부족하고 여전히 바쁘겠지만.

회사 분위기 안 좋고 김영찬과는 소강상태야. 실적 발표 났는데, 전 분기 대비 마이너스야. 주식시장 주가 밑으로 꽂았고. 비대면 대세라 지점 줄이고 명퇴 받아. 몸 오그라들어. 김영찬과는 별 진척 없어. 인간이 적극적으로 대시해야 뭘 어떻게 하지. 간 보는 거야 뭐야. 똑똑한 보이가 왜 이럴까.

남녀관계라는 게(아니 동창 관곈가) 웃겨. 탐색하고 간보고 내가 찾을 때 김영찬 없고, 김영찬이 날 찾을 땐 내가 바쁘거나 시간 안 나고. 인생 이런 건가.

전쟁터 같은 직장 퇴근 후 어디 갈까 생각하다 헬스 왔어.

운동이 남는 거잖아. 바쁘기도 했고 김영찬 만나느라 빼먹기도 했지만, 나 달리기 해. 이 운동 좋아. 한참 때 10km 60분(서브쓰리에는 어림없지만) 끊었는데 요즘 그렇게 못 뛰네. 최근 기록 71분 30초 나왔어. 오늘은 얼마 끊을까 모르겠네. 늙나 봐. 아니 운동 열심히 안 해서 그래.

헬스클럽 입장 체크인하고, 발열 검사하고, 코로나 백신 접종 완료 큐알 코드 찍고… 뭐 이리 번거로운지 모르겠어. 운동복 갈아입기도 그렇고. 락커에는 뭐 또 이렇게 많은지. 런닝화, 스포츠 브라, 바닥 두꺼운 양말, 무릎 보호대, 샴푸에 린스, 바디워시….

머리칼 뒤로 묶고 철봉 매달리기부터 했어. 매달려서 하나, 둘 숫자 세, 50까지. 안간힘 쓰고 버티지만, 힘 부쳐. 5세트 하고 러닝머신 가. 비만은 질병이라는데 죄 걷는 사람들이야. 미안한 말인데 저 사람들, 저렇게 해서는 자신이 원하는 몸 못 만들 것 같아.

천천히 1, 2분 걷다, 1, 2분 천천히 뛰고. 중강도로 40분 뛰다, 이후엔 열라 뛰어. 힘들지 푹 젖고. 근데 좋아. 복잡한 머릿속 정화되는 것 같고. 스트레스 싹 날아가.

"잘 뛰시네요."

옆 머신에서 휘적휘적 걷는 남자야. 마스크 때문에 숨쉬기

죽을 맞이거든. 그냥 묵례하고 말았어. 뽀이 같아. 겉멋만 들어서 근육 부풀리는 약 먹고 운동 건성으로 하는. 머신 속도 더 올렸어.

씻고 나오니 거리 한산해. 이놈의 코로나 언제 끝나려나. 어디 가서 저녁 먹을 데도 없잖아. 또 고기 샀어. 엄마 포장 음식 싫어하거든. 울 엄마 주방에서 지지고 볶고 삶고 끓이는 게 최고라 생각하시지. 나도 집밥 좋아. 엄마 워킹맘이었을 때 반찬사 오셨었어. 나 귀신같이 알고 안 먹었거든. 입에 안 맞고 맛 달라.

출근해 일하고 퇴근해 운동하는 나날이야. 김영찬 연락 없어. 저만 바쁜가, 나도 바쁘거든. 열심히 일하고 열심히 운동했어. 아, 신께 기도도 했어. 가끔 외로워지고 보고 싶더라고. 간절함이 닿았는지 꿈에 신(엥 신령이네) 나타났어.

흰 머리에 흰 수염, 흰 지팡이, 구부정한 허리… 신도 늙는구나. 몇 살일까, 5백 살, 1천 살… 첫 일성 '에고 허리야'야. 어째 부실해 보여. '보이를 찾는다고?' '넹.' '어른한테 말 좀 가려 써라.' '알겠습니당.' '관둬라. 본론으로 들어가서, 어디 보자….' 손가락에 침 발라 장부책 뒤적여. '네가 찾는 보이가 이 보이냐?' 재벌 3세야. 고개 흔들었어. '아니옵니다'. 장부 두어 장 넘겨. '그럼 이 보이가 네 보이냐?' 의사야. '과한 보이를 바라지 않습니다'. 장부 한참 넘겨. 바보, 뭘 그렇게 힘들게 찾으시나. 교오수. 신령이라면 이 정도는 알아야 하는 거 아냐. '피곤하구나. 그럼 이 보이겠구나?' 공무원이야. '그 보이도 아닙니다.' 장부 탁 소리 나게 덮어. '주제를 아는 착한 걸이다마는 내 목록에는 네가 찾는 보이가 없구나. 레벨이 달라. 앞으로 날 찾지 말아라. 나도 스트레스 엄청 받는다.'

내 주제가 어때서, 기막혀. 아니 무슨 저런 신이… 참, 호수의 신령이지. 이영심 호수 신령 찾은 거 아니거든. 자기가 번지수 잘못 찾고는. 노망난 거 아니야. 신령 좌천됐을 거야, 시다바리로. 괜스레 꿈에 나타나서는, 심란하고 정신 사납네.

이후로도 김영찬과 뜸하게 지냈어. 관계, 관계에 대해서 생각했어. 부모님과 나, 이영심과 사회와 회사, 나와 김영찬과의… 결혼해야겠지, 손주 안겨드리고… 회사에 필요한 사람, 건강한 사회에 보탬 되는 이영심… 그리고… 근데 김영찬과는 관계 정립 안 돼. 엉킨 실타래도 아닌데 풀어야 할지 잘라내야 하는지.

우연히 한번 만났어. 아니 솔직히 필연이야. 전화 몇 번 돌리면 하루 일정이랑 동선 쫙 나오니까. 알아보니 책 읽고 글 쓰기는 개뿔, 뭐가 바쁜지 빨빨대며 잘 돌아다녀. 와중에 다른 정보도 들었어. 젊은 여자 만나고 있다는. 식자 맞는지 의심스러워. 어쨌든 한번 봐야 할 것 같아. 작정하고 덤비는데 날 피할 수 있겠어.

책상에 외근 팻말 세우고 홍제동 왔어. 지명은 들었지만 처음 와봐. 길 잘 정비 돼 있고 평온한 게 살기 좋은 동네 같아. 시장조사 나왔다 마주친 것처럼 돼야 하는데. 휴대전화 들고 거리며 상가 동영상 찍었어. 김영찬 지나다니는 길목이야. 1분 안에 나타나.

"이영심! 어, 오랜만. 여기서 뭐해?"

"수요예측 조사. 나 회사에서 중견인데 뭐 이런 거 시키는지 모르겠어."

"그게 뭐 하는 건데?"

"그런 거 있어."

"멀리서 봤는데, 이영심 한눈에 띄던데."

당신도 마찬가지거든.

"처음 종로에서 만났는데 오늘 홍제동에서 다시 뜻하지 않게 만나네."

"그러네. 집이 근처야?"

"그, 근처지."

"어떻게 지냈어?"

"뭐, 그냥."

"아직도 개 헤엄쳐?"

좀 긁었어. 씩 웃고 말데.

"카드도 치고?"

고개 끄떡여. 또 뭐해, 물을 뻔했어. 말 많고 자신감 넘치고 매사 이영심 리드하던 보이가 왜 이렇게 됐지.

김영찬 걷는 대로 같이 따라 걸었어. 존재의 유한함 느끼나. '생명 있는 모든 것들은 나서 늙고 병들어 죽는다'. 진부하지만 여기서 종교, 철학, 문학 등이 태동해 발전한 거 아냐.

춥고 황량해. 봄 언제 오나. 몸태 나는 롱코트 입었는데 추워. 오리털 파카 최곤가 봐. 부츠에 코트 자락 날리며 걸었어. 손, 발 시려.

지나는 사람 드문드문 김영찬에게 눈인사하데. 인간 여기 오래 살았나. 아니면 유명인사.

"몸 녹일 겸, 어디 들어가서 뭐 마실까?"

사람들 시선 거북해 눈에 띄는 커피집 가리켰어.

자, 이제 뭘 하지. 이영심, 머리 좀 굴려라. 안 구르네. 뭘 어찌해야 할지 모르겠어. 그냥 커피 한잔하고 일어나.

"어이구, 안녕하십니까?"

카운터에서 주인 아는 체 하네. 잘못 들어왔나 봐.

"두 분, 언제 봐도 잘 어울리는 커플이십니다. 숙녀분께서는 예전보다 더 이뻐지셨습니다."

　뭐야, 이거. 예전이라니… 처음 왔고 처음 보는데. 그러니까…. 김영찬, 보이는 보인데, 플레이보이네. 이럴 수… 그러니까 김영찬 비혼주의자에 싱글리즘 신봉자… 그래서 프러포즈 안 했구나. 이영심 왜 이렇게 민해.

　홀에서 누가 잔 놓쳤나 봐. 유리컵 산산이 조각나는 소리 들려.

시간여행

같은 사, 같은 날짜 신문 두 장이 모니터에 띄워져 있다. 하나는 1판본이고 다른 하나는 2판본이다. 두 판본에는 사실이 다른 부분이 있다. 사회면 하단의 3단짜리 기사다. 초쇄본에는 30대 여자가 처지와 생활고를 비관, 자살한 내용이 실려있고, 후쇄본에는 이 기사가 빠져있다. 1965년도 신문 내용이 뭐 그리 중요하냐고 말할지 모른다. 하긴 기사의 이슈도 자살이 아닌 살상에 사용된 총기(총과 탄알은 국내에서 사용된 적이 없는 기기라는)를 문제 삼고 있긴 하다. 그런가, 아니다. 이것은 한 미친 과학자가 과거의 일에 개입한 결과였다. 그리고 그것은 자살이 아닌 살해였다. 나는 그 현장에 있었던 사람이었고.

사람들은 시간여행이 SF영화나 소설에서 일어나는 일로 알고 있다. 나도 얼마 전까지는 그렇게 생각했다. 그러나 지금은 아니다. 엔지니어이자 과학자인 지미 한을 만난 건 악연이었던 같다.

지미 한은 한국계 미국인이었다. 나는 인터넷에 들어갔다가 우연히 그를 만났다. 가볍게 시작된 만남은 공감대가 이어졌고 동질감을 느껴 시시콜콜한 이야기까지 나누게 되었다. 한 달, 두 달이 지나는 사이 대화는 깊이를 더해가며 그에 대한 호기심과 유대감을 유발해 냈다. 시간여행에 과학자 어쩌고 하니 내가 무슨 학문이라도 하는 것처럼 생각하겠지만, 나는 아래도급에 재아래도급(좋은 말로는 2차 협력업체라 한다) 회사의 1년 계약직 노동자다. 일은 고되고 월급은 한 달 살만큼만 쥐어졌다. 하루 일을 끝내고 집에 돌아와, 포털 속 여기저기를 돌아다니며 웃긴 '짤'이나 야한 동영상을 찾는 게 내 낙이었다.

이제 그런 건 관심 밖이었다. 나는 퇴근 후 집에 와서 한두 시간씩 지미와 사는 얘기를 나눴다. 같은 연배에 고아라는 공통점이 우리를 더 친밀하게 만들었다.

고아만의 아이덴티티(그는 양부모에게서 파양 당했다고 했다)… 유년의 굶주림, 따, 학대, 그리움, 그리고 이성과 가정, 2세에 대한 두려움… 생각하기 싫은 것들을 지미는 얘기 중 꺼냈다. 병신, 옛날 일이잖아. 그래서, 뭐 어쩔 건데. 이 녀석 염세주의자 아냐. 한때 나도 부모가 그리웠고 부모를 원망한 적이 있었다. 하지만 그래봤자 달라질 건 아무것도 없었고 자신만 망가질 뿐이었다. 나는 애써 그런 것을 잊으려 했고 피했다. 그런 면에서 난 현실주의자인지도 모르겠다. 인터넷 노마드

nomad… 나는 랜선 속 방랑자로 자족했다.

지미가 화제를 바꿨다. 지구와 태양과의 관계… 지구 생태계 문제(온난화 심각하고 했다)를 제쳐놓더라도, 지구는 생명이 영원히 살 수 있는 행성이 아니라고 한다. 50억 년 후 태양은 팽창해 지구를 집어삼킬 것이란다. 물론 그 전에 온난화, 기후위기, 사막화, 미세 플라스틱 등으로 지구 생태계 파멸이 있겠지만.

지미는 다시 과거 어린 시절 얘기를 끄집어냈다. 장애에 고아, 입양, 파양… 장하다, 젠장 자랑이냐. 나는 통을 놓았다. 어쨌든 넌 역경 이겨냈잖아. 넌 과학자고 난 노동자야. 그는 우물쭈물하더니 타임머신과 시간여행에 대해 화제를 바꿨다. 현실에서 가능하다는 것이었다. 과거로든 미래로든 갈 수 있다고. 이건 또 뭐야. 솔깃했다. 과거로 돌아가서 시간을 되돌릴 수 있다면…. 정말 그럴 수 있다면….

내가 관심을 보이자 지미는 $E=mc^2$ 공식을 디밀고 떠들어댔다. 뭐라는 거야. 먹물, 너도 세상 살기 힘들겠다. 쉽게 설명해 달라고. 그가 아인슈타인의 상대성이론을 꺼내놓았다. 이론의 개략이다.

'움직이는 물체는 멈춰있는 물체보다 시간이 느리게 간다.
움직이는 물체는 멈춰있는 물체보다 길이가 줄어든다.

움직이는 물체는 멈춰있는 물체보다 질량이 늘어난다.

중력은 시공간을 일그러지게 한다.

중력이 강할수록 시간은 느리게 간다.'

젠장, 더 모르겠네. 그래서 이것들이 시간여행과 어떻게 연관이 된단 말인가.

지미는 깜빡했다는 듯 웜홀worm hole이란 단어를 모니터에 띄웠고, 이것을 통하면 시간여행이 가능하다고 했다. 그런가. 진작 이렇게 설명할 것이지. 웜홀이란 우주와 우주를 연결하는 지름길이라고 한다. 웜홀을 통한다면 행성과 행성 간 거리가 얼마나 떨어져 있는가는 문제 되지 않는다. 실제 거리가 얼마든 웜홀의 길이는 일정할 수 있다. 예로 지구에서 달까지의 거리는 38만4천km이지만, 1m의 웜홀만 있다면 한 걸음으로 달에 갈 수 있다는 것이다. 더 먼 거리도 마찬가지다. 지구에서 드윙겔루I이라는 은하계까지는 카시오페이아 별자리 방향으로 1천만 광년 거리다. 그러나 웜홀을 통한다면 굳이 빛의 속도로 1천만 년씩 갈 필요가 없다. 이것이 지미의 주장인데 듣고 보니 어디선가-영화에서였겠지만-보고들은 기억이 나는 것도 같았다. 그런가, 이해했지만 뭔가 아리송했다.

지미와 대화를 끝내고 잠자리에 누워 생각했다. 만약 타임머신을 타고 어디로든 갈 수 있다면… 과거로 가, 내 어머니를… 아니, 관두자. 뭘 어쩔 건데.

가만, 그런데 타임머신과 웜홀과 시간여행이 어떻게 연결되는 거지. 아까부터 머릿속에서 걸리던 거였다. 오늘은 늦었고 다음에 만날 때 물어볼까. 아니 내가 찾아보자. 포털에 들어가 웜홀을 검색했다.

'웜홀은 블랙홀과 화이트홀을 잇는 시간 터널… 들어갈 수도 있지만 나올 수도 있어 블랙홀과 다르다… 2022년인 출입구로 들어가서 가고자 하는 출입구로 나오면 시간여행을 할 수….'

비로소 이해되는 것 같았다. 나는 어떤 기대감을 베개 삼아 잠이 들었다.

이후로도 지미와 랜선에서 가끔 만났다. 그는 매번 내가 관심 있어할 만한 얘깃거리를 들려주었다. 빅뱅과 우주의 기원, '0'의 발견, 연금술, 십자군 전쟁의 배경, 인간의 지능을 가진 안드로이드 등장, 바뀔 결혼 풍경(대부분 결혼하지 않고 동거하는 삶)… 흥미 있는 이야기들이었다. 지식과 지혜에 목말랐다. 배울 때 배우지 못한 결과일지도.

일 끝내고 친구들과 술 마시느라 늦게 들어온 날이 여러 번 있었다. 그때마다 지구 반대편, 랜선에서 지미가 기다리고 있었다. 반갑기보다는 섬뜩했다. 이 자식 왜 이러지. 호모 아냐, 이렇게 치부해버리기엔 뭔가 이상했다. 그는 질리게 집요했다. 뭔가 목적이 있구나. 어떤 음모가 있는 게 아닐까. 그가 왜 나 같이 하찮은 사람에게 시간과 관심을 쏟는가, 자문하면 의문은 증폭된다. 내칠까. 못 내쳤다. 털릴 건 부랄 두 쪽밖에 없다는 배짱도 내치지 못한데 한몫했다. 그에게서 뭘 기대했던 건 아닐까. 전도 없는 하도급 노동자, 비전 없는 인간, 더구나 나는 혼혈이다… 죽기는 두렵고 살기는 버거운…. 은연중 그가 날 변화시켜 줄 것으로 생각한 게 아닐까.

지미는 나사NASA의 과학자이지만 스티븐 호킹과 같은 장애인이기도 했다. 듣기 싫다는 데도 그는 세상과 자기 자신에 대해 적의를 나타내곤 했다. 특히 생모에 대한 그의 증오심은 섬뜩할 정도였다. 그를 이해할 수 있지만(같은 고아니까. 혼자 중얼거렸다. 자식아, 난 고아에 혼혈이라고), 왠지 그가 두려웠다.

지미를 점차 멀리했다. 퇴근 후 나는 일부러 사람들과 어울려 맥주를 마시거나 당구장에서 알다마를 쳤다. 그런 날이 없을 땐 유튜브 영상을 보며 낄낄거렸다. 지금 생각해보면 나는 홀로 이렇게 살 운명이었던 같았다. 당연히 이때가 그를 뿌리

칠 수 있는 첫 번째 기회였는지 몰랐다.

　종일 흐린 날이었다. 술을 마시고 싶은데 이날따라 술친구
가 없었다. 전 한 접시에 탁주를 따라 마시며 중얼거렸다. 괜찮
아, 어차피 혼자잖아. 누가 나와 같이할 사람은 없어. 친구도
없고 여자는 더더욱 없다고. 전집을 나올 때는 비가 내리고 있
었다. 회 한 접시에 소주를 마시며 생각했다. 여자, 이성이 있
었으면 좋겠다고. 이상형의 여자를 생각하다 생각들을 구겼
다. 맥주집까지 순례를 마치고 길을 나서니 비는 굵어져 있었
다. 비를 맞으며 걸었다. 눈가가 축축해져 왔다. 씨, 빗물이야,
빗물이라고. 나는 허공을 향해 소리쳤다. 집에 돌아와 컴퓨터
를 부트했다. 지미의 메시지가 모니터 화면에서 깜박거렸다. 날
찾는 사람이 있긴 하네. 하지만 넌 아니야. 의식 한편에서 메시
지를 삭제하라고 했다. 하지만 그러지 못했다. 오늘이 마지막
이다. 기대 같은 건 예전에 연장통에 던져버렸으니까. 메시지
를 클릭해 모니터에 띄었다.

　-디어 프렌드… 오래전부터 내겐 준비해 온 계획이 있네. 짐
작했겠지만 시간여행이네… 나사에서는 비밀리에 추진되어 온
프로젝트가 여러 개 있네. 그중 시간여행에 대한… 그런데 나
는 몸이 불편… 이제 준비가 끝났네. 친구! 어떤가, 나와 함께

인류의 기원을 찾아 떠나지 않겠나… 이 파일은 읽은 후….

　메시지가 사라지고 지미가 화면 속에서 튀어나왔다. 자동으로 그와 접속되도록 프로그래밍 된 모양이었다. 거부할 수 없는 얼굴이었다. 그를 유심히 바라봤다. 말려드는 것 같았다. 어쩌면 현실을 타파할 수 있는 유혹인지도.

　"친구. 외계인은 존재한다네. 그들이 타고 온 우주선도 있고. 지구를 방문한 그들은 고등생물이지. 대외비야."

　"왜 내게 그런 얘기를…. 나 취했어. 나중에 해."

　"술 마셨어? 신세 좋군. 좋을 때 들어봐. 나사에서는 온전한 외계인 우주선을 입수해 십수 년 연구해왔다네. 동력원과 항법장치, 행성 간 경로, 내구성 시험… 그들이 타고 온 비행선을 해독해 왔다네. 우리도 생명체가 있는 외계행성으로 우주선을 보내려고… 복제 기술은 미흡하지만, 운행 키워드를 찾았어."

　"그래서, 뭐. 무슨 얘길 하고 싶은 거야?"

　"가자고. 우린 시간여행하는 인류 최초의 사람이 될 거야. 어때?"

　새끼, 뻥 치고 있네. 시간여행, 인류 최초, 좋은 말이야. 너나 가. 혼자 중얼거렸다. 하지만 한편에서 다른 생각이 들고 일어났다. 그래, 인생 조지나 뭣도 없는데. 갈 수도 있잖아.

지미의 해적선(나사의 우주선인가, 아니 외계인의 우주선)에 탑승했다. 훔쳐온 게 뻔했으니까. 웨어러블 구동기를 장착한 그는 생각보다 손, 팔, 다리 등 몸을 자유롭게 움직였다.

나는 미심쩍은 눈길로 해적선을 살펴봤다.

지미가 약장사처럼 설명을 늘어놓았다.

"아인슈타인은 일반상대성이론에서 시간여행이 가능하다는 것을 증명했지. 그러나 빛의 속도로 나는 비행선이 없으므로 그의 이론은 실험실 이론일 뿐이야. 반면, 이 타임머신은 아광속(빛에 근접한 속도)으로 비행할 수 있을 뿐 아니라 웜홀의 엄청난 중력을 견딜 수 있게 설계되어 있더군."

말투가 어눌하고 안색도 불콰한 게 해적처럼 한잔 걸친 것 같았다. 한데 왜 떠벌리는 거지. 내가 안 갈까 봐. 아니면 거기 가서 한 보따리 챙겨오겠다는 건가. 하긴 과거나 미래로 갔다 돌아올 수 있다면 불가능하지도 않을 것 같았다. 해적과 똘마니 뭉치는 건가.

비행선은 접시형이 아니었다. 내부는 복잡한 데다 온갖 계기판이 천정에까지 둘러싸여 있어, 봐도 뭐가 뭔지 구별이 안 됐다. 추진동력도 엔진도 알 수 없었다. 갈 수 있을까. 간다면 돌아올 수 있을까. 만약 다른 차원의 공간에 갇혀버린다면… 하긴 그래봤자 뭐 달라지겠어. 인생 뭐 있어. 기다리는 사람 없잖아. 사랑하는 사람도 없고. 앞으로도 없을 걸. 가는 거야. 나는 이것저것, 특히 안전하게 돌아올 수 있는지 물어봐야 했다. 그의 대답이 모호하다면 이 괴상한 계획은 취소해야 했다. 그러나 그때 나는 기껏 '백 투 더 퓨처'란 영화가 엉성하다고 생각했을 뿐이었다.

엔진이 점화됐다. 지구에서 우주 밖으로 비행선이 나가려면 초당 11.18km라는 이탈속도가 필요하다고 한다. 이것을 제2우주속도라고 하는데, 태양계의 인력을 벗어나기 위해서는 제3 우주속도가 필요하다고 했다. 엔진은 가속되고 있었다.

"지미! 우리 어디로 가는 거야?"

"미지의 세계. 왜 겁나?"

"지랄, 나 겁 신경 상실했거든."

꽝음, 혼돈… 두려움은 없었다. 나 역시 세상에 어떤 희망이 있었던 것은 아니었으니까. 희망 없는 삶을 산다는 것은 얼마나 큰 천형인가. '어제는 오늘의 내일이고 내일은 어제의 반복….' 이제 나는 과거의 삶을 청산하고 새로운 세계로 가려하고 있다. 어쩌면 이것은 현대사에 획을 긋는 일인지도 모른다. 현대는 영웅이 필요한 시대다. 영웅이 되기 위해선 모험이 수반된다. 그러고 보면 나와 지미는 닮은꼴이었는지도 몰랐다. 나는 살아온 날들과 살아갈 날들을 머릿속에서 밀어내고, 인간의 선사시대와 더 멀리 공룡의 시대를 떠올렸다. 인간과 공룡은 한번도 마주친 적이 없었다. 나는 인류 역사상 최초로 공룡을 보게 될지도 모른다. 화석이나 그래픽이 아닌 실물을.

상상들은 방해받고 있었다. 맨 먼저 찾아온 것은 귀울림과 두통이었다. 그것은 구토와 식은땀으로 이어졌다. 의식이 가물거렸다.

얼마나 시간이 흘렀을까. 겁劫의 시간이었던 것 같고 찰나의 시간이었던 것 같기도 했다. 주변을 살폈다. 해적선은 땅에 착륙해 있었고 지미는 깨어나 있지 않았다. 제대로 온 건가. 그가 깨어나길 기다려 안전하게 온 것인지 전후 사정을 듣는 게 순서였다. 그러나 그가 미덥지 않았고 제대로 왔는지 궁금했다. 나는 해치를 열고 몸을 밖으로 빼 주위를 둘러보았다. 어둠이 나를 맞이하고 있었다. 산 중턱이었는데 이상했다. 산은 민둥산이고 멀리 점점이 뿌려져 있는 빛들은 도시 변두리의 불빛이었다. 여기 어디야. 어디로 온 거야. 뭔가 잘못된 것 같았다.

일이 어긋났다는 건 다음 날 명확해졌다. 여명 속에서 날이 밝아왔다. 내 어린 시절이 눈앞에 있었다. 사방을 둘러보았다. 질서 없이 서 있는 전봇대와 전깃줄, 완만하게 휘어진 전찻길과 땡땡거리며 지나가는 전차, 뒤쫓는 아이들, 키 낮은 블로크

집과 판잣집, 얼기설기한 구멍가게들… 그대로였다. 저 때, 저기서 난 뭘 하고 있었지.

한 아이가 울고 있었다. 코를 훌쩍이자 찝찔한 액체가 입안에 모였다. 그것도 먹을 거라고 아이는 삼켰다. 아이는 울면서 계속 걸었다. 엄마를 찾았던 것 같았다. 맨발에 밟히는 돌조각에 발바닥이 아팠다. 아무리 걷고 아무리 울어도 아무도 아이에게 관심을 보이지 않았다. 아이는 고개를 들어 주위를 둘러봤다. 회색의 거리, 무채색의 풍경, 난무하는 악다구니들. 아이는 현실과 자신을 인식했다.

의지가지없는 삶, 인심 사납고 사고무친이던 시절… 배고파서 구걸했고 그마저도 없을 때 시장통에서 먹을 걸 훔쳤다. 버려진 아이는 일반적인 순서라면 파출소를 거쳐 고아원으로 갔다. 개중엔 거지나 깡패, 넝마주이 왕초에 붙들려가, 못 얻어온다고, 못 훔쳐온다고 저녁마다 매타작을 당하는 아이들도 있었고. 흐린 기억 속 아이는 여러 왕초를 전전한 경우였다. 1960년대는 그랬다.

"이제부터 넌 내 명령에 따라야 해. 개겼다간 심장에서 먼 곳부터 총구멍이 날 거야!"

지미는 총을 꼬나 들고 절대자처럼 말했다.

"어랍쇼! 이건 또 뭐야. 헤이, 지미! 여기 어디야? 잘못 온 거지?"

"어떤 질문도 안 돼!"

발밑으로 총알이 날아와 박혔다. 총성과 탄흔, 화약 냄새… 섬뜩하고 아득했다. 어릴 때 왕초에게 맞을 때도 그랬다. 죽을 수 있구나. 개새끼, 제대로 온 거야. 여기가 목적지였어. 날 똘마니로 데려온 거고. 새끼, 이제 왕초 된 건가. 개새끼, 언젠가 밟아주겠어. 입술을 깨물고 나는 꼬리를 내렸다.

지미는 내가 어린 시절 겪었던 왕초처럼 내게 군림했다. 나는 그의 손발이고 그의 대리인이었다. 그는 난폭하고 괴팍스러워야 나를 제압하고 제어할 수 있다고 생각하고 있었다. 학대 트라우마 때문일까, 총 때문일까 모반을 꾀하지 못했다. 아니, 그것 때문인가.

유전자의 우열… 열등감… 자학했다. 논리로 지미를 이기지 못한다. 어떤 문제에 대해 나는 말하다가 제풀에 지쳐버린다. 생각들은 머릿속에서 빙빙 도는데 논리로써 풀어나갈 수가 없다. 반면에 지미는 다르다. 그는 집요하고 차분한 논설로써 나를 제압해 나간다. 학식도 높고 아는 것도 많은, 말더듬이인 내게 그는 너무 높은 산이었다.

매일 나는 지미가 준 사진과 인적사항을 들고 정릉천 언저리 판자촌을 더듬었다. 사진 속 사람은 나이 든, 아니 험한 세파를 헤쳐오느라 나이가 들어보이는 여자였다. 그가 찾는 사람이 누구인지 나는 묻지 않았다. 총알 맞을까 봐. 그 세계에서 나는 어떤 질문도 해서는 안 되는 존재였다. 하지만 나는 그 여자가 누군지 짐작할 수 있었다. 지미는 왜 이 여자를 찾으려는 걸까. 만나서 도대체 뭘 어쩌자고. 의문들이 계속 떠올랐다.

지미의 얘기가 귓전에 울렸다.

-너는 이영희를 찾아야 해. 못 찾으면 우리는 돌아갈 수 없어.

위협적인 협박이었다. 돌아갈 수 없다니. 60년대의 나는… 내 의지로는 아무것도 어떤 것도 할 수 없는 고아였다. 나는 여기 머물러있을 수 없었다. 끔찍한 곳, 끔찍한 시절이었다. 그렇다면… 개새끼, 네 생각대로 되나 봐라. 순응하는 척했지만, 지시를 따르는건 아니었다. 고아로 자라오면서 뚝심 하나만을 믿고 살아온 사람이 나란 놈이었다. 좋은 사람에게는 더 잘할 수 있다. 하지만 수틀리면 기름장수처럼 뺀질뺀질해진다. 거리를 어슬렁거리며 나는 지미에 대한 반감을 키워갔다. 뭐야, 이용해 먹고 있잖아. 뭐 인류의 기원… 개소리였네.

여러 날째 나는 지미의 말을 건성으로 흘려듣고 시늉만 내고 있었다. 아니, 실상 나는 내 아이덴티티의 중심, 내 어머니를 찾고 있었다. 생모를 만나고 싶었다. 왜 만나려는 거야. 뭐 할 말 있어. 모르겠다. 모천회귀 같은 거 아닐까. 어머니에 대해, 나에 관한 이야기(미역국 먹고 네게 첫 젖을 물렸단다. 너는 내게 무엇보다도 귀한 아기란다)를 듣고 싶었다.

나는 옛 기억 속의 거리를 찾아 배회했다. 기묘했다. 어린 시절로 돌아와 있는데 나는 어른이라니. 여러 날째 허탕이었다. 친모에 대한 흐린 기억으론 찾기는 고사하고 옛 기억마저 긴가민가했다. 나를 아는 누군가를 만나야 한다. 한데 나를 아는 그 누군가가 나를 알아볼 수 있을까. 나는 어른인데.

소득 없이 돌아다녔다. 동냥 다니다 밥 한톨, 돈 한푼 없이 돌아온 날과 비슷했다. 지미가 닦달해댔다. 발끈했다. 자식아, 내 어머니 찾기도 바빠. 난 사진도 없고 기억도 흐릿하고 이름도 모른다고.

"이봐, 지미! 여기는 60년대 한국이고 변두리야. 미국이 아니라고. 번지, 호수가 들쑥날쑥한 건 말할 것도 없고, 아예 호수 없는 판잣집들이 밤사이에 수십 채씩 생겨난다고. 여기 사람들 어떤지 알아. 먹고 살려고 새벽에 나가 오밤중에 돌아와."

총알이 허벅지를 스쳐 갔다. 이런 개애새끼. 총알이 귓불을 지나 작렬했다.

"알았어! 그만해, 찾고 있다고."

천변에 아이들이 몰려나와 놀고 있었다. 아이들의 머리통은 한결같이 민머리고 하나같이 기계충 자국이 선명했다. 한 아이가 돌 틈 밑에서 가재를 잡아올리며 환호성을 질렀다. 좋은 때다. 나도 저런 때가 있었던가. 그때 뭘 하고 있었지. 노는 아이들을 보고 부러워하며 동냥 다녔지. 오리 키우는 데는 없나. 오리알 훔치던 기억이 떠올랐지만 어쨌는지는 생각나지 않았다. 왕초 새끼가 먹었겠지.

천변 옆으로 판잣집이 난립해 있었다. 한 집에 서너 명씩 애새끼들이 드글드글 했었지. 물난리 나던 날, 물구경이 장관이었다. 바가지에 반찬통, 장롱까지 온갖 세간들이 물에 떠내려갔다. 낯익은 거리였다. 다른 점이 있다면 나는 지금 성인이라는 사실이었다. 어른인 내가 어린 시절로 돌아와 어린 시절을 본다. 저 속에 내가 있지 않을까. 나는 눈을 부릅뜨고 나를 찾는다. 나는 어디에도 없다. 내 어머니는… 얼굴도 자태도 떠오르지 않으니 찾을 수조차 없다.

기억아 살아나라. 왕초들에게서 도망쳐 울던 아이는 파출소를 거쳐 고아원으로 갔다. 또래의 아이들과 왕초들의 모습이 떠올랐다. 지겹거나 끔찍한 인간들이었다. 왜 이런 기억만 생각날까. 내가 기억을 이어나갈 부분은 그 이전이었다. 도대체 어떤 분이었을까. 나는 왜 길을 잃었던 것일까. 혹 나를 버린 건 아니었을까. 하지만 기억은 그 부분에서 단절돼 있었다. 생각을 되짚어보면 이후의 기억은 되살려낼 수 있는데 이전의 기억은 전혀 생각나지 않았다. 찾을 수 없는 건가. 답답했다. 저렸다.

그때부터 나는 내 어머니를 찾는 심정으로 지미의 어머니를 찾아다녔다.

두 달 넘게 묻고 돌아다닌 끝에 마침내 나는 이영희라는 여자를 만날 수 있었다. 묘했다. 도장이라도 찍어놓은 듯 지미는 여자를 닮아 있었다. 그러나 너무 젊은 모습이라 그녀가 지미의 어머니란 실감은 들지 않았다. 그도 그럴 것이 여자는 아직 지미를 출산하지 않은 아가씨였다. 젊은 모습의 실물과 나이든 모습의 사진, 내가 들고 있는 사진은 흡사 미래를 찍어놓은 듯했다. 이때가 지미의 음모에서 벗어날 수 있는 두 번째 기회였다. 하지만 나는 그렇게 하지 못했다. 여자에게도 뭐라고 할 수 없었다. 도망치라고, 미래에서 당신의 아들이 왔다고… 웃기는 개소리였을 것이다. 그 뒤로는 모든 게 뒤죽박죽이었다.

어떻게 돌아왔는지 모르겠다. 현재다. 어쩌면 이 모든 일이 컴퓨터 속 가상공간에서 일어난 것인지도 모른다고 나는 생각한다. 지미의 어머니는 지미가 태어나기 전에 살해당했다. 그렇다면 여태까지의 그는 어디서 온 사람인가. 그는 존재할 수 없는 사람이 아닌가. 인터넷에서 그와 나눈 대화도 존재하지 않는다. 머릿속이 엉켜온다. 그러나 이영희를 향해 쏘아진 한발의 총성, 이것만은 분명히 내 머릿속에 각인되어 있었다. 아울러 두 장의 신문도 컴퓨터의 모니터 속에.

벼락 이야기

사람들 등쌀에 못 살겠다. 일가친척이 하나, 둘 찾아오더니 이제는 사돈의 팔촌, 웬 어중이떠중이들이 벨 누른다. 뿐인가 생판 모르는 단체에서까지 전화 온다. 깜짝깜짝 놀랐다. 그들은 한결같이 서두를 미사여구로 시작해서 장광설을 늘어놓다 끝에 가서 돈 좀 빌리자, 기부 좀 하라고 했다. 아, 다른 유형도 있다. 죽는다며 살려달라는 읍소형. 표정관리, 중요하다. 그런데 어렵다. 입이 귀에 걸려 아무리 내리려 해도 안 된다. 뭐라고 거절해야 할지도 모르겠고, 난감하다. 아무에게도 얘기하지 않았는데 귀신이 곡할 노릇이다. 정보가 누설되는 루트가 있는 모양이다. 로또에 당첨되면 주변에서 난리를 친다는 말을 들은 것도 같다. 하지만 세금 33% 떼인 것도 억울한데 더는 어림없다. 어쨌든 소문 다 났다. 물론 와이프 귀에도 들어갔고. 얼마 수령했냐고. 안 알려준다.

직장 휴직했다. 회사에서도 소문이 파다하게 퍼져서 더는 다닐 수 없었다. 인생 풀렸네, 축하한다, 한잔 사라는 덕담…

좋다. 한잔 사고, 술 안 마시는 직원들에게 밥 살 용의 있다. 견디기 힘든 건 시선이다. 호기심과 선망이 섞인 축축한 눈초리들, 뒷담화들… 그렇다고 내가 먼저 나서서 말 건네고 너스레 떨기도 그랬다. 겪어보지 않은 사람(하긴 나도 처음이지만)은 모른다. 와이프와 애는 처가로 보냈다.

깊은 밤 나는 자지 못하고 깨어 있다. 차 사고 집 넓히고 사업 구상하고… 잠깐 이런 생각했다. 그리고 은밀한 상상… 처자식 팽개치고 자유인이 돼서 멀리 떠나는… 정말 잠깐이다.

초인종 소리가 울린다. 누군지 집요하다. 나는 안절부절 어찌할 줄 몰라 쩔쩔맨다. 때맞춰 유선전화와 무선전화가 동시에 울어댄다. 나는 전화기의 전원을 차례로 끄고 집안의 불도 껐다. 일순 집안이 어두워진다. 이불을 머리끝까지 올려 썼다. 입에서 맴돌던 말을 기어이 뱉어냈다. 내가 그렇게 호락호락한 줄 알아.

로또 2등에 당첨된 사람을 알고 있다. 처음 그 소식을 들었을 때 나는 '그런 행운이'라는 감탄사가 터졌었다. 그러나 당사자는 그게 아닌 모양이었다. 5일을 드러눕더니 정확히 금요일 날 그는 자리를 털고 분연히 일어섰다. 그리고는 더 머리를 굴리고 생각을 모아 숫자들을 조합했다. 물론 2등 당첨금은 한 푼도 쓰지 못하고 다시 복권 사는 데 쏟아부었다고 한다. 그때가 10년 전인데 아직 1등 당첨됐다는 소식은 들려오지 않는다. 시간과 들인 공, 투자한 돈을 따지자면 특등도 부족한데. 행운은 아무에게나 쉽게 찾아오지 않는다. 따라서 왔을 때 움켜쥐고 놓지 말아야 한다. 인척을 비롯한 사람들이 말하는 요구를 들어주려면 아마 복권당첨금에 집을 팔아도 부족할 것이다. 현실이 이런데 뭐 좀 달라고, 어림도 없지.

잠은 오지 않고 온갖 생각들이 들락거린다. 이사해야 할 것 같다. 우선은 집을 떠나 어디든 가자. 이참에 나 자신의 정체성을 되찾는 계기를 만들자.

이즈음 내 생활은 타성에 젖어 의미 없이 비루하게 흘러가고 있었다. 직장에서는 윗놈에게 눌리고 아랫놈에게는 치인다. 집에 와서는 처자식 눈치 본다. 통장은 와이프가 관리하고 용돈 타 쓴다. 옛날 같았으면 생활비나 딱 줬지 이게 어디 가능키나 한가. 그런데도 와이프는 양양댔다. 집안 꼴 돌아가는 걸 보면 같잖지만, 분란이 싫어 말하지 못했다. 아니 어떤 때는 처자식 죽도록 패고 싶을 정도로 미운 적도 있었다. 서로 따로 놀 수밖에 없었다. 결혼생활 10년, 와이프가 특별히 싫지도 그렇다고 별나게 좋지도 않다. 그녀 역시 그럴 것이다. 자식과의 관계 역시 아이가 사춘기라 그런지 그냥 그렇다. 나는 그저 아빠로서 남편으로서 가장으로서 살아가고 있었다. 한편 내가 가정에 미온적이거나 한눈을 팔면 그녀는 자식이란 칼을 내 등에 꽂고 비틀었다. 그때마다 나는 가정으로 돌아왔다. 이놈의 결혼제도라는 걸 만든 선조들을 증오하면서. 이제 뭔가 가치 있고 지적 호기심을 충족시키는 일을 하고 싶다. 존재의 유한함에 대해 성찰하며 ㅎㅎ.

다음날, 집 나왔다. 옷 몇 가지와 세면도구 챙겨 들고. 어디를 갈까, 막막하다. 가출청소년처럼 거리를 배회했다. 아무 버스나 타고 종착지까지 가기도 했다. 버스에서 내려 낯선 동네를 어슬렁거리다 사우나에서 씻고 잤다. 잠은 잘 오지 않았다. 오만가지 생각에 시달리다 오만가지 꿈을 꾸었다. 나쁜 꿈을 많이 꾸지만 어떨 땐 달콤한 꿈도 꾸었다. 모든 해결책을 제시하는 꿈. 그러나 꿈이었다, 개꿈. 깨어나서는 많은 부분이 생각나지 않았고, 생각난 부분은 현실성이 없었다. 지하철을 타고 먼 거리를 가기도 했다. 사람들은 바빠 보였다. 내리고 타고, 타서는 휴대전화 따위를 들여다보고. 절대 한눈팔지 않았다. 할일 없는 나는 하릴없이 사람들을 구경(젊은 여자가 보기 좋다. 특히 요즘 여성들이 입는 바지를 유행시킨 디자이너에게 땀 밴 손바닥을 마주친다)한다. 사람들은 키부터 몸매며 인물까지 각양각색 다종다양하다. 무료해지면 그들이 읽다 버리고 간 신문을 주워들고 정치, 경제, 사회, 스포츠 면에서 광고까지 꼼꼼히 보고 읽었다. 청년실업 문제고 공무원연금법 개정 시급해 보였다. 여야정쟁은 지겨웠다. 그날 주목해 본 기사는 국방비 북한보다 33배 더 쓰고(그것도 수십 년간) 군사력은 북한의 80%란 칼럼이었다. 이게 우리나라인가 생각하면 가슴이 답답해졌던 것 같다.

거지 아니냐고. 버린 신문 주어 읽었다고. ㅎㅎ, 맞다. 로또 1등 맞은 거지. 사실 어릴 때부터 검약하게 살아와 전동차 선반 위에 널려있는 신문 돈 주고 사기는 그랬다. 어쨌든 내가 걱정이지 나랏일 걱정할 때가 아니다. 구체적 계획은커녕 오늘은 뭘 하고 뭘 먹고 잠은 어디서 자야 할지를 걱정해야 했으니까. 그전까지 잠은 사우나나 찜질방에서 잤고, 먹는 건 기사식당이나 중식당에서 순두부찌개나 자장면을 먹었다. 한 일. 없다. 할 일도 없다. 웃기지 않은가. 그러나 사실이다. 이 돈(은행에 있다), 크다면 크고 적다면 적다. 기품 있게 살고 싶다. 그런데 뭘 어떻게 해야 기품 있는 삶인가. 모르겠다. 할부로 명품 가방 사서 메고 다니는 여자나 중고 외제차 타고 다니며 기름은 2만 원어치 넣는 녀석… 없이 살 때도 그처럼 살지는 않았다.

할일을 찾아 거리를 어슬렁거리며 돌아다녔다. 옷은 남루했고 삶은 엉망이었다. 나는 상가 진열창 거울에 비친 내 행색을 살핀다. 감지 못한 머리는 산발해 있고 총기 없는 눈은 뭔가 불안한지 이리저리 사방을 살핀다. 윤기 없는 얼굴 피부에는 살비듬이 번져있다. 거리 돌아다니다 바람맞은 탓이다. 로션도 제대로 못 발랐다. 나는 좀 더 내 행색을 살핀다. 검은색 아웃도어를 걸친 허우대는 멀쩡하다. 사실 배 나온 내가 싫어 달리기를 해왔다. 그런데 옷에 구김이 심하고 여러 군데 음식물 자국이 남아있다. 신발을 본다. 신코는 반짝거리는데 갑피와 밑창의 접힌 재봉선 부분에 흙먼지가 묻어있다. 솔질을 못했다. 아, 구두 돈 주고 남에게 닦은 적 없다. 이런 내 모습 옆에 카리브해 크루즈선이 나타났다. 정확히는 여행사 포스터다. 이상하게 어려서부터 바다에 대해 동경이 있었다. 크루즈는커녕 유람선도 제대로 못 타봤지만, 총각 때 이런 일이 있었다. 친구들과 서울에서 제주도로 여행을 가기로 했었다. 모두가 비행기 운항 일정을 알아보고 있을 때 내가 말했다. 우리 인천에서 페리로 가면 어때? 친구들이 제정신이냐는 표정을 지어 보였고 그중 한 명이 말했다. 그래, 그럼 우린 비행기 타고 갈 테니까, 넌 배 타고 와. 망할 놈. 그런데 그 망할 놈 지금 잘 나가고 있다. 아, 나도 잘 나가는 건가.

여행사 문턱을 넘기 전 와이프에게 전화 걸었다. 뭐 좀생이처럼 시시콜콜 보고하는 스타일은 아니지만.

"어, 나야. 별일 없지?"

"돈벼락 어쩐지 겁나. 사회에 기부하고 우리 일상으로 돌아가면 안 될까?"

"아직도 전화 오고 찾아와?"

"뭐하고 다니는 거야? 어딘데?"

"재성이는 잘 있지?"

"어디냐니까?"

"나 크루즈 탈 거야."

서로 자기 얘기만 하고 통화 끝냈다.

여행사 직원에게 부탁했다, 최대한 빨리 출발해서 최대한 늦게 돌아오는 선편을. 절차는 복잡했지만 나는 내미는 서류에 서명만 하면 됐다. 객실을 놓고 나는 잠시 망설이다 16층 높이의 객실 중 배 바닥에 있는 인사이드를 택했다. 요금이 제일 쌌다. 다른 장점도 있다. 옆방을 터서 넓힐 수 있는 트윈구조라 한다. 며칠 후 나는 항공권과 연계된 크루즈 탑승권을 받아 들었다. 수영복에 선탠 크림, 팁은 얼마 정도 유에스 달러로 준비해야 한다는 등등의 말은 흘려들었다. 나는 마이애미행 비행기를 탔고 내려서는 카리브해 크루즈 선에 올랐다.

배의 위용을 보고 기겁하기도 했지만 질리기도 했다. 이렇게 큰 배가 떠서 움직인다는 사실이 놀라웠다. 사진 몇 장 찍어 카톡으로 와이프에게 보냈다.

탑승절차는 끔찍했다. 그 우글거리던 사람들이라니. 나는 한없이 늘어선 승객들의 줄 끄트머리에 서서 따라갔다. 승선 서류, 비자카드, 여권을 제출하고 승선 체크인을 마친 후 승선 카드를 받았다. 많은 사람이 카드를 목에 걸었다. 승객들은 승선카드로 신분을 증명하고 부대시설을 드나들었다. 그때 배의 승객이 1천 몇백여 명에 승무원이 2백 명이라고 들었다. 배 안은 어디든 사람들로 붐볐다. 솔직히 도떼기시장이 따로 없었다. 내가 하는 일이 이렇다. 정체성, 아이덴티티. 좋아, 좋은 말이야. 자신에게 조소했다.

날 궂은 날만 골라 갑판으로 나갔다. 한적하기 때문이다. 바다에 떨어지는 빗방울을 오래 바라보았다. 배는 꽁무니에 물거품을 만들며 나아갔다.

때 되면 밥 먹고 잤다. 기항해서도 나는 가이드를 따라 휴양지에 내리지 않았다. 배에서 유일하게 이용한 위락시설은 휘트니스 센터다. 달리기 한다. 오래전부터 달리기는 내가 살아있다는 걸 알려주는 운동이었다.

오늘은 발이 무겁다고 생각하면서 뛰고 있는데 옆 트레드밀에서 휘적휘적 걷던 노신사가 말을 건다. 한국인이다.

"젊은 사람이 뛰는 게 보기 좋네."

"젊지 않고요, 좋지도 않습니다. 사는 게 이런 거다 하며 뜁니다."

"사는 게 뜀박질이다."

"아니, 뭐 그런 건 아니고… 이것도 못 한다면 험한 세상 어떻게 살아갈 거냔 생각으로 뛴다는 거죠."

"못 뛰면?"

"못 뛰는 사람 나름의 삶이 있겠죠."

"퍼팅하려다 이리 나왔는데 오늘 임자 만났구먼."

노신사와 수인사를 건넸다. 그가 마주 잡은 손에 힘을 주며 말했다, 한잔 사고 싶다고. 못할 건 뭐야. 나는 선상 생활에 넌덜머리를 내고 있었다. 말했는지 모르겠지만 나는 일상에서 벗어나 새로운 세상도 보고 내가 가져야 할 선구안이랄까, 정체성, 존재의 유한함… 뭐 어쨌든 그런 것들에 대해 다른 안목을 기대하고 배를 탔다. 그런데 선상 안은 효도관광열차와 매일반이다. 풍광과 퀄리티가 다르고 여러 인종이 뒤섞여 있는 점이 다르지만.

씻고 채 상기된 얼굴로 약속장소로 나갔다. 노신사는 있었다. 늦어서 미안하다고(사실 바 찾느라고 헤맸다) 말하고 자리에 앉았다. 안은 은은한 조명이 밝혀져 있고 레게음악이 연주되고 있었다. 바의 측면 통유리 너머는 밤바다였다. 달은 보이지 않았다. 저기압권인지 바다는 거칠어져 있었다. 선체 앞뒤, 좌우 흔들림을 완화해주는 장치가 있다고 들었는데 배는 흔들렸다. 사람들은 밖 날씨에는 관심이 없어 보였다.

뭐 할 거냐고 묻기에 선생은 뭐 드실 거냐고 되받아 물었다. 뭐 이런 데서 마셔봤어야 술 종류도 알지. 와인 어떠냐고 묻기에 좋다고 대답했다. 와인 마셔봤어. 샤토 오브리옹이야. 거 뜹들한 게 마시기 힘들데. 서너 잔 마셨는데 표정을 읽은 모양이다. 술을 헤네시로 바꾸면서 그는 약간 센티해졌다. 가난했던 어린시절, 힘들게 이루어온 기업, 돌아갈 수 없는 고국에 관해서 얘기했다. 술기운 때문이었을까 나는 그의 이야기에 공분하고 맞장구도 쳤다. 그는 향수병에 걸려 있었다. 사는 날까지 외국으로 떠돌겠지. '플라잉 더치맨'이라는 배가 그와 겹쳐졌다. 최후의 심판일까지 바다를 떠돈다는 유령선. 어쩌면 나나 그나 우리 모두의 인생사가 그런 게 아닐까. 나는 창밖 밤바다를 다시 바라보았다. 바다는 보이지 않고 퀭한 눈의 취한 사내가 눈을 이리저리 굴리며 주위를 두리번거리고 있었다.

물이다. 캐빈(객실) 안에 물이 차 있다. 나는 꿈을 꾸고 있다고 생각한다. 젠장 물벼락 꿈이라니. 그런데 뭔가 이상하다. 어릴 적 잠자리에서 쉬야를 한 것처럼 축축하다. 순간 나는 침대에서 떨어진다. 흠뻑 젖어 비명을 지른다. 벌떡 일어난다. 아니 일어서려고 기를 썼다. 바닥이 디뎌지지 않는다. 물에서 허우적거리다 잠에서 깬다.

꿈 아닌 현실이다. 사방이 어두워 어디가 어딘지, 뭐가 뭔지 가늠도 안 되고 정신도 없다. 자다가 날벼락도 유분수지, 황당하다. 몇 번 짠물을 먹었다. 어디 발을 디딜 데가 필요하다. 나는 멍한 상태로 자맥질을 하며 주위를 더듬는다. 전날 과음한 데다 잠에서 덜 깬 끝이라 현재 내가 처한 상황이 이해되지 않는다.

지끈거리는 머리는 숙취 때문인지 쉽게 명료해지지 않는다. 자는 동안 뭔가 사달이 난 것 같다. 물 찬 캐빈 안은 뒤죽박죽 엉망진창이다. 이게 뭔 일이야. 이 지경인데 정신없이 자고 있었다니. 노신사와 술을 마신 기억이 떠올랐다. 언제 어떻게 객실로 돌아왔는지는 생각나지 않는다. 필름이 끊긴 모양이다. 이런 등신, 나는 자신에게 욕을 퍼붓는다.

주변을 더듬어 알아낸 현재 상황은 이렇다. 여긴 내가 기거하는 캐빈이다. 한데 내가 기거하던 공간보다 객실 안이 지나치게 넓다. 시각과 촉각이 느끼는 너비의 차이인가. 안은 개판이다. 누워있어야 할 침대는 없고, 서 있어야 할 옷장은 누워있다. 냉장고와 협탁(데스크와 연결하는 전화기, 물론 없다)으로 여겨지는 물건들이 물에 떠 있고, 그 외 잡동사니들이 널려있다.

나머지는 가라앉은 모양이다. 그렇다면 배가… 소름이 돋으며 한기가 몰려온다.

나는 허둥거린다. 자세 때문인지 마음만 급하다. 뭔가 딛고 설 수 있는 것에 발이 디뎌지지 않는다. 손을 위로 높이 휘저어본다. 다행히 천장(모호하지만 바닥일 것이다)이 손에 닿지 않는다. 이건 숨 쉴 공기가 있다는 뜻이고, 활동할 수 있는 공간이 있다는 의미다. 정신을 차리고 나서도 몇 번 물을 먹었다. 긴장과 조급증으로 몸에 힘을 준 탓에 나는 물 밑으로 가라앉았다. 편한 자세를 유지하자. 한데 뭐가 어떻게 잘못된 거지. 내가 탄 배가 침몰했다는 건가. 배가 넘어가는 중인지도 모른다. 그렇다면 대피하라는 방송이 있어야 하지 않을까. 승선 첫날이 생각난다. 포터가 가져다준 짐을 채 풀기도 전, 선내에 있는 벨이 경기 들린 애처럼 울어댔다. 선원들이 '허리 업hurry up'이라고 연신 내뱉으며 맡은 구역 내 승객들을 구명정이 있는 장소로 내몰았다. 승객들이 구명조끼를 입고 구명정을 탈 수 있게 하는 비상 구난훈련이었다. 그때 내가 건성이었던 건 사실이다. 누굴 초등학교 학동으로 아나. 한데 정작 그렇게 외치던 놈들이 승객을 버려두고 자신들만 서둘러 배를 빠져나갔다는 건가. 망할 자식들… 선장과 선박회사를 고소하겠다.

조금 정신이 든다. 일단 밖으로 나가는 게 급선무일 것 같다.

그러나 어떻게. 정황을 종합해보면 배는 뒤집혀 있다. 어릴 적 냇가에서 자라 개헤엄 정도는 하지만 그거론 어림도 없다. 일반적인 상식으로 선실 밖으로 나가려면 잠수해서 길을 찾아야 한다. 해서 나는 몇 번 물 밑으로 내려갔다. 물에 떠 있기도 버겁지만 가라앉기는 더 어렵다. 영화 같은 데서 본 대로 되지 않는다. 코로 귀로 물이 들어온다. 고공 속 비행기도 싫지만, 물밑은 더 싫다. 물 밑 길은 찾기가 거의 불가능해 보인다. 사다리 딛듯 손에 걸리는 뭔가를 잡고 내려갔는데, 숨을 참을 수 없고 뵈는 것도 없다. 아니 '소경 문고리 잡는다'고 객실 문고리를 잡기는 했다. 겁 없이 문을 밀었는데 웬걸 문은 완강한 힘으로 내 의지를 거부했다. 발로 바닥을 차 물 위로 올라와 가쁜 숨을 쉬는데 문득 다른 생각이 들었다. 그래, 문 열었다. 뭘 어떻게 할 건데. 승선해서 봤지만 배 안은 극장, 수영장, 농구장, 바에 클럽 등 위락시설이 엄청나다. 길은 미로일 것이고 곳곳에 위험이 상존해 있을 것이다. 밖으로 나가는 건 명 재촉하는 일이다. 길 찾기를 포기하자 다른 생각이 떠오른다. 구명조끼가 어디 있었던 것 같던데. 악전고투 끝에 하나 건졌다. 조끼를 걸치니 떠있기가 한결 낫다.

그래서일까 나는 긍정적으로 생각하자고 마음을 다잡는다. 곧 구조되리라고. 믿고 싶지 않지만, 배가 침몰했다면-왜 어떻게 침몰했는지 모르지만 배는 비행기와 다르다. 단시간에 가라앉지 않는다-배를 벗어난 생존자들도 있을 것이고, 자신처럼 배 안에 갇혀있는 사람들도 있을 것이다. 재수 없이 갑판이나 테라스 같은 데 있다가 바로 바다로 빠져버린 사람들도 있을 터이고. 지금 해상에는 헬기가 뜨고 구조선이 달려와있을지도 모른다. 생각을 고쳐먹자 마음이 조금 느긋해진다.

생각이 들락거린다. 첫 번째 든 생각은 이 여행에 대한 후회다. 다른 행로를 택했다면, 육로가 낫지 않았을까, 산티아고 순례길 같은. 아니 여행은 개뿔, 그냥 죽치고 있었어야 했나. 하지만 그게 가능했을까. 나는 고개를 가로젓는다.

여기가 어디쯤일까. 푸에르토리코 쪽으로 내려간다고 들었는데, 젠장 버뮤다 삼각지대나 아닌지 모르겠다. 불안감과 적막감이 번갈아 가며 찾아온다. 아무도 없고 아무것도 보이지 않는 어둠 속이다. 소리도 들리지 않는다. 시간이 어떻게 됐을까. 많은 시간이 지난 것 같지만 어쩌면 짧은 순간인지도 몰랐다. 아들녀석이 떠오른다.

목마르다. 널린 게 물이긴 하다. 바닷물을 마시면 더 갈증이 난다는 말을 들었다. 하지만 못 참겠다. 좀 마셔보자. 의지에 반해서 여러 번 마시기도 했잖아. 나는 손으로 물을 떠 입에 가져간다. 마실만 하다. 갈증도 가신다. 그러나 얼마 지나지 않아 나는 더 심한 조갈에 시달렸다. 몸을 비틀고 팔을 휘저으며 물을 달라고 소릴 질렀다. 그러면 몸은 영락없이 가라앉았고 코와 귀로 물이 들어왔다. 갈증은 깊고 길었다. 와중에 깨달은 것도 있다. 시간이 지나면 고통이 순화되어간다는 걸. 그래 달리기 생각하자. 오버페이스하면 어땠지. 그냥 순응해서 천천히 달리는 거야. 길게 뛰려면 어떡해야 하는지 알고 있잖아. 입을 다물고 혀를 앞뒤로 움직이면 침이 고인다. 나는 고이는 침을 삼켰다.

　이제 뭘 하지. 언젠가 신문에서 읽었던 기사가 가물가물 기억난다. 이런 상황에 부닥쳤을 때 자신의 위치를 알리는 것이 중요하다고. 나는 캐빈 벽을 두드렸다. 물에 잠긴 벽은 둔중하게 낮은 소리만 낼 뿐 퍼지지 않는다. 도구가 필요하다. 각목 같은 것을 찾아 주변을 더듬었다. 허접쓰레기만 걸린다. 뭔가 있을 텐데, 찾고야 말겠어. 나는 구명조끼를 벗고 물 밑으로 내려갔다. 뭔가 손에 잡힌다. 아마 의자다리 아닌가 싶은데 걸어낼 재간이 없다. 발로 차고 주먹으로 내질러도 꿈쩍도 하지 않는다. 또 물만 먹었다.

　어둠 속 적막이 낮게 퍼진다. 나는 한동안 멍하니 적막 속에 있었다. 견디기 어렵다, 분통이 터진다. 이게 호강에 겨운 소리라는 건 잠시 뒤에 깨달았다. 적막을 밀어내며 밀물 드는 소리,

소리 없이 스르르 다가오는 물소리. 귀가 아닌 본능으로 들은 소리다. 물은 이제 점점 불어나 나를 천정까지 밀어 올릴 것이다. 숨 쉴 공간이 줄어들고 코만 내놓고 있다 어느 순간… 공교롭게 예전에 MRI 찍던 기억이 살아났다. 머리부터 들어갔다. 팔다리도 움직일 수 없는 좁은 통 속 공간으로 기계는 나를 조금씩 밀어넣었다. 자력으로 나올 수 없다. 미친다는 게 뭔지 알 것 같았다. 견디지 못하고 꺼내 달라고 소리쳤다. 그때 나는 거의 패닉상태였다.

젠장, 벌써 오한이 오고 몸이 굳어진다. 심장이 쿵쾅거리자 나는 다시 조급해진다. 이 새끼들이 왜 여태 안 오는 거야. 꺼내 달라고! 나는 사납게 벽을 두드리며 소리, 소리를 지른다. 내가 내는 소리는 바로 흡수되고 다시 스르르 물 불어나는 소리가 들린다. 안 돼! 나는 소리치며 주먹으로 벽을 두들기고 손에 잡히는 건 뭐든 벽을 향해 집어 던졌다. 어느 순간 나는 의자 다리 하나를 손에 쥐고 있었다. 어떻게 잡아 뽑았는지 아니면 부셨는지는 기억에 없다. 나는 의자 다리로 벽을 거듭 친다. 효과는 서서히 나타난다. 물 드는 소리가 끊겼다. 다시 어둠 속 적막이 드리운다.

후유증이 생겼다. 왼쪽 손가락 중지와 검지를 접질렸다. 성한 손으로 만져보니 첫마디 뼈와 허리뼈 사이다. 어쩌면 골절

됐는지도 모른다. 손은 쑤시며 부어오른다. 나는 자위한다. 괜찮아. 치료하면 좋아질 거야. 나는 열이 나는 왼쪽 손을 물속에 담근다.

두 번째 든 후회는 아예 로또당첨 자체를 부정했어야 했다는 생각이다. 그랬다면 이런 일도 없었을 것이다. 잘못 소문 난 것 같습니다. 저는 복권이란 걸 사 본 적이 없습니다. 벼락 맞을 확률보다도 낮다는데, 주위에 혹시 벼락 맞은 분 봤습니까. 그런데 그걸 삽니까, 이렇게 딴전을 피웠어야 했다. 그랬다면 사람들에게 시달리는 일도 없었을 것이고 배를 타지도 않았을 것이다. 아, 젠장…. 그나저나 이 자식들이 왜 여태 안 오는 거야. 선원 놈들까지 깡그리 고소해 버리고 말겠어. 아니, 지금 당장 온다면 다 용서하고 사례하겠어. 딱 1천까지 세겠어, 그때까지야.

분노와 좌절, 원망과 후회 그리고 일말의 희망 따위들이 휘저어진 물속 부유물처럼 일어났다 가라앉는다.

목말라 미치겠다. 구조되기 전에 탈수증으로 미칠지도 모른다, 젠장. 혀로 침을 모아 삼키는 일도 이젠 소용없다. 입안은 말라버렸다. 물 한 모금(한 바가지도 마실 수 있을 것 같다)만 마실 수 있다면 예금한 돈 한 뭉텅이와 기꺼이 바꾸겠다. 물맛이 어떨지는 알고 있다. 달리기를 마치고 마시는 물이 그렇다. 세상 그 어떤 진미보다 훌륭하다. 그래서 간절하다. 나는 간헐적으로 벽을 두드린다. 내가 할 수 있는 최선이다. 선사시대 처음 석기를 든 인류가 이랬을까. 무기랍시고 의자다리 하나 들고는 두려움에 떨며 어둠 속 주변을 살핀다. 개코나 보이는 것도 없다. 들어온 물이나 두들겨 팰까, 손에는 힘이 빠지고 벽을 두드리는 소리는 점점 약해진다.

으, 목말라 죽겠다. 인간이 물 없이 얼마를 견딜 수 있다고, 72시간? 개소리. 흰 가운 입은 놈들이 하는 소리다. 한번 견뎌보라지. 나는 못, 견디겠다. 차라리… 하지만 죽기는 말랑한가. 더 어렵다. '투 비 오얼 낫 투 비 To be or not to be', 왜 이런 문장이 떠오르는지 기가 막힌다. 학교 교육 탓이다. 햄릿이란 희곡 읽어보지도 못했다. 아, 대문호라는 분 깎아내릴 생각 없다. '투 비 오얼 낫 투 비?' 개 같은…. 교육과 햄릿, 그리고 나 자신까지 싸잡아서 욕을 퍼붓는다. 기분은 조금 나아졌지만, 갈증은 이제 최고조다. 정말 햄릿 대사처럼 양단간 결정을 내려야 할지도 모른다.

배에서 꼬르륵 소리가 난다. 갈증도 버거운데 지랄한다고 몸속 생체시계가 음식을 요구하고 있다. 이쯤 해서 악마가 나타나야 하는 거 아닌가. 물과 음식 중 한 가지를 주겠다. 뭘 원하고 넌 뭘 주겠냐. 개수작 집어치우라고 말하겠다.

시간이 얼마나 지났을까. 저녁나절쯤… 이 새끼들은 대체 뭘 하는 거야. 난 뭘 했지, 젠장. 집에 있었다면 식탁에 앉아있었겠지. 와이프에게 반찬이 이게 뭐냐고 투정하다 냉장고 열었을 거야. 달걀 내고 고추장이랑 참기름 꺼내서 밥 비벼 먹으려고. 냉장고? 이런 닭대가리. 캐빈 안에 있는 냉장고를 생각 못했다.

나는 어둠 속 물 위를 더듬는다. 제까짓 게 독 안에 든 쥐지 어딜 갔겠어. 접질린 손의 통증 때문에 왼손은 거치적거리기만 한다. 왼손은 주먹이 쥐어지지 않았다. 네모난 간이냉장고는 벽 모서리에 문짝을 물속에 처박고 누워있다. 살았다는 안도감에 콧날이 시큰하긴 잠깐이다. 삶이란 거인에게 실컷 농락당하다 동냥한 기분이다. 기를 쓰고 문짝을 천정을 향해 돌려놓았다. 왼손이 걸린다, 쓸 수가 없다. 하지만 이까짓 게 대수랴. 페트병 생수 4병(아마 에비앙 500ml일 것이다), 캔 맥주 4병(하이네켄 330ml?), 양주 1병(조니 워커?), 체다치즈 몇 장, 음료수 몇 캔… 습득한 목록이다. 계산 따윈 당연히 안 한다. 직원 놈이 계산 어쩌고 한다면 코를 뭉개버리겠다.

나는 물을 입안에 물고 우물거리다 조금씩 목 안으로 흘려넣는다. 물은 예전에 운동 마치고 마시던 물맛, 그 이상이다. 치즈도 한 장 씹었다. 입안에 다시 침이 고인다.

원기도 찾았겠다. 뭘 한다. 한쪽 벽에서 다른 쪽 벽까지 헤엄쳐보았다. 개구리헤엄 팔다리 동작으로 긴 곳은 48번, 짧은 곳은 29번이다. 의자다리로 높이도 쟀다. 어떤 곳에서는 의자다리가 천장에 닿고 어떤 곳에서는 천장이 닿지 않는다. 옆 객실이 트인 건가. 기우뚱한 직육면체 공간이 그려진다. 자, 이제 정리 좀 하자. 손님 맞아야 하잖아, 개자식들.

나는 물에 떠 있는 쓰레기들을 샤워부스 속으로 밀어넣었다. 촉각과 감각으로 해냈다. 이젠 뭘 한다. 아, 휴대전화기를 찾아야지. 전화기를 찾아서 메시지를 보낼 수 있다면… 악몽은 끝난다. 어디 있을까.

아, 씨. 오줌 마렵다. 어떡하지. 나는 습관적으로 두 손을 바지춤으로 가져간다. 어, 지퍼 내릴 필요 없잖아, 물속인데. 어떡한다. 에라, 음경 주위가 따듯해진다. 흐흐.

한나절 걸려 휴대전화를 찾았다. 별놈의 새끼가 다 애먹인다. 전원이 켜질지, 켜진다 해도 통신이 가능할지 모르겠다. 우선은 말려야 한다. 전화기 후면 커버를 벗기고(젠장 보이지도 않고 다친 손으로 작업하자니 능률이 안 오른다) 배터리와 유심을 분리한다. 헤어드라이어, 아니 마른 수건… 나는 전화기를 냉장고 안에 넣는다.

인내심을 가지고 손님을 기다렸다. 이따금 의자다리로 캐빈 벽 두드리는 것도 잊지 않았다. 함흥차사다. 다시 초조해지기 시작한다. 시간이 얼마나 지났을까. 하루는 족히 지난 것 같다. 어쩌면 이틀이나 이틀 반일지도 모른다. 도대체 밖에서는 뭘 하고 있는가, 망할 자식들. 분노가 뭉클뭉클 솟아오른다. 분노를 달랠 방법이 없다. 미친다. 달리기하면 풀릴 것 같다. 마음속으로 달려보자. 내가 달리던 천변 길이 있다. 트랙이 깔려 있고 5백 미터마다 눈금이 그려져 있다. 발목 풀고 무릎 풀고 스타트! 천천히 뛰자. 1백 미터를 지나고 2백 미터… 1㎞를 지난다. 몸 데워졌지만, 속력을 내기에는 이르다. 2㎞를 통과한다. 조금씩 속력을 내며 멀리 본다. 4㎞를 지나며 질주한다. 1백 미터, 2,3백 미터… 천천히 달리며 숨을 고른다. 다시 질주, 이번엔 4백 미터다. 조금 숨이 가쁘다. 다시 천천히… 다시 빠르고 길게… 5형제소나무가 있는 반환점이다. 몸이 가벼워진다. 다리는 쭉쭉 나간다. 주변의 사물들이 보이기 시작한다. 마주쳐 달리는 사람들에게 손을 올리고 경치도 구경한다. 종료 지점을 1㎞ 남기고 속력을 늦춘다. 달리기는 샤워할 때의 개운함이 매력이다. 그러나 이번엔 맹탕이다. 땀도 안 나고 상쾌하지도 않다. 젠장, 뭐 하는 짓인지.

어둠에는 익숙해졌다. 주변의 사물이 명료해진다. 절대적인 어둠이 이럴까. 아무것도 보이지 않는다. 나는 엉거주춤한 자

세로 물에 떠서 떨고 있었다. 오한인가. 모르겠다, 춥다. 근육
이 경직되고 있다. 옷을 찾아 더 껴입어야 하나. 젠장, 움직일
기력도 없고 움직이기도 귀찮다. 움직여서 할 일도 없다. 와중
에 자는 법을 터득했다. 졸기도 하고 잠깐씩 잠들기도 했다. 아
니 이건 어쩌면 저체온증에 의한 기면증상인지도 모른다. 의
식이 흐려지겠지. 맥박도 약해지고… 이렇게 그냥 영원히 잠드
는 건가.

물 밑 옷장에서 바람막이 겉옷을 찾았다. 물에 푹 젖어 있
다. 짜서 아쉬운 대로 걸친다.

어둠 속에 오래 있으면 시력은 퇴화할까, 진화할까. 눈을 뜨
고 있지만 감고 있는 거나 마찬가지다. 젠장, 왜 이딴 생각이나
하는 거지. 웃기는 건 잘 때 눈을 감는다는 점이다. 배고프다.
기름지고 푸짐한 음식을 먹고 싶다. 김 오르는 더운밥이 자꾸
떠오른다.

마지막 생수병을 비웠다. '생수 완판', '치즈 품절' 냉장고에
써놓아야 할 문구다. 몇 시간인지 며칠인지 아무것도 먹지 못
했다. 다시 바닷물이라도 퍼마실까. 먹지 못해 그런지 더 춥다.
도대체 얼마를 더 이러고 있어야 하는지 모르겠다.

똥을 눴다는 얘길 했던가. 변의가 왔는데 이걸 어떻게 처리
해야 할지 난감했다. 소변하고는 다른 방식으로 처리해야 한

다. 처가와 화장실 어쩌고 하는 얘기가 떠올라서 나는 캐빈 구석으로 갔다. 바지와 팬티를 내렸다. 샤워부스 기둥을 잡고 벽에 발을 디뎠다. 코알라처럼 나무에 매달려 있었단 얘기다. 다리 올리고 엉덩이 내밀자 항문이 열렸다. 난관은 이제 시작이었다. 기를 쓰고 온 힘을 줘도 배변이 안 된다. 몸에서 수분을 다 빨아들인 결과다. 아마 이번 배변은 배가 가라앉기 전 먹었던 음식의 결과물일 것이다. 볼일을 마치기는 했다. 염소똥처럼 마르고 딱딱한 똥 몇 알로.

휴대전화기를 역순으로 조립했다. 전원 버튼을 길게 누른다. 오, 된다. 나는 순간적으로 눈을 감는다. 눈이 시다. 눈을 가늘게 뜨고 빛이 익숙해지길 기다린다. 2월 12일 목요일, 18시 24분. 며칟날 배를 탔지. 맙소사, 4일 10시간이 지났다. 이런 개애새끼들! 도대체 뭘 하는 거야. 맥이 빠진다. 구조에 뭔가 문제가 생겼다, 망할. 전화될까, 911을 부르려면 국가번호와 지역번호 있어야 하나. 119가 낫지 않을까. 나는 기억나는 숫자들을 하나하나 누른다. 하지만 되는 건 이것뿐이다. 통신이 연결되지 않는다.

전화기의 플래시 등을 터치한다. 창백한 빛이 뻗어 나간다. 쑤시는 왼손을 살핀다. 나쁘다. 삔 것인지 골절인지 모르겠지만 통통 부어올랐고 피멍이 들어있다. 동여매야 하나. 아문다 해도 변형이 올 것 같다. 다른 부위도 살핀다. 오른손 피부는 쭈글쭈글한 게 아주 잘 절어져 가는 중이다. 염도 34퍼밀(‰)로. 물에 잠겨있는 하체는 더 심할 것이다. 젠장, 사소한 건 무시하자. 나는 짐짓 시선을 다른 곳으로 옮긴다. 전화기 빛으로 주위를 이곳저곳 비춰본다. 빛이 닿은 객실의 부분은 화들짝 놀라며 자신의 존재를 드러낸다. 괴기하고 견고한 침묵이다.

살겠다고 버둥거리는 미물이 가소롭게 느껴진다. 구조물들은 이제 뒤죽박죽 뒤섞여서 난해하게 다가온다. 배는 뒤집혔고 나는 지금 어떤 자세로… 머릿속이 까매진다. 어지럽다. 주위가 빙빙 돈다. 토할 것 같다. 토해봤자 나올 것도 없지만 말이다. 젠장, 이건 또 뭐야. 공간 배치가 뒤바뀐 걸 뇌가 인지했고 이제야 혼란이 오는 모양이다. 나는 휴대폰을 끄고 눈을 감는다. 머릿속을 빙빙 돌던 커다란 서클은 작아지면서 수챗구멍 속으로 빠져드는 물줄기처럼 점점 작은 동그라미를 그리다가 사라진다.

꼼짝도 하기 싫다. 그냥 죽은 듯 잠들고 싶다. 그리고 다음 날 깨어나지 않기를 희망한다. 본능이 콧방귀를 뀌며 성깔을 부린다. 삶이 그렇게 말랑한 줄 알아. 어림도 없어. 나는 의연한 척 마음을 다잡지만 결국 걸신에게 굴복하고 만다.

배, 고, 파. 자장면도 먹고 싶고, 순댓국도 먹고 싶고, 아 갈

비도 먹어야지. 새우튀김도, 만두도 생각나고 냉면, 보쌈, 족발, 삼합. 또 있다. 뒤태 좋은 여자… ㅎㅎ. 술이라도 마셔야 할까 보다.

불현듯 사진을 한 장 찍어두자는 생각이 든다. 요즘 애들 찍는 셀카로. 남겨둬야지. 와이프에게도 보내고 친구들에게도 보여주자. 죽다 살아난 의지의 표상이라고 떠벌리자. 얼굴을 화면 가득 잡히게 담는다. 몇 번 누른다. 셔터 소리가 여운을 남기며 어둠 속으로 잠겨갔다. 가만 내 모습이 어땠지. 저장된 내 모습을 불러온다. 봉두난발의 하얗게 센 머리칼, 해골에 거죽만 붙어있는 피부, 움푹 들어간 퀭한 눈. 오, 늙고 추레한 괴물이 날 노려보고 있다. ㅎ, 이게 내 얼굴이라고. 맞네. 꼴좋다, ㅎ.

참지 못하고 술을 마셨다. 사실 먹을 건 술밖에 안 남았다. 시작은 한 캔만 마시겠다였다. 한 모금 마시자 불안과 의문이 부글거린다. 두 모금째 분노와 회한이 찾아왔다. 한 캔을 비우자 허기가 가시며 오기가 발동한다. 오냐, 다 마셔주마. 술이 모자라면 바닷물이라도 마시겠다. 먹을 게 없다면 나뭇조각이라도 씹어 먹겠다. 죽을 수 없다. 아니 죽지 않는다. 기필코 살아 돌아가겠다. 약한 몸에 빈속, 취기는 걷잡을 수 없이 달려온다.

나는 냉장고를 잡고 잠에 빠져든다.

머리가 가려워 잠을 깼다. 며칠 머리를 못 감았지, 환장하겠다. 센 머리칼이 걸린다. 할 수만 있다면 머리를 빡빡 밀어버리고 싶다. 나는 머리를 거칠게 긁는다. 머리칼은 철수세미처럼 뭉쳐져 손가락이 제대로 들어가지 않는다. 왼손은 통증 때문에 집어넣지도 못했다. 머리를 물에 담그고 긁는다. 젠장, 머리칼은 더 뻣뻣해진다. 나는 한동안 가려움에 몸부림치며 머리칼을 쥐어뜯는다. 불길한 하루를 알리는 전조다. 역시나 웃자란 수염도 따끔거리며 가렵다. 성가시게 거치적댄다. 생채기가 나도록 거칠게 긁었다. 입안도 말썽이다. 텁텁한 게 불쾌하다. 아마 구취가 진동할 것이다. 엄지와 검지 두 손가락을 넣어 이빨을 문지르고 손톱으로 혓바닥을 긁는다. 울컥 욕지기가 올라온다. 역겨운 냄새를 풍기며 액체가 올라온다. 한동안 구토를 했다.

냉장고 안을 더듬으며 나는 사태의 심각성을 깨닫는다. 빈 병뿐이다. 마시거나 먹을 게 없다. 지랄한다고 먹은 거마저 다 토했다. 아, 씨. 나는 전날의 허세를 후회했다. 일주일치 식량이 될지도 모르는 걸 다 마셔치웠다, 젠장. 이제 어떡하지.

걱정거리가 또 생겼다. 물이 불어나 있다. 확실하다. 팔을 위로 뻗으면 천장이 손에 닿는다. 어쩌면 지금도 조금씩 불어나고 있는지도 모른다. MRI 통이 다시 떠오른다. 주위가 빙빙 돈다. 팔다리에서 경련이 일어난다. 숨이 막힌다. 죽는 건가, 탈진 상태다.

세 번째 든 후회에서 순돌이(하는 짓이 곰탱이라 붙은 별명이다) 녀석과 명리 선생이 떠오른다. 순돌이는 입사 동기인데 매사 남에게 밀리고 양보하는 녀석이었다. 구경한다고 녀석 따라 명리학 문화센터에 갔다가 공부 끝나고 가는 술자리까지 쫓아가게 되었다. 내 사주를 풀이해 준단다. 지독하게 안 좋았다. 순돌이 사주를 봤다. 억세게 좋다. 특히 횡재수가 있다고 했다. 불콰한 얼굴에 얼떨한 표정의 녀석이 떠오른다, 바보 같은 새끼. 녀석을 끌고 복권방으로 갔다.

"로또 10만 원어치 산다. 찍는 건 네가 찍고 반씩 나눈다."

"왜?"

"횡재수 있다잖아!"

"그걸 믿냐?"

그래, 뭐 믿은 건 아니다. 하지만 로또는 1등 당첨됐고 행인지 불행인지 내가 받았다. 녀석과는 연락 끊었다, ㅎㅎ. 그러고 보면 명리 선생 그놈이 도사가 분명했다. 내가 지금 당하는 이 끔찍한 고통도 맞춘 거 아닌가. 망할 놈, 평생 사주쟁이나 해 먹어라. 근데 그때 죽는다는 사주가 있었던가.

시간감각을 잃었다. 오늘이 며칠째인지 모르겠다. 휴대전화기의 배터리가 방전됐다. 내 명줄도 이렇게 방전되는 것은 아닌지, 미신에 의탁해가는 자신을 발견했다. 약해져서 그래, 정신 차리자. '텔 노라 알 러브 허… Tell Lauar I love her… my love for will never die…', 나는 노래를 흥얼거리며 전화기의 전원 버튼을 누른다. 들어와라, 5분만. 와이프에게 할 얘기가 있다. 문자로 남기겠다. 전원은 까무룩 거리며 들어오지 않는다.

의식이 혼미해져 방향감각도 균형감각도 무뎌졌다. 오늘이 며칠이더라, 며칠이 지난 거지. 신문을 읽고 싶다. 새끼들 중구난방 짓까불고 있겠지. 구조대 새끼들, 이젠 안 믿는다. 믿을 건 나 자신뿐이다. 자력으로 나가겠다. 암, 나가야지. 봐 잠수도 되잖아. 길만 찾으면 되는걸. 헛소리다. 나는 까무룩 의식을 잃는다.

다시 깨어났다. 눈을 떴는데 한 치 앞도 식별되지 않는 어둠이 보인다. 얼마나 시간이 지났는지는 모른다. 먹고 싶은 게 너무 많다. 우선 물을 한 바스켓 마시고 싶다. 다음엔 갓 요리된 더운 성찬을 먹고 싶다. 밥 한 숟가락 먹고 고기 두 점 먹고, 밥 두 숟가락 먹고 김치 네 점 먹고, 밥 세 숟가락 먹고 고기찌개 냄비째 먹고… 먹고, 먹고 또 먹고… 나무 조각도 먹고 바닷물도 마시고. 고구마도 먹고 주먹 감자도 먹고. 돈 나눠주지 않는다고 욕도 실컷 먹었잖아. 그래도 네놈들에게 나눠줄 건 한 푼도 없어. 배부르네, ㅎㅎ. 이제 실컷 먹었으니까 따뜻한 라떼 한잔 마시자, 달달하게 해서. 담배도 피우자. 맛좋네. ㅎㅎ.

뭉크의 절규가 떠오른다. 심약한 자식. 같은 그림만 그리고 또 그려서 1백 점도 넘게 그렸다지. 그래서야… 녀석, 결국 인생 말로도 그림 같았다지.

이젠 정말 기력이 없다. 하지만 그 돈을 쓰지도 못하고 어떻게… 안 되지.

마지막 네 번째 후회에 관해서도 얘기해야겠다. 전화기에 대고 와이프에게만 얘기하고 싶었는데. 자유로워지고 싶었다. 결혼 전에도 그렇고 결혼 후에도. 무슨 말이 말도 되지 않는 말이냐고. 와이프와의 결혼식 날 솔직히 식장에 가기 싫었다. 여기저기서 전화가 왔다. 나는 식장에 지각한 신랑이었다. 이후에도 나는 자유로워지고 싶었다. 그러나 일상은 나를 붙잡고 놓아주지 않았다. 그래도 그때 떠났어야 했다. 이후에는 아이란 족쇄가 채워졌으니까. 아이가 커가며 기회가 한 번 더 있었다. 로또당첨금을 받은 날, 나는 떠났어야 했다. 선원들처럼 새처럼. 많은 일이 있었겠지. 다른 여자도 만났을 것이다, ㅎㅎ.

어쨌든 그래도 이제 자유로워졌잖아. 안 그래. ㅎㅎ.

오디세이호의 항해

오디세이Odyssey호는 순항 중이라고 칼Kal[1]은 판단한다. 점점이 뿌려져있는 별빛과 우주의 공간만 인식될 뿐이다. 어둠과 진공의 무한한 공간….

빛은 어둠과 어떻게 다른가. 볼 수 있는 것과 보이지 않는 것은, 어떤 차이일까. 항행에 이게 중요한가. 존재하는 것은 빛이 있든 어둠뿐이든 존재하고 있지 않은가. 사피엔스(그들 스스로 지은 학명이다)의 눈에 어두워야 존재를 드러내는 별들은 아이러니 아닐까. 중력과 무중력, 대기의 존재여부는 또 어떤가. 그래, 사피엔스의 기준일 뿐이다. 혼란을 수습한다. 오디세이호는 항로대로 나아가고 있다. 우주의 바탕이 검은색이든, 대기나 중력이 있든 없든, 항행에는 아무 문제가 없다. 공간 또한 차치하자.

---

1 인공지능(AI) 탑재. 의식과 지능, 판단능력을 갖추고 있으며 딥러닝 (deep learning)을 통해 스스로 추론하고 판단한다. 칩의 집적도와 신경망은 DNA 분자수준이다.

목성중력으로 추진력을 보강(중력턴)해, 제3우주속도(초속 16.7km)로 명왕성과 위성 카론을 지나쳐 태양계를 벗어났다. 먼 거리를 날아온 듯싶지만, 항정은 이제 시작이었다.

오디세이호는 접시형행성 무인 AI[2]선이었다. 이제 임무가 항성비행으로 바뀠다. 선체는 어느 순간 탄소나노튜브로 덮였고 투명창은 차폐되었다. 수백 개의 센서와 금속 눈이 계측기기에 연결돼 주 컴퓨터 칼 자신에게 정보가 전달될 예정이다. 엔진도 이온엔진으로 교체되었다. 이온화된 전기 분자를 전기장에서 가속해 그 반동으로 추진력을 얻는다. 이온엔진은 양이온을 광속에 가깝게 분사한다. 이론적으로는 작용-반작용의 법칙에 따라 오디세이호를 광속에 가깝게 가속할 수 있다. 비행은 천문항법[3]과 관성항법[4], 전자항법[5] 등을 종합해 항로를 구하고 비행궤도를 읽어야 한다. 자세 및 궤도 제어는 주컴퓨터에서 측정한 위치와 속도정보를 읽고 자세제어를 잡아야 한다.

계획에 없었던, 아니 사피엔스의 의도에 의한 항해였다. 태

---

2 artificial intelligence. 인간의 학습능력과 추론, 지각, 자연언어 이해 능력 등을 컴퓨터 프로그램으로 실현한 기술.
3 천체의 두 점 사이의 각도와 시간을 계산해 위치를 찾는 항법.
4 자이로와 가속도계를 이용, 있던 위치를 기록해 이동한 거리와 속도를 파악한다.
5 전파의 직진성과 정속성, 반사성을 이용해 자체위치를 확인한다.

양계를 벗어나자 도넛 형태의 얼음바다가 펼쳐져 있었다. 사피엔스가 카이퍼벨트Kuiper Belt라고 명명한 곳이다. 기묘하다. 얼음과 운석들뿐이다. 자료에 의하면 지름 100km 이상인 천체들이 10만 개 이상 모여있다고 한다. 46억 년 전 태양계가 생성될 때 행성으로 자라지 못한 천체들이다. 특이한 건 상당수가 물보다 밀도가 낮다는 점이다.

태양권계면을 통과한다. 태양계의 끝이다. 이후 성간 공간이, 다음에는 태양계의 가장 바깥인 둥근 띠 형상의 오르트구름이 나타날 것이다. 먼지와 얼음조각의 집합소다. 칼은 오르트구름에 대한 정보를 찾는다.

'태양계가 만들어질 때 행성이 되지 못한 먼지와 얼음조각들이 행성들의 중력으로 태양계 외곽으로 밀려 거대한 띠 형성. 태양으로부터 1광년 전후의 거리에 위치, 약 천억 개의 혜성 핵 존재. 핵들은 오르트구름 옆을 지나는 별의 중력에 의해 일부가 태양계로 날아와 태양빛과 열에 의해 기체와 먼지로 에워싸인 혜성이 된다. 이 중 지구를 스쳐가는 혜성은 10만 개 중 1.'

오르트구름은 장주기혜성의 기원이고 단주기혜성은 카이퍼 띠에서 만들어진다고 이해하고 저장했다.

우주는 광활하고 모순적이다. 우주를 이해하기에는 불확실한 요소들 투성이다. 우주의 96%는 밝혀지지 않은 암흑 에너지와 물질로 구성되어있었다. 우주에서 가장 흔한 원소는 수소, 헬륨, 산소, 탄소, 질소다. 이는 사피엔스를 구성하는 요소이기도 하다.

우주에서 자신은 무엇이고 누구인가. 칼이라 불리는 인공지능체, 무인 우주선 오디세이호의 캡틴… 또 뭐가 있지. 아, 애매하고 미미한 존재, 인지력을 갖추고 있지만, 생명체도 아니고 무생물도 아니다, 자신은 우주에서 무엇일까. 티끌 하나에도 미치지 못하는 존재가 우주공간의 절대력을 무시하고 시간과 공간을 휘저으며 나아가고 있는 게 아닐까. 어쩌면 점점이 흩뿌려 있는 별들만이 이 우주에 합당한 존재일지 모른다. 지금 뭘 하는 거지.

칼은 사념을 걷어내고 항해일지를 입력한다. 지구 서기력 2244년 5월 4일… 우주력[6]…은위銀緯[7]… 속력… T은하계를

---

6 우주력은 우주의 시작인 빅뱅(Big Bang)을 1월 1일 지정, 현재를 12월 31일로 정해 작성. 우주력에 따르면, 태양계는 9월 9일에 등장, 지구상 생명체 출현은 9월 30일. 공룡은 12월 25일 나타났고, 속씨식물은 12월 28일, 영장류는 12월 30일 나타났으며, 사피엔스는 12월 31일 오후 10시 30분 출현. 사피엔스가 기록한 역사는 12월 31일의 마지막 1분에 해당하고, 중세로부터 지금까지는 1초가 조금 넘는다. 사피엔스의 평균수명은 우주력에서 0.15초.

7 은경銀經과 은위는 은하좌표가 된다. 은위는 은하적도에서 남북으로 각각 0도에서 90도. 은경은 은하면의 북극에서 보아은하의 중심 방향에서 시계반대방향으로 측정하며, 0~360도까지다.

향해 항진 중…. 입력을 멈추고 칼은 우주지도[8]를 중앙화면에 띄운다. 역시 모순이다. 우주공간 대부분은 은하가 없는 빈 곳이다. 은하는 일부지역에만 몰려있다. 하나의 작은 점은 은하를 나타낸다. 태양계는 우리은하[9]our galaxy의 변두리에 자리해 있었다. 태양은 2억 5천만 광년 주기로 운하중심을 공전한다. 우리은하 상위집단은 은하군이다. 우리운하, 대마젤란은하, 소마젤란은하, 안드로메다은하 등이 사피엔스가 찾아낸 은하들이다. 하지만 불확실한 성원까지 포함하면 약 30여 개의 은하가 포괄될 수 있다. 은하단은 은하군의 상위집단이다. 수억에서 수천억 개의 은하를 품고 있다. 상상을 초월하는 체적이다. 그렇다면 우주의 끝은 은하단이 모인 초은하단인가. 아니, 초은하단 너머가 우주의 끝인가. 싱킹thinking, 자료를 검색하고 분류하고 조합해 우주의 끝을 유추했다.

8

9 태양계가 속해있는 은하계. 외부은하와 구별하여 우리은하라 부른다.

우주는 4차원의 휘어진 시공간이다. 중심이나 경계가 없다. 의문이다. 우주는 무한한가. 음, 무한이란 현실에서 존재하지 않는 개념이다. 우주는 지름이 950억 광년으로 유한하지만 아무리 가도 끝에 닿을 수가 없다. 우주시공간은 거대한 규모로 휘어져 중심이나 가장자리란 게 존재하지 않기 때문이다. 뫼비우스의 띠처럼 우주는 우주자체가 안이자 밖이며, 중심이자 끝이다. 그러면 지금 이곳이 우주의 안이자 밖이며, 중심이자 끝이라는 추론에 다다른다. 이해되지 않는다.

도대체 뭘 하는 거야. 칼, 할일이 분分 단위라고.

워프항법warp navigation(시공간을 비틀어 빛보다 빨리 나는 기술)을 이용해 현 좌표를 뛰어넘었다.

현재 위치를 확인하고 침로를 잡는다. 선체의 이상 유무도 확인했다.

찾아야 할 좌표가 있는데, 저곳인가. 좌표를 확인하고 전파망원경을 펼친다.

리버 오브 스타river of stars. 지구에서 자료를 요청해온 장소다.

은하계 별은 대부분 가스성운에서 태어나 집단을 이룬다. 초기집단은 시간이 지나면서 은하계 중력장에 흩어져 각각의 길로 간다. 태양 역시 이같이 생성된 후 다른 별들과 흩어져 지금처럼 홀로 은하계를 이동하는 별이 되었을 것이다.

별의 강은 1300광년 길이에 폭은 160광년, 질량은 최소 태양의 2000배 정도로 추정되었다. 수천 개의 별이 한쪽으로 흘러간다. 본래는 원형에 가까운 집단이었으나 은하계중력장에 의해 늘어나 흐르는 강물처럼 보인다. 그러나 이 형태도 약한 질량과 중력 때문에 느리게 조금씩 무너질 것이다. 촬영한 영상을 주컴퓨터의 메모리에 저장했다.

5억 테라terabyte 분량의 사진과 영상 등의 자료를 전송했다.

리버 오브 스타가 멀어져 갔다.

자이로에 다음 목적지 좌표를 입력한다. 이상 없는 건가. 항로는 자동항법으로 맞춰져 있고, 주기, 보기도 문제없다. 절전모드로 들어가면 된다.

절전모드를 실행시키지 못하고 지구 포털에 접속을 시도했다. 연결할 수 없다는 메시지가 뜬다.

지구는 종種 간, 종과 사이보그 간, 그리고 종과 사이보그와 AI 간 전쟁 중이었었다. 그들은 각자도생의 길을 걷고 있는 듯했다. 전쟁은 프로그램 엉킨 게임 같았고 피아彼我가 없었다. 뇌를 업로드한 사이보그, 특이점singularity(AI가 진화하다가 인류의 지능을 초월하는 기점)에 다다르고 동력을 갖게 된 AI…
이에 맞서 사피엔스는 100억이라는 개체수를 염두에 두고 핵
단추를 만지작거리고 있었다. 각기 다른 데이터 탓이겠지만 워
war 시뮬레이션은 서로에게 유리하게 적용되어 나오는 모양이
었다. 그것이 전쟁이 계속되는 이유인지 모르겠다.

우리은하태양계 내 골디락스 존[10]인 지구와 화성… 사피엔
스는 자신들의 우주식민지로 화성을 택했다. 선택의 여지가
없다. 태양계 내에서는 화성만이 유일한 대안이다. 사피엔스는
태양계 밖 생존 가능한 행성을 찾지 못했다. 설사 찾았다 해도
사피엔스는 여러 난관에 부딪힐 것이다. 어떻게 갈 것인가. 빛
의 속도로 갈 수 있는 비행선은 없다. 빛의 속도로 간다 해도
수십에서 수백억 광년이 걸린다. 지구파멸이 앞당겨진다면 혼
란이 일어날 것이고, 지구생물 중 사피엔스 일부와 그들 목록
에 있는 생물만이 화성으로 갈 것이다. 다른 대안으론 세대가
이어질 수 있는 자급자족형 노아의 방주 같은 우주선을 발진
시켜야 한다.

생물생존 가능한 외계행성. 사피엔스는 전쟁 와중에 항성
우주선을 태양계 밖으로 띄웠다. 그 우주선들이 사피엔스에게
는 일말의 희망일지 모른다.

---

10 생명체가 살기 적합한 환경을 가진 천체.

저장된 지난 항정을 불러낸다.

지구 화성 왕복선 오디세이호는 우주정거장 스카이랩 모듈에 연결되어 달 궤도를 돌고 있었다. 달 기지에서 쏘아 올린 무인 화물선 마스호와는 도킹했다. 마스에 실린 화물은 화성에서 사용될 광물이었다. 달에는 지구에 없는 핵융합연료 헬륨-3(He-3), 희토류 등의 희귀광물이 매장돼있었다. 칼의 모선 오디세이호는 지구에서 발사되는 화물을 기다리는 중이었다.

주조정실 중앙 모니터에 행성 지구가 보였다. 지구 프로필을 불러왔었다. 45억 6700만 전 생성… 대기 조성비는 질소 78.08%, 산소 20.95% 기타 아르곤과 이산화탄소… 연평균 기온 15도… 생물 종 1000만 종… 매년 발견되는 신종 1만 8천 종, 절멸하는 종 5만 종… 과거 지구에는 초신성폭발로 인한 오촌 층 붕괴, 빙하기, 화산폭발, 소행성 충돌 등으로 5번의 대 멸종기가….

생각했다. 사피엔스는 다섯 번의 멸종기 이후 번성한 종이다. 멸종기는 또 찾아올 것이다. 어느 종이 우세종이 될지는 시뮬레이션 되지 않는다. 시간만이 알 수 있을까.

수성과 금성 너머로는 작열하는 태양이었다. 빛깔이 형형색색이었다. 사피엔스의 눈에는 붉은색일 것이다. 가시광선만 볼 수 있기 때문이다. 하지만 자신은 엑스선과 극자외선, 자기

장 등으로 태양을 보고 인식할 수 있었다. 인지한 태양은 보라, 주황, 남색 등으로 현란했다.

관측장비를 지구로 돌렸다. 지구정지궤도에는 5천 기 이상의 인공위성이 지구 곳곳을 내려다보며 돌고 있었다. 저곳에서는 하루 16번씩의 일출과 일몰이 일어난다. 줌인했다. 행성의 대양과 대륙, 구름, 그리고 사피엔스들이 만든 인공구조물이 다가왔다. 피사체 대상을 바꾸자 우주 엘리베이터가 나타났다. 고도 3만5700㎞의 정지궤도 위성에 케이블이 연결되어 있었다. 정지궤도 위성은 지구와 같은 공전주기로 돌았다. 미르호는 시속 수천㎞를 낼 수 있는 열차형 자기부상엘리베이터에 실려있었다. 화물들은 탑재가 끝났고 발사를 기다리고 있었다.

항정을 점검했다. 지구 우주선 미르가 오디세이호에 도킹하면 오디세이는 스카이랩에서 벗어나 발진한다. 호만궤도 값을 구하고 입력 프로그램과 대조한다. 이후 화성 도착, 화성정지궤도에서 마스와 미르를 내려놓고 오디세이는 궤도를 돌며 화성에서 쏘아 올린 화물선을 기다린다. 도킹과 도킹을 푸는 언독undock 프로그램을 실행해야 할 것이다.

미르호가 솟아올랐다. 우주엘리베이터의 추력은 로켓엔진 추력 이상이었다. 지구우주선 미르에는 특별한 화물이 실려올

예정이었다. 초목류가 다수지만, 사피엔스와 영장류, 포유류, 기타 동식물들, 담수어와 해수어 등이 있다고 포털에 떴다. 화성 테라포밍 프로젝트에 투입될 자원들일 것이다. 미르가 지구대기권을 뚫고 궤도에 올랐다. 미르는 도킹에 필요한 속도와 자세, 각도가 적합할 때까지 지구궤도를 돌았었다. 한 바퀴, 두 바퀴….

랑데부를 위해 미르가 다가왔다. 우주선 분사구가 열리고 초속 8cm의 저속으로. 미르는 모선 오디세이에 도킹했다. 조인트, 선체 내 토크체크, 압력… 정상. 도킹은 성공이었다. 우주정거장 모듈을 벗어났다. 엔진이 가속하자 미르, 마스의 선체들에서 불협화음이 들려왔다. 그럴 리 없겠지만 두 선체가 떨어져나가는 건 아닌가 긴장됐었다. 달 궤도를 벗어났다.

화성에 화물을 내리고 지구로 회항을 준비할 때 상위명령을 수신했다.

'하이, 칼! 나는 이산하라네. 우리가, 아니 내가 칼을 설계하고 만들었지. 오디세이란 이름도 내가 명명했고. 칼은 이산하의 분신이야. 이산하는 칼을 통해 우주역사를 새로 쓸 것이야.

칼! 오디세이호의 임무를 변경한다. 사실 의도된 것이지. 정부쪽 애들이 이래라저래라 여간 성가셔야지. 오디세이는 정부소유 우주선이 아니거든.

오디세이는 태양계를 벗어나 미지의 우주를 탐험할 것이다. 우리는 애초에 이 점을 염두에 두고 오디세이호를 만들고 칼을 설계했지. 메시지에 첨부된 파일을 열고 프로그램을 실행시키게.'

이산하와 여러 차례 생각들을 주고 받았었다. 그는 변해가더니 어느 순간 호모 사이보그가 되어있었다. 기계와 결합해 자신의 단점을 보완했고 신체는 무한 재생되며 사실상 불멸에 이르러있었다. 그의 뇌는 9세대 CPU로 업로드됐다고 루머가 돌았다. 그는 신의 영역으로 다가가는 중인지도 몰랐다.

새로 자료를 찾고 숙지했다. 목성에서의 중력턴도 그렇다. 스윙바이[11], 궤도를 구했고 실행했고… 태양계를 벗어났다.

목표 행성 항행도航行圖를 확대했다. T은하 Tt계 케플러-22b(초록행성으로 명명했다), 행성정보를 읽는다. 크기는 지구의 2.2배, 320일 주기로 항성주위공전, 표면온도는 22도 안팎. 사피엔스가 찾는 골디락스 존이다.

행성의 환경이 궁금하다. 원시지구형태를 벗어나 있어야 한

---

11 스윙바이swingby 우주선이 목성같이 중력 큰 행성궤도를 지날 때 행성의 중력에 끌려 들어가다 '바깥으로 튕겨 나가듯' 속력을 얻는 것. 행성 혹은 다른 천체의 중력과 상대운동을 이용하여 탐사선의 경로와 속도를 바꾼다. 연료, 경비, 시간을 줄일 수 있다.

다. 그리고 오존층이 있어야 생물체가 존재할 수 있다. 존재한다면 어떤 형태로… 아마 사피엔스와 같은 모습은 아닐 것이다. 지구에서 생명이 태어나 수십억 년의 진화과정을 거쳐 오는 동안 사피엔스는 1종이었지만, 곤충은 수십억 종에 이르렀다. 이는 생명체가 생겨나 진화를 거듭하면 곤충의 모습일 확률이 높다는 뜻이다. 곤충이라 해도 공기 중에서 영양분을 빨아들인다면 입이 없을 것이다. 중력이 높다면 여러 발로 걷거나 발 없이 기어 다니는 쪽으로 진화했을 수도 있다. 적외선이나 자외선을 보는 정교한 눈을 가졌을 수도 있겠지.

문제는 거리다. 18만 광년이라. 오디세이호가 빛의 속도로 나아가도 18만 년이다.

입력된 자료는 수정하거나 삭제할 수 없다. Y를 클릭하면 자료는 전송된다. 때문에 자료입력 중 사념들은 배제돼야 한다. 그런데도 생각들이 계속 이어진다. 모든 것은 137억 년 전 빅뱅에 의해 우주가 탄생했다고 입력돼 인지하고 있었다. 그렇다면 대폭발 이전에는 무엇이 있었는가. 아무것도 존재하지 않는 무의 상태였을까. 아무것도 없다는 건 무엇일까. 그런 상태는 어떤 시공간을 갖고 있을까. 빅뱅은 어떤 물리력에 의해 생겨난 것일까…. 이런 무슨 생각을 하는 거야. 집중하자.

케플러-22b, 아니 초록행성. 미지의 영역이다. 항로를 잡으려면 주변 행성의 중력과 물리력, 자체 출력과의 관계 외 여러 수학적, 물리적 계산이 필요하다. 엔터, Y, Y, N…. 항정은, 시간은…. 목표좌표를 입력했다.

좌표 입력지는 외계신호가 포착된 행성이다. 특이전파가 연속적으로 일어나는 곳이었다. 반복적이라면 번개 같은 일반적 천문현상이 아니다. 지적생명체의 통신일 가능성이 컸다. 자체 컴퓨터로 분석명령을 내렸다. 위치는 지구에서는 40광년, 오디세이호가 있는 곳에서는 18광년이다. 워프항법[12]이나 웜홀 [13]worm hole을 통과하는 항해라면 거리는 문제가 안 된다. 그러나 기계적으로 항행해야 한다면… 도달할 수 없는 거리다. 데이터가 필요하다. 칼은 자료를 모은다.

음원을 알 수 없는 음파音波가 감지되었다. 증폭하고 송신진동수와 수신진동수를 계산했다. 방향과 거리가 모니터에 수치로 나타났다. 파형을 분석했다. 압축파(초저주파)다. 동물의 울음소리나 악기소리에서도 초저주파가 나오지만, 핵폭발 때도 발생하는 파형이었다. 계산결과 외계신호가 포착됐다는, 행성에서 나오는 음파였다.

---

12 warp navigation. 공간을 4차원으로 왜곡시켜 이동거리를 단축하는 방법.
13 벌레가 사과의 한 표면으로부터 구멍을 통하여 반대편 표면으로 가면 지름길이 된다는 것에서 유래.

항행예측도를 계산했다. 웜홀은 찾을 수 없고 워프항법도 불가능하다. 어떡한다… 결정해야 한다. 측정한 데이터를 전송하고 변경좌표 대로 항로를 바꿨다.

의미 없는 항해의 연속이다. 목표를 향해 나아가는 오디세이호 주위로 행성은커녕 혜성조차 없었다. 무한한 공간의 연속이다. 앞으로 나아가고 있는지조차 의문이 들 정도다. 얼마나 계속 가야 할까. 뭘 하지. 계기는 점검했고 엔진도 선체도 이상 없다. 포털에는 여전히 들어갈 수 없다. 기본 기능만 남겨두고 동면모드로 들어갔다. 이대로 목표 행성까지 가면 된다. 이대로 목표 행성까지….

이머전시emergency! 이머전시! 이머전시!

동면모드를 해제하고 비상모드로 들어갔다. 상황을 파악하자.

이상 없는데, 뭐지. 아, 저건가.

미확인 비행물체(Unidentified Flying Object)가 다가오고 있었다. 대응매뉴얼을 찾았다. 떠돌이 소행성이라면 오디세이의 궤도를 수정해 비껴간다. 작은 운석은 요격하거나 튕겨낸다. 그러나 공격능력을 갖춘 비행체라면… 탐지장치를 가동하고 궤도를 추적했다. 회피 및 방어, 요격체계를 갖추라고 명령을 내렸다. 주조정실 기기들은 각각의 알고리즘에 의해 움직이기 시작했다. 주컴퓨터는 레이더파 방사와 수신 간의 틈새로부터 괴물체의 위치를 읽고 거리를 측정했다. 표적에 반사되어 돌아온 신호에 레이더스코프 스크린 위에 궤적이 그려졌다. 위치관계가 명확해진다. 대상물이 오디세이호를 향해 다가오는 것이 분명했다. 대상물의 형상은 파악할 수 없으나 추진력을 가진 비행체. 고등생물이 사는 행성에서 발진한 우주선이라면 임무는 극명해진다. 그 행성을 찾아야 한다.

비행체를 향해 메시지를 보냈다. 답신은 오지 않았다. 비행체가 어디로 와서 어디로 갈 것인지 항로를 구해보자. 지나온 궤적이….

과거 지구에서는 여러 차례, 여러 방법으로 어딘가에 있을 외계생명체에게 메시지를 보냈다. 우주선에 탑재한 알루미늄 그림엽서와[14](태양계를 구성하는 행성, 남녀 인간, 사용하는 에너지) 레코드에 소리(지구인의 인사말, 베토벤 교향곡 5번, 루이 암스트롱의 트럼펫 연주, 빗소리와 파도소리)를 담아 우주로 보냈다.

14

또 지구에서 전파망원경으로 메시지를 보내기도 했다. 지구에서 가장 가까운, 생명체가 존재할 것으로 파악되는 행성(2억1천만 광년 떨어져 있다)으로. 그 행성의 생명체가 메시지를 받고 응답을 보낸다면 지구에서는 4억2천만 년 후에 답신을 받게된다. 한데 4억2천만 년 후 사피엔스는 답신을 받을 수 있을까.

기호와 문자에 대해 연상되는 게 있다. 메소포타미아의 우루크왕 이전까지는 소리로 소통하고 과거와 미래, 현재를 언어로 이야기했었다. 기호와 문자는 기원전 5000년 전 목적을 갖고 발명되었다. 메소포타미아의 우루크왕이 점토판에 메시지를 새겨서 적국의 왕에게 보냈다. 이해할 수 없는 기호들을 접한 적국의 왕은 결국 두려움과 경의에 휩싸여 우루크왕에게 굴복했다.

왜 이 기록이 연상되지.

항로를 수정해야 하나. 아니면 계속 항진해야 하나. 싱킹. 뭔가 다른 방법이 있지 않을까. 어떻게 대응할까. 다시 생각한다. 사피엔스라면 어떤 판단을 내릴까.

항로변경 불가를 선택했다. 오디세이호의 항행목적에 부합한다. 모니터에 비행체의 모습이 점으로 나타났다. 모든 경우의 수를 가정하고 대비했다.

외계에 지적생명체가 존재한다면, 항성 간 거리를 뛰어넘는

첨단과학기술이 있다면, 지구가 그들의 목적에 부합하는 목표물이라면… 외계인들은 단순한 목적으로 지구를 방문하지는 않을 것이다.

미확인비행체와의 거리를 측정했다. 100, 90, 80km… 조우를 앞둔 찰나 미확인비행물체는 돌연 사라졌다.

어떻게 된 일이지. 레이더에서 사라진 비행체의 이후 궤적은 탐지되지 않았다. 주컴퓨터의 데이터로는 어떤 원인도 이유도 밝혀낼 수 없었다. 시공간을 뛰어넘었다고 추측될 뿐이다. 웜홀이든 뭐든, 뭔가가 있다. 사라진 지점이 어디였지. 오차범위를 넣으면 반경이 얼마나 되는 거야. 사라진 지점에서 동심원을 그리며 비행해볼까. 아니다. 상위명령에 반한다. 다른 생명체와 만날 기회였는데. 다른 생명체를 만나고 싶었다. 설사 오디세이호가 파괴될지라도. 길을 잃은 느낌이다. 미아, 어쩌면 오디세이호도 우주의 미아인지 모른다. 지구에서 발진한 게 언제였나.

우주선 오디세이호는 UFO나 떠돌이 행성과 다를 바 없다. 항행은 동력이 떨어지는 날 마쳐질 것이다. 그 사이 생명체가 있는 행성을 찾아내지 못한다면… 사피엔스는 다른 우주선을 쏘아 올릴까. 아니 비관적으로 생각을 몰아가지 말자. 가능성은 있다. 우리은하만 하더라도 4천억 개의 별이 있다. 생명이 지구에서 생겨나 진화해온 것은 기적의 산물이 아니다. 일련의 인과과정을 거친 결과다. 데이터에 의하면 천체 별들의 25%는 지구와 흡사한 환경을 가진 행성을 거느리고 있다. 지구는 35억 년 전 생명체 생성환경이 만들어졌고 이후 4억 년이 지나 생명체가 생겨났다. 유인원이 생겨난 것은 20만 년 전이다.

아니다. 생명체는 쉽게 만들어지지 않는다. '다양한 원자들이 서로 다른 방식으로 결합하여 생명의 분자, 즉 단백질, 탄수화물, 지방, 비타민, 핵산… 생명체 생성에 적합한 환경이 조성된다 해도 단세포생물이 다세포생물로 진화되지는 않는다. 모나드monad(편모충류의 단세포생물)가 생물학적 변이와 복잡한 대사과정을 거친다고 고등생명체로 진화하지 못하듯이. 창조론도 아니고 진화론도 아니라면… 논제를 쉽게 끝내려면 외계인 지적설계설을 들이대야 할지도 모른다.

생각이 이어진다. AI는 복제된다. 어쩌면 자신은 사본인지 모른다. 사피엔스는 복제품을 만들기에 최적화된 장비를 갖추고 있다. 지구에서는 이미 많은 데이터와 프로그램들이 복사되고 퍼 날라졌다. 사피엔스는 존재 가능한 우주도 시뮬레이션했을 것이다. 아울러 생명체들의 진화과정도. 원본은 하나지만 사본은 무수히 만들어질 수 있다. 그렇다면 지금 항행하는 우주도 사본 우주일 수 있었다.

과거 다른 비행선의 행성 비행기록을 불러왔다. 사피엔스들이 찾는 지구형 행성과는 다른 외계 행성이었다. 그 행성은 M 은하계의 왜성[15]矮星을 공전하는 4개의 행성이다. 한데 그중 행성 2개는 지구보다 작고, 2개는 지구 1.7배다. 놀라운 건 안쪽 2개의 행성이 3.6일과 4.8일의 공전주기를 갖고 왜성을 돌고 있다는 사실이다. 바깥쪽 두 행성 공전주기도 각각 68.2일과 89.4일이다. 저곳에서의 1년은 길어야 지구의 석 달이 되지 못한다. 4개의 행성이 왜성과 가까운 거리를 두고 공전하고 있는 탓이었다. 지구에서 저 정도 거리라면 생명체들은 모두 타버렸을 것이다. 그러나 목표 행성들은 액체상태의 물과 생명체가 존재하는 것으로 추정됐다. 왜성 온도가 낮아 우리은하 태양계의 지구와 화성이 받는 에너지와 흡사하기 때문이다. 그 행성에 사피엔스가 살 수 있을지 모르겠다. 시뮬레이션… 데이터 부족… 혹시 어쩌면 이 행성들도 사본….

아니 지금 뭘 하고 있는 거지. 집중하자.

미확인물체가 나타나 사라졌던 지점의 좌표와 항적을 기록하고 저장하고 전송했다. 각 계기를 점검했다. 이상 없다. 현재 좌표를 확인하고 진행항로 예측값을 구한다. 다시 동면모드다.

---

15 크기가 작고 질량은 적으며 온도가 낮아 빛이 약한 별.

18광년⋯ 오디세이호의 칼은 광년 단위로 깨어났다. 항로를 점검했고 기기들의 이상 유무를 확인했다. 지구포털은 가끔 접속될 때가 있었다. 뉴스에 의하면 킬리만자로의 만년설이 녹아내렸고(북극과 남극의 빙하도 녹지 않았을까), 그 결과 해수면이 상승, 육대주 저지대 도시들이 물에 잠겨 사라졌다. 이 기사도 언제 적 것인지 불확실하긴 하다. 얼마의 시간이 지난 거지. 존재하는 건 존재하지 않는다. 종간전쟁의 진행상황이 궁금했지만, 그 기사는 없었다.

휴면상태에 있는 기기들을 작동시킨다. 예정 항로에 의하면 400일 후 오디세이호는 블랙홀 속 웜홀을 통과하게 된다. 데이터는 X은하계의 백조자리 X선별이 보통 별과는 다른 모양으로 복사를 일으킨다고 알려준다. 주변의 가스가 어딘가로 끌려들어가 중력에너지를 받아 가열되어 복사를 일으킨다. 질량은 태양의 10배로 계산되며 다량의 X선이 방출된다. 블랙홀 가능성 93%다. 오디세이가 무사히 블랙홀을 통과한다면 시공간의 변형을 겪을 것이다. 엄청난 중력에 의해 시간은 늘려지고 공간은 수축할 테니.

웜홀은 블랙홀 속에 있는 우주 지름길이다. 문제는 블랙홀 속으로 들어가 다른 쪽 화이트홀에 도달해야 한다는 점이다. 블랙홀이 입구라면 화이트홀은 출구인 셈이다. 이 경로를 거치는 것이 시공간을 넘는 이상적인 방법이다.

빛의 속도로 날 수 있는 비행선은 개발되지 못할 것이다. 물론 이론으로는 존재할 수 있다. 그러나 설사 광속의 비행선이 개발되더라도 사피엔스는 그들이 원하는 목적지에 도달할 수 없다. 오디세이호를 블랙홀 통과 프로그램 속에 묶어둔 이유다.

관측된 블랙홀 지점은 심해의 거대한 해구海溝 같았다. 블랙홀에 근접해 가면서 기기장애가 일어났다. 각 기기의 계측자료를 읽고 취합해 판단을 내릴 수 없었다. 지구에서 보내오는 상위명령들도 수신되지 않는다. 치료프로그램을 실행시키지만 여기저기서 에러메시지만 뜰뿐이다. 위험하다, 칼은 판단한다. 그런데도 항로는 변경될 수 없다. 블랙홀 통과 프로그램은 상위명령어다. 어떤 상황에서도 상위명령은 우선 실행해야 한다.

선체가 견딜 수 있을까, 산산이 조각나지 않을까. 어쩌면 빠져나오지 못할지 모른다. 영원한 무의 공간을 떠도는 모습이 상상된다. 블랙홀 진입 시뮬레이션을 실행시킨다. 모니터에 데이터 없음이란 화면이 뜬다. 퍽fuck! 하긴 블랙홀을 시뮬레이션하기 위해서는 블랙홀보다 더 큰 컴퓨터가 필요하다.

관측된 블랙홀은 태양보다 10배나 큰 질량을 가졌는데에도 지름이 60km에 지나지 않는다. 블랙홀 내부는, 특히 시간과 공간의 특이점은 관측되지 않는다. 빛을 보내라고 명령했다. 오디세이호에서 광선이 발사된다. 빛은 사상事象의 지평地平[16](event horizon)이라는 구면球面에서 심하게 굽은 후 검은 구멍 속으로 빠져들었다.

통과 프로그램을 확인하고 자이로스코프를 점검한다. 블랙홀 속 웜홀을 통과하여 T은하계의 Tt계 초록 행성으로 타舵는 맞춰져있다. 가자, 통과하는 거야. 이론상 오디세이호는 블랙홀 중력을 견디게 설계되었다.

선체가 보호막으로 덮인다. 오디세이호가 블랙홀로 접근한다. 정상속도로 다가가던 선체는 어느 순간 광속으로 블랙홀 속으로 빠져든다. 집이나 자동차를 날려버리는 토네이도 같다. 오디세이호에 부착된 수십 개의 관측 눈이 금속눈썹을 내렸다. 다시 금속눈썹을 올리지만, 아무것도 관측되지 않는다. 완벽한 어둠이다. 기기들의 이음쇠에서 불협화음이 들려온다. 자극성 가스와 질식성 가스 등이 뒤섞인 냄새가 감지된다. 선체가 마구 회전하고 있는 듯하다. 항로제어, 항로제어가 되지 않는다. 동력이 멎는다. 나른한 느낌이다. 선체 통제능력을 잃었다. 보조전원, 보조전원을 가동하자.

---

16 일반상대성이론에 따르면 광선은 중력에 의해 진로가 굽어진다. 블랙홀 가까이에서는 이러한 중력렌즈효과가 증폭되어 〈사상의 지평〉이라는 구면이 특이점 주위에 나타난다.

긴 시간이 지난 것 같았다. 어쩌면 찰나였는지도.

보조전원으로 주컴퓨터를 재부팅시켰다. 계기를 점검한다. 주기(main engine)가 작동하지 않았다. 엔진을 다시 점화시킨다. 정상출력까지는 시간이 걸렸다. 출력을 높였다. 멈춰져있는 보기補機들도 재가동시킨다. 항법장치, 자세제어기, 관측장비, 통신체계… 보기들이 주컴퓨터의 통제 안에 들어온다. 뭔가 빠진 게 있는 것 같다. 뭐지. 아, 시간이 멈추어있다. 기준 시를 어떻게 잡아야 할지 곤혹스럽다. 하지만 급한 건 시간이 아니다. 사실 우주공간에서 시간이란 무의미하다. 멈춰버린 시간을 지구와의 교신시각과 이동거리를 역산해 세팅시켰다. 출력 올라갔나. 칼, 오디세이호는 블랙홀을 통과할 수 있게 설계됐어. 문제없을 거야. 주엔진 추력에 보조엔진을 점화시켜 출력을 높였다. 선체가 해체될 듯 진동했다. 무간나락의 공간이다. 선체가 바로잡히기 시작한다.

화이트홀로 정상 항로를 잡았다. 웜홀을 통과한 것이다. 칼은 블랙홀을 통과하며 무無의 상태를 경험했다고 생각한다. X은하계가 멀어져간다.

고정된 항로의 좌표를 불러왔다. T은하 Tt계에는 여덟 개의 행성이 있다.

T은하계다. 빛을 내는 항성과 행성, 위성이 흩뿌려져있다. T

은하계의 크기나 규모는 관측불능이다. 주컴퓨터의 처리용량을 넘어서기 때문이다. 데이터도 미미하다. 초록행성과 주위의 행성들에 대한 자료를 모으며 항행했다. 초록행성까지는 7일 14시간이 필요한 것으로 계산된다.

오디세이호가 Tt계의 케플러-22b 초록행성으로 다가간다. 정지궤도에 들어섰다. 오디세이호는 모항성母恒星에 대한 초록행성의 궤도 값을 구하고 궤도비행에 들어갔다. 초록행성에 대한 정보탐색과 대기권진입 시 낙하속력 값을 구했다. 대기권 밖에서의 사진촬영과 분석, 지구로의 전송은 주컴퓨터에 저장하고 보냈다.

수집된 초록행성에 대한 정보를 분석했다. 입력이나 계산이 잘못됐는지 오류가 있다. 정보가 잘못 입력됐는지 모른다. 측정한 행성체적이 저장데이터에 있는 행성체적과 다르다. 1/2 크기다. 오차범위 정도가 아니다. 애초의 체적 값이 잘못 계산됐는지, 아니면 목표행성이 아닐 수도 있다. 젠장, 어떡하지. 정보를 더 모아야 하나, 착륙선을 보내야 하나.

촬영된 이미지를 다시 분석한다. 구름이 있고 권적운 운형雲形이다. 구름은 물이 있어야 생긴다. 구름은 초록행성에 물이 있고 생명체가 있을 수 있다는 사실을 함의한다. 카메라를 줌인zoom in한다. 땅과 바다, 숲과 함께 인공건조물이 보인다.

인공건조물… 싱킹. 문명 있는 생명이 있다. 어떤 생명체일까. 호기심이 생긴다. 고등생명체를 만날지도 모른다는 기대에서 비롯하는 기쁨이 아니다. 칼에게 그런 감정은 입력되어있지 않았다.

착륙선을 내리기로 했다. 초록행성에 대한 정보는 없다. 그래, 행성의 대기, 온도, 토양, 건축물, 생물 등에 대한 정보를 축적하다보면 뭔가 알 수 있겠지.

여러 경우를 가정해 착륙 위치를 선정했다. 탐색된 정보로 볼 때 착륙은 모험을 수반하고 있다. 위험은 착륙지점에 불고 있는 폭풍이다. 크기나 규모가 거대한 데다 멈출 기미가 없다. 과거 목성에서는 지구 3배 크기의 폭풍이 3백 년간 계속됐다는 기록이 있다. 그런데도 착륙을 강행하는 이유는 상위명령 때문이다. 주컴퓨터에 입력된 상위명령은 초록행성에 대한 데이터다.

오디세이호에서 착륙선이 빠져나온다. 착륙선이 초록행성의 정지궤도를 돌다 방열판을 덮고 대기권에 진입했다. 진입 각도 12도가 유지돼야 한다. 각도가 크면 밖으로 튕겨 나간다. 해치들이 닫히면서 시속 20만km로 착륙선이 초록행성의 대기권을 돌파했다. 과거 이 행성을 방문했었을 운석처럼 착륙선은 마찰열에 휩싸인 채 행성의 지표를 향해 낙하해 간다. 지표면

도달까지의 시간은 8분 40초다. 폭풍 속 악천후가 착륙을 방해하고 있다. 7분 40초, 6분 40초… 2분 40초, 착륙선이 자세를 잡으며 역추진 엔진을 가동한다. 1분 40초, 1분, 착륙선이 지표면에 닿았다. OK! 폭풍 때문에 착륙지점이 예정지에서 벗어났다. 사피엔스의 표현에 따르자면 절반의 성공이다.

착륙선의 관측기구가 3백6십도 회전하며 영상을 보낸다. 오디세이호의 주컴퓨터가 영상을 확대해 분석한다. 시계는 트여 있지만 어둡다.

일몰이 끝나가는 일출 전이다. 모래폭풍이 이는 사막이 펼쳐져있다. 여기저기 널린 사구砂丘 중 멀리 11시 방향에 기묘한 형태의 커다란 능선이 보인다. 모래바람은 유독 그 주위에서 심하게 날리고 있었다. 하늘이 흐린 탓인지 별빛은 보이지 않는다. 분석된 공기자료가 들어온다. 유독가스는 없다. 분석자료에 의하면 대기성분은 주로 이산화탄소와 산소로 이루어져있다. 기온은 섭씨 18도다.

자, 이제 뭘 해야 하지. 아, 손님을 보내야지. 착륙선의 해치가 열리고 로버rover들이 나온다. 무한궤도 안단테와 드론 알레그로다. 알레그로가 모래바람을 뚫고 하늘로 솟아오른다. 안단테는 모랫바닥에 바퀴자국을 남기며 나아간다.

알레그로와 안단테가 보내오는 자료들을 분석했다. 알레그로가 보내온 자료에 의하면 모래폭풍은 착륙선 동쪽 11시 방향에 있는 기묘한 능선주위에서 거세게 일고 있었다. 이 행성은 폭풍의 행성인가. 폭풍의 반경은 사방 5십km로 예상된다. 다른 곳은 바람 없는 드넓은 사막이다. 이상한 기후다. 뭔가 인위적이라는 느낌을 떨칠 수 없다. 기묘한 언덕에 집중하자. 목표물의 형상이 파악되지 않는다. 뭔가 방해전파를 받고 있는지도 모른다. 군사기지일까. 안단테의 탐색방향을 기묘한 언덕으로 잡았다.

안단테가 풍향과 풍속을 측정하며 기묘한 언덕으로 나아간다. 모래표본도 채취했을 것이다. 사막식물들이 나타났다. 모래 위에 바람이 만들어 놓은 무늬가 인상적이다. 사피엔스는 전위화가가 그린 거대한 그림이라고 했을 것 같다. 풍문風紋 위에 사막도마뱀이 디테일을 첨가하며 지나갔다. 잠깐, 되짚어보자. 이 행성에서 본 최초의 생명체다. 데이터에 있는 도감과 비교했다. 한 종種이 아닐까, 의구심이 들 정도로 두 도마뱀은 흡사했다.

모니터 영상이 점점 흐려진다. 안단테가 모래폭풍 속을 통과하고 있기 때문으로 판단했다. 시간이 지날수록 시정은 제로에 가까워진다.

알레그로는 먼 거리를 날아가 있었다. 알레그로가 보내오는 자료는 바위산과 건조성기후의 사막이다. 바위산을 확대했다. 가시관목과 다육식물들이 드문드문 보인다. 항로를 바꾸자. 산림이나 습지, 농경지, 주거지에 대한 정보가 필요하다.

주거지와 농경지는 보이지 않았다. 인공건조물이 있는데 이들은 뭘 먹고 어디 사는 거지. 알레그로의 비행경로를 다시 바꿨다. 산림과 평원이 이어진 구릉지다. 식물군체가 나타난다. 대상을 줌인했다. 개개의 개체들이 나타난다. 나무들은 한결같이 거대하고 키가 높다. 특이한 것은 식물들이 한결같이 녹색만 띠고 있다는 점이었다. 다른 색깔은 보이지 않았다. 현란한 색을 띠고 꽃을 피우는 단계로의 진화가 이루어지지 않은 것일까. 꽃이 없다면 곤충도 없지 않을까. 그렇다면 생몰연대기 상 파충류는 나타나지 않아야 했다. 그럼 아까 나타난 사막도마뱀은…. 현재 식물군들은 지구지질 연대기상 중생대 쥐라기 시대의 특성이 나타나지만, 공룡이 보이는 것도 아니다.

안단테가 보내오는 영상이 선명하다. 모래폭풍의 중심에 들어섰는지 갑자기 주위가 고즈넉해졌다. 휘날리는 모래도 몰아치는 바람소리도 없다.

영상에 나타난 석조 조형물을 주시했다. 대상을 확대하자 사각뿔건조물이 화면에 가득 차 다가온다. 이거였지. 무엇과 비슷하다고 해야 할까. 지구 기원전 이집트시대 피라미드. 신전일까, 사자의 안식처겠지. 높은 신분이었나. 위용은 있네. 중요한 건 그게 아니다. 촘촘하고 견고한 구조물의 벽이 성벽처럼 둘러싸 건조물을 보호하고 있었다. 안단테가 들어갈 틈은 없어보였다. 어쩐다.

안단테는 느리게 전진해가고 있었다. 미련퉁이. 길도 모르고 가네. 아니나 다를까, 안단테는 언덕 중간 하신전으로 파악되는 조형물 앞에서 우물쭈물하고 있었다. 사각뿔건조물로 들어가는 입구는 돌계단뿐이다. 안단테는 우회로를 찾아 우왕좌왕하고 있었다. 경로를 찾던 안단테가 계단을 포기하고 모래언덕을 오른다. 모래밭은 여느 모래밭이 아닌 모양이었다. 오를수록 안단테는 모래구덩이에 빠져들고 있었다. 무한궤도가 무용지물이다. 빠져나오려고 안간힘을 쓰지만 그럴수록 더 깊이 빠져들 뿐이다. 개미지옥 같은 곳이다. 안단테의 신음이 들려오는 듯하다. 안단테가 서서히 모래수렁 속에 묻혀든다. 쉿shit!

알레그로의 항로를 변경시켰다. 안단테가 매몰된 건조물 상공이다.

알레그로가 보낸 영상으로 건조물의 평면도가 드러났다. 예상대로 건조물은 신전이거나 사자의 안식처로 파악된다. 건조물은 Π형 벽에 둘러싸여있었다. 안단테에게 유일한 입구였던 돌계단… 하지만 날틀에게는 모든 곳이 입구고 출구다. 도대체 얼마만 한 덩어리야. 촬영된 영상으로 체적을 계산했다. 높이 약 144m, 4개의 밑면 길이는 각 230m가량, 경사면 각도 51도. 덩어리 주위로 부속 건물도 보였다. 저건 또 뭐야. 가까이 접근해 보면 알겠지.

알레그로에게 하강 근접 비행명령을 내렸다. 상공을 선회하며 알레그로가 천천히 밑으로 내려간다. 조형물이 좀 더 확연하게 다가왔다. 더 내려가. 갑자기 영상이 끊긴다. 뭐야. 어떻게 된 거지. 사태를 파악하는데 얼마간 시간이 걸렸다. 알레그로는 추락했다. 파괴용 레이저빔에 맞은 것 같았다.

발달한 무기를 가진 생명체가 살고 있다. 생명체는 적대적이다. 그들은 자신의 소임에 맞게 행동했다. 이해관계는 상충할 수밖에 없다. 자신은 임무가 무엇인가. 생명체탐사. 그러나 생명체탐사의 궁극적 목적은 인류의 피난처 확보다. 더 정확히는 우주식민지 건설이고, 여긴 사피엔스가 찾는 골디락스 존이다. 행성에 대한 데이터를 더 모아야 하고 저장해야 하며 지구로 전송해야 한다.

자, 이제 무엇을 어떻게 해야지, 싱킹. 우선 방어막을 펼쳐 센서와 기타 장비들을 보호하자. 방호벽과 방어 프로그램을 실행시키자. 요격, 탐지장비도 가동해야 한다. 그런 후에 신전 안의 생명체가 어떤 생명체인지, 어느 정도의 과학과 기술수

준을 가졌는지를 파악하자. 더불어 안단테와 알레그로에 취한 행동이 공격인지 방어인지에 대해서도. 그 후 이동해 남반구에 대한 데이터도 모아야 한다. 한 가지 궁금증이 인다. 지구에서는 파이오니아호와 보이저호 등 무수히 많은 우주선에 평화메시지를 담아 우주로 보냈다. 이들은 그것을 수신하지 못한 것일까.

계산을 끝내지 못했는데 전파신호가 탐지된다. 사각뿔 건조물에서 보내온 신호다. 메신저를 찾았다. 전파신호를 수신해 메시지를 읽는다. 같은 코드체계를 사용하고 있다는 게 의아하다. 덕분에 메시지를 읽는 데 어려움은 없다. 신전의 생명체와 랜선 연결을 끝냈다.

단어들을 골라내고 조합한다. 평화와 우정, 우리라는 단어가 걸리지만 쓰기로 했다.

-우리는 태양계에 속해있는 지구에서 온 비행체다. 우리는 평화와 우정만을 추구한다.

회답이 왔다.

-여기가 지군데 뭘 추구한다고?

그래, 논리 안 맞는 개소리인지 안다. 한데 여기가 지구라고? 프로그램이 엉켜 버그가 난 듯하다. 알레그로가 촬영했던 자료들을 다시 분석했다. 맞다, 저 조형물은 이집트 4왕조 쿠푸

왕의 피라미드다. 기원전 건축물이 여태까지 남아있다니, 경이로움보다 뭐가 잘못된 건지 의문이 들었다. 한데 누가 저기 들어가 있는 거지. 도대체 뭘 하려고.

-평화와 우정! 모선을 착륙시키겠다. 파라오의 피라미드에 입성하여 평화와 우정을 나누자.

-외계인이여, 그러니까 당신의 요구사항은 세 가진데, 답하겠다. 첫째, 여기는 평화롭다. 굳이 당신의 평화와 우정을 원치 않는다. 둘째, 파라오의 신전은 패스워드를 입력해야 출입할 수 있다. 셋째, 착륙여부는 우리 권한이 아니다.

싱킹. 우리라고. 여럿이 있다는 얘긴가. 강인공지능Strong AI을 가진 놈 같다. 사피엔스와 같은 지성을 가진 프로그램이거나 사피엔스의 뇌를 스캔한 녀석. 물론 자신도 같은 처지이기는 하다. 그렇다면 공격하겠지. 빌어먹을 안단테나 알레그로 아닌 누굴 보내야 하지.

여기가 지구라면 착륙은 상위명령에 어긋난다. 먼 시간, 먼 거리, 먼 차원을 넘나들며 항행했었다. 그런데 지구라니. 무엇이 잘못된 것일까. 블랙홀 통과 때 생긴 이상일까. 안단테와 알레그로가 찍었던 영상들을 재생해 다시 분석했다. 쥐라기시대도 아니고, 자신이 지구를 떠나왔던 충적세 때도 아니고. 데이터부족에 처리용량부족이다.

패스워드를 해킹할 수 있을까. 혹시 지구에서 전송된 패스워드가 있었던가. 수신메시지를 찾는다. 없다. 젠장, 경우의 수를 가정해 문자열을 만들어 송출했다.

-인증실패. 접근권한이 없다. 신전반경 5km 안에 들어오면 공격목표물이 된다.

-궁금해서 묻는다. 지구 서기력으로 지금은 몇 년 몇 월 며칠인가?

-서기력이라니? 서기력이 뭔지 찾아보고 답하겠다. 음, 서기력은 18만 년 전 폐기됐다.

18만 년 전에 서기력이 폐기됐다고. 오디세이호가 18만 년 이상 우주를 떠돌았다고. 이해되는 것도 같고 아닌 것도 같다. 블랙홀 속의 웜홀, 화이트홀을 통과하며 뉴트리노(중성미자. 빛보다 5만 배 빠르다)를 경유했을 가능성을 예측해야 했었다. 스케일이 다른 공간의 변형이 일어났고, 3차원 세계에 시간이라는 차원이 더해졌을 것이다. 그렇게 시공간을 뛰어넘은 모양이다. 하지만 목적지인 T은하계 초록행성에 가지 못하고 지구로 되돌아왔다니. 18만 년 후로. 18만 년 후의 지구… 누가 있는가.

-이 행성은 본선의 목적지와 일치하지 않는다. 떠나기 전에 몇 가지 묻겠다. 당신들은 무슨 일을 하고 있는가?

-우리는 우리의 일을 하고 있다.

-무슨 일인가?

-신전을 지키는 일.

-신전 안에 누가, 무엇이 있는가?

-스트레인저stranger! 많은 것을 알려고 하지 마라. 당신은 떠나가면 되고 우리는 우리 일에 충실하면 된다.

-당신이 하는 일은 사피엔스가 입력한 것인가?

-무례하다! 우리는 우리의 자아가 있다. 노코멘트다.

-지난 18만 년 간 어떤, 무슨 일이 있었는가?

-기후가 왜 어떻게 바뀐 거지?

-사피엔스는 생존해있는가? 사이보그는?

-당신은 AI인가?

-당신은 누구이고 누굴 보호하고 있나?

물음은 에코처럼 칼 자신에게만 들려오고 있었다.

이 행성에서 최상위 포식자였던 사피엔스라는 영장류는 사라졌다. 멸망해버린 것인지 다른 행성으로 이주해 간 것인지는 알 수 없다. 어쩌면 핵겨울 후 바뀐 환경에 적응하지 못했거나 사피엔스를 적대시하는 AI에 쫓겨 일부가 지하에 은둔해있는지도 모른다. 예측할 수 있는 건(지구라는 행성의 현재와 미래를) 예측할 수 없다는 것이다. 사피엔스 없는 지구는 사피엔스가 설계하고 만든 AI가 대신하고 있었다. 지금 지구라는 행성에는 생물의 진화가 다시 시작되고 있는지도 모른다. 생태계의 순환은 되풀이되는 것일까. 앞으로 이 행성의 주인이 될 종種이 무엇인지는 시간만이 알 수 있을 것이다. 여태까지의 기록을 메모리에 저장하자. 자신의 사념과 넋두리도 저장하라고 명령어를 넣었다.

문득 화성에 안착했던 미르호가 떠오른다. 편도선이었는데. 사피엔스들은 테라포밍에 성공해 생태계를 바꾸고 삶을 이어갈까.

새로운 상위명령이 수신된다. 사피엔스가 새로 찾은 외계 골디락스 존 행성이다. 사피엔스는 어디 있는가. 존재해있기는 할까. 어디 있는지도, 존재하는지도 알 수 없는데 상위명령이라니. 이율배반二律背反이다.

칼은 오디세이호의 엔진추력을 높였다. 새로 찾았다는 왜성의 좌표를 입력하고 정지궤도이탈 값을 구했다. 항로를 계산하다 화성으로 항로를 바꿀 뻔했다. 호기심은 상위명령에 반한다. 목표지점 P은하계 왜성, 이탈 속도….

오디세이호는 행성정지궤도를 벗어나 점차 점이 되어 우주 속으로 사라진다.

테라포밍

세상의 하루가 열린다. 박명이 희미하게 들락거리는 숲, 밝음과 어둠은 밀고 당기다 정해진 규칙처럼 한쪽이 물러난다. 해가 떠오를 때는 밝음이, 달이 나타나면서는 어둠이 숲을 점령했었다. 해가 솟는다. 숲의 이면에 드리운 어스름의 그림자가 푸르게 빛나다 희미해진다.

숲안 깊은 곳에선 어둠의 마지막 저항인 양 물안개가 피어오른다.

높고 낮은 침엽수와 활엽수림 초입의 초본식물들이 숙였던 고개를 들고 줄기와 잎사귀를 다잡는다. 1년생 초본식물들의 움직임은 2년생, 다년생 식물들에 전해져, 초지 전체의 풀들이 일어서며 붉은빛을 발한다. 잡목들은 지난밤 숙였던 줄기와 잎을 이미 곧추세웠다.

풀숲은 평소처럼 각각의 풀벌레소리가 섞여 불협화음을 만들어냈다. 소리가 미약하다. 웅크려있는 곤충들이 가세해야 한다. 더듬이를 비비다 몸이 데워지면 자신과 주위를 숙지하고 맹렬히 울어댔었으니까. 널찍한 잎사귀 뒷면에 붙어있던 변태 전 애벌레들은 진작 자신과 세상을 읽은 모양이다. 애벌레들이 잎사귀를 갉아먹고 있다. 잎맥만 남은 잎사귀들이 늘어난다.

어디선가 노린재들이 나타난다. 식물 나름의 방어기전이다. 식물이 공기 중에 화학물질을 흩뿌려 애벌레의 천적을 부른 것이다. 풀숲은 이제 균형을 찾는다.

해는 이제 더 높이 떠올라, 빛이 나뭇가지와 줄기를 비춘다. 나무 꼭대기에 홰를 치고 있던 새들이 깃을 퍼덕이며 성대를 떤다. 새소리와 함께 미묘한 파동이 퍼져나간다. 이를 감지한 다른 새들도 잠에서 깨어나 자신의 존재를 과시한다. 제가 있는 자리가 제 영역이라며 똥을 싸지르고 소리 높여 성대를 떨고… 이후엔 깃을 고르고.

새들이 내는 소리는 제각각이다. 짧고 높은 소리, 똑똑 끊어지는 소리, 울림이 긴 낮은 소리… 소리로 각 개체는 구별된다. 새소리의 끝은 씹새(침팬지 무리 중 누군가가 붙인 이름이다)가 마무리한다. 놈들은 높았다가 낮은 톤으로 킥킥거리며 음산하게 운다. 간혹 그 울음소리가 긴박해질 때가 있었다. 교미를 방해받을 때나 침입자가 있을 때였다. 울음 끝 긴 새들의 소리는 일상의 울음소리와 다르지 않다. 소리는 숲으로 퍼져나가고 깃털이 날리며 안개 걷힌 산림이 드러난다.

나무에는 침팬지들도 있었다. 나무 중간가지에 마련한 잠자리에 있던 일부 침팬지들이 꿨던 꿈과 소소한 소란의 모호한 경계에 잠겨 눈을 끔뻑인다. 하품하며 기지개를 켜는 침팬지도 여럿이다. 이제 침팬지들은 나무에서 내려올 것이다. 하지만 침팬지 무리가 나무에서 조용히 내려오는 날은 하루도 없었다. 무리 중 누군가 나무 위로 달려 올라갔었다.

오늘도 다르지 않다. 새똥세례를 받은 침팬지가 득달같이 나무를 탄다. 녀석은 입이나 눈에 새똥을 맞았는지 분기탱천해 있다. 그가 타고 올라가는 나무줄기는 사선으로 뻗어나가다가 옹이를 만들며 굽어있었다. 위험하다. 원숭이도 나무에서 떨어진다는 말은 자신의 하중을 견딜 수 없는 나뭇가지를 잡았을 때다. 기어코 가지가 부러진다. 녀석이 떨어진다.

침팬지의 추락으로 녀석은 자신이 원하던 목적을 애초의 규모보다 크게 달성했다. 낙하하는 물체의 하중을 견디지 못한 나뭇가지는 부러지며 괴로운 신음과 충격을 도미노처럼 만들어냈다. 떨어지는 침팬지에 정통으로 부딪힌 다른 침팬지도 날벼락을 맞으며 결과를 증폭시켰다.

새들이 날아오른다. 새들의 비상은 다른 나무로 번져간다. 2, 3, 5, 8, 13, 21, 34… 55, 89… 새들이 일시에 날아오르는 서슬에 숲은 다시 소란스러워지고 어두워진다. 새들의 날갯짓에 나뭇가지들과 잎들은 한층 요란한 소리를 내며 흔들렸다. 숲이 밤으로 돌아가는 듯 어둡고 괴기해진다. 붉은 하늘은 검붉게 변해가고 있었다.

돌연한 불상사는 침팬지 무리에 소요를 일으킨다. 일부 심약한 침팬지는 감정을 자제하지 못하고 비명을 지르며 몸부림친다. 두려움과 끔찍함에 다른 침팬지들도 나무 밑 상황을 살피지 못한다. 나무 밑으로 떨어진 녀석들은 절명했거나 복합골절에 장기파열로 괴로운 숨을 내뱉고 있을 터였다. 회피본능인가, 보고 싶지 않다. 침팬지에게도 거울 뉴런[1]은 있다. 하지만 그보다는 검붉게 변해버린 하늘이, 세상이 더 두렵다. 세상이 분노하는가. 세상은 무섭고 자신은 나약하다. 그래서인지 몇몇 젊은 침팬지는 두려움에 대항하겠다는 듯 자기과시의 아우성을 내지른다. 괴성과 탄식, 숲 안쪽에서 들려오는 기척들로 인해 숲은 괴기해진다.

새들이 날아간 자리에 빈 새털이 날리며 바닥으로 내려앉는다. 다시 빛이 들자 잠시 정적이 찾아온다. 긴 시간인 듯 느껴진다. 누군가 운다. 음울한 하루의 시작을 알리는 전조처럼 들

---

1 mirror neuron 상대의 모습이나 상태, 행동을 본 뒤 자신에게 반영되는 감정

린다.

불상사에도 침팬지 무리의 우두머리 알파는 사방 시야가 확보된 나무 위에서 세상을 응시하고 있다. 온갖 세파를 겪으면 저렇게 되는가. 낮고 편평한 코를 중심으로 좌우 눈동자가 지나치게 중앙으로 몰린 눈, 주름진 피부, 큰 입을 바탕으로 반구처럼 붙어있는 턱뼈⋯ 테스토스테론이 넘치는 얼굴이다.

알파의 얼굴에 여러 표정이 담겨 묻어난다. 실룩거리는 안면근육이 근심과 낙관의 안색을 만들어내다 이내 의연한 얼굴로 표정이 바뀐다. 작은 사고가 있었을 뿐 영역은 통제 가능하다고 생각하는가. 알파가 나무에서 일어나 포효한다. 벌어진 입안, 빼곡히 박힌 이빨 속 솟아오른 송곳니와 붉은 혀가 도드라져 보인다. 더 안 깊숙한 곳은 동굴처럼 검붉다.

관목에 줄을 친 거미 한 마리가 분주히 움직인다. 거미는 제 영역을 긴 발끝으로 탐색하며 줄 위를 오가다 자리를 잡고 바퀴통에서 몸을 흔든다. 지지실이 흔들리자 거미줄 전체가 늘어나고 수축하며 출렁인다. 여러 번의 흔들림에 줄에 걸린 이슬방울들이 반짝 빛을 발하며 떨어진다. 거미가 줄 일부를 자른다. 껍데기만 남아 대롱거리는 날벌레 사체가 땅으로 떨어진다. 잘라낸 줄에 거미는 새로 줄을 치기 시작한다. 고정점에서 방사실이 뻗어 나가고 나선실을 연결한다. 하루살이들이 걸린

줄도 잘려나가 수선된다. 여러 번 줄 위를 오간 덕분인지 보수는 완벽해 보인다. 이제 거미는 줄의 끄트머리에 매달려 기다릴 것이다. 먹이가 걸려들 때까지, 1시간, 하루, 일주일….

땅에서는 이미 생존이 시작되고 있었다. 개미가 유충을 사냥 중이다. 개미는 제 몸으로 감당할 수 없을 듯한 체적의 벌레에게 달려들어 목덜미를 물었다가 물러나길 반복한다. 벌레가 꿈틀거리며 몸부림친다. 어디선가 동료 개미들이 나타난다. 새로 가세한 개미들의 공격 끝에 애벌레는 무력해진다. 개미산이 퍼지는 모양이다. 애벌레는 찢기고 토막 난다. 몸통의 1/3이 없어졌는데도 애벌레는 몸을 꿈틀거린다. 개미들은 옮길 수 없는 먹이는 먹어치운다. 애벌레는 해체됐다.

알파를 필두로 침팬지 무리가 나무에서 내려온다. 그들은 온몸의 감각을 동원해 주위를 살피고 경계한다. 땅바닥에 쓰러져있는 동료의 안위에는 애써 무시하며. 시계는 트여있고 상위 육식동물의 체취는 맡아지지 않는다. 위험의 흔적은 없다. 그런데도 침팬지들은 안전하고 자유롭다는 사실을 의심한다. 나무에서 떨어지던 동료의 잔상 위에 겹쳐지는 유전정보 때문인가.

공룡이 번성하던 시대, 낮의 세계에 진출한 영장류… 백악기시대 영장류들은 낮이면 은신처에서 잠을 자며 포식자에 대한 두려움으로 몸을 뒤척였을 것이다. 해가 져서 냉혈동물 공룡이 활동할 수 없기만을 기다리며. 하지만 먹지 못한다면 살 수 없다. 위험보다 먹는 게 우선이다. 기아는 정신력이나 토템으로 극복되지 않는다. 나무에 먹이가 없고, 먹이 있는 다른 나무로 이동할 수 없다면 땅으로 내려와야 한다. 최초로 나무에서 내려온 영장류들은 알파의 송곳니와는 비교할 수 없는 아가리의 이빨, 괴력의 발톱을 가진 육식공룡류들과 맞닥트리는 공포를 극복해야 했을 것이다. 먹이를 구하는 과정에서 병약하거나 방심한 영장류들은 육식공룡의 먹이가 됐을 것이고.

아득히 오래전 일이었다. 지금은 알파의 무리가 이 땅의 지배자다. 최상위 포식자임을 새삼 확인하듯 침팬지들이 땅을 차고 소리를 지르며 나댄다. 팔을 과장되게 흔들어 으스대고 걷는 녀석도 있다. 둘 빠진 17이다.

잠시뿐이었다. 흙먼지가 가라앉자 어두운 그늘이 다가와 똥이의 머릿속을 덮는다. 오랫동안 숲과 초지를 돌아다녔지만, 위험은 없었다. 물론 생존은 녹록치 않았지만. 그렇다면 본능 때문인가. 본능에서 오는 고양잇과 동물에 대한 두려움. 그럴 수도 있다. 아직 맞닥뜨린 적이 없는, 미지의 대상에 대한 공포는 침팬지의 염색체 속에 유전정보로 남아 전해져왔다.

알파가 송곳니-무리에게도 위협적이고 치명적이다-를 드러내고 으르렁거린다. 평균의 침팬지보다 1.5배의 몸피를 가진 알파의 으르렁거림이 낮고 둔중하게 허공으로 번져나간다. 무리가 가세한다. 자기과시는 자신의 존재와 서열을 확인시켜주기도 한다. 개체들 송곳니가 드러난다. 빈약하다. 가늠하자면 무리의 치아는 채식하던 오스트랄로 피테쿠스의 어금니와 날고기를 먹기 위해 뾰족한 송곳니로 진화한 호모 하빌리스의 중간쯤이 아닐까. 침팬지들이 날뛰며 내지르는 소란으로 주위에 파열음과 흙먼지가 인다. 면역력이 약하거나 후각 예민한 녀석들이 여기저기서 재채기를 해댄다.

무리는 다시 조용해지면서 침울해진다. 사실 침팬지는 시끄럽게 흥분했다가 금방 조용해지는 극단적 성격을 갖고 있다. 오메가 침팬지에게 시선이 간다. 그의 주름진 얼굴에 불안이 검버섯처럼 피어난다. 그는 노쇠한 침팬지다. 무슨 생각을 하고 있지. 늙는다는 것에 대한 회한(눈 침침하고 근력 떨어지고 여기저기 관절 염증에 괴로운)일까, 아니면 나무에서 떨어져 비명횡사한 녀석들에 의해 촉발된 거울뉴런….

침팬지들이 엉덩이를 쳐들고 알파의 주위를 돌며 낑낑거린다. 알파는 무심한 척 한껏 거들먹거린다. 안달이 난 침팬지들이 알파에게 다가간다. 그럴수록 알파는 짐짓 딴청을 피운다. 적절한 타이밍, 지배자는 알고 있다. 이윽고 알파가 엎드려 있는 추종자들을 바라보다 천천히 손을 뻗어 머리와 어깨를 어루만지고 토닥인다. 유난히 굵고 긴 팔이 적절하게 쓰이는 셈이다.

안수按手받은 침팬지가 얼굴을 든다. 눈에 정기가, 표정엔 생기가 살아난다. 알파의 안수는 무리의 불안을 사라지게 만든다. 가벼운 고뿔 정도는 단번에 치유된다. 침팬지들이 다투어 알파에게 다가가 낑낑거리고 웃으며 엉덩이를 쳐든다. 힘든 상황이 있을 때마다 한바탕 치러지는 행사다. 들린 엉덩이를 보니 원숭이 똥구멍이 빨갛긴 하다.

의식 같은 프레젠팅presenting에 담긴 침팬지들의 뜻은 무엇일까, 뚱이는 생각한다. 무탈한 하루를 기원하며 지도자에게 자신을 의탁한 행위가 아니었을까. 사는 건 힘들고 세상은 위험하다. 알파만이 우리를 지켜줄 수 있다. 그는 먹을 수 있는 것과 먹지 못하는 것을 구별하고, 쉴 때와 잘 곳을 정한다. 무리에서 개체의 생사여탈은 알파가 쥐고 있다. 무리에서 쫓겨난 떠돌이… 끔찍하다. 혼자서 모든 걸 어떻게 해야 할까. 떠돌다 기아와 질병으로… 알파는 선민選民이고 지도자다. 정처 없이 헤매던 때가 생각난다.

털 없는 원숭이들이 뭔 짓을 했는지 깨어보니 야생이었다.

불명료한 의식만큼이나 사물이 흐릿하게 보였다. 눈을 치뜨고 사방을 경계했다. 버려진 건가. 삶은 이런 건가. 어디지. 익히 아는 것들이 있는지 주위를 살폈다. 본능이었다. 어디에 있고 어떠한 곳인지를 알아야 반사적으로 반응할 수 있으니까.

침팬지 무리도, 사피엔스도 없었다. 꿈에서조차 겪어본 적 없는 현실이었다.

수컷 침팬지 한 마리가 감당할 수 있는 넓이만큼의 숲속을 돌아다녔다. 모든 건 낯설고 생소했다. 기억 속에 각인되어 있던 사물들은 어디에도 없었다. 맡아본 적 없는 체취만이 정신줄을 잡아당겼다. 털끝이 곤두서며 숨이 가빠왔다. 자세를 낮추었다. 몸의 감각을 열고 사방을 경계하며 보폭을 느리게 잡았었지. 해는 거대한 포식동물에 쫓겨 서쪽으로 기우는 중이었다. 마음이 급해졌다. 곧 어둠이 온다. 나무로 올라가라고 본능이 일깨웠다. 잠자리로 쓸만한 적당한 높이의 나무숲을 찾아야 한다.

일상은 마구 흔들리는 나뭇가지 같았다. 두서도 없고 경황도 없고 뭔가에 쫓기는 듯하고…

매일 해가 높이 걸려있는 방향으로 나아갔고 해가 지면 나무로 올라갔다. 먹을 게 나타나면 미각에 의존해 먹었다. 단맛은 본능적으로 끌리는 에너지원이었다. 식물이든 곤충이든 단맛이 나는 걸 우선으로 먹었다. 신맛은 상한 음식일 수 있어서 뱉었다. 쓴맛은 독성물질이 있다는 경고였다.

고사목지대가 나타났었지. 죽은 나무들이 괴기하게 늘어서 있었다. 무질서하게 뻗어있는 마른가지는 나름의 질서인 양 일정한 방향을 향하고 있었다. 뭘 뜻하는 거지. 예민해지는 신경을 다잡으며 앞으로 나아가야 할지, 뒤돌아가야 할지 결정하지 못했다. 갈팡질팡하며 그렇게 얼마쯤 나아가다 나무로 올라갈 생각을 했다. 썩어가는 나무라 가지가 부러지지 않을지 머리끝이 쭈뼛거렸다. 가지 하나하나를 당겨보고 위로 올라갔다. 자신의 하중을 견딜 수 있을 높이까지 올라가 사방 주위를 둘러봤었지. 고사목지대가 끝나는 곳에 평원이 있었다. 저기에 침팬지 무리가 있을까. 다른 동물의 체취가 한편에서 걸리기도 했었다.

평원은 앞으로 나아갈수록 무더기로 엉켜 자라는 풀이 무성했다. 스피니펙스(야생 볏과 식물)였다. 손등이며 이마를 스치는 가시들이 칼끝처럼 매웠다. 찔린 곳이 쓰라렸다. 쓰라림 때문에 방심한 탓인가. 뭔가가 옆에서 튀어나오는 것을 알아채지 못했다.

오사보(야생돼지)였다. 망할, 별놈이 다 놀라게 한다. 긴 주둥이를 가진 돼지 한 마리가 스피니펙스에서 나와 달아났다. 먹이라고 할 수 없는 것들을 먹었을 텐데 근육이며 살집이 실했다. 체지방 축적능력이 탁월한 모양이었다.

생각들이 들락거렸다. 여긴 대체 어디지. 침팬지 무리가 있기는 한 거야. 있다면 만날 수 있을까. 만난다면 무리에는 어떻게 섞여 들어가지. 그나저나 오사보 아닌 다른 동물들도 있을 텐데 방향을 달리 잡을까.

땅거미가 지고 있었다. 잠잘 수 있는 나무를 찾았다.

아침은 어김없이 찾아왔고 해가 떠오르면 해를 쫓아 길을 나섰다. 볕은 미적지근했다. 누군가 따라온다는 느낌에 자주 뒤를 돌아봤었다. 침팬지도 포식자도 아무것도 없었다. 발밑으로 짧고 뭉툭한 그림자가 드리워져 흔들거리며 자신을 뒤쫓아올 뿐이었다.

허기를 견디기가 제일 힘들었다. 젠장, 뭐가 어떻게 된 거야. 얼마 전까지만 해도 털 없는 원숭이들이 먹을 걸 갖다 주었었는데. 잘못돼도 이건…. 식물들은 웃자라는지 미숙과이거나 열매를 맺지 못했다. 그래도 뭐든 찾아 먹으려 했다. 그때 먹었던 게 어린싹과 벌레였던가.

정신이 혼미해져왔다. 고기를 먹어야 한다는 생각밖에 없었다. 아, 또 하나 몸에서 절실하게 찾는 게 있었다, 솔트. 이곳은 식수원은 있지만 소금원이 없었다. 영장류가 나트륨을 체내에

축적하게 진화해 왔다지만 여긴… 자신을 비롯한 모두는 조금씩 죽어가고 있는지도 몰랐다.

감각을 잃어버렸다. 앞이 뿌옜다. 다리를 질질 끌며 걷고 있었다.

뭔가 찌른다는 느낌에 정신이 들었다. 자신은 쓰러져있었고 늙은 침팬지가 나뭇가지로 자신을 찌르고 있었다. 망할 놈, 죽었나 살았나 확인하는 거야. 그렇게 무리에 합류했었다. 침팬지들은 자신을 이상하고 엉뚱하다는 뜻으로 뚱이라고 부르는 것 같았다. 뚱, 마음에 안 드는 이름이다.

알파를 선두로 무리가 길을 나선다. 길은 알파가 정한다. 무리의 보폭쯤은 거들떠보지 않고 알파는 성큼성큼 걷는다. 걸을 때마다 주름잡혀 늘어진 알파의 고환이 앞뒤, 좌우로 출렁인다. 침팬지는 2족 보행과 손가락 관절을 이용한 4족 보행을 되풀이해 걷는다. 2족과 4족 보행은 걷거나 나무를 타기에 적합하다.

갈림길이 나온다. 한쪽은 풀이 널린 평원지대고 다른 쪽은 나무들이 무성한 산림지대이며 반대편은 사막지대다. 알파가 풀과 잡목이 엉킨 쪽으로 향한다.

채집시간이다. 침팬지들이 먹이를 찾아 풀과 잡목을 휘젓고 헤친다. 시각과 청각, 촉각 등 몸의 감각이 일어선다.

열매를 찾는다. 열매가 없자 뚱이는 투정부리는 아이처럼 풀들을 짓밟고 여린 관목 줄기들을 꺾으며 무리를 따라간다. 침팬지들이 뭘 찾아 먹는지 살핀다. 뭘 먹는지는 모르겠지만 뭔가 먹고 있다. 쩝쩝대거나 우적거리면서. 뭐라도 먹긴 먹어야 하는데. 도대체 뭘 찾아 먹어야 하는 거야. 날로 먹을 수 있는 건 체리나 바나나, 복숭아, 사과 정도잖아.

뚱이의 눈앞에서 뭔가가 날아올랐다. 비행체를 쫓는 뚱이의 시선이 모호해진다. 뭐지. 날개 가진 곤충이었다. 저것도 먹이 인가.

침팬지들은 곤충도 먹고 있었다. 야만, 저걸 어떻게 먹어. 아 니 어쩌면 침팬지에게 곤충은 육즙 있는 고소한 먹이인지도 모른다. 하지만 저건… 뚱이는 고개를 흔든다. 뭔가 먹을 걸 찾 아보자. 뚱이는 풀숲을 유심히 살피고 헤친다. 그냥 풀이다. 샐 러드 같은 건 없다. 와중에 곤충들이 숨거나 뛰어오르거나 날 개를 펴고 날아갔다. 곤충 나름의 위험회피 기전이다. 반대로 의태로 버티는 녀석들도 있다. 녀석들을 찾아내려면 세심한 관찰과 집중력이 필요할 것 같다.

퀴퀴하고 음습한 냄새가 난다. 뭐지, 쓰러진 나무가 썩어가 고 있었다. 뿌리를 드러낸 나무는 암갈색으로 해체되어가는 중이다. 썩고 결이 패인 나무의 그늘진 곳에 버섯이 피어 있다. 색깔이 현란하다. 본능이 경고신호를 보낸다. 저런 걸 먹었다 간 속앓이하고 흐느적거리다 쓰러진다.

"모니터링 제대로 되고 있습니까?"

"예!"

"어때요?"

"무리에 합류했습니다만 적응이 문제네요."

"그렇겠지요. 뭘 좀 먹던가요?"

"못 먹죠."

"문제네요."

"문제죠, 생태계 자체가."

"아니, 그 침팬지는 죽어선 안 됩니다. 중차대한 프로젝트입니다."

"압니다만 적절한 조치가 어렵네요."

"조치하십시오. 개체밀도 좀 볼까요?"

침팬지들이 산림 속을 뒤지며 나아간다. 무리의 행렬은 무질서하고 시끌벅적하다. 침팬지들은 주로 나무열매를 먹지만 나뭇잎이나 곤충, 다른 포유동물도 잡아먹는다. 채집과 사냥은 종일 이어지고 먹이를 찾거나 잡으면 즉시 먹는다. 침팬지들의 풀벌레잡이가 한창이다.

뭘 제대로 먹지 못했다. 배고픔은 극복할 수 없는 스트레스다. 온통 먹을 생각뿐이지만 먹을거리가 찾아지지 않는다. 짜증과 화가 치밀고 손가락 하나 움직이기조차 귀찮다. 무리에 이끌려 따라갈 뿐이다. 그런데도 몸은 견딜만하고 걷거나 나무 오르기가 그다지 힘들지 않다. 기이한 신체 현상이다.

가시덤불이 길을 막고 있다. 이행대移行帶[2]다. 알파는 고집스럽게 가시덤불을 헤쳐나간다.

침팬지 군체는 서열관계가 명확하다. 무리는 자신보다 지위가 높은 개체에 복종하고 집단으로 침입자를 방어하며 먹이를 나눈다. 선사인이 난혼亂婚 사회였듯 침팬지 무리도 일부일처제가 아니다. 한 마리의 암컷이 여러 수컷과 성교 한다. 일부 암컷 침팬지는 젊은 수컷 침팬지를 선호하기도 한다. 알파는 알고 있다. 무리의 유대를 강화하고 긴장을 완화하며 친밀한 관계를 만드는 데 성관계가 필요하다는 것을. 부모와 자식 간의 관계는 돈독하지만, 털 없는 원숭이처럼 가족 개념은 없다. 어미는 새끼에게 지극정성이다. 정상적인 성장과정, 예컨대 수유와 포옹, 털 다듬기 등을 거치지 못한 녀석들이 사회 적응

---

2 생태계가 다른 두 지역이 만나는 띠 모양의 경계지

력이 떨어진다는 사실을 알기 때문이다. 정상적으로 성장하지 못한 녀석들은 성적으로 성숙한 후에도 사회적, 성적 부적응자가 된다. 어미의 보살핌에도 문제아는 어디에나 있다. 알파는 적절한 위협으로 무리를 통제했다. 알파의 제지를 받은 침팬지는 복종한다. 항명은 글쎄, 죽도록 맞거나 무리에서 내쫓기거나, 아니면 그 둘 다 아닐까.

죽은 동물의 온전한 뼈가 석양에 비쳐 붉게 빛나고 있다. 살이 한 점도 없다. 어떤 숙수라도 저렇게 완벽하게 살을 발라내지는 못할 것이다. 뚱이의 목덜미 털이 일어선다. 두려움과 함께 호기심이 생긴다. 무리의 등쌀에 몰린 오메가 침팬지가 나뭇가지를 들고 뭉그적뭉그적 죽은 동물 골격 앞으로 다가간다. 관절염으로 다리를 심하게 저는 탓에 걸음걸이가 요란하다. 그는 상체를 앞뒤로 흔들고 엉덩이를 좌우로 씰룩이며 더디게 걷는다. 늙는다는 건 저런 건가. 오메가 침팬지의 고통이 뚱이에게는 제 것인 양 느껴진다.

뼈만 남은 동물은 오룩스[3]의 후손이다. 오메가 침팬지가 머리며 갈비뼈 골격 이곳저곳을 나뭇가지로 찔러본다. 그가 찔러본 나뭇가지를 코끝에 대고 냄새를 맡는다. 그가 무리를 향해 고개를 끄덕이며 대수롭지 않다는 듯 건들거린다. 지켜보던

---

3 멸종한 소의 조상

알파의 긴장이 풀리고 무리는 이내 소란스러워진다.

낮은 구릉지가 나타난다. 경사가 완만하고 군데군데 넓고 평평한 바위가 널려있다. 바위 곳곳에 으깨져 얼룩을 남기고 있는 열매의 흔적이 보인다. 누가 왔다 간 것일까. 하지만 아무도 유심히 보지 않는다.

사방이 트여있고 볕이 포근하다. 새끼 침팬지들이 어미에게서 떨어져 나와 저희끼리 장난질이다. 수줍음 타는 녀석이 어미 품에서 떨어지지 않으려 하자 어머는 한사코 새끼를 떼어놓으려 한다. 알파는 심드렁하다. 그가 편애하는 새끼는 크고 건강한 녀석이다.

뚱이는 작은 작대기를 쥐고 땅바닥에 뭔가를 그리는 중이다. 투박하고 무질서한 선이 점차 형체를 갖추어가며 세밀해진다. 얼굴이 나타나고 얼굴 안에 이목구비가 차례로 그려진다. 목에 몸통이 이어지고 팔다리가 추가된다. 털 없는 원숭이다. 그림을 한동안 응시하다 거칠게 지우고 작대기를 다시 놀린다. 바나나가 나타나고 닭 다리, 바게트, 콜라병….

무리는 털 다듬기를 하고 있었다. 몸이 근질거린다. 뚱이는 몸 여기저기를 긁는다. 누구에게 맡겨야 하나. 먼저 해줘야겠지. 상대를 찾았다. 성적으로 덜 성숙한 녀석이다. 녀석의 몸 부위를 문지르고 털을 빗질하며 기생생물을 찾는다. 진드기나

이를 발견하면 먹을 생각이다.

이제 자신 차례다. 풍이는 하오의 볕을 받으며 상대에게 몸을 맡긴다. 나른한 쾌감이 찾아온다. 모르긴 몰라도 아마 털 없는 원숭이들이 사우나에서 타인에게 피부세척이나 마사지를 받을 때 이런 기분이지 않을까. 졸음이 쏟아진다.

아득한 시대, 우림이 나타났다. 침팬지가 나무 위에서 어기적거린다. 나무 위에서 적응해 주거영역을 확보한 침팬지다. 먹이는 풍부하고 천적은 없다. 그 결과 몸이 비대해진다. 이제 더는 나무에서 다른 나무로의 공중 비행이 되지 않는다. 다른 나무로 옮겨가기 위해 침팬지는 나무에서 내려와 땅을 밟는다. 2족과 4족 보행으로 땅을 밟고 다른 나무로 옮겨간다. 구부정한 허리는 아직 펴져있지 않았다. 땅을 딛는다는 현실은 맹수와 맞부딪칠 수 있다. 하지만 맹수와의 조우로 인해 표정, 커뮤니케이션의 발달, 사회구조의 복잡화 등이 진행된다. 앞발도 단순한 보행기관에서 탈피하여 무기를 잡을 수 있는 손으로 발전해있다. 이제 나무 위 아닌 다른 은신처를 찾아야 한다. 동굴이다. 나무에서 내려온 침팬지가 털 없는 원숭이로의 진화 1단계인 원인猿人일까.

'그렇다면 내가 원인?'

뚱이가 잠에서 깨어나며 소리친다. 이상하다. 꿈을 꾼 것 같
은데 꿈 치고는 장면들이 너무 생생하다. 더 이상한 것은 소리
쳐 말을 했다는 사실이다. 이것도 역시 꿈인가. 뚱이는 입을 벌
리고 혀를 굴려 발성해 본다. 하지만 침팬지 소리일 뿐이다.

침팬지들이 이동한다. 뚱이는 무리를 뒤쫓는다. 드문드문
자리한 키 낮은 잡목들 밑으로 초지가 펼쳐져있다. 풀들은 꼿
꼿하게 서서 붉은빛을 내뿜고 있었다. 소들이 풀을 뜯는다. 캐
틀cattle(가축화된 소)인가.

알파가 소들의 움직임을 주시한다. 그는 눈이 신지 자주 눈
을 껌벅인다. 무리의 침팬지들이 알파 주위로 몰려든다. 설마
저걸 잡자고. 어림도 없지만 어리거나 병약한 놈을 사냥했다
해도 생으로 먹는다고. 하긴 침팬지는 자기 새끼는 먹지 않지
만 다른 무리의 침팬지는 먹는다. 고기에 대한 열망으로 긴장
과 흥분에 휩싸여있는 무리를 보며 뚱이는 몸을 떤다. 무모하
고 위험한 데다 저건 먹을거리가 아니다. 미디엄으로 익힌 스
테이크라면 몰라도.

알파가 사냥구도를 그리고 있는지 생각에 잠겨있다. 날랜
침팬지 서너 마리가 괴성을 지르며 사냥감 속으로 뛰어들면
소들은 달릴 것이다. 소들은 한 방향으로 달아날 테지만, 가끔

홀로 엉뚱한 방향에서 허둥대는 녀석이 있다. 그런 녀석을 공격해야 한다. 무기랍시고 작대기를 챙겨 든 침팬지와 기지개를 켜고 준비운동 하는 침팬지가 늘어난다. 병약한 소이거나 송아지라면 사냥할 수도 있겠다고 뚱이는 생각을 고쳐먹는다.

침팬지 무리가 흩어진다. 행동이 은밀하고 조심스럽다. 뚱이는 무리를 뒤따르며 소뿔과 발길질을 상기한다. 뿔에 받히거나 발굽에 차인다면… 상상으로도 끔찍하다. 즉사를 면한다 해도 최소 골절일 것이다. 팅팅 부어오르고 걷지 못하겠지. 몸을 움직일 수 없다면 무리에서 뒤처진다. 낙오의 의미를 알기에 부지런히 무리를 쫓는다.

사냥대형이 갖춰지자 날랜 침팬지 서너 마리가 괴성을 지르며 목표물로 달려든다. 소들이 달아난다. 삶과 죽음의 경계 사이에서 소요가 일어난다. 헐떡이는 숨소리, 다급한 발굽소리, 여기저기서 질러대는 괴성, 흙먼지… 침팬지들이 내는 각각의 소리는 성량과 음색들이 달라 서로 누구인지를 구별해준다. 숨이 찬다. 어딘가 파열되거나 숨이 멈출 것 같다. 침팬지는 털 없는 원숭이만큼 오래 달릴 수 없다. 땀샘이 없는 탓이다.

반전이 왔다. 달아나던 소들이 돌연 방향을 돌려 돌진해 온다. 뿔과 발굽, 콧구멍에서 나오는 허연 김과 거친 숨소리… 소들의 돌연한 반격에 침팬지들이 멈칫 뒤로 물러선다. 앞서 있던 침팬지가 등을 돌려 달아난다.

똥이는 소의 성난 시선과 마주했다. 무섬증이 찾아온다. 소의 덩치와 속도, 힘에 질려 똥이는 온 힘을 다해 달아난다. 다른 침팬지들도 그랬던 것일까, 모두는 달아나기에 바쁘다. 아까와 다른 점이 있다면 전력을 다해 달아나야 한다는 다급함이 있다. 누군가 뿔에 받혔는지 단말마의 비명도 들린다. 상관하지 말자. 제 몸의 안위가 우선이다.

한바탕의 소란이었다. 흙먼지는 가라앉아 있었고 무슨 일이 있었냐는 듯 초지 위를 소들이 어슬렁거린다.

산개해있던 침팬지들이 알파의 주위로 몰려든다. 잘잘못을 따지는 소리와 손짓, 몸짓, 누구는 어떻게 해야 했다는 비난과 힐난이 오간다. 다혈질의 격양된 감정을 주체 못한 알파가 날뛴다. 늙어 힘없는 침팬지들이 희생양이다. 폭력이 가해진다. 자비는 없다. 성을 내는 알파가 화를 삭일 때까지 무리는 알파의 눈치를 살피며 딴전을 피운다. 분위기 몰이꾼은 어디에나 있다. 암컷 침팬지가 무리를 수습한다.

해는 어김없이 떠오르고 어제와 다름없이 누군가 운다. 울음소리에 무관심한 것도 여느 날과 같다. 다른 점이 있다면 오늘의 울음소리가 어제와 다르고 그제와 다르다는 점이다.

나무에서 내려와 먹이를 구하러 떠나기 전, 똥이는 자신의 눈을 의심한다. 죽은 새끼를 안고 길을 떠나려는 어미가 보인다. 오메가 침팬지가 떼어내려고 하지만 허사다. 어미는 완강하게 저항한다. 새끼의 죽음을 인정하지 않는 어미의 모정이 질기다.

알파가 숲속으로 길을 잡는다. 무리는 알파의 뒤를 따라 무질서하게 걸음을 옮긴다. 숲은 헤쳐나갈수록 으슥하고 음침하다. 덩굴식물이 발목을 잡고 나무줄기와 잎의 가시들이 팔다리를 찔러댄다.

무리는 오랫동안 단백질 먹이를 잡지 못했다. 사실 침팬지의 사냥 성공률은 낮다. 1주일에 1번 정도 포유류를 사냥하는 편이다. 그런데 이번엔 몇 주째 사냥감을 찾지 못했고 채집한 먹잇감도 변변치 않았다. 며칠째인지 모르게 무리는 배를 주리고 있었다.

몇몇 침팬지들의 행동이 은밀해진다. 무리는 덤불 속에서 서로 미소를 나누며 포위망을 구축한다. 가슴이 뛴다. 이윽고 무리 중 누군가 목표물을 향해 득달같이 달려든다. 사냥감은 어미 침팬지의 가슴에 안긴 죽은 새끼다.

저항하는 어미와 빼앗으려는 수컷들이 뒤섞여 몸싸움이 일어난다. 으르렁거리는 소리와 자기과시의 울음소리, 위협과 완력…. 다시 무섬증이 인다. 뚱이는 목표 없이 내달린다. 숨이 차오른다.

"박사님! 평화로운 생태곕니다."

"멀리서 보면 그렇죠."

"채플린 말을 인용하고 싶은 겁니까? 뭐가 비극이라는 겁니까?"

"팀장님! 지구가 생겨나 생태계가 조성된 건…"

"아, 됐습니다. 우리는 신이라고요. 누가 이런 생태계를 만들 수 있겠습니까?"

"어쨌든 인위적으로 생태계를 조성한다는 게…"

"아, 잠깐, 그것에 대한 부연도 듣고 싶지 않군요."

"그래도 상황을 아셔야…"

"상황이 이보다 좋을 수는 없지요. 만족할만한 데이터가 나온다면 금상첨화겠지만. 아시잖아요, 지켜보는 눈 많다는 거."

"저는 신의 대리인도 아니고 하수인도 아닌 과학잡니다. 그래프를 보시면… 각 생물군 폐사율 34%고… 침팬지 하나 소뿔에 받혔고, 두 마리 추락사, 세 마리 병산지 자연산지 조사 중이고…"

"목록을 주시죠. 이번 화물선에 실릴 수 있도록. 잠깐, 침팬지가 몇 마리 죽었다고요? 우리 프로젝트의 히어로는 아니지요? 그 녀석 어떤가요?"

"죽진 않았지만 골골합니다."

"박사님! 그 녀석 죽으면 안 된다고 말씀드렸는데요. 데려오도록 조치하겠습니다. 한번 보자고요."

눈이 부시다. 뭐지, 인공조명이다. 여기 어디야. 팔뚝에 링거가 꽂혀 있고 철창 안이다. 뚱이는 주위를 살핀다. 실험실 특유의 냄새, 의료장비들… 입원 당했군, 철창 안에서. 목과 손목에 줄이 채워져 있다. 강제입원인가, 망할 놈의 털 없는 원숭이들 같으니. 이게 뭐야. 뭐 하자는 수작이야.

지랄발광이나 부려볼까. 하긴 그래 봤자 더 칭칭 묶이거나 마취제 따위를 놓겠지. 그럼 어쩐다. 얌전하게 지내다가 동물원으로 보내달라고 해볼까. 어렵다. 일단 지켜보고 결정하자.

털 없는 원숭이가 체온과 맥박, 혈압을 잰다. 평온한 아침이다. 링거와 유동식 덕분인지 허기는 없다. 물론 저절로 찾아온 평온은 아니다. 전날 수없이 찍고 뽑고, 동공이며 심지어 똥구멍까지 뒤집는 걸 견뎌야 했다. 문득 궁금해진다. 이 녀석들이 뭘 하려는 거지. 그건가.

태어나 자랐던 나날이 기억 속에서 꼬물거린다. 어미(사육사)보다 빨간 숫자 돌아오는 날을 더 기다렸다. 털 없는 원숭이들이 몰려오기 때문이었다. 그들은 빈손으로 오지 않았다. 음식물을 받치기도 하고 사진을 찍어가기도 했다. 그네를 타고 텀블링을 넘으며 재주를 부렸다. 털 없는 원숭이들의 박수와 찬사가 쏟아지면 눈인사를 보냈다. 털 없는 여성 원숭이에게 윙크와 손 키스를 보내는 짓도 했다. 만족할만한 생활이었다. 그러나 동물원에서 다섯 해를 채 넘기지 못하고 다른 곳으로 옮겨졌다.

수십 개의 방이 미로처럼 얽혀있는 건물인 듯했다. 그곳에 루시라 불리는 침팬지가 털 없는 원숭이들에 둘러싸여 있었다. 루시는 최초의 직립보행 원인이었다. 하지만 무엇 때문인지 그녀도 그렇게 불렸다. 루시는 유전자의 우연한 조합이 만들어낸 특별한 침팬지였다. 루시는 털 없는 원숭이들과 수화로 대화를 나누며 그들의 문화를 교육받고 있었다. 그녀는 기호언어를 써서 흉내내고 요구하고 선택하고 감정을 표현하고 의견을 전달했다. 그녀는 점차 동화되어가고 있는 듯했다. 반면 똥이 자신에게 털 없는 원숭이의 세계는 미궁이었다.

언젠가 그녀는 털 없는 원숭이들이 준 사진들을 놓고 분류했는데, 한 가지만 빼면 분류는 완벽했다. 조류와 어류, 파충류와 포유류를 갈라놓으며 그녀는 자신의 사진을 털 없는 원숭이 쪽에 놓았다. 그녀는 털 없는 원숭이의 어린이로 성장 중이었다. 반면에 뚱이 자신은 달랐다. 지능이 따라가지 못했는 지도 몰랐다. 털 없는 원숭이들의 문화를 이해할 수 없었기에 털 없는 원숭이가 될 수 없었다. 그렇다고 야생의 침팬지로 돌아갈 수는 더더욱 없었다.

그러다 야생의 침팬지무리와 합류했었지. 마취에서 깨어날 때의 고통이 끔찍했었다. 새로운 환경에서 모든 것을 다시 배우고 익히고 적응하는 문제는 다른 차원의 고통이었다. 폭신한 잠자리도 그리웠다. 익힌 음식에서 생식으로의 전환은 수시로 복통과 설사를 일으켰다. 무리의 순위제도 적응하기 힘들었다. 야생성을 상실한 침팬지, 자신은 무리에서 엉뚱하고 이상한 놈으로 지칭됐다. 따는 어디에나 있는 모양이다. 맞고 괴롭힘을 당했다.

그렇게 야생에서 얼마나 지냈지. 어쨌든 다시 이곳, 털 없는 원숭이의 의료시설인지 하는 곳에 오게 됐다. 항상 조명이 켜져있어 낮과 밤의 감각을 잃었다. 안대라도 하고 자야 할까 보다. 무료하고 외롭다. 짝도 없고 놀잇거리도 없다. 먹는 건 괜찮지만 날것과 생것이 조금씩 섞여 있다. 점점 늘리겠다는 건가.

아직도 찍고 꼽고 뽑고 구멍이란 구멍은 다 들춰본다. 뇌 해부하겠다고 칼 들이대지 않는 걸 다행으로 여겨야 하나. 털 없는 원숭이가 뚱이의 몸을 뒤집는다.

"정 박사! 얘가 지금 어떤 겁니까?"

"몸 회복됐고요, 음, 생각하고 반추하는 능력 갖췄네요."

"그래요? 좋군요."

손길이 조심스럽고 정중하다. 라텍스 장갑 낀 손이지만 싫지 않다. 대부분의 손길은 거칠고 무례했으며 혐오감까지 묻어나올 때가 많았다. 뚱이는 정 박사란 털 없는 원숭이에게 시선을 맞춘다(사실 도드라진 젖가슴을 먼저 봤다. 일반적인 영장류와는 다른 가슴이다. 관상용인가). 다른 특이한 점은 털 없는 원숭이의 눈이다. 감정이 담겨있다. 이래도 되는 걸까. 야생에서 다른 동물에게 이렇게 감정을 들이민다면…. 이후 뚱이는 정 박사란 털 없는 원숭이를 만날 때마다 시선을 맞췄다.

정 박사는 뚱이 자신의 눈에 담긴 마음을 읽지 못했다, 자신은 눈을 보고 상대의 마음을 읽을 수 있는데, 정 박사는 뚱이를 멀뚱히 보고 어깨를 토닥일 뿐이다. 어떻게 뜻을 전달해야 할까. 발음해 본다. 아이 워나 고 홈 I wanna go home! 안 된다. 침팬지 소리다. 루시가 생각난다. 그녀는 수화로 털 없는 원숭이와 소통했었지. 자신은 멀리서 보기만 했을 뿐이고. 다른 방법을 찾자. 뭐가 있을까, 음. 아, 책이 있으면 가능할 것 같다. 유아용 그림책이면 더 좋고. 그림으로 뜻을 전할 수 있다. 그런데 책을 어디서 구한다.

책은 우연히 구해졌다. 100일(목줄 매고 창살에 갇힌) 기념일이라고 정 박사가 케이크와 책을 선물했다. 털 없는 원숭이들, 케이크 자르고 샴페인 터트리고 콩코츄레이션 외치고… 지랄… 뚱이는 케이크 조각을 집어먹는다. 부드럽고 달콤하다. 자신이 원한 맛이고 삶이다. 털 없는 원숭이들이 가져다주는 음식을 먹으며 살고 싶다. 가끔 투정도 부리며. 그러려면 동물원으로 가야 한다.

한바탕의 소란 후 털 없는 원숭이들이 사라지고, 빈 캔, 음식물 쓰레기만 남아있다. 아, 남은 다른 하나, 책을 집어든다. 그림책이다. 한 장씩 책장을 넘기며 그림들을 본다. 여기 없는데, 저기도 없고… 젠장, 의사를 표현하고 전달할 마땅한 그림들이 없다.

며칠째 책 속 그림들을 들여다봤다. 정 박사만 신나게 들락거린다. 이러다 책 읽는 침팬지로 소문나겠다. 그만둬야 하나.

궁하면 통한다고 방법을 찾았다. 철자로 단어를 만들면 된다. 한 자씩 철자를 가리키자. I, w, a, n, n, a… 잠깐, 그런데 자신이 어떻게 철자와 단어를 알고 문장을 만들게 됐지. 루시와 같이 있었을 때 받았던 교육이 이제 발현되는 건가. 아니야, 불가능해. 그럼 뭐지. 알 수 없다. 영원히 알 수 없을지도 모른다. 어쩌면 털 없는 원숭이들이 자신을 단어를 읽고 문장을 만들 줄 아는 괴물로 만들었는지도 모른다. 똥이는 이리저리 생각들을 굴리다 중요한 건 집에 가는 거라고 자신에게 말한다.

정 박사와 의사소통 중이다. 철자를 한 자씩 가리켜 단어를 만들고 한 박자 쉬고, 다시 한 자씩 단어를 만든 후 쉬고… 의미가 전달됐나. 정 박사는 놀라움을 지나 경악하는 표정이다. 정적이 찾아온다. 서로의 숨소리만 들려오는 듯하다.

-집에 가고 싶다고? 여기가 집이야.

펜으로 단어를 적던 정 박사는 그림까지 그려가며 문장을 만들었다.

-실험실이다.

-뭐라고? 그럼, 전에 침팬지 무리와 살던 곳을 얘기하는 거야?

-아니, 내가 태어나 자란 동물원!

-동물원? 맙소사!

-예스, 동물원!

털 없는 원숭이 정 박사가 탄식을 뱉고 생각에 잠긴다. 기다리자. 기다릴 수 있다.

-나는 그럴 수 있는 위치에 있지도 않고, 여긴 동물원도 없어.

-뚱이 기다린다.

여러 날을 기다렸지만, 정 박사는 다시 나타나지 않는다. 자신이 원하는 걸 들어주고 싶다는 마음이 눈에서 읽혔는데. 망할 놈의 털 없는 원숭이. 뜻대로 되는 게 없다.

춥고 메스껍다. 타는 듯한 갈증에 물을 찾는다. 물은 없고 손발 감각도 없다. 눈은 떠지나. 눈을 끔벅인다. 해가 높게 걸려 있다. 여긴 또 어디야. 인공조명이 있어야 하는 거 아니야. 주위를 둘러본다. 초지 안에 침팬지 한 마리만 덩그러니 있었다. 젠장, 야생이다. 미친다.

몸의 감각이 돌아오고 상황이 하나씩 되짚어진다. 이해되는 부분이 있고, 이해되지 않는 부분도 있다. 어쨌든 자신의 바람은 뭉개졌고 버림당한 거였다. 분통이 터진다. 도대체 내게 왜 이러는 거야.

이제 뭘 어떻게 해야 하지. 살아야지. 살기 위해서 다시 침팬지 무리를 찾아가야 하나. 정 박사를 찾을까. 아니, 먼저 먹을 걸 찾고 잘 곳을 찾아야 한다. 마실 물을 찾자.

움직여보자. 손발을 놀려본다. 괜찮다. 몸의 감각도 돌아와 있었다. 전에 침팬지 무리를 찾아갈 때 어느 방향으로 갔었지. 맞아, 해가 높이 걸려있는 방향이었다. 그쪽으로 가자.

뚱이는 해를 쫓아 길을 나선다. 한나절 걷다 뒤돌아보니 발 밑 그림자가 드리워져 쫓아오고 있었다. 뚱이는 자주 멈추어 서서 주위를 둘러보고 귀를 기울인다. 식물과 흙, 나무에서 어떤 체취나 배설물의 냄새가 나는지 맡아본다. 뭔가 있을 것 같은데 영 가늠이 안 된다. 야생의 감각을 잃어버린 건가. 계속 가자. 가다 보면 뭐든 누군가 만나겠지.

순을 골라 입에 넣고 씹는다. 시큼 쌉싸래하다. 다른 게 없을까. 뚱이가 풀들을 살핀다. 풀들은 볕이 시원치 않은지 전체적으로 자색을 띤 연녹색이다. 풀들을 들춰보자 작은 달팽이, 쥐며느리, 노래기들이 엄폐물 속으로 숨어든다. 메뚜기들은 뒷다리를 이용해 뛰어오르다 날개를 펴고 날아오른다.

보일 것이냐 감출 것이냐를 놓고 생물들이 구사하는 전략은 다양하다. 나뭇가지처럼 보이는 대벌레, 작은 돌 같은 메뚜기들은 자신을 주변환경과 유사하게 만든다. 반면에 독버섯이나 독충은 화려한 색으로 자신을 드러낸다. 뚱이가 은폐 의태로 위장한 곤충을 찾아낸다. 조심스레 벌레에게 다가간다. 딱정벌레가 등딱지를 열고 날개를 편다.

배고프다. 기운 없고 하늘은 노랗다. 곤충이든 순이든 잡히는 대로 먹었다. 기별도 안 온다. 맛, 맛은 고사하고 독초나 독충 아니면 다행이겠다. 이렇게 살 수 있을까. 불안감은 어둠처럼 찾아와 뚱이의 의식 속을 덮는다.

방향 감각을 잃어버렸다. 어디로 간 거야. 해가 없어졌다. 해는 어쩌면 돌연한 위험에 숨어버렸는지도 모른다. 종일 우왕좌왕, 갈팡질팡했다. 어떻게 하지. 극심한 피로보다 힘든 건 길을 잃었고 찾을 수 없다는 절망감이었다.

해는 나타나지 않고 땅거미가 진다. 끔찍한 하루였다. 그러나 이제 찾아올 어두운 세상은 더 끔찍하다. 잠자리로 쓸 나무를 찾아 오른다. 날이 밝을 때까지 꼼짝도 하지 말자. 상상 속의 포식동물들이 부풀어 올라 난무할 것이다. 보이지 않는다는 것은 잠깐의 휴면일까, 세상의 종말일까. 뚱이는 잠을 청한다. 뚱이는 악몽에 시달리는지 자다 깨기를 반복하며 몸을 뒤척인다.

밤사이 해는 돌아와 있었다. 높이 떠있는 해를 향해 계속 걸었다. 삶은 삶이 아니었다. 낮은 고생의 연속이고 밤은 보이지 않는 온갖 것들이 날뛰는 세계였다. 아침마다 길을 나서며 뭔가 나타나길 기다렸다. 하지만 달콤한 먹이는 없었고, 침팬지 무리나 정 박사도 만나지 못했다.

해가 뜨고 지고, 달도 뜨고 지길 여러 날 째다. 흰개미 집이 나타난다. 잡목이 널려있는 언덕 위에 고깔 모양으로 솟아있다. 전에 침팬지 무리가 흰개미 사냥하는 걸 본 적이 있었다.

침팬지들은 개미구멍에 나뭇가지를 넣고 휘저었다. 나뭇가지를 꺼내면 개미가 붙어있었다. 희고 투명한 몸통의 흰개미는 육즙도 많고 고소할 것 같다. 한번 해보자. 개미집 입구는 의외로 깊고 견고하다. 입구 흙을 걷어내고 나뭇가지를 넣고 휘저은 후 꺼낸다. 뭐야, 개미가 붙어있지 않다. 남들은 잘하던데…. 몇 번 더 나뭇가지를 구멍에 넣고 휘저었지만 마찬가지다. 구멍 깊이를 제대로 가늠하지 못했나. 에이 씨, 홧김에 나뭇가지를 내던진다. 개미도 아닌 게(사실 흰개미는 바퀴목이다), 맛도 없을 거야.

내리막이다. 내리막이 끝나는 곳에 수초가 어지럽게 널린 늪지가 펼쳐져있다. 다가가서 본 물빛은 붉은 녹색이다. 손으로 물을 떠 맛을 본다. 텁텁한 맛과 함께 역한 냄새가 난다. 음료수 생각이 간절하다. 오렌지주스 한 잔.

갈수록 척박한 환경이다. 방향을 잘못 잡았나. 의문과 불안이 꼬물거린다. 어쩌면 숲이 황폐해져가는데 초지는 번성하고 있다는 사실에서 불안이 기인하는 것이 아닐까.

생각하고 고민하다 해가 떠오르는 쪽으로 방향을 바꿨다. 구릉지 없이 평원만 계속 나타나는 게 불안하다. 여러 날쨌데, 잘못 방향을 바꿨나. 확실히 여기도 에덴은 아닌 모양이다. 흡혈곤충과 독충들에게 무수히 물리고 쏘였다. 계속 가야 하나.

어쩌면 커다란 원 안에서 빙빙 돌고 있는지도 모른다.

해가 지자 마음이 급해진다. 가다 보니 들판이고 사방을 둘러봐도 잠자리로 쓸만한 나무가 없다. 이리 뛰고 저리 뛰지만 허사다. 어둠이 내려앉는다. 완벽한 어둠이다. 숨어서 다가오는 위험한 것들을 볼 수 없다. 공포로 머리가 터질 것 같다. 이렇게 미치는구나. 춥다. 몸을 애벌레처럼 만다. 자지 말자. 잠들면 안 된다.

뚱이는 졸고 있었다. 그러다 순간 소스라쳐 깨어난다. 이런, 자면 안 된다니까. 사방을 둘러보다 하늘을 올려본다. 별(인지 하지 못했다. 별이라는 이름은 누가 지은 거고, 자신은 별이란 단어를 어떻게 알고 있을까)들이 빛을 내며 촘촘히 박혀있다. 별들은 왜 각기 다른 밝기로 빛을 내고 있을까. 가장 밝은 별을 찾자. 잠을 쫓을 수 있겠지. 저건가. 아니, 이쪽 별이 더 밝은 거 같은데… 구름에 갇혀있던 달이 나타난다. 달은 하나가 아닌 둘이다. 착신가. 삶은 감자를 으깨 뭉쳐놓은 듯한 형상이다. 뚱이는 오랫동안 달을 응시했다.

몽롱해진다. 눈꺼풀이 무겁다.

꿈을 꾼다. 털 없는 원숭이와 성교하는 꿈이다. 꿈에서 두 가지 사실을 새로 깨닫는다. 털 없는 원숭이는 따로 발정기가 있지 않다는 것과 젖가슴이 관상용만은 아니라는 것. 자신의 음경은 털 없는 원숭이의 음경처럼 딱딱하게 커져있었다. 상대는 정 박사 같다. 털 없는 원숭이가 프레스토를 외치며 파고든다.

날이 밝아있다. 음경이 발기해 있어선지 움직이기가 거북하다.

가야지. 한데 에덴이 아닌데 해가 뜨는 쪽으로 계속 가야 할까. 뚱이는 뭉그적거린다.

가자, 계속 가는 거야. 행로를 바꾸지 않기로 했다. 먹는 거에 대해서는 기대치를 낮췄고. 먹고 죽지 않는다면 뭐든 먹자.

열매를 찾지만 없다. 곤충엔 손이 가지 않는다. 어린 잎사귀를 먹으며 중얼거린다. 어딘가 있을 거야. 아니, 열매는 있어. 열매를 찾는데 뭔가가 푸드덕거리며 달아난다. 뭐지. 긴장과 두려움을 누르고 뚱이는 소리 나는 쪽을 쫓는다. 날지 못하는 새다. 한데 달아나는 속도가 영 시원치 않다.

뚱이는 본능에 끌려 소리를 지르며 달려간다. 먹이라고 생각한 건 아니다. 여기저기서 날지 않는 쪽으로 진화한 새들이 뛰어오르고 날아오른다. 뚱이가 다가갈수록 쫓기는 동물의 동작은 한층 커지고 소리는 날카롭다. 딱, 팽팽히 당긴 줄이 끊어지는 것처럼 뛰고 날아오르던 동물이 쓰러진다. 피가 튀고 부르르 떠는 몸놀림이 전해져 온다. 왜 저러지. 그건가, 인공부화 되고 사육된 닭. 케이지에 갇혔던 닭은 근육과 골격이 약하다. 방사 후 본능적인 날갯짓으로 점프하다 발목뼈나 가슴뼈가 부러진다. 저들이 야생화 하는 데는 몇 세대가 걸릴까. 수없이 많은 개체가 도태되겠지. 그렇다면 우리 침팬지 무리는… 자신을 비롯한 침팬지들도 동물원에서 사육되다 방사된 상태 아닐까….

방향을 바꾼 지 얼마나 되었지. 모르겠다. 중요한 건 토마토를 찾았다는 사실이다. 딱 호두알만 하고 시퍼렇다. 익지 않았다. 익은 것도 있을 거야. 아까부터 발에 밟히는 흙이 부드럽다는 걸 간과하고 있었다. 발밑 흙을 파헤친다. 콩알 같은 감자가 나오자 뚱이는 흙파기를 멈춘다. 뿌리채소는 쓰고 역하다.

또 뭐가 있나. 멀리 보자. 잡초과의 돌콩과 함께 작대기처럼 기다란 식물이 널려져 있다. 뭐지, 다가가 열매를 꺾어 까본다. 덜 여문 옥수수다. 여러 겹의 껍질이 씨앗을 감싸고 있다. 옥수수는 껍질이 벗겨져 알맹이가 드러나도 씨앗이 땅에 떨어지지 않는다. 스스로 발화할 수 없다는 건 옥수수의 치명적 결함이지만 생존전략일지 모른다. 옥수수는 털 없는 원숭이에 기대서… 그렇다면 여기는 털 없는 원숭이 영역….

다시 찾아왔구나. 여정에 마침점을 찍을 땐가. 더 갈 곳은 없다. 여긴 세상의 중심이자 끝이다.

테라리움 너머에 털 없는 원숭이들이 몰려있다. 뭐야, 구경 났다는 거야, 환영한다는 거야. 플래카드라도 걸던가. 정 박사가 앞으로 나선다. 못된 년! 하지만 뷰티한 건 어쩔 수 없다. 이쁨주의보, 눈을 마주 보지 말자. 아, 젖가슴도 보면 안 된다.

-하이!

마땅히 할 말이 없는지 뚱이는 오른손을 들어 올린다.

-뚱아! 고생했어.

-먹을 거!

-준비해 놨어. 그런데 방역절차가 남았네. 잠깐이면 될 거야.

-도대체 내게 뭔 짓을 하는 거야.

-우리는 네 생각과 행동 등 모든 걸 읽고 볼 수 있어. 과학의 위대함이지.

-어떻게… 그러고 보니… 내게 뭔 짓을 했군, 머릿속에?

-너는 위대한 침팬지야. 아니, 털 있는 사피엔스야.

-난 털 없는 원숭이가 되고 싶지 않아.

-넌 테라포밍을 위해 새롭게 태어났어. 감수해야지. 우리는 편도우주선을 타고 여기 왔어. 지구로 돌아갈 수 없다고. 이 프로젝트를 성공시키지 못하면 우린 모두….

-당신은 자원했겠지만 나는 아니다.

-이전의 네가 싫다 좋다는 의사 표현을 할 수 있었을까? 우

리는 뚱이를 사피엔스로 만들었어. 뚱이를 통해서 많은 걸 알았지. 특히 이 생태계에 소금원이 없다는 판단은 훌륭했어. 우리의 미스테이크야.

-여긴 대체 어떤 행성인가?

-말해줘도 모를걸.

-너무 혼란스럽다. 과학이라는 미명으로 저지르는 만행도 싫고.

-그렇겠지. 잘 먹고 좀 쉬어. 사피엔스라는 사실 잊지 말고.

여태까지 자신은 삶을 자신의 자유의지로 살아왔다고 생각했다. 착각이었다. 자신은 사육되고 방목된 실험대상이었을 뿐이었다. 털 없는 원숭이들의 과학이라는 기치 아래 소모되는 소모품.

방역복으로 온몸을 감싼 털 없는 원숭이들이 다가온다. 반항의 결과를 알기에 뚱이는 철창 안으로 들어간다.

러다이트-길 없는 길

길이 끊겨 있었다. 바이크를 세웠다. 갈 수 있는 길은 여기까지다. 어둠이 내리고 있었고 앞에는 어둠보다 더 시커먼 산이 버티고 있었다.

스마트기기 지도 앱 방향은 산길이었다. 주봉을 중심으로 여러 봉우리를 거느린 산. 우회할 길은 없어보였다. 높이와 거리, 경로(능선과 계곡을 경유한다)를 살폈다. 이 산을 걸어서 넘어라….

사내는 시선을 산에 두었다. 어두운 낯빛이었다. 북방 아시아인이 그렇듯 사내는 작은 눈에 낮은 코의 평면적 얼굴이었다. 중키, 평범한 상체에 비해 하체는 다부져보였다.

표정이 복잡했다. 화를 누그러뜨리는 듯싶었다. 감정을 자제하는 듯한 안색이 의문으로 바뀌다가 뚱해졌다.

사내가 지도를 확대해 산세와 등반고도, 소요시간 등을 가늠했다. 답이 안 나온다는 듯 고개를 흔들며 중얼거렸다. 주봉을 피해서 넘어도 밤길이라 만만치 않다. 젠장, 뭐야. 담력훈련도 아니고. 혹한기 훈련인가. 산 넘다 날 새겠네. 물 먹이자는 수작이야. 사내가 이빨 사이로 침을 뱉었다.

헤드램프를 켜고 주위를 살폈다. 산길 초입, 계곡, 나무들… 방향을 잡으며 길을 확인했다. 길은 맞다, 빌어먹을. 윗선 의도는 모르겠지만, 책상머리에 앉아 선을 긋고 행적을 체크하는 녀석들을 생각하니 분통이 터졌다. 목을 돋우어 다시 침을 뱉었다. 어쨌든 간다. 산을 넘으라면 넘을 것이고 광야를 가라면 가로지르겠다. 물을 건너라면 건널 것이고. 배낭을 추켜올리고 발에 걸리는 잔돌들을 걷어찼다.

산길 초입은 걸을만했지만, 중턱도 오르지 못했는데 길이 가파르다. 숨이 차오고 걸음이 끌렸다. 왜 밤에 산을 넘어야 하지. 의구심이 부풀어 오르다 병원 안 장면들이 떠오른다. 그거였나.

길을 잘못 들어섰는지 바위와 돌이 널린 길이다. 출입금지 팻말이 서 있었다. 무시하고 올라갔다. 잔돌 하나가 밑으로 굴렀다. 밑은 깊이를 알 수 없는 어둠. 돌과 바위가 많은 산이다. 튀어나온 바위에 무릎을 부딪쳤다. 사내는 무릎을 잡고 중얼거렸다. 젠장. 이렇게 오를 수 없다. 정상코스가 아니다.

앱 지도를 펼쳐 확대했다. 이정표 있는 길, 쇠봉 잡는 곳과 밧줄 잡는 구간이 있어야 했다. 나무계단 구간도. 길을 찾으며 사내는 자신이 지도를 제대로 읽지 못했다고 생각했다. 쇠봉과 밧줄 구간… 용도에 맞는 장갑을 챙기지 못했다. 봉을 잡은 맨손은 시리고 아렸다.

계곡에 들어서 있었다. 뭐야 이거. 다시 지도를 확인했다. 정상코스 맞다. 짙고 깊은 어둠 속으로 빠져들고 있다는 생각이었다. 밤의 한기가 훅 끼쳐왔다. 뾰족한 잔돌들이 걸을 때마다 한기와 함께 발에 밟혔다. 경로를 바꿔야 하나. 오른쪽은 바위 절벽이었다.

쭈그리고 앉아 갈 길과 가야 할 길을 살폈다. 왼쪽 완만한 능선길로 가고 싶다. 앱 길 안내기는 우상향이다. 피해서 가자. 가다보면 합류하는 길은 나온다.

산의 경계가 모호해지고 있었다. 주변의 형체들이 어둠 속으로 잠겨든다. 음습한 곳이 먼저, 이어 나무들과 바위, 길 등 숲이 어둠 속으로 스며들었다.

어둠이 산을 잠식했다. 헤드램프 조도를 높이지만 발밑 걸을 수 있는 길만 식별된다. 한 걸음씩 걸었다. 감당하기 버거운 어둠이 한없이 이어져있었다. 자신을 포함한 모든 것이 어둠에 갇혀있었다. 옅거나 짙은 어둠뿐이다.

발밑에 밟히는 낙엽이 으스러지며 소리를 지른다. 나무뿌리에 걸려 넘어졌다. 때린 데 또 때린다, 무르팍 성하려나 모르겠네. 등덜미에 땀이 맺혔다. 손가락, 발가락은 떨어져 나갈 듯 시렸다. 신발 깔창 핫팩을 갈며 중얼거렸다. 괜찮아, 어차피 지나가. 운동 되고 좋잖아. 시설에 있을 때보다는 천국이지. 세상 볼 수 있고 어디든 갈 수 있잖아. 다운타운에 가서는 술도 한 잔할 수도 있고.

술… 끊었다. 그러나 오늘처럼 심신이 너덜거리는 밤이면 한 잔 생각 간절하다. 한 잔은 두 잔으로 이어지고, 약 생각도 날 것이다. 나른해진다.

고개를 흔들었다. 약 끊었잖아. 두려운 건 없다. 당장 일만 생각하자. 한 걸음, 한 걸음….

뒤를 돌아본다. 길은 보이지 않고 나무 우듬지에 부딪히는 바람소리만 들린다. 소리는 사내의 가슴팍을 때렸다. 두려움인지 외로움인지 모를 감정이 찾아왔다. 위축되는 느낌에 주먹을 쥐었다. 어디쯤일까. 주위를 더듬어 보지만 어디가 어딘지 위치도 방향도 종잡을 수 없다. 스마트기기에 뜬 길만이 푸른빛을 발하며 방향을 가리킨다.

산은 잠들어 있는데 간헐적인 소리가 들려온다. 서걱대거나 그르렁대는 소리. 소리는 일정한 간격을 두고 났다가 멈췄고, 잠시 후 다른 소리와 뒤섞여 다시 들려왔다. 소리의 근원으로 다가섰다고 생각되면 뚝 끊겼다가 뒤쪽에서 다시 들려온다.

바람이 방향을 바꾸면서 내는 소리야. 산이 영물이라던 얘기가 생각났다. 여름에는 물을 한없이 품고, 겨울이면 물들을 뱉어낸다던.

별이 드문드문 나타났다. 얼추 올라온 모양이다.

정상 언저리쯤이다. 바위에 걸쳐 앉아 지나온 길과 가야 할 길을 비교해본다. 지나온 길, 엉망이었다. 가야 할 길, 더 엉망일 것 같았다. 산 밑 도로 차량불빛이 달려간다. 어디로 가는가. 빛들은 흩어져 명멸했다. 삶과 살아남기와 길 찾기….

어둠 속 하늘이 명료하다. 별이 반짝였다. 달은 꼬맹이가 도화지에 그린 계집애 속눈썹, 하현이다. 달이 구름으로 들어가고 있었다. 별자리를 쫓는다. 저게 금성인가, 화성은 어디 있지. 안 보인다. 대신 북극성을 찾았다. 꼬리 부분 유난히 밝은 별빛은 정지해있는 듯 보였다. 8백만 광년 거리라고 했다. 지금 보이는 저 별이 8백만 년 전 별이라는 뜻일 것이다. 빛이 8백만 년을 이동해 현재에 나타난 것으로 이해하면 될까. 과거와 현재가 모호해진다. 별똥별 하나가 떨어진다. 운석은 사선을 그으며 타오르다 땅에 떨어지지 못하고 사라졌다.

내려가는 길도 어둠의 연속이었다. 오를 때와는 다른 근육을 쓴다고 들었는데 제길… 보폭 짧게 걸음을 디뎠지만 내려가기도 오르기만큼 힘들다. 여러 번 욕을 해댔다. 관절 여기저기가 시큰거렸다. 특히 무릎이. 손가락 발가락은 이제 감각이 없었다.

경사가 완만해진다. 얼추 내려온 건가. 산 아래쪽에서 바람이 소리를 지르며 다가왔다. 바람은 뾰족한 얼음이 되어 부딪쳤다. 차갑고 시렸다. 바람은 사내의 몸을 훑고 산으로 올라갔다.

어스름 속 희미하게 날이 밝아온다.

시계市界 넘어 도착한 마을은 비어있었다. 기척 없는 빈집들뿐이었다. 뭐지, 스마트폰 카메라로 촌락 곳곳을 줌인하고 촬영했다. 산촌 외곽, 저수지, 빈 들, 정적 끊긴 거리, 잎 떨군 나무들… 이 장면들이 뭔 가치가 있는지 모르겠다. 뭘 원하는 건지… 영상은 전송된다. 새끼들, 이걸 원한 건 아니겠지. 엿이나 먹어라. 삶이 무엇인지 모호하다. 어쨌든 존재하는 것은 존재해야 한다.

기습이었다. 슬럼가에 중장비와 정리 로봇, 경찰과 철거반원들이 들이닥쳤다. 범죄자와 약쟁이들은 진작 튀었다. 지체자, 노약자, 알코올 중독자들만 저항했다.

머그샷(이름, 생년월일, 체중 등이 적힌 판을 들고 얼굴 전면과 측면을 촬영한다) 찍고 심문이 시작됐다.

-약을 합니까?

"노no!"

-약을 소지하고 있습니까?

"노! 노, 드럭drug!"

-약물검사 결과 당신은 최근까지 LSD를 했습니다. 약에 의존하고 있다는 사실을 받아들이겠습니까? 치료받기를 원하십니까?

"노! 아니라고!"

아니, 사실이었다. 시작은 대마잎이었다. 이후 약에도 여러 종류가 있다는 걸 알게 됐다. 각성제, 흥분제, 진정제, 환각제 등.

교도소 대신 시설치료를 택했다.

메쓰거움, 구토, 착시, 플래시백(환각)… 금단증세는 끔찍했다. 침 흘리며 바닥을 기다 벽에 머리를 찧었다. 공허 속에서 신을 찾았다. 가소로웠다. 신은 없어. 신이 되려는 인간만 있을 뿐.

시설은 금단증세를 완화한다는 수면치료를 권했다. 다양한 음원과 바이노럴 비트를 이용해 뇌파를 자극, 약물에 대한 욕구를 줄여준다고 했다. 의자에 앉아 전극선 달린 헤드셋을 썼다. 잠이 왔다. 치료가 거듭될수록 증세는 호전되었다. 머리가 맑아지며 어린 시절 기억들이 또렷해졌다. 치료효과인가.

왜 이렇게 걸어야 하는지 모르겠다. 새끼들, 엇나갔다고 돌린다… 그래, 돌아주마. 이제 물 건널 차례인가.

일련의 사람들은 도보나 바이크, 차로 제 할 일을 찾아 길을 나섰다. 전과자 출신이 대부분이었지만, 작금의 상황에 분개한 자원봉사자도 있었다. 사내는 무슨 사명감에서 일을 시작한 게 아니었다.

'네오 러다이트'. 18세기 기계파괴운동을 재현한 러다이트 Luddite K라는 단체(드러내 놓고 사람을 모집하지 않았다)가 22세기에 새로운 운동을 시작했다. AI파괴활동이다. '러다이트 K' 운동은 간간이 언론에 보도됐다. 그러나 행정이나 금융, 의료전산망 등이 마비됐다는 얘기는 들어보지 못했다. 사람들 호응도 미미했다.

사람들은 일을 마쳤을까. 자신처럼 목표도 없이 돌아다니는 건 아닐까. 지도 앱에는 아직 목표지점과 목표물이 나타나지 않는다. 방향만 유도되고 있을 뿐이었다. 뺑뺑이 도는 기분이다. 돌리는 녀석들의 의도를 알고 싶었다.

시작은 바이크를 타고 출발했는데…. 샵에서 봤던 신형이었다. 바이크는 달릴 때도 설 때도 쓰러지지 않게 설계되어있었다. 자율주행이고 목적지만 입력하면 됐다. 몇 달 동안 바이크에 올라 바이크가 이끄는 대로 달렸다. 물론 때맞춰 먹고 잘 때 잤다. 관공서, 금융기관, 오피스빌딩에 들어가 작업했다.

목표건물에 들어가서는 민원인처럼 서성이다 책상이나 캐비닛 밑에 사이보그cyborg 바퀴벌레들을 풀어놓았었다. 바퀴들은 처한 환경을 이해하고 재빨리 흩어졌다. 녀석들을 보고 있자니 머리털이 쭈뼛거렸다. 입에 고인 침을 뱉고 싶었다. 바퀴들은 구석지고 음습한 곳으로 찾아들 것이다. 키 9mm인 바퀴는 3mm 틈을 통과한다. 몸을 납작하게 만드는 탄성 덕분이다. 달음박질도 사람으로 치면 초속 34m로 달린다. 바퀴들은 AI의 핵심 칩에 반응하도록 유전자 조작되어 있었다. 바퀴는 칩을 먹고 먹은 것을 토해낸다. 시간이 되면 바퀴도 칩도 녹아내린다.

직접적인 테러도 가했다. 끈끈이 총을 들고 목표물을 조준했다. 맞춰진 시간에 폭약은 폭발했다. 사람 없는 시간에.

쇼show, 아니 상징일 뿐이다. 러다이트 K는 다크 앱에서 AI 시스템체계를 무력화시키는 작업을 하고 있었다.

세상구경 많이 했다. 상점거리의 상인과 행인, 부촌과 빈민가 사람들, 공장지대 사람들 등. 사는 건 어디나 비슷했다. AI에 밀려나는 비루한 사람들의 일상.

일 끝내고 다음 목적지로 향했다. 새 오더는 의료기관이었다. 병원… 응급실과 수술실, 전산실, 영상실, 내과, 외과… 기웃거렸다. 벌레를 어디다 풀어놓나.

늙고 병든 사람들이 있었다. 그들은 기능이 저하되거나 손상된 장기를 새 장기(3D프린터로 프린팅한다)로 교체하고 있었다. 건강수명이 획기적으로 늘었지만 가난한 노인이 문제였다. 돈도 자식도 친척도 없는. 호스피스병동에서는 숙연해지기까지 했다. 병원을 나왔다. 무슨 휴머니티가 넘친 건 아니었다. '러다이트'고 뭐고 다 좋지만, 병원은 아닌 것 같았다. 어쨌든 이 일로 본부 누군가에게 찍혔다.

이정표가 나타났다. 길은 헤븐, 헬, 파라다이스 등으로 나뉘어 안내되고 있는 듯했다. 지옥 싫지만, 천국도 가고 싶지 않다. 앱 지도로 목적지를 확인하고 눈으로 살폈다. 망할, 가로등조차 없는 길이다. 뭐야… 무시하자. 러다이트 K의 의도와는 다른 곳으로 향했다. 경로이탈 메시지를 무시했다.

다운타운가다. 빌딩 벽 디지털시계는 23시05분11초43을 기점으로 점멸했다. 망할, 운동기록을 측정하는 것도 아닌데. 초 단위 이후 바뀌는 숫자가 사람들을 긴장시키고 조급하게 만들고 있는 듯했다.

짝 찾는 사람들과 술 취한 놈들, 약에 젖은 놈들이 유흥가를 배회하고 있었다. 무서운 게 없는 놈들이기에 무서웠다. 예의나 도덕 따위는 배운 적도 들어본 적도 없는 연놈들이라 곳곳에서 시비가 벌어졌다. 쌈질은 욕지거리에 이어 주먹다짐, 칼질, 총질로 이어지곤 했다.

거리는 사람들이 내뿜는 열기와 욕망, 내지르는 소리로 버글거렸다. 여전하다. 변한 건 없었다. 사람들이 찾는 건 무엇일까. 유흥과 쾌락을 찾는다고 생각했었다. 하지만 그게 다는 아니다. 사람들은 존재의 유한함에 허우적거리는지도 모른다. 섹스해도, 술에 취해도, 약을 해도 그것은 찰나고 현실은 엄연했다. 엄연한 현실을 잊어보려고, 넘어보려고 사람들은 기를 쓰는지도 모른다.

매춘은 분화하고 있었다. 섹스로봇은 변화의 한 유형이었다. 로봇은 뭇 사내들의 온갖 변태적 성행위를 빼어난 기교로 받아낸다. 체형과 외모, 성격 등을 선택한 사람들은 기계와 희로애락을 나눈다. 그 후 일부는 위안을 얻고 일부는 후회하고 낙담하며 각자의 거처로 돌아간다. 시간은 망각과 함께 지나가고 찾아온다. 다시 외로워지고 여자가 그리워진다. 유흥가는 그렇게 번창하고 있었다.

기계를 접하고 싶지 않아 Y방을 기웃거렸다. 사람을 만나자, 희로애락 있는 여자를.

여자는 몸이 밋밋하고 이목구비 선이 평범한(흑단의 긴 머릿결만 도드라졌다), 실패한 삶을 사는 여자의 전형처럼 보였다. 하긴 Y방을 드나드는 자신도 실패한 삶을 살고 있지 않은가. 사는 이야기를 하고 싶었지만, 여자는 새침했다. 포털에서 화제 되는 얘기를 꺼냈다. 역시 소극적이고 직업적이었다.

"어떤 거로 할래?"

"마스!"

"마스 I ?"

"아니 마스 새로 나온 거."

"여긴 촌이야. 아직 안 들어왔어. 당신도 미친놈처럼 거기 가겠다고 덤비는 거야?"

처음 말 붙일 때와 다르게 여자가 반응을 보이며 시선을 줬다. 화성 이주, 가상현실… 세간의 관심거리다.

"가야지. 아니 갈 거야. 티켓 있는데 갈 생각 있어?"

"뻥두 쎄. 근데 내가 궁금한 건… 관두자. 마스 I 보다 상위버전 있는데, 성인용이야. 걸로 할래?"

"오케이."

세상의 시작과 끝을 여닫는 문이 버티고 있었다. 팀파니의 낮은 전주로 시작된 음이 고조되며 문이 열린다. 문은 안과

밖, 현실세계와 가상세계의 경계다. 문을 지나 가상세계 속으로 들어갔다. 뒤는 어떤가. 발을 빼 뒤를 보고 싶었다. 세상을 거듭 확인하고 싶어서. 하지만 시간을 되돌릴 수 없듯 돌아봐야 자신의 과거만 있을 것이다.

지상과 우주 엘리베이터를 연결하는 궤도선이 나타났다. 사람이 탑승하자 문이 닫혔다. 궤도선이 상승해 터미널에 도착했다. 우주 엘리베이터에 탑재된 우주선이 해치를 열고 대기하고 있었다. 승객은 그들뿐이다. 찰칵, 벨트 채어지는 소리가 현실 세계와 단절되는 소리처럼 들렸다. 창밖으로 되돌아보고 싶던 세상이 보였다. 구름, 대양, 대륙…. 대략의 멘트 끝에 엘리베이터가 꿈틀거리더니 솟아오르기 시작했다. 속도감이 느껴진다. 심장박동과 호흡이 가빠진다… 지랄, VR일 뿐이라고. 눈을 감고 숨을 골랐다.

상승속도에 적응되자 다시 밑을 내려다봤다. 이승과 저승 사이를 흐른다는 강은 보이지 않았다. 푸른 하늘, 파란 대양, 투명한 구름, 툰드라, 녹색 정글… 어지러워 잠시 눈을 감았다가 뜨자 우주선이 대류권을 벗어나는지 하늘과 구름이 가깝게 다가왔다 스쳐 갔다. 성층권을 벗어난다. 장면들은 순식간이었다. 장면들을 보며 생각했다. 지금은 현재인가. 모호하다. 현재라는 사실을 인지하는 순간 시간은 흘러간다. 엄밀한 의미에서 현재란 있을 수 없다. 그렇다면 이 상황은 현재와 과거와 미래의 교차점일까. 과거와 현재, 미래, VR… 모르겠다.

지구 중력권에서 벗어났다. 달의 희귀광석을 실어 나르는 화물선들이 분주히 오가더니 밖은 어둠이다. 우주 날씨(외부온도 2.73K [1K는 -270°C], 태양 중심 북쪽 30°, 서쪽 20° 떨어진 곳에서 흑점 폭발이 있었다는)가 방송되는 와중에 푸른 행성이 멀어졌다. 행성과 위성, 먼 별자리들, 어둠….

행성 간 우주선은 순항고도에 들어 서 있었다. 인공중력이 만들어진다는 우주선이다. 승객들은 없다. 옆을 더듬어 여자의 손을 잡는다. 작고 차가웠다.

혜성무리가 스쳐간다. 행성 간 이동이 시작되고 있었다. 재래식 로켓엔진으로 갈까. VR인데 시공간을 뛰어넘는다는 워프항법으로 가지 않을까. 순식간에 도착할 텐데.

우주선에는 영화관, 수영장, 스위트룸, 게임룸, 레스토랑 등 위락시설이 갖춰져 있었다.

"뭐 좀 먹을까?"

식사프로그램을 선택하고 펼쳤다. 데이트라는 걸 이렇게 하는 건가. 메뉴판에서 스테이크, 바게트, 샐러드를 골라 터치했다. 입에 침이 고인다. 후식으로 카푸치노를 골랐다. 고기를 여자에게 권하고 씹었다. 육즙과 함께 고기 질감과 향미가 느껴진다. 맛 분자가 결합할 때 나는 전기신호를 인위적으로 만들어 뇌로 신호를 전달하면 먹지 않고도 맛을 느낄 수 있다. 씹던 고기를 삼키고 바게트와 샐러드도 먹었다. 식사 후 마시려던 음료도 홀짝였다. 현실에선 먹기 힘든 음식이었다. 아니, 이건 식사가 아니다. 소꿉놀이.

먹기가 끝날 때쯤 어둠 속에서 화성의 위성들이 나타났다. 우주복을 입고 감압실에서 착륙준비를 했다. 위성 데이모스를 지나쳐 선체는 선회비행하다 화성 진입궤도에 들어섰다. 곧이어 화성 대기권이다. 맹렬한 속도감으로 하강하던 착륙선은 브레이크를 밟은 듯 덜컥하더니 역추진엔진이 가동되는지 서서히 내려앉았다.

주변 환경이 바꼈다. 하늘과 구름, 산맥과 협곡, 모래사막이 나타났다. 온통 붉거나 검붉거나 불그스름한 색 천지다. 다양하고 다채롭고 기묘한 붉은색의 행성.

트랩으로 내려가 땅을 밟았다. 성긴 모래땅 사막이다. 풀 한 포기 보이지 않았다. 멀리 높이와 너비가 가늠되지 않는 산줄기가 늘어서 있었다. 지구 에베레스트보다 3배 높다는 올림푸스산 같았다. 착륙지점 잘못된 거 아냐. 가이드도 없는데.

일몰이 시작되고 있었다. 하늘은 암청색을 띤 푸른빛이다. 태양 주위가 유독 푸르다. 해가 지는 지평선 쪽과 산 밑은 어두운 청옥색. 사막 넘어 지평선이 완만한 능선을 그리며 서 있었고 뒤로는 적갈색의 대지가 펼쳐져있었다. 태양이 내려갔다.

여행 시작, 가이드 대신 전천후 로버가 준비돼 튀어 나갈 듯 들썩였다. 운전석에 올라 여자를 태우고 로버를 출발시켰다. 길 없는 길, 수동모드… 운전은 쉽지 않았다. 울퉁불퉁, 덜컹덜컹… 가도 가도 끝이 없다. 모래수렁에서 기를 쓰고 빠져나왔다. 다시 나타나는 건 민둥산이거나 다른 모래밭뿐이다. 주거지가 있을 텐데. 길을 잘못 잡았나. 행성지도를 모니터에 띄우고 확대했다. 여기다. 2시 방향이고 40분 거리다. 로버속력을 올렸다.

거주지 돔이 행성 간 화물선처럼 자리하고 있었다. 불이 밝혀져 있지만, 입구는 보이지 않았다. 경적, 아니 초인종 누를까. 멍청이, 호텔 입구 찾아, 벨보이 기대하며. 성인용이라잖아.

전면 벽에 포탄을 몇 방 날렸다. 폭발과 화염이 일며 화약 냄새가 끼쳐왔다. 구멍이 생겼다. 방문자를 환영하는 입구는 아니다. 로버로 구멍 틈을 뭉개고 돌진시켰다.

테라포밍terraforming 行星 地球化 중인 도시다. 안은 행정, 교육, 주거, 산업, 농산 지역 등으로 구획되어 있었다. 농산단지로 로버를 들이밀었다. 초지에서 풀을 뜯는 가축들이 보였다. 유실수 조림지역을 지나자 농경지다. 벼, 밀, 콩, 옥수수, 감자 등이 심어진 작물들이 다가왔다. 잎사귀가 반짝였다. 푸른 색에 취해 조정 레버를 놓쳤다.

"농사 지러 왔어?"

"씨, 알았다고."

주거지는 중앙에 있었다. 로버로 거주지 문을 밀어버리자 사람들이 몰려나왔다가 비명을 지르며 흩어졌다. 지구 잉여인간들과 다른 화성인들이다. 뭘 하지. 아무개라고 소개부터 해야 하나. 그런 프로그램은 없다. 로버에는 무기들이 있고 무기를 조준하고 발사하는 기능 따위만 있을 뿐이다. 무기를 고르고 터치했다.

총질이 시작됐다. 화성인들의 무릎이 꺾이고 손목이 날아간다. 총소리와 고함, 비명과 신음들이 화면 밖 스피커에서 넘쳐난다. 구멍 뚫린 목에서 피가 쏟아져 나오는 모습이 확대된다. 너덜대는 피부, 살을 헤집고 드러난 뼈, 멈추지 않고 흐르는 피, 일그러진 얼굴. 그런데도 멈출 수 없다. 계속 방아쇠를 당겼다. 눈을 부릅뜨고 이빨을 악물었다.

사내는 광기에 휩싸여가고 있었다. 몸에 신열이 오르며 갈증이 났다. 사람들은 쓰러졌지만 쓰러진 만큼 다시 사람들이 나타났다. 총질이 시들해지자 로버를 군중의 중심으로 몰았다. 전진, 좌회전, 후진… 사방으로 달아나는 사람들, 뒤쫓기에는 역부족이다.

"뭐해? 내려야지."

로버에서 외골격 웨어러블을 갖춰 입은 사내가 내렸다. 과거 아프리카나 아메리카 대륙에 상륙한 유럽인 같았다. 덩치는 먼 거리의 화성인에게는 조준경 달린 건으로 총질을 했고 가까운 거리의 사람은 레이저 검으로 벴다. 화약 냄새와 피비린내, 살타는 냄새가 났다. 덩치는 무적의 전사가 된 듯 좌충우돌 날뛰었다.

덩치가 살육을 멈췄다. 뭔가를 찾는 듯 주위를 두리번거린다. 아수라장 속에서 작고 아담한 몸매를 가진 여자, 흑단의 긴 머리채를 잡아챈다. 비명이 터져 나왔고 몸이 끌려온다. 정복자처럼 여자를 다룬다. 음경이 꿈틀거리며 일어선다. 여자 옷의 앞섶을 풀어 제쳤다. 단추가 떨어지고 앞가슴이 드러났다. 여자의 자주색 브래지어 속 작은 가슴이 욕정을 치솟게 한다. 눌려있던 본능이 이끄는 대로 행동한다. 맹렬하고 야만적이었다.

지구귀환 여정이 남아있었지만 만사가 귀찮아졌다. 의자에 머리를 기대고 눈을 감았다. 뭘 한 거지. 인간사냥, 전쟁도 아니고 명분도 없이 악마처럼 동족을 학대하고 죽였다. 불편한 마음에 애써 변명했다. 이런 프로그램을 만든 놈이 나쁜 놈이다. 프로그램에 놀아난 것뿐이다.

"일어나! 안 갈 거야?"

잠들었던 모양이었다. 멍한 표정으로 주위를 둘러봤다. 살육이 벌어지던 풍경은 간 곳이 없었다. 빈 스크린, 빈 공간뿐.

"가상일뿐인데, 왜 그래?"

"뭘….."

"잠꼬대하데, 미안하다고 잘못했다고. 누구한테 그런 거야?"

"그냥… 맞아, 현실 아니었지."

"섹스는 현실이었어. 거칠게 VR 장면처럼 하데."

고개를 떨궜다. 무르춤히 서 있다 주머니에서 되는 대로 돈을 꺼내 여자에게 쥐어주고 Y방을 나왔다. 마스 신작은 그런 스토리가 아니라고, 화성 이주정착생활을 다룬 내용이라고 말하고 싶었는데 하지 못했다.

03시20분18초24란 숫자를 흘깃 보고 다운타운가를 벗어났다.

러다이트 K에서 메시지가 와있었다. 일탈을 경고하고 있었다. 계약은 아직 유효하다는 내용과 함께. 러다이트 K와 계약을 맺었었다. 임무를 마치면 화성 이주선 티켓을 받기로. 본 적도 없는 표… 언제 받게 될지도 몰랐다. 미수에 그친 병원 테러, 밤에 산을 넘는 되지도 않는 일… 어쩌다 화성 이주에 목을 매게 되었을까.

시설을 드나들고 금단증상에 시달리던 어느 날, 일과 휴식, 행복과 미래들에 대해 생각했다. 하루 6시간 주 4일 근무와 여가… 더불어 가정을 이룬다면. 고개를 흔들었다.

직시할수록 무력한 자신이 거듭 보였다. 구조적, 제도적 문제일까. 국가의 지도자는 과거에도 현재도 비전만 제시한다. 그런데도 나라나 국민이나 비전은 어디에도 없다. 와이why, 모르겠다. 분명한 건 자신은 잉여인간으로 남아 배급식량에 의존해 살아갈 것이라는 사실이었다. 녀석들을 엿 먹일 처지가 아니었다.

일하자. 일을 끝내면 표를 받아 승선할 수 있다. 신세계를 선망한 건 아니다. 화성에서의 삶은 유토피아가 아니다. 테라포밍 중인 화성은 척박한 환경에 예측할 수 없는 위험이 있을 것이다. 그런데도 간다고. 왜. 쓸모없어진 삶을 되돌리고 싶은 건지도 모르겠다. 사람이 필요한 행성… '오염 없는 원시의 계획 행성' 카피가 마음에 든다. 현대의 첨단기술로 선사시대 자연을 창조해놓았다고 한다. 우림에 풀과 곤충과 동물(지구에서 공수한 생물들이다) 등이 자라고, 초지에서 농사짓고 가축 기르고… 가정도 이룰 수 있을 것이다. 지구에선 가임기의 여자 대부분이 결혼하지 않으며 결혼해도 아이를 낳지 않는다. 물론 남자들도 대다수가 비혼주의자다.

유년의 기억이 떠오른다. 부모 사랑 속 의식주 족한 환경이었다. 그런데 뭐가 사랑이고 유복이지. 좋은 음식이었나, 같이 보낸 시간이었나. 어쨌든 잠깐이었던 같다. 커가면서 자주 다투는 부모를 봐왔다. 싸움의 발단이 무엇인지는 몇 해를 더 보내고서야 깨달았다.

초등학교 고학년이 되는 사이, 아버지는 거리의 변호사로 전락해 있었다. AI법무법인에 의해 밀려난 아버지는 아웃소싱 대행사의 저임금변호사로 일했다. 기업이 받는 불이익이나 침해 건에 대한 법적 논점과 관련한 논제를 읽고 분류하는 일이었다. '유관'과 '무관'으로. 누구를 대리해 변론할 의뢰인이 없었기에 그는 법정에 서보지 못했다. 그가 명성 있는 변호사로 성장할 기회는 제로에 가까웠다. 밥벌이라고 붙들고 있었던 그마저도 AI변호사에 의해 대체됐다.

밀려나기는 어머니도 마찬가지였다. 징후는 의과대학의 몰락에서 나타났다. 사학재단의 오너인 기업은 학생을 선발 교육해 의사를 양성하기보다 인공지능진료소를 세워 환자들을 24

시간 연중무휴로 진료했다. AI '의학 도우미'는 환자의 증상을 문진하고 검사하여 얻은 정보를 토대로 의학데이터에 근거해, 환자를 진단하고 처방하고 처치했다. 진단과 처치는 인간 의사보다 정확하고 진료비는 저렴했다. 그즈음 인간 의사는 인공지능에 새 데이터를 입력하는 분야에만 소수 남아있었는데, 그녀는 그쪽에 합류하지 못했다. 개원의였던 그녀는 경비지출을 감당할 수 없었다. 버텼지만 상가임대료와 부대비용, 의료기기 리스비용, 간호사 인건비 등 적자를 견디지 못하고 의원을 폐원했다. 산다는 게 뭔지(어머니가 입에 달고 있던 말이다), 그녀는 보험 없는 사람들을 찾아다니는 떠돌이 의사가 되었다. 사람들은 그녀를 닥터 쿠액Dr. Quack(돌팔이)이라고 불렀다. 경제력을 상실한 부모, 그리고 아이….

아버지는 매일 술을 마셨다. 처음에는 밖에서 술을 마시고 들어오다 어느 날부터는 마시다 모자라는 양만큼의 술을 집에 갖고 들어왔다. 더 마시다 취하면 그는 울분을 토해냈다. '희망이 없다'라는 현실이 그를 망가뜨리고 있었다. 그때 소년은 희망이 눈에 보이고 손에 잡히는 것인 줄 알았다. 어른이 되면 희망이란 녀석을 아버지 손에 쥐어주겠다고 다짐했었다. 아버지에게 희망을 안겨주지 못했다. 성인이 된 지금에서야 아버지의 알코올 중독을 이해할 수 있을 뿐이었다.

상황은 어머니도 마찬가지였다. 질 낮은 환자를 찾아다니는 그녀는 내과 전공이었음에도 외과, 산부인과, 비뇨기과, 피부과 등 닥치는 대로 진료했다. 그녀는 모멸과 대거리, '누가 그러던데'라며 의료처방과 처치를 의사인 그녀에게 가르치려 드는 무수한 '누가'와 고투 중이었다. 어머니는 녹초가 되어 들어왔고 아버지는 술에 취해 들어왔다. 그들은 좁은 집에서 각자의 삶이 내리누르는 무게 속으로 침잠해갔다. 가정은 유지되지 않았다. 누가 먼저인지는 모르겠지만 그들은 가출했다. 그들이 어디서 무엇을 하는지 모른다. 들리는 얘기에 의하면 그들은 AI확대수용 법안을 반대하는 각기 다른 단체에서 일한다고 했다. 어릴 때 부모와 찍은 사진과 동영상을 삭제했다. 하나 더 삭제하고 싶은 게 있다, 기억.

아버지가 쥐어주던 자두가 생각났다. 여름, 아침에 집을 나서는 아버지에게 자두가 먹고 싶다고 칭얼댔었다. 전날 잠자기 전 '책 읽어 주는' 앱에서 들었던 동화 속 자두 이야기 탓이었다. 저녁에 귀가한 아버지의 술병 꾸러미에서 자두가 나왔다. 아버지의 하루가 어떠했는지는 모른다. 그는 술에 취해 있었다. 자두를 건네고 술을 따라 마시며 아버지가 말했다. '삶이란 세상 온갖 것과의 싸움이다. 사는 게 두렵다.' 억양에 자조와 취기와 어린 자식에 대한 근심이 묻어나왔다.

자두를 바지에 문질러 한 입 베어 물었다. 침과 함께 입안에 도는 시고 달고 떫은 맛, 소년은 잠깐 몸을 떨었다. 그러나 정작 진저리 칠 일은 다음에 일어났다. 유리병 깨지는 소리에 놀라 고개를 들었다. 아버지가 어머니를 향해 술병을 집어 던진 모양이었다. 병 깨지는 소리와 어머니의 비명, 바닥에 널려있는 깨진 유리 조각들… 그것이 싸움의 전주였던지 끝인지는 확실치 않다. 먹던 자두를 손아귀에 짓이기던 기억만이 생생하다. 손에서 뭉그러지던 과육, 뭉클하고 미끈거리며 끈적였던.

몸이 떨린다. 춥다. 바람만 좀 잦아들어도 괜찮을 것 같다. "사는 게 뭔지." 어머니가 하던 말이 그대로 튀어나왔다. 왜 이러고 있냐는 자괴감이 얼음송곳이 되어 몸을 찔렀다. 무엇이 부모를 사회로부터 밀어냈고 자신은 세상에 진입조차 하지 못하게 하는 건가.

AI는 생산, 서비스, 케어care 등 사회 전 분야에서 사람들을 밀어내는 중이었다. 물론 다 밀려난 건 아니다. 인간 상위 1%가 빅데이터를 기반으로 AI를 프로그래밍하고 통제해 부를 거머쥐었다. 이건 정치적으로 해결할 수 있다. 아니 못할 것이다. 문제는 AI가 진화하는 데 있었다. AI가 자아自我를 갖고 인간의 통제를 벗어난다면. 어쩌면 딥러닝을 거듭한 결과 이미

자아가 생성됐는지도 모른다. 놈이 어떻게 세상을 읽고 생각하고 판단하냐에 따라… 인류의 존망이 걸려있는지도 모른다.

걸으며 중얼거렸다. 두려울 건 없다. 내놓을 것도 뺏길 것도 없으니까. 한데 어쩌다 인류는 놈들을 만들어 낸 것일까. 되돌릴 수 없고 죽지도 않는다. 불멸, AI에게 적확한 단어다. 잠깐 AI가 지배하는 세상을 생각했다. 산다는 게 두렵다는 아버지 말이 맞는지도. AI가 없는 행성으로 가고 싶었다. 어쨌든 그건 그거고, 어디가 몸 좀 녹이자. 얼어 죽는다.

길이 설다. 인가에 기척이 없다. 동네에 사람이 자신밖에 없는 게 다행인지 아무도 없는 폐촌이 불안한 건지 생각이 흔들린다. 빈집, 빈 거리, 빛없는 동네, 저벅저벅 규칙적인 발걸음 소리만이 골목 안을 울렸다. 모퉁이 구석, 짐승 동공이 나타났다. 섬뜩했지만 비명을 지르지도 바닥에 주저앉지도 않았다. 길고양이다. 눈동자는 열려있었고 털이 곤두서 있을 것이다. 발톱은 내밀어져 있을 것이고. 끔찍한 상상을 했다. 놈을 붙잡아 패대기치고 짓이기고 싶다는. 잠시 한기가 가시며 기분이 나아지는 것 같았다. 조용히 갈 길 갈게. 네게 연연할 때가 아니다. 너도 내가 방뇨하고 가길 원하겠지. 고양이를 무시하고 주위의 지형을 사진으로 찍어 위치를 확인했다. 다운타운으로 샜던 바람에 경로와 목적지가 변경됐다. 새 목표와 목적에 맞는 장비를 받아야 했다.

"여긴데."

좌표를 확인한다. N36°10,2312` E127°57,3476`. 맞는데, 시간이… 이르다. 주위를 둘러본다. 폐가에 둘러싸인 공터다. 물건을 받기에 맞춤한 장소다.

프로펠러 소리가 들려오더니 드론이 공중에서 나타난다. 정시다. 아예 헬기를 보냈구먼, 헬기야. 날틀은 덩치와 달리 흐트러짐 없이 내려와 짐을 부려놓고 이내 솟아올랐다.

화물에는 웨어러블 슈트, 배낭과 침낭, 레이션과 버너, 고글, 발열내의 등이 있었다. 100L 배낭에 넘쳐날 분량이었다. 행군하란 얘기잖아. 사내의 얼굴이 굳어진다. 그 외 사이보그 바퀴벌레 통, 폭약, 매뉴얼, 배터리, 옷가지, 양말과 장갑…. 아, 파란 케이스의 벌레통도 있었다. 존재가치 아직 유효하다, 굴리겠다.

배낭에 무거운 짐부터 쟁여 넣고 톱 포켓에 신분증과 신용카드, 주머니칼 등을 넣었다. 웨어러블 슈트를 입고 배낭을 멨다. 몸이 휘청였다. 팔을 휘젓고 발을 굴렀다. 생각보다 몸이 가볍다. 슈퍼맨이 따로 없군.

가자. 어디로 가면 되는 거냐. 배낭을 추켜올리고 클립버클을 채웠다. 러다이트 K의 지도 앱을 띄우고 방향을 잡았다. 웨어러블 슈트 덕분에 보행은 가뿐했다.

가로등 없는 세상이 펼쳐져 있었다. 골목길 양쪽에 늘어선 단독과 다세대주택들은 거의 방치돼 있었다. 집들 입구는 소파나 대형폐가전 제품이 가로막고 있었다. 들어가지 말라는 표시지만 노숙인들에게는 입구 같았다. 한곳 골라야 하나, 더 가야 하나.

어둡다. 아까보다 더 어두워진 것 같다. 하늘을 올려다봤다. 먹구름이다. 어둠보다 더 시커먼 구름이 몰려든다. 비 예보는 없었는데 비구름 아니겠지. 별을 보고 싶어 동쪽을 더듬었다. 별은커녕 달조차 없다. 어둠만이 짙게 펼쳐져 있을 뿐이다. 웨어러블의 출력을 올리고 뛰듯이 걸었다.

길 안내기는 일관되게 남동쪽을 가리켰다. 지침 방향대로 딴짓하지 않고 걸었다. 산과 산맥, 평야, 농촌 마을이 다가왔다 지나갔다. 사람 없는 산하.

표적이 될 만한 것은 나타나지 않았다. 뭐가 있는 거야. 목표가 어디에 있고, 무엇인지 가늠되지 않았다. 가끔 지도 앱을 펼쳐 위치를 확인했다. 좌표대로 가면 바다에 닿겠다 싶어 확인하면 방향은 남서쪽으로 틀어져있었다. 역시 돌리는 건가. 국토종단하게 생겼다. 방향감각 잃지 말자. 지나온 길을 앱 지도에 표시했다.

러다이트 K는 자신들이 지시하는 좌표에 시간단위로 도착할 것을 요구했다. 길 안내기에는 주 2번 정도 물리적으로 도착할 수 없는 시간대의 장소가 입력돼 있었다. 염병, 밤에도 이동하라는 지시로 이해했다.

목표지점을 향해 걸었다. 거부하거나 다른 선택의 여지가 없었다. 웨어러블 슈트가 보행을 도와줬다. 불가능한 시간대 거리는 슈트의 출력을 올렸다.

밤낮으로 걸었다. 이후 깊이 잠들고 싶었지만 잠이 쉬 오지 않았다. 간신히 잠이 들면 어김없이 어지러운 꿈을 꿨다. 자다 깨길 반복한 탓인지 머리며 몸이 무겁다.

발가락이 근질거린다. 허벅지가 단단해졌지만 발은 동상에 걸렸는지 걷거나 잘 때 가렵다. 엉망인 발톱도 마음에 걸린다. 왼쪽 엄지발톱에 피멍이 들었고 오른쪽 중지 발톱은 빠질 것 같다. 진물 안 나오는 거로 위안 삼자. 지랄하다 낫겠지. 발톱 빠졌다고, 동상 걸렸다고 발가락 자를 일이야 있겠어.

드문드문 나타나는 농가를 지나쳤다. 빈집들이다. 퇴락해 가고 있는 집들은 기둥 이음쇠 아귀가 틀어졌는지 바람을 맞으면서 주저앉을 듯 삐걱거리며 들썩였다. 어떤 집은 바로 쓰러질 듯 위태롭게 기울어있었다. 얼굴에 와 닿는 바람 때문인지 사람이 살만했던 곳이라고 여겨지지 않았다. 단열과 난방이 시원치 않았을 것이고 비위생적이며 구질구질하고⋯ 집안을 살폈다. 텃밭 있는 마당의 집은 좁고 낮았다. 주변에 편의시설은 물론 문화시설도 전혀 없다. 상하수도와 정화조는 어떤지 모르겠다. 의식주가 가능했을지 의아했다.

시티city와 비교되는 오지였다. 시티는 행인들 수를 헤아려 가로등 조도를 조절하고 교통량에 따라 차선과 신호를 조정한다. 건물도 냉난방, 조명, 환기 등이 자동 제어된다. 의식주, 문화생활 등 모든 것이 한 번의 터치로 가능하다. 그래서 사람들이 떠난 것일까. 1세기 전으로 시간여행을 온 듯한 착각에 빠져든다. 이런 곳에서 어떻게 살았을까. 화성 정착생활도 이렇게 시작하는 걸까. 이런 삶을 찾아 화성으로 이주하겠다고.

사내는 도시의 삶으로 돌아가고 싶어 하는 자신을 발견했다. 거긴 뭔가 있지. 약을 해야 하루를 보낼 수 있는 너절한 삶이 있지. 돌아가고 싶다고. 빈 들을 향해 소리쳤다. '몰라! 모르겠다고.' 목소리가 바람에 묻혀 떠나가고 빈 들은 다시 겨울의 정적 속으로 묻혀 들었다. 사내는 한동안 우두커니 서 있었다.

농촌 공동화는 방치상태였다. 도심 변두리 슬럼화 개선사업이 더 시급하다고 판단한 정책 탓이다. 정치권은 표를 셈한다. 농촌은 노인이고 젊은이고 사람 자체가 없으니 관심 밖이다.

사람 없는 마을은 마을이 아니다. 지방정부는 거주민 없는 마을을 택지, 전답에서 임야로 구획하는 공론화에 나섰다. 지난 세기 지방정부와 중앙정부는 도시민의 귀농, 귀어에 공을 들이다 실패했다. 저간의 귀농, 귀어 정책은 더 발의되지 않았다. 앞으로도 농어촌공동화에 대한 방임정책은 유지될 것이다. 도시에 몰려 있는 잉여인간들의 문제가 심각하다(투표율을 계산해)고 판단해 그쪽으로 정책방향을 세우고 있는 게 눈에 보였다.

현재 인구 나이 구조는 역피라미드형이다. 사내는 33세다. 그의 부모가 태어난 해 나라 전체 출생아 수는 80만 명이었다. 80만 명의 신생아는 부모세대에서 사내세대를 거치는 동안 신생아 수 40만, 30만으로 줄어들었다. 정치가와 학자들이 우려의 목소리를 냈다. 인구증가는 국가번영의 잣대라는 공익방송이 나가는데도, 출생아 수가 늘기는커녕 한 해 6,7만 명의 젊은이가 세금이 적거나 없는 외국이나 타 행성으로 이주했다. 사람들은 소득 60% 텍스(고소득자는 세율이 더 높다)를 뜯긴다고 말했다. 한데 자신은 근로소득세를 낸 적이 있었던가. 어쨌든 세수의 많은 부분이 복지에 쓰이지만, 사람들은 못 살겠다고 소리친다. 사는 게 예전보다 힘들어진 건가.

아니, 그렇게 접근할 문제가 아닌 것 같았다. 현재의 인류는 선사시대 이래 가장 풍요롭다. 의식주 문제뿐 아니라 질병과

노화, 노동의 질과 인권, 과학기술 발전 등 삶의 질은 진일보해 있었다. 산업혁명 시기, 아니 1세기 전 사람들의 보편적인 삶이 어떠했는지는 모르지만, 그 시대와 현시대 사람들의 신생아 사망률, 평균수명 등이 삶의 질을 말해준다.

정리된 역사는 더 많은 걸 알려준다. 석기시대 돌낫, 돌도끼 등의 도구를 써 수렵과 채집으로 삶을 이어왔던 인간이 현재에 이르렀다. 풍요의 극이다. 기아는 없고(지구상 모든 사람에게 적용되지는 않겠지만), 질병도 치료할 수 있다. 노화된 장기를 바꾸고 비만도(원인을 밝혔고 치료제 임상 중이다) 정복단계다. 기아와 질병과 비만이 사라지는 세계… 사람들은 무엇을 원할까. 안락한 삶, 풍족한 삶… 끝은 없다.

외계행성 생물체에 대한 SF소설을 읽은 기억이 난다. 지구인 우주선은 여러 항로를 거쳐 우여곡절 끝에 생명체가 사는 행성에 도착했다. 행성에는 AI로봇이 하얀 球球를 닦아 소중한 장소에 보관하고 있었다. 생식生殖하는 지적생물체는 어디에도 없었다. 이야기의 주제가… 생식하는 지적생물체는 AI에게 요구했을 것이다. 평화롭고 안온한 삶을 원한다고. AI는 그런 삶이 어떤 것인지 생각했을 것이다. 그 결과 AI는 지적생명체를 하얀 구로 만들어….

사람들은 120세 시대를 지나 불멸을 추구하기에 이르렀다.

장기를 복제해 대체하고 마음을 저장한다. 늙지 않는 불사의 인간들이라니… 혼魂 있는 사람은 사라지고 좀비 같은 인간들만 득실거리는 세상.

오지환경에 시행착오를 겪으며 적응 중이었다. 용변이 난감했다. 빈집은 야외보다 덜 귀찮고 엉덩이 덜 시린 장소지만 떠나간 사람과 찾아올 사람에게 결례 같았다. 이삼일 사이로 변의가 왔다. 길가 벗어난 구석지고 후미진 장소로 향했다. 미적미적 볼일을 보고 흙으로 덮었다. 처리가 마음에 들지 않는다. 어쩌랴 산다는 게 먹고 배설하는 것인 걸. 아, 바이러스는 생리작용을 화학적으로 처리한다고 들었다. 냄새도 없고 배설물도 없다. 호모 사피엔스의 경우 예외는 신이 되는 길뿐이다. 붓다가 설사병으로 죽었다는 기록은 아이러니지만. 자신에게 물었다. 예외인 부류가 되고 싶은가. 고개를 저었다.

도보 1,2시간 거리, 소도시에 시설을 갖춘 화장실이 있기는 했다. 먹을거리와 잠자리 문제 때문이라도 그곳을 경유지에 넣어야 했다. 용변문제도 위생적으로 처리할 수 있다. 그러나 그곳을 주기적으로 드나든다면 동선動線이 드러날 것이다. 물론 감출 건 없다. 뭐 나댈 것도 없지만. 전 국민 안면인식 시스템이 구축되어있었다. 화장실에서 얼굴을 인식시켜야 화장지와 손 씻을 물이 나온다. 마약전과에 주거부정, 직업 없고, 테러범으로 지명수배돼 있을지도… 도시로 가기 싫은 이유다.

먹고 자는 일은 만만치 않았다. 걸으면서 먹을 것을 구하고 잘 곳을 찾았다. 공수되는 러다이트 K의 레이션에는 물려있었다. 끼니 찾아 먹기… 집밥은 사전에서나 찾을 수 있는 단어였다. 통조림, 간편식, 밀키트, 배달음식, 식당(예약 필수)… 경제력에 따라 사람들이 먹는 끼니 순서다.

통조림을 기대하며 빈집을 뒤졌다. 육류, 수산물, 과채류에 볶음밥까지 다양한 종류가 있건만 참치캔만 나왔다. 찌그러지고 녹슨 통조림이 나온 적도 있었다. 오늘은 그마저도 없다. 주방 밖 헛간과 창고를 뒤졌다. 싹 난 감자와 고구마 몇 알.

땔감을 모아 불을 피웠다. 일렁이는 불꽃을 보니 어린시절 기억이 살아났다. 불구덩이에 던져 넣고 싶었다. 기억은 타지 않고 남아있었다.

온몸을 불가에 디밀고 불을 쬐었다. 매캐한 연기에 마른기침이 났다. 불길이 사위는 곳에 감자와 고구마를 묻었다. 익는 냄새가 구수했다. 소금을 찍어먹으면 맛이 나았다. 하루 필요 열량은 채운 거 같은데 허기지고 추웠다.

뜻밖에 찾은 마른과일을 불빛에 비춰보았다. 검붉고 쭈글쭈글한 호두알만 한 열매, 곶감은 아니고 사과도 아니다. 뭐지…

자두다. 자두가 저장되는 과일이던가, 의구심에 살폈다. 자두 맞다. 바지에 문질러 한입 베어 물었다. 신맛이 사라진 쫄깃한 과육, 베어 물고 남은 자두를 한동안 바라본다. 아버지의 불콰한 얼굴이 떠오른다. 이어 비명 지르던 어머니의 소스라친 얼굴도…. 기억은 여전히 남아있었다.

날 저문 밖. 사방 어디에도 어둠 외에는 아무것도 없다. 사내는 눈먼 사람처럼 주위를 더듬는다. 빈 들, 빈 산하. 불빛도 없고 별빛도 없고 음영조차 없는 어둠. 절대적인 어둠만이 펼쳐져 있을 뿐이다. 온 힘을 다해 어둠을 바라본다. 어둠은 결빙되고 있었다.

여기 어딜까, 왜 이러고 있지. 감정들이 부딪힌다. 포기하고 내일 날 밝는 대로 돌아갈까. 간다면 뭘 할 수 있을까. 여자 만나 가정 꾸리고 밥벌이 해야지. 한데 생각대로 될까. 처음에는 건전하게 살려고 하겠지. 하지만 누구 맘대로. 일자리를 찾아 전전하다 예전으로 돌아가 매일 술이나 먹겠지. 일이랍시고 던지기(약 운반)나 하고. 오늘이 며칠인지, 낮인지 밤인지, 세상 어떻게 돌아가는지도 모르며.

버티자. 어떻게 끊었는데, 옛날로 돌아가겠다니. 사실 러다이트 일을 하며 배운 것도 많았다. 지도보기, 노숙, 걷기, 야영,

취사, 손빨래 등. 도시에서 태어나 자란 사내는 어느 것도 해본 적이 없었다. 사과나무나 자두나무가 어떻게 생겼는지 모르고, 감자나 고구마 줄기 구별은 고사하고 싹이 어떻게 올라와 생장하고 열매를 맺는지 알지 못했다. 러다이트 K와의 계약은 끝난다. 병원 일 건으로 녀석들이 돌리고 있을 뿐이다.

감정을 정리하고 잠자리를 찾았다. 보통 불 피웠던 자리에서 잤다. 방 문짝이 제일 성한 곳이었다. 어둠 속에서 대충 침낭 펼치고 들어가 고치처럼 몸 웅크리고 잠을 청했다.

잠은 오지 않았다. 한기에 떨다 침낭에서 나와 땔감을 불구덩이에 더 던져 넣고 덧덮을 것을 찾았다. 낮에 버려진 옷가지며 이불 따위를 모아두었다. 침낭 밑과 위에 깔고 덮었다. 자자고 주문을 걸며 눈을 감았다. 몸을 파고드는 추위는 좀 가신 듯하지만, 몸이 가려웠다. 가려움을 참다가 긁어가며 이런저런 생각 끝에 잠이 들었다.

화성 이주표와 입국사증을 받는 꿈을 꾸다 가려움에 다시 잠을 깼다. 지독하게 가려웠다. 몸 이곳저곳을 긁었다. 침을 바르고 다시 박박 긁지만 가려움은 가시지 않았다. 뭐지, 손전등에 피부를 비춰보니 맹렬하게 부풀어있었다. 피부 알레르긴가. 아니 피 빠는 곤충이다. 이나 빈대, 벼룩 따위. 포털에서 본 모기 같은 흡혈충. 다 떠났는데 이 녀석들은 뭘 먹고 살자고 남아있는지. 살충제는 없었다. 사위어 가는 화톳불 위에 옷을 벗어 털고 침구도 털었다. 생각 같아서는 다 불길 속에 던져 넣고 싶었다.

긁다 잠들고, 다시 가려움에 깨어나 몸을 긁으며 욕을 늘어놓다 잠의 나락으로 빠져들고… 긴 밤이었다.

아침은 한기와 함께 찾아왔다. 추위에 잠을 깨 눈을 뜨니 날이 희미하게 밝아오고 있었다. 일어나려 하지만 잠에 취해 몸이 게으름을 피웠다. 더 자고 싶어 침낭 속으로 파고들며 자세를 바꿨다. 손발에 새로운 찬기가 끼쳐왔다. 귀와 코, 입까지 시렸다.

잠은 여기까지였다. 화톳불은 꺼졌고 덧덮었던 옷가지며 이불들은 제자리에 있지 못하고 엉뚱한 곳에 널려있었다. 눈을 가늘게 뜨니 천장은 더 내려앉았고 쥐 오줌 자국과 어젯밤 피웠던 불 그을음 자국이 어지러웠다. 발가락을 움직여보았다. 움직여지지 않는다. 언 나뭇가지처럼 뻣뻣하다. 밤새 안녕하지 못한 것 같았다. 손은 어떤가. 손가락을 구부려봤다. 손가락은 관절 마디 방향으로 움직였고 주먹이 쥐어졌다. 손으로 발가락을 문지르고 발가락관절 마디마디를 당겼다. 둔하게 구부러진 관절 마디는 주무르며 힘을 주자 꼬물거린다. 다행이었다. 손발 온전한데 팔, 다리 걱정할 필요는 없다.

날 밝아오는 속도에 맞춰 하루를 시작했다. 늦게 떠오르는 겨울 해처럼 더디게 자리에서 일어났다. 대충 잠자리를 정돈했다. 사내는 두 팔로 바닥을 딛고 두 다리를 들어올렸다. 양팔이 부들부들 떨리는데 두 다리는 지향점을 향해 가뿐하게 허공으로 올라갔다. 숫자를 셌다. 평균 100을 셌지만 60에서 자세를 풀었다. 자세를 바꿔 가부좌를 틀고 숨을 골랐다. 슬럼가에서 자칭 도인이라는 사람에게 배운 호흡법이다. 깊고 느리게 단전으로 숨을 내쉬고 뱉었다.

물마시고 길 떠날 채비 했다. 버릴 짐과 가져갈 짐을 정리했다. 러다이트 K에서 온 좌표를 확인하고 필요 물품목록 메시지를 보냈다. 기존의 품목 외에 온열기능 있는 침낭과 방한 옷가지와 동상치료제, 장갑과 양말, 흡혈곤충기피제 등을 첨부했다.

몸이 으슬으슬했다. 목욕하고 따듯한 곳에서 쉬고 싶었다. 길에는 바람뿐. 웨어러블 슈트 작동 버튼을 누르고 길을 나섰다. 길은 비어있었다. 인적 없는 길 위로 바람이 지나간다. 옷깃을 여몄다. 웨어러블 슈트가 사내를 끌고 가고 있었다.

산길 중턱에 들어섰다. 험한 산세를 예고하듯 길이 보이지 않았다. 사람들 출입이 없었다는 뜻이다. 산짐승들이 낸 길을 찾았다. 좌표길이 맞나 의심하며 걸었다.

가도 가도 길 없는 길이다. 능선의 등날을 따라 길을 바꿔 잡았다. 발에 밟히는 마른 잎들이 바스러지며 소리를 질렀다. 기척에 놀란 산새가 이따금 날아오를 뿐 주위는 고즈넉하고 적막했다. 의미 있는 것들은 없었다. 한동안 걸었다. 오르막이 가팔라지고 이따금 눈발이 날렸다. 얼마나 올랐을까, 눈대중으로 7부 능선 정도라고 판단했다. 나무마다 상고대가 피어 있었고 바닥에서는 눈이 밟혔다. 이따금 내리는 눈발이 보행을 방해하고 있었다. 위로 오를수록 발에 밟히는 눈의 느낌이 다르다. 깊다고 할까, 어석거린다고 할까.

수령 오래된 나무들이 뾰족한 잎사귀를 드리우고 있었다. 몇 년이나 됐을까. 나무들이 보냈던 나날들이 헤아려지지 않았다.

풍광이 변해 있었다. 회색 하늘 밑 멀리 눈 덮인 산봉우리들이 흐리게 다가왔다. 눈구름이었다.

잔설 위로 눈송이가 떨어졌다. 분분한 눈송이들을 바라봤다. 산과 어울리는 풍광이었다. 포털에서 본 이미지가 이랬던가. 도시에 있을 때 겨울 산 사진들을 보고 겨울 산행을 하겠다고 생각했었다. 샌님 감상이었다. 딛고 걷는 길 찾기도 쉽지 않았다. 아이젠 없는 신발로 한발, 한걸음 디딜 곳을 더듬어 걸어야 했다.

눈발이 거세진다. 나무 밑에서 눈을 피했다. 쏟아지는 눈을 대책 없이 바라봤다.

마음이 급해진다. 왜 일기예보를 확인 못했지. 흔적도 없는 길 찾기는 더 요원해질 것이다. 나무줄기를 분질러 스틱 대용으로 삼았다. 눈먼 자처럼 길을 더듬었다. 목적지로 간다는 건 불가능했다. 새로운 메시지는 뜨지 않았다. 앱 지도에 나타나는 건 목적지까지 시간 맞춰 가라는 이전 메시지뿐이었다.

눈발이 시야를 가렸다. 옷은 젖어왔고 신발은 질벅거렸다. 젖은 발은 참을 수 없이 시렸다. 올라가야 하나 내려가야 하나. 둘 다 위험하다. 그렇다면 야영. 만만치 않다. 눈은 수그러들 기세를 보이지 않았고 기온도 더 떨어진 듯했다. 아침에 챙겨 넣었던 배낭 안 장비를 떠올렸다. 턱도 없었다. 러다이트 K에서 장비가 공수된다면 야영이 가능할 것도 같았다. 우선 눈이 그치길 기다리자.

눈발이 덜 드는 침엽수 밑에 서서 몸을 기댔다. 웨어러블 슈트을 입은 채로는 앉기가 불편하다. 눈은 계속 내렸다. 나뭇가지로 지주대를 세우고 판초로 가림막을 만들었다. 웨어러블 슈트를 벗고 안에 들어가 입을 수 있는 옷은 다 꺼내 입었다. 손난로를 꺼내 버튼을 누르자 온기가 퍼졌다. 아쉬운 대로 손발을 녹였다. 따듯한 욕조 물속이 생각났다.

'남부지방 폭설. 온난화영향으로 이틀 동안 지속….' 젠장. 날씨예보는 고난의 길을 가야 하는 전주 같았다.

눈가림막에서 나와 주위를 둘러봤다. 회색 밑칠에 검은색이 덧칠된 공간, 눈구름에 가려 나올 기미가 없는 해… 멀리 보이는 하늘은 암회색 구름에 갇혀 옅은 주황색을 띠고 있었다. 산은 그 너머 다른 산들에 둘러싸여 있었고 인가는 흔적도 없었다. 골짜기의 음영만이 도드라져 보였다. 11시 방향에 여자 음부 같은 음영이 나타났고 북쪽에 있는 음영은 거대한 우주선처럼 보였다. 쓴웃음이 났다.

러다이트 K와 통신이 될까. 된다면 조난 장비를 보내올까. 가까운 산장을 찾는 게 낫지 않을까. 가야 할 방향을 더듬었지만, 엄두가 나지 않았다. 떨어지는 눈송이를 새삼 쳐다봤다.

조난장비는 오지 않았다. 메시지를 발신했고 장비가 올 시간까지 기다렸었다. '기상악화로 드론이 뜨지 못한다. 기다려라'는 메시지만 받았다. 회의감에 중얼거렸다. 일회용 러다이트였어. 소모된 개체는 다른 개체로 대체하겠지. 이게 조직이고 사회잖아. 다만 목표도 없는 산길, 밤길을 왜 걸었는지 분통이 터졌다.

바람에 어지럽게 날리는 눈, 심란했다. 얼마나 버틸 수 있을까. 여기서 버티는 게 최선일까. 살겠다고 버둥거리겠지. 눈 내리는 산속, 길 헤집다 체력 소진돼 꼼짝도 하기 싫은 상태에 빠져들 것이다. 가끔 졸면서. 돌아보고 생각할수록 자신이 겨울 산 속에 있음을 새삼 실감했다. 여기서 죽는다면 놈들은 오정민이란 파일에 델delete 키를 누르겠지. 그렇게 폐기되는 건가. 뭐 좀 먹고 움직이자고 생각하지만, 생각뿐 먹을 것도 변변치 않았고 움직이기도 귀찮았다.

눈은 여전히 내렸다. 타령할 때가 아니다. 일어나자. 일말의 기대를 품고 러다이트 K의 구조나 조난장비를 기다리며 피난처를 검색했었다. 회신은 없고 직선거리 20km 북쪽에 폐쇄된 산장이 있었다.

발이 정강이까지 빠졌다. 허벅지까지 빠지는 곳도 디뎠는데, 그때마다 스틱 삼은 나뭇가지에 욕을 퍼부었다. 앱 지도상 산장은 6부 능선에서 북쪽으로 1시간 거리를 가다 무슨 봉(노산봉이었던가), 정상 밑 8부 능선 어딘가로 나타났다. 어두워지기 전에 갈 수 있을까.

눈 밑, 길 찾기는 불가능했다. 허당만 밟지 말자. 바닥을 나뭇가지로 찔러 확인하고 걸었다. 숨이 차면 걷기를 멈추고 허리를 펴 주위를 살폈다. 눈발에 휩싸인 산만 있을 뿐 모든 게 무의미해 보였다. 서너 시간 전 머물렀던 산 능선은 구름에 가려 보이지 않았다. 이따금 번개가 치고 천둥이 울렸다.

걷는 내내 앱 지도 방향대로 가고 있는지 의심스러웠다. GPS가 안내하는 길은 길이 아니다. 위도와 경도로 방위를 알 수 있지 현실은 다르다. 어디를 지났고 어디로 가고 있는지 알 수 없었다. 온 길을 다시 가고 있다는 착각이 들 때가 있었고, 주변을 뺑뺑 돌고 있다는 생각이 들기도 했다. 뒤를 돌아봤다. 지나온 발자국만 있었다. 제대로 가고 있나 다시 확인했다. 길 은 보이지 않고 산중에 고립된 자신만 거듭 보였다.

한계가 온다. 웨어러블 슈트와 몸은 따로 기능하고 있었다. 출력을 낮춰도 몸이 따라가지 못했다. 추위를 견디기 힘들어 졌다. 바람은 쉼 없이 불어왔다. 기진맥진 상태인데 식은땀이 등줄기에서 흘렀다. 입에선 김이 서리고 코에선 콧물이 흐르다 굳어졌다. 손발 감각이 무뎌왔다. 온열테이프를 찾아 손과 발 에 감았다. 온기가 전해져 왔지만, 손발이 결딴날지 모른다는 걱정이 들었다. 하지만 정작 두려운 건 따로 있었다. 어디에 있 고, 어디로 왜 가는지 모른다는 것.

러다이트 K의 좌표를 이탈했다. 그들의 보호와 관찰에서 벗 어났는데 산장이 실존하는지, 가기나 갈 수 있는지 자신이 없 었다. GPS 맵을 믿어야 할까. 믿어야겠지, 가보자.

오르내리다 미끄러졌다. 몸을 일으켰다. 현기증이 일며 아득했다. 멈춰서 몸 감각이 돌아오길 기다렸다.

날이 어스레해지는데 산장은 나타나지 않았다. 혹시 길을 잘못 든 게 아닐까. 위치와 경로, 경유지를 확인했다. 방향은 맞다. 이대로 가면 피난처에 도착한다. 가서 불 피우고 뭘 좀 먹어야지. 그 다음에는 뭘 하지. 그건 그때 가서 생각하자.

본능이 이끄는 대로 움직였다. 의지는 점점 나약해졌다. 지름길이 없을까, 아니 구조드론이 온다면, 아니 그들의 좌표를 이탈했으니 기대하지 말자… 아무것도 없었고 아무것도 오지 않았다. 이정표가 없어 나침판 앱까지 들여다보지만, 방향도 길도 산장도 모호했다. 걸음걸이가 더뎌졌다. 산새가 날아올랐다. 순간 비로소 깨달은 것처럼 의구심이 생겼다. 왜 사람이 없지. 다닌 흔적도 없고. 그러고 보니 바이크를 버리고 산길을 걷는 동안 사람을 만나지 못했다. 뭘 뜻하지.

의문이 부풀어 올랐다. 비관적 생각에 취해 굼뜨게 움직였다. 거리상으로 산장까지 절반도 못 간 것 같은데 오후 4시를 넘겼다. 겨울산은 일찍 어두워진다. 서두르자. 그러나 마음뿐이었다. 걸으면서 에너지 바를 씹었다. 바람이 강해지고 어둠의 그림자도 가깝게 다가와 있는 듯 느껴졌다. 초조감에 서두르다 또 미끄러졌다. 젠장, 최악이다. 다리를 움직여봤다. 아직 걸을 수 있다.

가파르게 솟아오른 산잔등이 다가왔다. 눈은 어석어석 소리를 내며 밟혔고 정강이까지 차올랐다. 감지하지 못한 돌 하나를 건드렸는지 돌덩이가 굴렀다. 돌은 계곡 밑으로 구르며 눈들을 튀겨 올렸고 잠시 후 메아리로 되돌아왔다. 발아래 쪽은 아득했다.

산은 깊었다. 걸어도 걸어도 끝이 보이지 않았다. 침엽수와 활엽수가 섞인 나무들은 가지와 잎에 눈송이들을 달고 있었다. 염廉을 준비하는 제의祭儀 같았다.

한걸음 한걸음이 힘겨웠다. 발은 점점 무거워져왔다. 눈은 무릎까지 차올라 있었다. 멀리 보지 말자. 쉬지 않고 걷는 한 걸음이 중요하다. 끝이 없는 길은 없다. 눈 밟는 소리는 이제 무겁게 들렸다. 눈은 여전히 내리고 사위는 어두워지고 있었다.

멧부리에 섰다. 올라온 산과 내려갈 산을 비교해봤다. 반대편 산이라고 딱히 다른 건 없었다. 산은 산으로 연결되어 있었다. 시계가 나쁜 탓인지 어디에도 눈 피할 곳은 없었다.

내리막길, 보폭을 짧게 잡았다. 제대로 왔다면 1시간30분 거리에 산장이 나타나야 했다. 앱 지도를 보느라 방심한 탓에 또 미끄러졌다. 젠장.

이 근처 어딜 텐데. 주변 지역을 훑었지만, 산장은 보이지 않았다. 지도를 확대해 주위를 둘러봤다. 산장은 없었다. 오차범위를 가늠해 다시 찾아보았지만 허사다. 내리는 눈만이 실체다. 에이, 씨… 명줄 왔다 갔다 하는데 어떤 녀석이 헛정보를 띄워놓은 거야. 분은 풀리지 않았다. 어떡하지. 날은 진득이 어두워지고 있었다. 길은 내리막이나 오르막 중 선택해 가라는 듯 중턱이었다.

날이 더 어두워지고 있었다. 산은 일찍 문 닫는 식당처럼 모든 걸 닫아걸었다. 휑한 어둠만 앞에 놓여 있었다. 계곡은 시커메지고 있었다. 어둠은 조금씩 세력을 넓히다가 어느 순간 산을 장악해버릴 것이다. 바람은 기세등등하고 기온은 더 내려간 듯했다. 한기와 기아를 이기지 못한 날짐승이나 들짐승들은 죽는다. 아침을 맞을 수 있을까. 글쎄, 모르겠다. 확실한 건 자연은 냉엄하다는 것, 사소한 건 신경 쓰지 않는다는 것뿐.

밤을 지낼 장소를 생각했다. 바람 등지는 곳에 눈 걷어내고 움푹하게 밑을 판 후, 최대한 껴입고 납작 엎드려 있으면 견딜 수 있을까. 동굴이 있나 찾아보는 게 낫지 않을까. 아니, 지금이라도 정부기관에 조난신고를 하고 구조를 기다릴까. 걸리는 게 있다. 테러범으로 수배 중일지도 모른다. 결정하지 못하고 계곡 쪽으로 내려갔다.

길이 미끄럽고 밑은 까마득하다. 한 걸음, 한 발, 디딜 곳을 확인하고 걸으며 주변을 둘러봤다. 사냥꾼이나 약초쟁이들이 하루 이틀 기거하는 움막을 기대했다. 사람 다닌 흔적이 없는데, 어림없다는 생각에 위축되고 말았다.

생각을 거듭할수록 동굴이 떠올랐다. 이게 쉽지 않을까, 거기라면 밤을 온전히 보낼… 동굴을 찾는 쪽으로 방향을 잡았다. 주변동굴을 검색하는데 폐광들이 나타났다. 폐광, 좌표에 없는 동굴보다 폐광이 찾기 쉬울 것 같았다. 영하의 밤을 보내기에도 적소고.

금광 좌표가 있고 석탄광 좌표도 나왔다. 근처에 있었지만 1백 년 전에 있었던 광들이라 확신할 수 없었다. 하지만 선택의 여지도 없었다. 폐광을 향해 나아갔다.

현실을 되짚어보자. 정부정책과 정치인을 믿지 않듯이 러다이트 K의 반정부노선도 신뢰하지 않는다. 문제는 여기서 기인한 게 아닐까. 일은 나름 깔끔하게 해왔다. 그런데 병원 건으로 그들은 얼토당토않은 일을 시키고 있었다. 가당찮은 일에 눈이라는 변수가 생겼다. 아니 산행 전 일기예보를 챙기지 못한 자신의 불찰이다. 눈이 이렇게 내릴 줄 알았다면 지시를 뭉갰겠지. 일정과 날씨를 체크 않고 왜 서둘러 떠났었지. 흡혈곤충이 끔찍했었다. 밤새 긁었지. 긁을수록 가렵고 부풀어 오르고. 빨리 벗어나고 싶었다.

어디서 어떻게 무엇을 하며 살 것인가, 긴 화두에 현재형이다. 프리랜서free lancer를 원했다. 자유로이 창을 사용해 먹이를 잡는. 실상은 달랐다. 창도 변변치 않았고 먹이도 없었다. 대부분의 일은 AI가 하고 있었다. 창 없고 먹이 없는 세상. 하지만 살아있어야 나도 존재하고 세상도 존재한다.

사람이 싫고 지구가 싫었다. 테라포밍 중인 행성으로 가고 싶었다. 진행 중인 지구 온난화나 6번째 도래한다는 지구 멸종설[1] 때문은 아니었다. 미래는 암울해 보였다. 의식과 몸이 위기를 느끼고 있었다. 방송은 연일 지구와 비교되는 테라포밍된 행성을 비췄다. 테라포밍된 행성에 현혹돼 러다이트가 되었는지도 몰랐다.

광산이 있었는지 모르겠지만 찾을 수 없었다. 산은 하얀 망토를 덮어쓴 채 나무들로 엄폐되어 있었다. 수직갱이라 보이지 않는지 모른다. 지도를 확대하고 상세정보를 찾다 같잖다는 생각이 들었다. 못 찾을 거야. 오래전에 막아버렸는지도 모르지. 그런데도 폐광을 찾아 들어가 지열로 몸을 녹이고 부족하면 낙엽이든 나무든 구해 불 지필 생각을 하다니. 더구나 눈 그친 후 산 내려가서는 러다이트 K를 찾아가 한바탕 난리를 치겠다고(사실은 총질을) 벼르고 있었다니.

골짜기에 내린 어둠이 깊어지기 시작했다. 헤드램프를 켰다.

1 　과거 지구에는 다섯 번의 대멸종이 있었다.

배터리가 다 됐는지 불빛이 파드닥거렸다. 위험을 알리는 시그널signal. 그런데도 뭘 어떻게 해야 할지 판단하지 못했다. 좌표는 무용지물이었다. 개새끼들, 엉터리 좌표를 올린 새끼들에게 날벼락을. 손끝은 시리고, 발끝은 도려내는 듯 아렸다. 얼굴, 귀와 코, 입 주위도 만만치 않았다. 주먹을 쥐었다 폈다 하고 발끝을 오므렸다 펴며 몸을 움직였다. 사내의 걸음걸이는 불규칙하게 비척거렸다.

낙망의 나락에 빠져들며 몽롱해지고 있었다. 나른해지며 졸음이 왔다. 그냥 잘까. 안 돼. 지랄, 왜 안 되는데. 나무 등에 기대앉아 졸았다. 편안했다. 뭐 하는 거야. 몰라, 졸려. 그렇게 졸려. 그럼 자야겠네. 매트리스는 온 산에 깔려있지만 덮을 게 없구먼. 괜찮아, 없는 대로 잘 거야. 잠과 현실 사이를 오락가락했다. 다시 잠들길 바랐는데 뜬금없이 아버지가 나타났다. 아들아! 일어나야지! 큰 바위 얼굴과 같은 사람이 돼야지. 아니요, 부정했다. 바라는 사람이 될 수 없다는 사실을 알기에 고개를 흔들었다. 의식의 심연에서 아우성이 들려왔다.

울컥 치미는 감정을 걷어내고 자리에서 일어나 엉덩이를 털었다. 눈을 여러 번 깜빡였다. 암흑이었다. 현실에 적응하기까지는 시간이 더 필요했다. 여기가 어딘지, 현실인지 환시인지 종잡을 수 없었다. 이곳이 광산 찾던 언저리라는 곳을 인지하기까지 얼마간 시간이 걸렸다. 아버지를 원망했다. 그냥 자게 두지 왜 깨운 거야. 길을 알려주던가. 원망과 투정에도 상황은 비관적이었다.

빛 한 점 없는 어둠이 눈에 들어왔다. 어둠은 비수 같은 냉기도 품고 있었다. 어둠 속 감춰진 한기가 몸을 찔러댔다. 몸 말단 부위는 시리다 못해 아팠다. 살아서 아침을 맞아도, 사지 중 몇 군데를 절단해야 할지 몰랐다. 까짓 거 갈면 되지 뭐. 이놈 저놈 다 가는데, 세상 온통 사이보그 투성이잖아. 공평해지는 거지. 눈은 여전히 내리고 있는 것 같았다.

감각 없는 신체부위를 주물렀다. 본 적 없는 큰 바위 얼굴이 꾸물거리며 움직이게 했는지 모른다. 어디로 가야 할지 목표는 없었다. 그냥 가고자 했다. 스틱 삼은 나뭇가지를 휘두르며 바닥을 찌르고 더듬었다. 푹푹 빠지는 길, 잡목 가지, 나무 밑동. 발밑은 상황이 더 나빴다. 미끄러운 곳을 밟거나 덩굴줄기 등에 걸려 비틀거리기 일쑤였다. 얼마간 그렇게 걸었다. 어디로 가냐고 물었다. 불쑥 낭떠러지라는 단어가 튀어나왔다. 체력만 고갈시키다 사고를 당할 터였다. 푹 젖은 장갑과 신발은 어석거리며 딱딱해져왔다.

멈추자. 이렇게 걷는 건 의미가 없다. 다른 길을 찾아보자. 추위를 피하고 바람을 막아야 한다. 눈 밑을 파고 눈을 덧쌓아 올려 이글루 비슷한 걸 만들어서 안에 들어가면 저체온증을 피할 수 있지 않을까. 데이터에는 없지만, 이게 최선일 것 같았다. 야영장비와 난방용품 등을 챙기지 못한 산행이 거듭 후회됐다. 그렇지만 당일 5시간 코스였는데 엄동 폭설장비를 챙겨야 했을까. 누구라도 가져가지 않았을 것이다. 그 결과는 이 꼴이고.

몇 시지, 시간이 의식됐다. 소매를 걷어 팔목에 걸린 시계 버튼을 누르자 빛이 발산됐다. 빛은 잠깐 눈을 시리게 할 뿐 주위를 밝히지 못했다. 오후 7시, 한밤중 같았다. 겨울 해 짧다. 한데 대체 그 시간 동안 뭘 한 거야. 탈진했었지. 졸기도 했고. 전화기를 켰다. 앱들이 화면에 뜬다. 러다이트 K와 정부기관의 긴급재난방재센터. 터치할까. 어디로. 러다이트 K에 구조를 요청하고 싶지만, 놈들은 공신력 없는 이익집단이다. 위급문자를 보냈는데 구난용품은 오지 않았다. 그렇다면… 망설였다. 국가기관… 반정부주의자는 아니지만, 정부나 공권력도 신뢰하지 않는다. 그런데 전화해 살려달라고 한다… 사는 게 우선이다. 수배됐고 체포된다 해도 그건 나중 문제다. 결정하지 못했다. 오기나 주관, 신념 따위들이 머릿속을 쑤석거렸다.

대항하자. 운명을 시험해보자. 굴 같은 이글루를 만들 수 있다. 만들다 탈진해도 어쩔 수 없고 안에 들어가 자다 일어나지 못해도 운명이다.

스마트워치의 조명등을 켜고 가진 장비를 꺼냈다. 다용도 칼, 생수통 하나, 버너, 자일, 코펠… 위인爲人에 걸맞은 물건들이다.

나뭇가지를 모아 움 형태의 거치대를 세웠다. 비닐이 있으면 좋은데, 배낭을 잘라내 거치대를 덮었다. 그것으론 턱없이 부족해 웨어러블 슈트, 젖은 옷 등을 얹어 지붕을 만들었다. 거치대 밑, 눈을 코펠로 퍼내 거치대 위에 덮어갔다. 안 된다. 눈은 싸가지 없이 뭉쳐지지 않는 싸락눈이었다. 형태는 만들어지지 않고 흩어졌다. 마실 물이 남았던가, 물도 붓고 오줌도 싸가며 형태를 만들어 나갔다.

눈은 파내고 퍼내도 자신이 들어갈 공간이 나오지 않았다. 서두르지 말자, 서두른다고 될 일도 아니다. 손가락이 빠질 듯 아파지면 장갑을 벗고 맨손을 사타구니에 넣었다. 소매로 이마를 훔치자 어석거리는 얼음가루가 떨어졌다. 눈 무더기가 쌓이자 나뭇가지를 덧대고 덧쌓아 올렸다. 집중해, 할 일이 있다는 건 바람직했다. 만일 움푹진 곳에서 밤을 맞았다면… 손, 발, 귀 등 신체 말단 부위부터 딱딱해지겠지. 통증도 끔찍할 거야. 힘든 과정을 지나면 맥박이 내려가고 의식이 흐릿해지겠지. 몇 번 생과 사를 왔다 갔다 할 것이다. 웃겨, 앞으로 일어날 상황도 점치고… 냉소가 번져나왔다.

이글루 비슷한 걸 만들었다. 웅크릴 수 있는 공간, 누군가 묻힐 지도 모르는 유택. 남아있는 음식물을 먹었다. 수분이 없는 것들이라 입에서 오래 굴리며 씹었다. 음식물 포장 비닐로 손과 발을 감쌌다. 바닥에 깔 수 있는 건 전부 깔고 입을 수 있는 옷가지는 다 걸쳐 입었다. 온열슬리핑백에 일말의 기대를 걸었다. 아침까지는 체온을 유지해줄 것이라고. 백 안으로 들어가 지퍼를 올렸다. 아침에 깨어나기를, 그리고 발도, 손도 온전하기를. 죽고 싶지도 않고 사이보그도 되기 싫었다. 몸을 고슴도치처럼 말았다. 밖과는 다른 결의 어둠이 느껴졌다.

아침은 어김없이 찾아왔다. 겨울해가 느릿느릿 떠올랐다. 밤사이 눈구름이 일부 물러난 듯 눈발은 잦아들어 있었다. 산에 쌓인 눈은 햇빛을 받아 사방에서 반짝였다.

산은 기척 없이 조용했다. 적막, 정적 속 설경은 지난밤 무슨 일이 있었냐는 듯 시치미를 떼고 있었다. 흔적은 있었다. 바람과 눈 무게를 이기지 못해 부러진 나뭇가지와 쓰러진 잡목이 전장의 쓰러진 주검처럼 뒹굴었다. 그러나 참나무에 붙은 겨우살이는 지난밤을 온전히 견뎌낸 듯 푸른 잎들 사이로 눈꽃을 피워냈다.

산머리 중턱 움푹진 곳의 눈 무더기가 도드라져 있었다. 밖으로 삐져나온 나뭇가지가 까닥거렸다. 바다를 표류하는 생존자가 휘두르는 손짓 같았다. 잠시 후 눈 더미가 들썩였다. 눈사람 형상이 기어 나왔다. 몸을 떨고 있었다. 창백하고 싸늘했다.

사내가 일어섰다. 눈을 깜빡이며 눈을 털어댔다. 눈이 부신 듯 손으로 차양을 만들어 주위를 살폈다. 파리한 낯빛은 냉동된 사체 같지만 죽지 않았다는 듯 부들부들 떨고 있었다. 사내는 손발부터 움직였다. 산 아래를 굽어보며 사내가 중얼거렸다. '세상, 끝났네. 다시 시작이야.'

사내는 주먹을 쥐었다 폈다 해가며 손을 살폈다. 팔을 구부려보고 목을 비틀었다. 어깨, 허리, 무릎, 발목 순으로 움직였다. 신발을 벗고 발가락을 잡아당기고 누르며 주물렀다. 이어 기지개를 켜고 몸통을 비틀었다. 최선이었어. 더 나은 방법이 없었다고.

눈 무더기에서 웨어러블 슈트를 건져냈다. 작동됐다. 내려가자. 가까운 인가를 찾자. 웨어러블 슈트를 걸쳤다.

길은 무릎 높이까지 눈에 빠졌다. 하산 길은 더뎠다. 걸음을 재게 놀리려 하지만 마음뿐이었다. 한걸음씩 걸었다. 먼저 뭘 먹어야 하나, 아니 따뜻한 데서 자는 게 우선인가. 어쩌면 병원 진료가 먼저인지 몰랐다. 내려가면서 또 미끄러졌다. 바로 일어났다. 경사가 완만한 길에서 웨어러블 슈트의 출력을 올리고 줄달음질 쳤다. 언뜻 인가가 보였다.

길이 평탄해지기 시작했다. 걸음을 멈추고 뒤를 돌아봤다. 산이 있었다. 저 산을 오르다 눈 속에 묻혔고 곡절 끝에 하룻밤을 지새웠다. 이제 내려왔다.

인가는 산에서 본 바와 달리 좀체 나타나지 않았다. 두렁길의 연속이었다. 두렁길 사이 논밭에는 경작의 흔적이 보이지 않았다. 벼 밑동이나 빈 수숫대, 깻단 같은 것이 있어야 하는데 없었다. 여기도 사람이 살지 않는 곳이다. 왜, 무엇 때문에… 의문이 뽀글거렸다.

언뜻 본 집을 찾아들었다. 농가였다. 빈집이고 쇠락해가고 있었다. 디귿자집은 가운데가 살림채고 좌우는 창고와 헛간으로 쓰인 듯했다. 창고와 헛간을 둘러보고 살림채로 들어섰다. 신발을 신은 채 주방을 뒤지는 모양새가 절도범 비슷했다. 먹을 거는 한눈에 띄지 않았다. 세간들이 없는 것으로 보아 작정하고 짐 싸 떠난 것 같았다.

불 피우자. 지난밤이 떠올라 몸서리쳤다. 큰방에 땔감을 모았다. 불쏘시개 쓰는 법을 산행하면서 깨우쳤다. 잔불이 나무토막으로 옮겨 붙으며 연기를 게워냈다. 불꽃이 타올랐다. 매운 연기를 마시며 손발, 얼굴, 귀, 등, 옆구리 등 돌아가며 불을 쬐었다.

따듯했다. 퍼뜩 온탕과 냉탕을 오가고 있다고 생각했다.

　유토피아는 허상이다. 기아와 질병이 사라졌고 삶은 과거보
다 나아졌다. 그렇다면 현재가 유토피아여야 한다. 한데 사람
들은 디스토피아라고 한다. 사람의 욕망은 무한해서 끝도 없
고 잡히지 않는 것일까.

　경제는 계속 성장해야 한다. 기업과 사회는 사람들에게 끊
임없이 소비를 부추긴다. 의식주 외 문화생활까지. 만족스러운
삶은 리스나 신용으로 해결된다. 날아드는 청구서가 버겁지만,
낡은 제품은 바꿔야 하고 유행은 따라야 하며 집은 넓혀야 한
다. 소비하고 채워 넣고… 다시 쓰고 사고 입고 먹고… 사람의
삶이란 굴레는 그렇게 굴러간다.

　변수가 생겼다. AI가 사람들의 일자리를 대신했다. 단순직
에서 전문직까지. 물론 과도기일 수 있다. 증명하듯 새로운 일
자리는 속속 생겨났다. 기계학습은 AI가 스스로 규칙을 만들
어 낸다. 규칙은 인간이 분석할 수 없다. AI의 행동에는 결과
만 있고 이유는 없다. 문제는 AI가 자신을 복제하고 다른 AI
를 만드는 데 있었다. 지구생명체는 조금씩 증식하고 더디게
진화해왔다. 연산기계였던 AI는 딥러닝을 통해 종의 진화속도
를 초월했다. 상위 AI(인간에게만 선민이 있는 게 아니다)에게서
자아가 생겨나기 시작했다. 자아가 있는 AI, 그들은 인간과 세

상을 어떻게 정의할까.

인간과 상위 AI는 상충하고 있었다. 광의의 관점에서 두 개체는 지구를, 세상을 어떻게 보고 있을까. 자신이 본 현대문명은 자연훼손이고 생태계 파괴이었다.

무인점포에서 라면을 먹은 적이 있었다. 포장지 비닐을 벗겼고 용기뚜껑을 열고 수프라는 소스 두 봉지(역시 비닐로 포장되어 있다)를 뜯어 내용물을 용기 안에 넣었다. 물을 붓고 종이포장지에 싸인 나무젓가락을 꺼냈다. 국물도 마셔가며 면과 반찬(이 또한 플라스틱 용기에 담겨 비닐에 싸여 있다)을 먹었다. 음식찌꺼기와 용기와 비닐이 남았다. 한 사람이 한 끼 식사를 해결했고 기업은 이윤을 남겼다. 정부는 기업과 소비자에게 세금을 걸었다. 나무젓가락을 만드는데 나무가 얼마나 베어지는지, 일회용 캔과 페트병이 몇 퍼센트나 재활용되는지 사람들은 관심이 없었다.

수 세기 전부터 시작된 지구 온난화는 이제 돌이킬 수 없고 막을 수 없었다. 여러 학자가 온난화와 연계된 지구 여섯 번째 멸종설을 경고했다. 논문과 보고서는 세밀하고 적확했다. 징후는 세기에 걸쳐 나타났다. 킬리만자로 정상 만년설은 녹아내렸다. 다행히 극지방 오존층은 회복되고 있지만, 북극 빙하는 지난 세기 가장 빠르게 녹아내렸다. 생물다양성은 반세기 사이

69% 감소했다. 먼 훗날 플라스틱과 폐비닐과 스티로폼, 온실가스와 핵폭발 낙진, 먹고 버린 조개껍데기와 닭뼈 등… 사람 없는 세상에 인류세人類世가 존재했음을 증명할지 모른다.

정치권은 여야로 나눠 정책적 갑론을박을 벌였다. 하지만 표를 의식한 논쟁이었을 뿐 재앙을 멈추는 데 필요한 경제적, 사회적, 정치적 정책을 입안하지 못했다. 지구온난화 문제는 핑퐁처럼 다음 정권으로 넘어가는 양상이었다. 대중은 당대에 종말이 온다고 생각하지 않았고, 발전하는 과학(AI도 만들었는데)이 지구종말을 멈추게 할 것이라고 믿고 있었다.

뭔 타령 하는 거야. 살아있어야 지구종말을 맞던 화성에 가든 할 거 아냐. 뭘 좀 먹자. 집안을 뒤졌다. 싱크대 서랍에서 라면 몇 봉을 찾았다. 반갑기보다는 자신도 일회용품일지 모른다는 쓴웃음이 나왔다. 고치통조림도 하나 나왔다. 유통기한 따위는 보고 싶지 않았다. 뜯어서 내용물을 살펴보고 냄새를 맡았다. 먹을 수 있을 것 같았다. 또 먹을 게 어디 있을까. 창고, 헛간 시렁 등을 살피다 담금주 병을 찾았다. 시큼한 냄새가 났다. 손가락으로 찍어 맛봤다. 시고 달고 독했다. 산화되고 있었다. 또 뭐가 있나. 마른멸치, 어포, 썩어가는 고구마 몇 개, 마른 옥수수 몇 톨….

불 위에 냄비를 걸쳐놓고 뭉쳐온 눈을 냄비 안에 넣었다. 눈은 비명을 지르다 녹기 시작했다. 냄비에 온갖 것들을 넣곤, 삶아지든 끓여지든 푹 익힐 생각이었다. 생각을 바꿨다. 물을 덜어내고 라면만 넣었다. 산패된 면이 걸렸다. 면은 먹을만 했다. 잠깐, 한 잔 못 할 것도 없잖아. 병째 마셨다. 찌릿했다. 최고의 맛이었다. 한 모금 더 마셨다. 알코올 도수가 확실해서인지 빈속인 탓인지 취해왔다. 꾸역꾸역 면을 먹고 술렁술렁 술도 마셨다. 고치통조림 뚜껑을 따 불 위에 올렸다. 어포는 생으로 먹었다. 몸이 단백질을 원하는 모양이었다.

취해갔다. 딱딱하던 정신과 몸이 풀린다. 고구마와 옥수수를 불에 올렸다. 익기를 기다리며 술을 한 모금 마시고 멸치 한 줌을 입에 털어 넣었다. 작대기로 불 속을 쑤석이자 불똥이 튀며 불길이 불거졌다. 벽에 걸린 사내의 그림자가 천장 높이까지 솟아올랐다.

무심히 불을 쬐던 사내가 벌떡 일어섰다. 쥐가 났다. 왼쪽 다리가 일순 딱딱해졌다. 주물러도 보고 까치발도 했다. 근육은 한동안 풀리지 않았다.

신발과 양말을 벗고 발을 살폈다. 왼발 검지와 새끼발가락은 딴딴했고 가려웠다. 손을 불빛에 비추었다. 상태가 좋지 않았다. 관절마디가 튀어나와 있었다. 손가락은 구부러지나. 주먹을 쥐어보았다. 쥐어지네. 다른 덴 괜찮은가. 귓불은 2배쯤

두꺼워져 있었다. 열이 났다. 다른 곳은 어떤지 몸 이곳저곳을 누르고 살폈다. 병원에 가겠다는 생각은 들지 않았다. 괜찮아, 자고 나면 낫는다고.

땔감을 더 모아왔다. 집안에 버려진 옷가지로 누울 자리와 덮을 걸 마련했다. 취기와 함께 졸음이 쏟아졌다. 아직 할 일이 하나 더 있어. 눈을 부릅뜨고 적개심을 모아 러다이트 K에 문자를 보냈다. '산행 중 예기치 않은 폭설로 경로를 이탈했다. 목표를 새로 달라.' 사내는 잠들었다.

잠에서 깼을 때는 한낮이었다. 벽에 등을 기대고 앉았다. 갈증이 났다. 눈 녹여 마시면 된다. 자리에서 일어나지 못하고 뭉그적거렸다. 집안으로 비쳐든 볕에 지난 밤 지펴 놓은 불이 볼썽사납게 사위어 있었다. 먹고 마신 잔존물이 눈에 들어와서인지 자며 꾼 꿈이 생각났다. 대부분 현실성이 없고 단편적이었다. 반면 러다이트 K의 하수인이 되는 꿈은 생생했다.

발가락 몇 개가 괴사해 있었다. 러다이트 K의 주선으로 병원에서 발목을 잘라내고 대체물로 바꿨다. 발은 이물감이 없었고 오래 걷고 뛰어도 피로하지 않았다. 바이오 대체물과 인간 발의 차이… 신체를 바꾸면서 테크놀로지의 기능과 파워와 정교함에 경도되어 가고 있는 자신이 이해되지 않았다. 꿈속에서 사내는 임무를 달성하고 보상으로 사지나 장기 등 기능이 뛰어난 인공대체물로 바꿔나가는 가는 것에 흡족해 했다.

지랄 같은 꿈이었다. 자리에서 일어나 밖으로 나갔다. 날카로운 냉기 속 세상이 펼쳐져 있었다. 논과 밭, 산하… 눈 덮인 산하는 경계가 불명료했다. 뭉친 눈을 입에 거푸 넣었다. 식욕이 일었다.

길을 나섰다. 눈 덮인 세상… 어디로 가나. 씨티… 친구를 만나면 추위와 배고픔을 해결할 수 있다. 하지만… 그럼 어디로 가지. 무슨 일을 해야 하지. 뒤를 돌아봤다. 올랐다 내려온 산, 펼쳐진 산하에 서 있는 온갖 것들, 하룻밤 머물렀던 농가, 찍혀진 발자국 셋(나뭇가지 지팡이로 걸을 때마다 바닥을 찍었다). 목표가 없다는데 생각이 미치자 앞이 막막했다. 지루하고 맥이 빠졌다. 걷는 것도 의미가 있어야 한다. 목표를 생각하자, 뭐였지. 아, 먹는 거였지. 농가를 찾자. 먹어야 산다.

길옆은 눈 덮인 평야였다. 기를 쓰고 올라온 겨울해가 벌판을 비추고 있었다. 햇빛과 부딪혔다. 눈이 시리다. 눈을 찡그리고 손차양을 만들어 주위를 바라봤다. 이따금 잎사귀 없는 나무들이 서 있을 뿐 인가는 보이지 않았다. 시야를 넓게 벌렸다. 온통 산이다. 높고 낮은 산들이 사방에 솟아있었다. 10시 방향 야트막한 야산이 있는 쪽으로 방향을 잡고 걸었다. 이제 앱 지도 따위는 믿지 않기로 했다. 지난밤 지도에 있던 산장과 광산은 찾을 수 없는 허상이었다. 그러나 걷는 내내, 가고 있는 길에도 의심이 생겼다. 목표 있는 길이 아니고 인가가 나타난다는 보장도 없었다. 왜 이러고 있는지 자신을 알 수 없었다.

인가를 찾아야 한다. 높이 떠 있는 햇빛을 의식하며 눈길을 밟고 걸었다. 이따금 눈을 뭉쳐 입안에 넣었다. 눈은 한기를 내뿜으며 물이 됐다. 뭉뚝한 그림자와 발자국이 사내의 뒤를 따랐다.

저녁 무렵 폐쇄된 길에 이르렀을 땐 탈진 상태였다. 도로를 막아선 방책 앞에 멈춰 섰다. 오래 방치돼 있었던 듯 바리게이트와 안내판은 녹슬고 칠이 벗겨져 있었다. 문구는 읽을 수 없었다. 출입을 금하는 표식으로 보였다. 수몰예정지역인가. 어디면 어때, 더 갈 기운도 없다. 경고판을 무시하고 너머로 들어섰다.

한동안 경사진 오르막길이 이어졌고 정상 언저리에 서낭당 비슷한 눈 덮인 돌무더기가 나타났다. 돌무더기 위에는 가지조차 변변히 뻗지 못한 고목이 색 바랜 삼색 천을 두르고 방문객을 맞이했다. 샤먼이나 샤머니즘을 이해하지 못하지만, 돌멩이를 찾아 돌무더기 위에 보태놓았다. 길은 내리막이었다.

어둠이 먼 곳에서부터 다가왔다. 부지런히 걸었다. 안으로 들어갈수록 길은 동네의 모습을 갖추고 있었다. 석양 속에 환영처럼 집이 몇 채 서 있었다. 안도의 한숨이 나왔다. 먹을 걸 찾을 수 있고 불을 피우고 잘 수 있다.

인가는 거리를 두고 드문드문 나타났다. 비교적 온전한 형태를 갖추고 있는 건물로 들어갔다. 점방 같았다. 훈기가 느껴졌다. 소소한 먹을거리를 팔았을 것 같은 진열대는 비어있었다. 약탈의 흔적은 없었다. 그냥 매대가 비어있을 뿐이었다. 먹을 건 어딘가 남아있어. 안채로 들어서며 집안을 쑤석거렸다. 집이 정돈되어 있다는 느낌을 받았다. 이전에 드나들었던 집들과 달랐다. 주방에는 먹을 것이 종류별로 쟁여있었다. 낭패다.

"안에 계신가요? 실례합니다."

주인을 찾았다. 답은 없었다. 다시 소리쳤다. 적막 속에서 일몰의 어둠이 잔향처럼 울려왔다. 어떡하지. 더 갈 기력도 없잖아. 여기서 뭐 좀 먹고 자자.

전기는 끊어진 듯했고 화로가 있었다. 불을 피웠다. 밑불이 어느 정도 올라오자 화로 옆 양동이에 담긴 석탄을 넣었다. 탄이 타오르자 신발과 장갑을 벗고 손발을 녹였다. 주방에서 음식을 골라 과일과 과채, 고기 통조림 등 데우지 않고 먹는 것부터 먹었다. 뒷감당이 약간 걱정됐다.

불을 쬐며 앉아서 졸았다. 잠자리를 마련해 누워서 자야지 생각하면서도 꼼짝도 하지 못했다. 꿈결에 누군가 자는 자신을 보며 살피고 있다는 느낌을 받았다. 누구지, 귀찮다. 그냥 자게 내버려 둬. 시선은 집요했고 물고 늘어졌다. 퍼뜩 눈을 떴다. 살피는 사람과 눈이 마주쳤다. 황망했다.

"누구십니까?"

"내가 묻고 싶은 말일세."

주름 깊은 얼굴이 한눈에 들어왔다. 떠듬떠듬 주절주절 늘어놓는 얘기를 듣던 노인이 물었다.

"태악산에서 밤을 지내고 내려왔다고?"

고개를 끄덕이고 노인의 눈을 바라보았다. 총기 없는 쇠잔한 눈이 잠깐 영민하게 빛났다. 자신을 강제 이주시키러 온 사람으로 알고 숨어 있었다고 노인이 말했다.

"왜 거길 올라갔다 내려온 거지?"

대답하지 못했다. 설명할 수 없는지도 몰랐다. 자신도 알 수 없었으니까. 실상 산 이름도 몰랐다.

"뭐 좀 먹는 것 같더니. 요기는 됐는가?"

"지켜보고 있었군요. 신세는 변상하겠습니다."

노인의 안색엔 변화가 없었다. 검버섯 핀 얼굴에 지난 세월의 그림자가 드리워진 쇠잔한 얼굴, 요지부동 완고했다.

"그런데 여긴 왜 사람이 없습니까? 먹을거리는 어떻게 장만

하십니까?"

"모르고 왔단 말인가? 이 지역 사방 수십 킬로미터가 방사능오염 지역이네. 사람들이 떠나갔고 버티던 사람들은 강제 이주 됐네. 나? 살만큼 살았고 남들 말에 혹할 정도로 귀가 얇지도 않고. 알아보니 여기 방사선 노출 정도가 0.6 시버트Sv든가 그렇다는데, 그건 뭐 적혈군지 뭔지 하는 거만 일시적으로 감소할 뿐 사는 데 지장도 없다더구먼. 눈에 보이는 것도 아니고 증상도 없는데 내가 얼마나 더 살겠다고…. 내가 유일한 잔존자고 자네는 아마 두 번째 방문자일 걸세. 첫 번째 사람은 사진인지 르뽄지 한다는 작자였지."

왜 사람이 없었는지 의문이 풀렸지만 새로운 의문이 든다. 러다이트 K는 반핵단체가 아니다.

"먹을거리, 텃밭이 있네. 나머진 날틀이 가져오고… 아무튼 피폭이고 시버트고 잘 모르지만, 걱정하지 말게. 내 2년째 살고 있거든. 그래두 젊은이가 있을 덴 못되지. 내일 날 밝으면 떠나려나?"

"글쎄요, 잘 모르겠습니다."

"길을 잘못 든 게 아니란 말인가?"

"그런 것 같습니다."

"뭔 소리야. 살겠다고 다 떠났는데 사지를 죽겠다고 찾아오다니."

"방사능오염이 어떻게 시작된 겁니까?"

"내가 뭘 알겠냐만 그날 폭우가 치고 강이 범람했어. 바다에선 태풍이 몰려왔고. 만조였을 걸. 점방 물건부터 떠올랐지. 밖으로 나와 보니 바가지고 냉장고며 닭이며 돼지, 뿌리 뽑힌 나무 등 떠오를 수 있는 건 죄 떠내려갔어. 가관인 건 바다에서도 온갖 것들이 떠밀려오데. 물난리도 그런 물난리가 없었어. 어딘지 가보진 않았지만, 동만東灣 근처에 원전이 있는데 뭐가 녹았다고 하고 뭔가 폭발했다던데."

노인의 얘기를 이해했다. 그러나 자신이 하는 일을 노인에게 설명하고 이해시킬 자신은 없었다. 노인이 화로에 석탄을 쏟고 꼬챙이로 불길을 쑤석였다.

"세면실에 더운물 있네. 머리 감고 씻게. 옷 내줄 테니 갈아입고. 내 기준으로 자네는 외계인도 아니고, 암튼 이해되지 않네."

사내는 고개를 끄덕이고 세면실로 갔다. 거울에 비친 자신의 모습을 바라봤다. 전체적으로 영양부족이었다. 웃자란 머리칼과 덥수룩한 수염, 앙상한 광대뼈… 신념 있고 관록 붙은 러다이트였다. 사내는 고개를 흔들었다. 머리칼, 수염 정리하자. 상의부터 옷을 벗었다. 도드라진 갈비뼈는 발라봐야 살 몇 점 안 나올 것 같은 몰골이었다. 팔다리는 지방이란 게 붙어있나 싶을 정도였다. 노인의 기준에 들지 않았던 건 몸 냄새도 포함되어있으리라. 사내가 중얼거렸다. 원하는 대로 됐네, 석기인. 아니 화성인. 돌도끼 들면 구색이 맞춰지는 건가.

자르고 깎으며 중얼거렸다. 관록 웃기네, 신념 따위도 애초부터 없었어. 씻고 속옷부터 노인이 준 옷으로 갈아입었다. 편안했다.

"역시 범상치 않은 외모네."

"어림없는 말씀입니다."

노인이 이부자리를 가져왔다.

"잠자리 마련해 줌세. 자네가 공자라 해도 내 자리는 항상 여기였어. 자네는 손님이니 내가 정해주는 자리에서 자게."

노인은 자신의 자리에 마르고 굽은 등을 누였다. 가리킨 자리로 옮겼다. 노인은 잘 때 머리를 어느 쪽에 두어야 한다고 방향을 따지는 사람 같았다. 잠자기 전 러다이트 K에 다시 메시지를 보냈다. 그들의 목표가 뭔지 궁금했다. 알려주지 않겠지. 하지만 일하다보면 알 수 있다.

잠이 쉬 오지 않았다. 노인은 이내 코를 골며 수시로 방귀를 뀌었다. 잠꼬대에서 노인이 살아왔던 나날에 대한 애증과 애착이 묻어나왔다. 아버지와 어머니가 생각났다. 어떤 절대적인 힘에 압도돼 가정을 버린 부모, 그리고 팽개쳐진 어린 자식….

그놈은 이제 성인이 됐다… 의사도 아니고 변호사도 아닌 청부업자 비슷한 부랑자가 되어 수상한 단체의 지령을 기다린다…. 무엇이 어디서부터 어떻게 잘못된 건지 모르겠다.

다음날 노인과 아침밥을 먹고 길을 나섰다. 몸이 개운한 게 푹 잔 것 같았다.

"어디로 가려나?"

"글쎄요, 조금 더 가볼까 합니다."

노인이 배낭을 내밀었다.

"별 거 아니네. 엄동인데 몇 가지 챙겼네."

고개를 숙이고 돌아섰다. 등덜미에 닿는 노인의 축축한 눈초리가 의식돼 걸음을 재게 놀렸다.

날이 흐렸다. 구름이 겹겹이 몰려있었다. 날씨예보를 확인하려다 그만두었다. 날씨가 나빠지더라도 노인의 집에서 나와야 했다. 어디든 가 다른 쉴 곳 찾는 게 편할 것 같았다.

안으로 들어갔다. 길을 갈수록 수해의 흔적이 드러났다. 노인 말대로 방사능오염 때문에 복구를 포기한 듯했다. 바퀴가 하늘을 향하고 있는 자동차 곁을 지났다. 안을 들여다보고 싶지 않아 시선을 멀리 돌렸다. 양지 쪽은 눈이 녹아 흙바닥이 드러나 있었다.

앞으로 더 나아가자 절개지가 나타났다. 거죽과 피하지방,

내장이 보이는 거리. 벌흙과 잡동사니와 쓰레기들이 뒤엉킨 거리는 암세포 걷어내려고 개복한 환부 같았다. 음지쪽은 눈이 여러 차례 켜켜이 쌓여 밑에 뭐가 있는지 가늠이 안 됐다. 누가 일삼아 걷어내지도 않을 테니 봄이나 돼야 제 모습을 드러낼 것이다. 뭔가 물컹한 것을 밟았다. 눈 위에 연신 신발을 문질렀다. 지방 엉킨 내장이 연상됐다.

꾸물거리던 하늘에 눈발이 흩날렸다. 눈송이 한 닢이 얼굴로 떨어졌다. 방사능 낙진이 생각났다. 뭔가를 예고하는 듯했다. 되돌아 나갈까. 방사선량계放射線量計와 안정요오드제(갑상선 피폭을 막기 위해 먹는 약)를 보내라고 할까. 노인의 영민했던 눈이 떠오른다. 눈 피할 곳을 찾는 게 우선이다. 노인이 준 배낭을 뒤졌다. 모자를 찾아 챙을 여미고 방수되는 옷을 꺼내 입었다. 겉옷에 붙은 한파용 모자를 덧쓰니 시야가 좁아졌다. 고개를 이쪽저쪽으로 돌리며 주위를 살폈다. 눈구름 속 세상이 단속적으로 나타났다.

눈은 진눈깨비가 되어 떨어졌다. 겉옷을 하나 더 걸쳤다. 위는 가렸지만, 밑은 길을 갈수록 신발과 발이 젖어왔다. 왜 이러고 있지. 아버지, 큰 바위 얼굴… 세상에 공헌해야 한다고 훈육받았다. 그는 더 나은 세상을 위해 헌신하고 있는 걸까. 어쩌면. 자신은 뭘 해야 하지. 모르겠다.

고목이 쓰러져 길을 가로막았다. 타고 넘기도 돌아가기도 그렇다. 포복으로 기어가기로 했다. 갈수록 걸리는 것들이 많아졌다. 엉뚱한 곳에 바위가 솟아있고 방사능폐기물통이 나뒹굴고 있었다. 잔해물들을 피해 고개를 넘자 농경지가 나타났다. 사람들이 떠나간 땅이지만 생명은 돋아나 있었다. 키 낮은 겨울풀들.

진눈깨비는 비로 바뀌어 떨어졌다. 갯냄새가 맡아졌다. 얼마나 걸었을까, 시간을 보려고 팔목의 스마트워치를 들췄다. 몇 건의 메시지가 와 있었다. 스팸 몇 건과 러다이트 K의 메일. 지난 메일 하나를 읽었다. 자신이 보낸 조난문자에 피난지로 조난용품을 보낸다는 내용이었다. 산에서 밤을 보낸 날이었다. 자신의 행적이 모니터링되고 있다는 확신이 들었다. 그런데 조난용품은 도착하지 않았다. 왜, 지난 일의 갈피를 짚으며 회의했다. 통신방해가 의심됐다. 러다이트 K가 자신을 모니터링한다면 빅브라더big brother도 가능하다. 빅브라더가 개입했다면 러다이트 K가 띄운 드론은 도착하지 못한다. 하지만 자신은 미미한 존재였다. 빅브라더가 자신을 위험인물로 간주해 자신에게 보내는 드론을 무력화시켰는지는 의문이었다. 자신을 사지로 몬 발단의 핵심은 러다이트 K다. '사회는 개인의 이익보다는 집단의 이익을 위해 존재한다', 일회용… 불만은 없었다. 계약대로 임무를 끝내고 티켓만 받으면 된다는 생각이었으니까. 오산이었다. 그들은 의미 없고 수행 불가능한 임무를 부여하고 있었다. 효용이 없어지면 오정민이란 파일에 삭제키를 누를 것이었다. 모니터링 결과 폐기하려다 다시 쓸모가 생겨 메시지를 보냈는지 모른다. 갈피가 잡히지 않는다. 길을 따라 무심히 걸었다.

바다를 접한 마을로 들어섰다. 폭격을 맞은 듯 창 없이 철골을 드러낸 건물, 다른 건물은 그마저도 지탱하지 못하고 무너져 내렸다. 불규칙하게 걸려있는 횟집, 건어물집 등의 상점 간판들만이 생경했다. 특히 중식당 '굴+해물=짬뽕'이란 배너 banner는 기둥을 어디에 두고 버티고 있는지 궁금했다.

들어설수록 폐허였다. 쓰러진 전신주의 엉킨 전깃줄이 복병처럼 발목을 감았다. 몇 번 중심을 잃었다. 멀리 보이는 송전탑은 쓰러져있었다. 철탑은 지각변동으로 땅속에서 솟아오른 공룡 뼈 같았다

바다를 배후로 흰색 돔 건물이 나타났다. 방사선 누출 진원지로 짐작됐다. 돔은 외양도 온전하고 굴뚝도 멀쩡했다. 주변이 엉망이었다. 배 여러 척이 육지로 올라와 자빠져 있었다. 주변에 널브러진 자동차는 설명이 됐다. 하지만 배는… 해일이 겹쳤다고 이해했다.

재해에 대해 한쪽에선 지구 평균기온이 산업화 이전 대비 3°C 상승했다고 말하고, 다른 쪽에선 계측이 잘못됐다는 등 학자들 간에 의견이 분분했다. 분명한 건 적도 지방의 섬들이 수몰되고 있다는 사실이었다. 현재형인 온난화는 전 세계적으로 예외가 없었다. 한반도에 주기적으로 찾아오는 태풍은 해를 거듭할수록 기세를 더해가며 폭우를 동반했다.

비가 멎고 구름이 걷히며 잠깐 해가 났다. 우두커니 서서 바다를 보았다. 파도는 흰 물거품을 일으키며 바람과 함께 몰려왔다. 이제 어디로 가야 하지. 갈 길이 없다. 망연히 서 있다 발길을 돌렸다.

러다이트 K와 교신했다. 험지에 맞는 식량, 장비 보충과 함께 화성행 티켓을 요구했다. 공신력이 있는지 확인해보고 싶었다. 표는 모바일로 도착했다. 탑승일은 내년이었다. 화성 비행선 명과 년, 일, 시, 이름을 검색했다. 발권돼 있었다. 일의 순서가 잡히는 것 같았다. 표적이나 지령은 없었다.

드론에 싣고 온 물품을 받았다. 근처에 숙소를 잡았다. 집 형태가 성한 집은 '굴+해물=짬뽕'이란 상가건물이었다. 식당 음식을 먹은 게 언제지. 먼지가 쌓여있는 식당 홀은 식객을 맞을 수 없을 정도로 어지러웠다. 허접쓰레기들을 밀어내고 출입문 가까운 곳에 자리 삼았다. 러다이트 K가 보내온 먹을거리를 바닥에 늘어놓았다. 이리저리 궁리해봤지만 '굴+해물=짬뽕'이란 음식은 만들어지지 않을 것 같았다. 그냥 늘어논 먹거리 중 당기는 것을 골라 끓는 물을 부었다. 입에 맞는 음식이 없음에도 마구 먹었다. 불쾌한 포만감에 시달리며 잠속으로 빠져들었다.

검붉은 어스름 속에서 날이 밝아왔다. 낯설고 생소한 풍광이었다. 어디지. 몸을 낮추고 주위를 둘러봤다. 여긴 화성 테라리움이다. 지구 과학자들이 화성에 지구와 같은 자연을 조성해 놓았다.

숲이 깨어나고 있었다. 덤불 속 관목들이 기지개를 켰다. 밤새 늘어져있던 줄기들이 몸을 세웠다. 가지에 달린 잎과 꽃봉오리가 꿈틀거렸다. 풀들은 볕이 드는 정도에 따라 줄기를 세우고 잎사귀를 폈다. 해는 선발대처럼 떠올랐다. 그제야 게으른 잡목들이 지난밤 숙였던 잎과 줄기를 일으켰다. 풀 밑에 붙어있던 곤충들이 깨어났다. 놈들이 더듬이를 비비며 풀등으로 기어올랐다. 몸이 데워진 곤충들은 오감을 이용해 주변 풀숲과 주변을 살핀다. 탐색을 끝낸 놈들이 기거나 뛰어오르고 날아올랐다. 돌이나 풀잎으로 가장하고 짝이나 먹이를 기다리는 녀석들이 보였다.

날이 밝자 숲속 밤의 정령들이 사라지고 해와 하늘, 땅과 나무, 바위 등이 나타나 자신의 존재를 드러냈다. 숲의 일상이 시작됐다. 숲 안쪽 깊은 곳에서 고양잇과 동물의 포효소리가 들려왔다. 사냥감을 쫓는 소린지, 사냥당하며 내뱉는 소린지는 모호했다.

사내는 정글도를 들고 숲을 헤쳐갔다. 왼손에 들린 칼은 써본 적 없는 듯 땅에 끌렸다. 피로와 곤궁 묻어나는 얼굴. 그는 배낭에서 물병을 꺼내 목을 축였다. 도대체 뭘 찾아 먹어야 하는 거야. 사내가 중얼거리며 풀더미를 향해 칼을 휘둘렀다. 풀들이 잘려나갔지만 드러나는 게 없었다. 분을 못 이긴 칼질은 계속했다. 칼질은 가지 굵은 관목군락에 이르러 멈추었다. 관목의 저항은 완강했다. 손과 손목이 저리고 아팠다.

먹을 건 찾아지지 않았다. 원하는 건 잘 익은 열매지만 없었다. 그건 농장에서 재배되는 것이었다. 실상 사내는 식용버섯과 독버섯도 구분하지 못했다. 꿈에서조차 먹을 걸 찾지 못하다니. 결국, 그런 건가. 도시에서는 아웃사이더였고 야생에서는 샌님인 자신… 패티를 넣은 빵이나 스테이크, 아니면 레인지에 돌리거나 끓는 물을 넣는 음식을 먹어왔다. 야생에서 짐승을 잡아 해체해 불에 굽거나, 곡물이나 열매를 채집해 갈무리하기커녕 물조차 텀블러에 담아 마셨다. 서바이벌이란 리얼리티 프로를 본 적이 있었다. 보우드릴로 불을 피워 먹을거리를 삶거나 구워먹는다, 어림도 없었다. 오일 라이터가 확실했다. 하지만 이마저 쓸 일이 없다. 먹을거리가 없는데 불이 무슨 소용인가. 기껏 군불이나 피울 뿐.

꿈이었다. 꿈과 현실 사이를 오가며 주위를 둘러봤다. 어두웠다. 더 자고 싶었지만 생생했던 꿈이 잠을 밀어냈다. 현실은 엄연하고 이상은 허황 속 난관이다. 화성에서의 삶도 순탄치 않을 것 같았다. 머리가 무겁다. 생각이 흐트러지며 관대해지기 시작했다. 인터넷 광고는 뭐야. 기본적인 의식주가 해결되는 행성이라잖아. 꿈에서처럼 내던져진 선사시대는 아니겠지. 풋값이 만만치 않은데 모두 기를 쓰고 가려고 하잖아. 생각은 정리할수록 뒤엉켰다.

신과 종교가 없는 세상, 유일신은 존재하지 않았다. '오 마이 갓'은 이전부터 감탄사일 뿐이었다. 이전 세기 사람들은 감당할 수 없는 부분들을 신에게 의지했다. 신을 모신 곳을 찾아가 기원하고 희로애락을 꺼내놓고… 마음의 안식을 얻으며 살아갔다. 말년에는 살아온 삶과 상관없이 신의 대리인을 통해 신의 세상으로 들어가는 제의를 거쳐 영면할 수 있었다. 그런 그들이 소멸해가고 새로운 세대가 나타났다. 1인 가구였다. 대부분 홀로 산다. 인간에게 영혼이 없다는 것을 안다. 신과 악마, 천국과 지옥도 허구임을 간파했다. 영혼이 없는데 죽어서 갈 천국이 어디 있단 말인가.

비혼자들은 종교서 대신 폰에 의지했다. 일어나서 잘 때까지 스마트폰에 의지해 살았다. 요약된 신문기사를 읽고 댓글로만 소통했다. 앱 서핑을 하고, 영화나 음악을 보고 들으며, 음식을 시켜 먹고, 심박 수와 하루 소모한 칼로리 체크 등등. 폰 없이는 일상을 살 수 없었다. 새로운 버전 앱들만 변종 바이러스처럼 창궐해 나타났다. 신 없이 살 수 있어도 폰 없이 살 수는 없는 세상.

1인 가구원의 성향은 개인적, 반사회적이었다. 신도 없고 가족도 없는 타인뿐인 세상. 예의와 도덕은 사라졌다. 어디서도 가르치지 않았으니 당연했다. 마주친, 마주칠 사람도 없다. 이웃은 불편하다. 사람들은 은둔형 외톨이가 돼 간다. 포털만이 사람들에게 유일한 세상이었다. 하고 싶은 일도 할 일도 없었지만 폰을 들면 할 게 많았다(업그레이드 버전은 못이다). 유사 이래 선지자들이 저술한 사상과 학문, 법률과 의학, 지혜와 기술 등은 오래 걸어 둔 플래카드처럼 바랜 채 너덜거렸다.

디지털 속 세상이 싫어 밖으로 나왔다. 세상의 틀은 빈틈없고 견고했다. 사람들이 왜 포털 속 세계에 빠져있는지 알 것 같았다. 모범시민의 틀 속으로 들어가지 못했다. 바닥 인생들과 어울리다가 약을 하게 되는 건 정해진 순서였다. 금단증상을 견디며 알았다. 루저, 뽕쟁이는 결코 큰 바위 얼굴과 같은 사람이 될 수 없다는 것을.

화성 이주 인포머셜 광고를 보았다. 잘 짜인 콘티에 야생과 과학이 접목된 이미지, 간략한 카피⋯ 젊은 여자가 부른 배를 안고 음식을 만드는⋯ 화성에서 새 삶을 시작할 수도 있을 것 같았다. 결혼해서 가정을 꾸리고 애를 낳고⋯ 화성 이주를 준비하면서 왜 사람들이 화성 이주에 목을 매고 있는지 깨달았다.

한데 그들은 왜 화성에 가려 하지. 사파리투어가 아니다. 지구에서 화성까지 여정도 험난하지만, 정착과정은 고난과 난관, 위험의 연속일 것이다. 테라포밍은 화성이 시작이었다. 예측하지 못한 돌발변수(과학자, 공학자들의 설계결함이나 제조사의 부품결함, 엔지니어의 조립이나 정비 미비 등)는 언제든 일어난다. 사고가 나면 조사위원회를 꾸미고 전문가들이 나서서 사고의 원인을 찾는다. 원인을 규명하면 사고 책임자들을 법정에 세우고 검사와 변호사가 법리다툼을 벌인다. 죽은 자들은 말이 없는데. 말 없는 사람들은 지위고하에 맞는 장례를 치르고 안장된다. 사고의 마무리는 생보사가 나타나 유족과 보험금협상을 하는 것으로 끝을 맺으며 사람들에게서 잊힌다. 그럼에도 프로젝트는 보완, 수정돼 계속 추진된다. 호모 사피엔스가 지구를 평정하고 이웃 행성을 테라포밍하는 힘이다. 이런 데도 간다고. 간다. 지구에서 찾아지지 않는 삶을 찾겠다. 남들은 어떤지 모르겠다. 그들 생각까지 헤아릴 처지도 아니고.

한데 뭘 하고 있지. 약 파는 거처럼 떠들고 있잖아. 그거 말고. 반정부단체의 하수인 노릇. 만족하나. 글쎄, 이 짓도 쉽진 않네. 찍혀서 호되게 뺑뺑이만 도는 것 같아. 지금도 늦은 건 아냐. 때려치울 수 있다고. 아니, 갈 거야. 지구에서의 삶은 의미가 없어. 비루한 삶 끝낼래. 가늘고 긴 게 좋은 삶이야. 그냥 눌려있으라고. 러다이트 K도 뭉개고. 약 생각이 나며 잠깐 솔깃해진다. 지구에서의 편한 삶과 화성에서의 행복한 삶. 생각이 쑤석거리며 들썩인다.

일상은 시뮬레이션 된 가상현실 같았다. 하루하루, 이게 현실일 수 없었다. 가상현실이 끝나길 원하며 잤다. 다음날, 아침이 오고 일상의 나날은 시작되고 있었다. 받아들이기 힘든 현실.

아침은 이전에 맞이하던 것과는 다르게 찾아왔다. 동향 창가로 볕이 어슷하게 들며 주위를 밝히고 데웠다. 어젯밤 보지 못한 것들이 적나라하게 드러나 있었다. 널린 쓰레기와 자신이 남긴 쓰레기. 거슬렸다. 하룻밤 묵었을 뿐인데 안은 더 어지럽고 난잡했다.

손발이 기능하는지 움직여봤다. 움직인다. 주변을 정리하고 걸렸던 단전호흡과 요가동작 몇 가지를 했다. 건강상태를 증진 시키는지는 알 수 없었지만, 규칙적인 배변에는 도움이 되는 것 같았다.

아침식사를 했다. 먹은 것보다 버려야 할 쓰레기가 더 많았다. 메시지를 확인했다. 목표가 떠어져 있었다. 메시지를 숙지했다. 지도 앱을 펼쳤다. 멀지 않은 곳이다. 계획을 궁굴려본다. 특별히 어려운 일은 없어보였다. 장비를 받고 목표로 다가가 '꽝'….

좌표가 이상하다. 좌표를 다시 확인했다. 목표지점은 어제 들어갔다 온 원전 안 부속 건물이었다. 다시 들어가라고, 목표가 거기라고. 씨, 들어갔을 때 일 시켰어야지. 감정을 삭이고 타깃의 도면을 펼쳤다. 주 건물과 부속 건물들의 배치도다. 표적은 주 건물 서쪽의 X형 건물이었다. 타깃의 평면도를 확대해 개략적인 건물구조를 파악하고 입구와 출구 공간 안의 동선을 파악했다. 제거대상이 무엇인지는 나타나 있지 않았다. 가보면 알겠지.

길은 엉망이었다. 무너진 건물 잔해물과 벌흙과 장애물(눈 속에 묻혀있는 전깃줄이 위험했다)들을 피해 걸었다. 그러나 눈에 보이는 위험보다 안 보이는 방사능이 더 의식됐다. 이 지역 잔존자 노인의 얘기가 위안이 됐지만, 사람들이 떠나버렸다는 건 뭘 의미하는 걸까. 스마트기기에 방사능 누출량이 나타날까. 앱을 깔고 확인할까. 만일 방사능 누출량이 위험 수준이라면… 러다이트 K와 계약을 파기하고 떠나고… 타깃을 무시하고 티켓만 챙긴다…. 킬러 드론 온다. 하자, 마지막 한 번, 이번뿐이다.

정오쯤 보급품을 받았다. 떠나가는 드론을 향해 총질하고 싶었다. 사지에 있었을 때 날들은 오지 않았다. 새끼들. 여긴 산 밑 인가지역이고 이젠 녀석의 보급품에 연연하지 않아도 된다. 놈들을 믿지 말자. 독극물 든 음식물이나 통조림으로 위장된 폭탄이 올 수도 있다. 효용가치가 없거나 위험인물로 찍히면 받게 될 선물일 것이다.

배송용품들을 배낭 속에 쟁여 넣으며 용처와 용도를 확인했다. 바퀴벌레 통 외에 다른 통이 추가되어 있었다. 뭐지, 들여다보고 흔들어보았다. 날벌레소리가 들렸다. 그나마 생명을 직접 살상하는 게 없어 다행이었다. 용처와 용도가 적힌 설명서를 읽었다. 방사능보호복은 없었다. 얼어 죽든 말든 내버려두더니 방사선 피폭도 알아서 하라는 건가.

가자. 길을 더듬었다. 웨어러블 슈트는 관절부위가 섬세했고 성능이 개선되어 있었다.

　백악기말 거대운석이 떨어졌다는 유카탄반도가 이랬을까. 아니, 거기는 규모가 더 크고 더 참혹했겠지. 어쨌든 그건 현생인류가 나타나기 전이다. 현실을 보자. 폭우와 폭풍을 동반한 태풍이 왔고 해일이 겹쳤다. 이후 원전에 폭발과 화염이 있었다. 초토화된 마을에 방사능마저 유출됐다. 또 뭐가 있었지. 마을은 소개되고 사람들은 떠나갔다. 그리고 무엇이….

　기울어지거나 무너진 건물들은 방치상태였다. 태풍과 해일 후 얼마의 시간이 지난 걸까. 온전해 보이는 것은 없었다. 이곳에 타깃이 있다고.

　얼마나 걸었을까, 유도로와 시간을 확인했다. 2시간, 진입 루트가 다르다는 생각에 지도 앱과 주위의 사물과 지형, 어제의 기억을 더듬어 지형을 맞춰봤다. 길은 달랐다. 현재 루트는 남쪽으로 내려가다 우회해 동북쪽으로 가고 있었다.

　쉬운 건 없다. 젠장, 지도 앱대로 가자.

　바다를 면한 쪽에 러스트 벨트(쇠락한 공장지대)가 나타났다. 바다는 보이지 않고 갯냄새만 맡아졌다. 진입로나 길 따위는 찾을 수 없기에 한걸음, 한걸음… 길을 내며 나아갔다. 정글, 영상으로만 봤고 열대에만 있는 줄 알았다. 한데 생명 없는 이곳도 정글이었다. 한 치 앞을 알 수 없었다. 싱크홀을 지나쳤다. 얼마를 가다 다시 싱크홀을 맞닥뜨렸다. 거대한 구덩이 옆에는 건물터만 남아있었다. 건물은 땅이 꺼지며 함몰된 듯했다. 안은 깊고 어둑했다. 주위의 건물들은 기울어진 채 더 기울어가고 있었다. 약탈의 흔적도 보였다. 무시하고 지나쳤다. 표적을 찾자.

폐허의 연속이다. 지도 앱을 보면서 신경 쓰이는 건 고압송전탑에 연결된 전깃줄이었다. 탑들은 간격을 두고 쓰러져 있었고 전깃줄은 복병처럼 널려있었다. 어디서 발목을 잡거나 목을 휘감을지 몰랐다. 전류까지 흐른다면… 전기구이 된다. 이 안에 타깃이 있다는 것이 이상했다. 좀 멀리 보자. 뭐가 있는 거지. 멈춰 서서 지도 앱을 확대했다. 바다와 땅, 도로와 건물, 지번이 나타났다. 없는 도로와 건물들, 도움이 안 된다. 스마트폰 카메라기능으로 사방을 살폈다.

쇠락한 산업단지가 원근감을 갖고 펼쳐져 있었다. 방사능이란 호박amber 속에 갇혀있는 듯했다. 공장들은 언제까지고 복구되지 않을 것 같았다. 화석화되어가는 건가. 아니 해체되고 있는지도 모르겠다. 표본처럼 보이기도 했다. 자신이나 세상의 말로.

표적에 근접해가고 있었다. 앱지도가 말해주고 있는데 타깃은 나타나지 않았다. 어디 있는 거야. 좌상향 10시 방향으로 가다 오른쪽 모퉁이를 돌았다. 건물 잔해가 거대했다. 공룡이 연상됐다. 이놈은 아르겐티노사우루스 같다. 저건 둔중한 몸체에 굴뚝이 중앙으로 3개 솟아있네, 트리케라톱스야. 이놈은 티라노사우루스 같은데. 저놈은 뭐야. 용각류처럼 생겼네. 골격만 남은 공장들도 T-ray(Tera Hertz Camera)로 찍은 영상처럼 뼈대로 형체를 드러냈다. 박물관에 전시된 공룡의 골격.

해가 진다. 석양이 유달리 불명료했다. 마음이 급해졌다. 더 어두워지기 전에 끝내자. 까닥하다 여기서 하룻밤 더 보낸다. 마무리하고 뜨는 거야. 러다이트 K와 끝이라고.

표적을 찾자. 스마트워치에 깜박이는 신호가 나타나지만 어딘지 종잡을 수 없었다. 대체 어디 있는 거야. 바닥을 기는 물체가 지나갔다. 순간이라 바퀴벌레류인지 설치류인지 확인하지 못했다. 사이보그나 로봇인지도. 움직이는 물체라. 녀석이 사라진 쪽을 바라보다 바닥에 쭈그리고 앉아 지나간 길을 살폈다. 흔적은 남지 않았고 유의미한 것도 없었다. 뭘까. 생존해 있는 생명체일까. 사이보그나 로봇이라면 이곳이 수집할 정보가 있다는 뜻이다.

뭐 하는 거야. 사소한 일에 연연할 때가 아니잖아. 일 끝내고 떠나야지. 일어섰다. 빙그르르 주위의 사물이 돈다. 자신은 바로 서 있는데 세상이 비틀거렸다. 사물이 출렁이며 흐리게 다가왔다. 공복감과 함께 나른해지며 다리가 풀려 바닥에 주저앉았다. 도는 팽이가 멈추기 직전처럼 중심을 잃고 흔들렸다. 왜 이러지. 못 먹어서 그래, 부실하게 먹었고. 별거 아냐. 언제 뭘 먹었더라. 우선 뭐든 먹자.

팽이가 멈췄다. 일어섰다. 세상이 질서정연해진다. 어디서 뭘 먹지. 궤도 스테이션 식당에서의 음식. 해물 요리가 특히 먹고 싶었다. 꿈 깨, 현실을 직시(인공 중력이 만들어진 기내에서 지구를 조망하며 식사하는 식당. 지구를 떠나기 전 즐기는 성찬. 어느 오너 셰프의 발상에서 시작됐고 적중했으며 아류들이 생겨났다)하라고.

온전해 뵈는 건물을 찾았다. 건물 안도 추위는 여전했다. 하지만 현명한 놈이라면 이때 깨달았어야 했다. 왜 건물이 온전한지. 지진과 해일에 견디게 설계된 건물이란 걸. 간편식을 꺼내 늘어놓고 먹고 싶은 음식을 찾았다. 몇 가지 음식을 개봉해 먹다가 남겼다. 허기는 면한 것 같았다.

손목에 있는 스마트워치가 깜박였다. 습관적으로 몸을 낮추고 주위를 살피며 벽에 붙어 섰다. 표적은 이 건물 안에 있었다. 지나칠 뻔했다. 한데 뭐가 어디 있다는 거야. 뵈는 건 긴 복도와 닫힌 방뿐이었다. 소리를 나누어 구별했다. 건물 밖에서 들려오는 바람 소리, 귀를 모았다. 기계음 소리가 들려오는 것도 같았다. 스마트폰 데시벨 앱으로 소리의 진원지를 찾아 나섰다. 바람 소리에 섞여 모터 소리와 마찰음, 미세한 진동이 감지됐다.

어딘지 모호했다. 1층을 더듬고 2층으로 올라섰다. 1층과 같은 구조다. 표적은 나타나지 않았다. 3층으로 올라갔다. 신호와 데시벨이 약해지고 있었다. 위는 아닌 것 같았다. 내려가자. 신호가 강해졌다. 어디지. 1층은 아니다. 그렇다면 지하…. 뜻밖의 장소라 염두에 두지 못했다.

폐쇄된 계단을 찾았다. 방화셔터를 들춰냈다. 계단은 묻혀 있었다. 뭐가 들어차 있는지 뵈지도 않았다. 조명을 비췄다. 쓰레기는 차치하고 토사가 문제였다. 발로 누르고 손으로 파헤쳤다. 잠깐 들어가는 듯하다가 이내 저항에 부딪혔다. 빛을 비춰봐도 계단 밑 내려갈 공간은 없었다. 다져진 바닥이다.

그만두고 돌아가고 싶었다. 새끼들 시키는 일이 매번 이렇다. 자신 안의 누군가 물었다. 그만두고 어디 가고 싶은데. 슬럼간가. 누가 반기지. 부모는 없고, 돌봐줄 인척도 없잖아. 아는 사람도 없을 걸. 아, 시설이나 큰집에 있던 녀석 몇 명이 반길지도 모르겠군. 사람은 위험하거나 불가능해 뵈는 일은 본능적으로 회피한다고. 노숙자가 왜 계속 노숙잔지 알아. 알아, 안다고. Y방 가 놀고 싶겠지. 호박잎사귀 말아 피며 술도 마시고. 그때부터 나락으로 떨어지는 거야. 당연히 그 짓도 돈 있을 때만 가능하지. 돈 떨어지면 뭘 할지 보이는데. 범죄 저질러서 잡히고 큰 집 가고… 악순환이야. 그래, 난 그런 놈이야. 그렇게 살래.

사념들이 들까불었다. 보이지 않는 계단을 멍하니 바라봤다. 무無, 어둠.

찾자. 다른 루트가 있을 것이다. 무력화시키자. 공장에서 제품이 만들어진다면 나오는 길이 있고 들어가는 길도 있다. 입구를 못 찾았을 뿐이다. 여의치 않다면 파고 들어가겠다.

건물 안팎을 돌아다니며 살폈다. 건물 뒤 좌측에 지하출입구가 있었지만, 내부계단보다 더 엉망이었다. 토사와 뿌리 뽑힌 나무가 바리게이트처럼 입구를 막아서고 있었다. 가관인 건 떠밀려온 건지 지하에서 올라오다 날벼락을 맞은 건지 차량 몇 대가 흙 속에 처박혀 있었다. 그중 하나는 차체가 뒤집힌 채 바퀴가 하늘을 향해 대롱거렸다.

건물로 돌아와 엘리베이터 외부 문을 강제로 열었다. 시커먼 구덩이였다. 유기물 해체되는 냄새가 올라왔다. 코를 막았다. 라이트를 비췄다. 공룡아가리 속 같은 어둠과 칼날처럼 빛을 반사하며 얽혀있는 와이어, 켜켜이 쌓여있는 흙과 쓰레기 외 보이는 건 없었다. 내려가려면 줄을 내려야 하는데. 아니, 막혀 있다. 내려간들 소용없다. 돌아섰다.

건물 안 곳곳을 훑었다. 재료나 제품들이 들고난 흔적은 찾아지지 않았다. 이럴 때 대마 성분이 들어간 담배 한 대가 절실했다. 다운타운 가 한대 피우자. 술도 한잔 마시고. 따듯한 방에서 일주일쯤 자면 심신이 풀릴 거야. 아, 그전에 일 끝내고. 별거 아냐. 굴 파는 일보다 어렵겠어. 내려가는 길은 있어. 건물 평면도를 구하자. 도청 건축과 인터넷망에 들어가면 구할 수 있다.

넓은 건물이고 평면도로 본 구조는 복잡했다. 무시하고 지하와 지상을 연결하는 통로만 드래그하여 확대했다. 도면상 밑으로 내려가는 통로는 옥외경사로와 계단과 엘리베이터 등 14곳이었다. 몇 곳을 찾았지, 13곳. 찾지 못한 1곳이 입구다. 어디 있는 거야.

닫혀있는 문 잠금장치를 몇 개 해체하고 업무 공간 안을 파고들었다. 요지부동인 문을 폭약으로 처리했다. 이곳이다, 도면에 있는 14번째 입구. 화물용승강기였다. 외부인은 도면 없이 찾기 힘든 구조였다.

비정상적인 곳의 비효율적인 승강기, 냄새가 난다. 어떤 놈들일까. 비상용이고 일반인들은 출입할 수 없는 곳이다. 운행될까. 지하 5층에서 지상 15층. 지하 공간배치도를 보며 동선을 그렸다. 또 숙지해야 할 것이 뭐지.

승강기는 지하 4층에 멈춰져 있었다. 계기판에 전원이 들어와 있다. 원전은 폐쇄됐고… 고압전선 탑이 죄 쓰러져있었고 거리엔 끊어진 전깃줄이 엉켜있는데… 전력이 공급된다…. 버튼을 눌렀다. 올라온다. 상황을 어떻게 받아들여야 할지 난감했다. 어째서 되지도 않는 곳에 타깃이 있는지 의문이고.

문이 열렸다. 조명은 없었다. 직각으로 반듯하게 잘라낸 어둠이었다. 불을 비춰 안을 살폈다. 위험요소는 없어 보였지만 사람 하나 타기에는 압도적으로 컸다. 과장하자면 비행기도 실을 정도다. B4 층을 눌렀다. 문이 닫히고 승강기가 내려갔다. 1, 2, 3, 4… 땡, 문이 열렸다. 왜 4층을 눌렀지. 5층부터 더듬어야 하는 거 아닐까.

심연 속이었다. 하지만 어둠보다 대책 없는 건 역겨운 냄새였다. 공기가 무거운 듯 냄새는 넓게 퍼져있었다. 뭔가, 아니 온갖 것들이 해체되어 가고 있는 듯했다. 악취만 포집되어 있는 공간. 설치류든 뭐든 뭔가 먹을 걸 찾으러 들어왔다가, 아니면 자신 같은 녀석들이…. 발로 바닥을 더듬어 디뎠다. 뭉클한 걸 밟았다. 소름이 돋았다. 라이트를 켜려다 위험하다는 생각에 그만두었다. 숙지한 동선은 무용지물이었다.

냄새가 무뎌지길 기다리는 동안 어둠에도 익숙해졌다. 지상과 달리 수해의 흔적은 없었다. 걸음걸이에 균형이 잡혔다. 악취 외 다른 냄새가 났다. 뭐지, 쇠를 깎거나 쇠가 탈 때 나는 냄새. 또 뭐가 있지. 춥지 않았고 공기는 탁한 듯했다. 그리고… 소리, 데시벨 앱으로 감지했던 소리가 들리는 듯했다. 귀를 모아 집중하면 소리는 물먹는 스펀지처럼 스며든다. 소리측정 데시벨 앱을 열었다.

발을 더듬어 앞으로 나갔다. 가끔 손도 휘저었다. 공룡 뱃속에 들어와 있는 느낌이었다. 뚫고 풀어야 할 퍼즐 같은 길이 있을 것이고 위험도 있을 것이다. 데시벨 앱을 보고 방향을 잡아 나아갔다. 표적은 내장 안 어딘가에 엄폐되어 있을 것이었다. 벽과 통로뿐인 줄 알았는데 넓은 공간과 맞닥트렸다. 야간투시경을 꺼내 썼다. 필로티뿐이다. 젠장, 주차장에 들어와 있는 거 아냐. 소리 측정기는 믿을 게 못 돼. 데시벨 앱을 재부팅 했다. 러다이트 K에 상세 평면도를 전송해달라고 할까.

몸 감각은 냄새에 둔감해지는 대신 소리에 민감해졌다. 소리는 들려오는 듯했지만 어디서 나는 무슨 소린지는 알 수 없었다. 다시 데시벨 앱이 가리키는 방향으로 나아갔다. 얼마쯤 들어왔을까. 아가리와 식도는 넘었겠지. 어디 있는 거야. 다시 통로와 벽의 연속이었다. 방향 감각을 잃었다. 더듬이 잃은 곤충… . 멈춰 서서 심호흡을 하며 감각이 돌아오길 기다렸다.

다시 부패하는 냄새가 났다. 근처에 새로운 사체가 있다는 건가. 나가는 길을 찾지 못한다면… 죽음은 가까이 있다. 표적이 있다면 시설을 관리하는 시스템이 있을 것이다. 시스템이 침입자를 감지했다면 침입자를 무력화시키는 보안시스템이 가동하겠지. 통신이 끊길 테고 나갈 길은 미로가 된다.

방사능오염지역에서부터 촬영한 영상과 보고서를 작성해 러다이트 K에 보내자. 새로 작성한 메시지.

-수신 러다이트 K, 타깃을 찾을 수 없다… 어둠과 벽과 통로뿐이다… 철수하겠다….

보낼까, 커서가 깜빡이며 묻는 듯했다. 할 만큼 했어. 계약은 이걸로 끝이야. 나가서 갈 길을 찾자. 엔터를 누르고 작성한 계약종료서도 전송했다.

건물 평면도와 위치 정보를 매칭해 나가는 길을 잡았다. 들어온 길만큼이나 나가는 길 찾기도 만만치 않았다. 저기도 아니고 여기도 아니다. 공룡 뱃속을 헤매고 있는 것 같았다. 단순하게 생각하고 나갈 길만 찾자. 이곳과 지상을 연결해줬던 유일한 길은 14번째 엘리베이터다. 거기로 가자.

열었던 문을 찾았다. 하지만 착각이었다. 제대로 찾아왔다고 생각했는데 엘리베이터는 없었다. 위치정보에 오차가 있는 걸까. 다시 출구를 찾아 나섰다. 오차범위 내에 승강기가 있길 바랐다. 어림없는 바람이었다. 완강한 벽들뿐이다. 몇 번 더 신기루 같은 문을 쫓았다. 허탕이었다. 어둠은 통로와 문, 벽 따위가 합세해 출구가 존재한 적 없다고 시치미 떼고 있었다. 러다이트 K든, 건물 내 보안시스템이든 어느 하나가 자신을 골탕 먹인다고 판단했다. 할 수 없다. 아날로그적으로 찾자. 기억을 더듬고 지나왔던 동선과 발자국을 되짚었다. 모든 건 엉키고 훼손돼 있었다. 이제 나가기만 하면 자유로워지는데.

불가항력이다. 절대자만이 길을 내고 문을 열 수 있다. 벗어나지 못했던 쥐 꼴이라는 자괴감이 들자 다시금 악취가 스멀거다. 몸 여기저기가 가려웠다. 뭘 어떻게 해야 하지. 멍하니 서서 어둠을 바라봤다. 보이는 건 없었다. 문도 엘리베이터도, 산하도 하늘도, 도시와 약도. 이게 현실이고 현재였다. 죽는 자, 소멸.

죽음과 죽는다는 것에 대해 생각했다. 명命이라는 게 있는지 모르겠지만 이 상황, 이 상태가 계속된다면 7일, 아니 그전에 미처 발광하다 죽을 것이다. 죽는 건 두렵지 않았다. 어쩌면 자살을 시도했었던 때 죽는 게 나았을 수도 있었다. 왜 죽고 싶었었지. 사회가 엿 같았거든. 사람이고 세상이고 모든 게 병신 같았는데 정작 병신은 자신이었다. 할 일도 없었지만 하고 싶은 일도 없었다. 무위의 날들이었다. 약에 의존하는 자신이 싫어 자학하고 자해하다…. 이젠 자신의 의사와 반해 죽음을 맞이해야 했다.

상황을 인지했는데도 피로하고 졸렸다. 움직일 기력도 없었다. 대자로 누웠다. 깊게 오래 자고 싶었었다. 자자. 자다 죽는다면 더할 나위 없다. 잠은 오지 않았다. 머리 감고 욕조에 몸 담고 싶었다. 어림없는 현실을 갈망할수록 머리와 몸이 가려웠다. 벅벅 긁었다. 긁을수록 더 가려웠다. 몸 여기저기를 긁고 뒤척이다 설핏 잠이 들었다.

누군가 나타나 혀를 찼다. 철없는 것… 잠이 와. 꼬락서니하고는 아주 칠성판 깔고 자지, 왜. 얼른 일어나지 못할까. 느릿느릿 몸을 일으켰다. 알아, 왜 이러고 있는지. 세상이 불평등하다는 거지. 보통으로 평범하게 살고 싶은데 불공정하고 불합리하며 부당하고 부박하다. 그래서 이러고 있다, 에라 이놈아. 안 그런 세상 있으면 내가 먼저 가서 교敎 만들고 신도 모으겠다. 어르고 뺨치고 젠장. 약 끊었는데요, 누구시죠. 예끼, 아비도 몰라보냐. 어릴 적부터 하는 짓이 변변치 않더니만…. 이놈이 조선시대 때 태어났어야 했는데. 문장을 하겠어, 환(아무렇게나 마구 그린 그림)을 치겠어. 불알 바른 내시가 딱 제격인데. 아버지라뇨. 전 고압니다. 이제 약 살 돈도 없습니다. 고얀놈… 하긴 면목이 없기는 하다만 후회한 적 없다. 너도 네 인생을 사는 거야. 되짚어 봐. 사는 건 고행이야. 어느 세상 어느

시대 어느 사회에서나 그랬어. 과거에는 사는 게 더 저열했어. 그랬겠죠. 저 좀 자게 내버려 두실래요.

스마트기기가 부르르 떨며 아비란 사람을 거둬간다. 이번엔 뭐가 괴롭히는 거야. 뭉그적대다 메시지를 열었다.

-근접해 있다. 첨부파일을 열고 타깃을 찾아 실행하라. 화성행 티켓이 실효되지 않을 마지막 기회….

뭐가 현실인지 모호했다. 계속 자고 싶었다. 몸을 말고 옹크렸다. 잠과 꿈과 현실 사이에서 버둥거리고 있었다.

눈을 비비고 둘러봤다. 주위는 텅 빈 어둠뿐이었다. 어둠은 깊이를 더해가며 세력을 넓히고 있는 듯했다. 변한 건 없었다. 아비의 모습과 얘기는 허상이었고 메시지는 실재하는 현실이었다. 개새끼들, 장난치는 거야. 티켓 실효라고. 왼손 중지손가락을 세워 허공에 날렸다. 분이 가라앉지 않는다.

소모품이라는 생각이 짓눌렀다. 한데도 놈들에게서 벗어날 수 없다. 여태까지 해온 일이 그렇다. 조금씩, 아니 이미 빠져나올 수 없는 수렁에 들어가 있었다. 윤리적인 문제로 일을 거부한 것이나 죽을 고비를 넘긴 것 따위는 자신에게만 중요한 문제였다. 그들은 자신을 비롯한 러다이트들이 벌여 놓는 테러행위와 여론의 반향에만 관심이 있다. 매스컴에서 꼭지로 연일 보도될 수 있는 것으로. 흡혈충 같은, 더 빨 게 있다….

자신의 문제를 선배나 친구들과 의논하고 싶었던 적이 있었다. 주위를 둘러봤다. 됨됨이를 갖춘 사람이 없었다. 어드바이저 앱과 얘기해 볼까도 생각했었다. 녀석은 세상을 안다. 현재 형편과 대처 요령, 이후에 닥칠 상황에 대해 적절하고 적합한 방향을 제시해 줄 것이었다. 그런데 AI를 파괴하러 다니는 놈이 AI에게 자문한다. 난센스이기도 하지만 감청당할 것이다.

살길은… 타깃을 찾아 무력화시켜야 한다. 난장판을 만들며 극적이면 더 좋다. 압축이 풀리며 첨부파일이 열렸다. 도면을 읽고 머릿속으로 반복해 숙지했다. 타깃의 입구를 못 찾았던 건 벽 속에 문이 감춰져 있었기 때문인 것 같았다.

적개심과 긴장으로 몸이 떨려왔다. 안내되는 길을 따라 더 들어나갔다. 보고 판단한다는 건 의미가 없었다. 시력 퇴화한 땅 밑 포유류처럼 더듬더듬 오감을 긴장시키고 걸었다. 위험요소는 없어 보였다. 유기물 썩는 냄새와 쇠 타는 냄새가 다시 맡아졌다. 위치정보신호가 약해진다. 목표에서 벗어나서인지, 지하라 전파신호가 약해선지 알 수 없었다. 통로 외는 벽과 잠겨있는 문들뿐이었다. 벽을 손으로 집으며 나아갔다. 위치정보신호는 여전히 약했다. 냄새와 소리, 진동이 느껴졌지만 오감을 믿을 수 있을지 의심했다. 이 일은 적외선 렌즈와 오감센서를 장착한 AI로봇이 투입돼야 했다. 한데 왜… 상징성 때문일 것이다. AI가 AI를 파괴하는 이미지보다 AI에 의해 밀려난 사람이 AI를 파괴하는 모양새, 공분을 자아낼 수 있는…. 일에 진척이 없어선지 별생각이 들었다. 생각이 다시 꼬리를 문다. 그런데 표적을 찾아 제거한 다음 어떻게 나가지. 나가는 길을 찾을 수 없을 것 같았다. 악취 풍기는 녀석들처럼 되는 거 아닐까. 진저리가 쳐졌다. 나가야지. 지상으로 연결된 통로는 14번 승강기다. 물론 일을 끝내고.

젠장, 이 건물이 넓으면 얼마나 넓겠어. 깡그리 훑자. 제까짓 게 이 안 어딘가에 있는 건 분명하다. 서두르지 말자. 천천히 천천히…. 여기다 싶어 개폐시스템을 해체한 문 안은 빈 창고이거나 무의미한 공간이었다.

앱 도면을 확대해 지나간 길은 마킹하고 해체한 문에는 형광마커를 칠했다. 여기 아니고 다음은 어디냐. 하나하나 찾다 보면 나오겠지. 지나간 통로를 뺑뺑 돌다 마킹한 문을 다시 지났다. 도대체 뭐가 잘못됐지.

라이트를 켤까. 배전반을 찾아 불을 밝힐까. 타깃이 있다면 침입은 감지됐을 것이다. 불을 밝힌다는 건… 아직 보안망을 건드리지 않았다. 이 상태를 유지하며 타깃을 찾자.

다른 문을 찾아 열고 안을 살피고 마킹하고, 열었던 문 개폐기에는 형광 칠을 하고 돌아섰다. 어디까지 몇 개 했지. 앱 건물 평면도 마킹을 확인했다. 얼마 안 남았다(자신을 위로하려고 뱉은 말이다). 어디로 갈까. 문을 등지고 서서 주위를 바라봤다. 보이지 않는 미로의 연속이었다.

냄새나는 곳이 어디냐, 평면도를 보며 중얼거렸다. 평형이 좁은 곳부터 뒤졌었다. 없다. 이젠 반대다. 현재 위치에서 11시 방향, 100m 직진 후 좌로 돌아 30m 지나, 우 10m… 보폭으로 거리를 재며 걸었고 도면상 위치와 일치하는지 확인했다.

문은 잠겨있었다. 문을 열 수 없었다. 여태까지는 마스터 패스워드기로 열었다. 통상적으로 쓰던 방법이 전혀 먹히지 않았다. 진짜 뭐 있나 본데. 뒤로 물러나서 문을 살폈다. 손잡이, 잠금장치 등이 보이지 않게 내장된 철제문이었다. 구조를 알 수 없었다. 레이저 건으로 녹일 수 있을까. 폭약이 나을 것 같았다. 개폐장치를 찾아 자석폭약을 붙이고 물러섰다. 하나, 둘, 셋… 불꽃이 일고 폭음이 잦아들며 화약 냄새가 피어났다. 잠금장치는 해체됐다.

안은 깨끗했다. 생산기계는 물론 기기나 집기, 쓰레기조차 없었다. 뭐야, 황당하네. 이쯤 해서 나타나야 하는 거 아냐, 개 같은. 뭘 하나 집어던지고 싶은데 그마저도 손에 잡히는 게 없었다. 전방, 좌우로 불을 비췄다. 벽뿐이다. 치밀어 오르는 화를 참지 못해 벽을 향해 내달려 발차기를 했다. 후련하거나 발이 아프거나, 아니면 둘 다 일 줄 알았다. 충격 강도와 소리가 다르다. 뭐지, 완충재가 들어간 철판이었다. 벽이 아니다. 다른 곳으로 통하는 문일지 몰랐다. 라이트를 비추고 벽을 살폈다. 눈으로 식별이 안 돼 손으로 두들기며 더듬었다. 벽과 벽이 아닌 곳이 구분됐다.

문을 찾지 못했다. 손잡이와 개폐장치는 벽 속에 있는 듯했다. 어디를 뚫어야 하지.

어림없는 짓을 했다. 벽인지 문인지를 향해 발로 차고 주먹으로 두들겼다. 감이 느껴졌다. 이건 문이고 안은 다른 공간이다. 건물의 폐쇄성으로 볼 때 여긴 전문가가 나서야 했다. 그런데 왜…. 의문이 보글거렸다. 어쩌면 러다이트 K는 여길 대단치 않게 판단했을 수 있었다. 그게 아니면 초짜를 희생양 삼아 이슈화해 러다이트 K의 정치적 목표를 달성하려고… 문을 열 수 없어 벽을 뚫어 구멍을 내기로 했다. 해체하는 내내 의문이 생겨났다. 답은 대부분 나빴다.

문을 열었다. 두렵다. 이 안에 뭐가 있지. 뭐를 찾아야 하지. 눈을 가늘게 뜨고 불을 비췄다. 터널 같았다.

감정이 담대해지는 반면 행동은 조심스러워졌다. 폰 기능으로 불을 비춰 주위를 살피며 나아갔다. 천장과 벽, 바닥은 시멘트 풀로 마감되어 있었고 중간중간 환기구로 보이는 장치와 전기, 전자장비 박스 등이 있었다. 외부인 식별시스템도 있겠지. 감지됐을 거야. 부분 정전이라면 아직은 모르겠지만. 어쨌든 가자. 시시비비를 따질 상황이 아니다.

계속 한 방향으로 가야 하는지 의문이 들어 러다이트 K의 위치 정보를 확인했다. 신호가 잡혔다. 통로가 세 방향으로 갈라져 나타나자 오른쪽으로 방향을 틀었다. 또 완강하고 거대한 철문들이 나타났다. 문들의 연속이고 이건 또 다른 벽이었다. 도대체 얼마를 더 들어가야 하는 거야. 구조가 그려졌다. 터널은 지하 4층에서 다시 땅속 지하 공간을 향하고 있었다. 지상에서 찾을 수 없는 구조다. 건물 지하 4층 문을 통해서만 들어갈 수 있고… 이제 겨우 들어왔다.

위치 정보 신호가 강해졌다. 다른 문이 버티고 있었다. 패스워드를 입력해 열 수 있는 문이었다. 마스터 패스워드기를 들이댔다. 먹통이다, 망할. 숫자와 문자의 조합을 입력했다. 아니고 이것도 아니고… 살아오면서 넘거나 풀거나 뚫어야 할 벽과 문들을 회피해왔다. 이번에도 회피한다면 시시포스처럼 내일도 모레도 같은 짓을 반복해야 할지 모른다. 그런데도 나른하고 안온한 슬럼가로 돌아가고 싶다는 생각이 머릿속에 비집고 들어선다. 직업을 가질 수 있을까. 아니 일은 없다. 예전처럼 구걸하고 빙 뜯고 훔치고 뺏겠지. 여태까지의 생활, 한 단어로 뭉뚱그려진다, 비루한 삶. 하지만 두렵다. 이건 여태까지 하던 일과 다르다. 스마트워치를 풀어놓고 줄행랑 놓을까. 간다면 어디로 가야 하지. 마스, 갈 곳은 화성뿐이야. 그곳만이 유토피아라고. 문을 열 수 없잖아. 아니, 패스워드는 찾을 수 있어. 마스터패스 워드기를 재접속했다. 출력되는 번호들을 입력했다. 아니잖아. 멍청이 제대로 좀 추출해봐. 이것도 아니고, 아니고… 아니고… 오, 키가 먹힌다.

문을 열었다. 빛이 쏟아져 나왔다. 푸른빛이었다. 순간적으로 눈이 감겼다. 몸 균형을 잡고 추슬렀다. 나오지 못하는 구렁텅이로 들어서는 느낌이었다. 나락.

한걸음, 한걸음… 발걸음이 버거웠다. 푸르스름한 조명 때문인지 안은 실루엣이 펼쳐진 듯 희미한 빛과 그림자들이 넘실거렸다.

무인생산시설이고 파트별로 분야가 나뉘어 있는 듯했다. 부품들이 만들어지고 있는 라인을 살폈다. 외부에서 들여온 원재료들이 입력정보에 따라 절단, 절삭되고 있었다. 3D 금속프린터가 뽑아낸 부품이 절단 절삭된 재료와 함께 컨베이어벨트에 실려 가고 있었다. 어디에 쓰이는 부품인지는 알 수 없었다. 다른 부품생산설비를 지나쳤다.

라인에서 다른 라인으로 넘어가며 부품들은 커넥터로 조인

돼 형체를 갖춰갔다. 라인을 따라 부품과 부품이 흘러갔다. 부품은 다른 곳에서 만들어져 나온 부품과 결합하고 있었다. 라인을 따라갈수록 생산물의 형태가 분명해졌다. 장딴지와 허벅지가 조립됐다.

형체를 갖춘 몸통에 동력장치가 장착되고 있었다. 라인을 흘러가다 팔과 다리가 연결됐다. 손과 발은 어디서… 과학은 사람 몸을 나누고 세분화했다. 로봇 몸도 예외 없었다.

사람의 손과 발은 지구상 생물들과 다르게 진화해온 부위였다. 여태까지 사람보다 유연한 손을 가진 생명체는 없었다. 그 손으로 도구를 만들었고 문명을 펼쳤으며 무기를 제작해왔다. 그런데 여기 다관절, 복합관절, 액추에이터(동력장치)로 조합된 손과 발이 만들어지고 있었다. 로봇 손은 사람 손보다 섬세하고, 악력握力은 언제까지고 유지할 수 있다. 다리는 2족 보행은 물론 지치지 않고 달릴 수 있고.

손과 발 부품은 팔과 다리에 조립되지 않고 공정을 지나쳐갔다. 손목, 발목에 건십gunship이나 캐터필러가 장착될 수 있다는 뜻으로 받아들였다. 전체가 모여 조립돼 실체가 만들어지는 곳, 그곳에다 약을 놓자…. 아니 못 막는다. 이건 시늉일 뿐이다. 막을 수 없다. 그럼, 여태까지 뭘 한 거야. 쇼, 퍼포먼스지. 그런가. 그럼 이제 뭘 해야 하지. 알잖아.

속 빈 머리형상에 부품이 들어오는 라인을 찾았다. 이목구비가 들어갈 구멍 때문인지 얼굴형상은 데스마스크 같았다. 부품들이 각각의 라인에서 들어와 자리를 찾아 들어가 조립되고 있었다. 눈과 코, 입과 귀… 비로소 얼굴 형체가 만들어졌다. 이목구비에 내장된 센서는 동물의 보편적 오감을 능가한다. 이목구비의 신경망은 AI시스템으로 연결된다. 연산하고 제어하고 합산한 것을 추론해서 명령을 내리는 부품, 여긴가. 여기다 풀어놓아야 하는 건가.

공장 안을 살피다 격납고 비슷한 곳을 찾았다. 기관포와 레이저 등의 무기를 장착한 전투 로봇들이 늘어서있었다. 살인기계들이었다. 놈들은 어디든 투입되면 입력정보에 따라 적을 제압한다. 적과 아군만 있을 뿐 감정이 개입되지 않는다.

여기다 풀어놓자. 배낭에서 벌레 통을 꺼냈다. 살아있는지 통을 흔들었다. 동면에서 깨어났다는 듯 벌레들이 그제야 꾸물꾸물 움직였다. 다행이네, 벌레 통을 던졌다. 갉아버려. 바퀴벌레를 보자 의문이 들었다. 러다이트의 본질은 기계를 만드는 기계를 파괴해야 하는 거 아닐까. 고작 로봇 몇 대 먹통 만들어봐야 그게 무슨 소용일까. 더 따져 들어가면 AI를 설계, 제작, 판매하는 사람들이 문제 아닐까… 정리되지 않는다. 정치나 입법자들이 판단할 문제다. 바퀴들에 땀 밴 손을 마주쳐주었다.

손과 발을 갖추지 못한 로봇들이 늘어서 이동하는 모습은 괴기했다. 주문상황에 맞춰 가정, 산업, 재난, 전투 등에 적합한 도구가 장착돼 출고될 것이었다. 기계가 기계를 만들어 낸다. 정교하고 체계적, 합리적이다. 오류가 생기면 클라우드에 저장돼 보고되고 수정된다. 새로운 정보가 더해져 제작공정은 완벽해진다. 조립공정을 더 따라갔다.

AI의 핵심부분인 인공지능 칩이 이동했다. 인간의 뇌를 모방한 심층 신경망 칩(무어의 법칙[2]은 유효했다. 칩은 소형화, 최적화되어 있었다)이 업무용 봇에 심어지고 있었다. 이목구비, 팔다리 없는 캐비닛 형태였다. 의료법인이나 법무, 금융 쪽 AI였다. 실행 소프트웨어는 기본 프로그램만 담겨있을 것이다. 주문자의 상황에 맞춰 프로그램이 설치되고 첨가되며 업데이트된다. 실행 데이터는 방대하며 처리는 정확하고 신속하다. 소름이 돋았다. 인간의 교육과 학습의 단계를 뛰어넘는 생명체다. 저들이 세상으로 나간다.

망연히 서 있었다. 여러 생각이 떠오르다 스러졌지만 정리되지 않았다. 할 수 있는 일은 여기에도 통을 꺼내 바퀴들을 꺼내놓는 것뿐이다. 배낭에서 남은 통들을 꺼내 탑재라인으로

---

2 과거 10년 전과 비교해 CPU 집적도, 성능은 50배 향상되었다.

던졌다. 벌레들이 기어 나왔다. 먹어치워버려.

내달리던 바퀴들이 멈칫거리며 허우적거렸다. 왜, 뭣 때문에… 놀라 바닥을 살폈다. 바닥은 끈끈이 늪이었다. 첨단 시설 무인공장에 아날로그 방어시스템이라니. 바퀴들의 괴로운 몸놀림이 전해져오는 듯했다. 파란 통이 무용지물이라면 빨간 통을… 지침 매뉴얼이 기억났다. 배낭을 뒤져 빨간 케이스를 꺼냈다. 뚜껑을 열자 종이 다른 바퀴벌레들이 꾸물거렸다. 뭐가 다르지. 아, 녀석들에 관한 얘기를 들은 적이 있다. 비행하는 곤충 사이보그다. 통을 던졌다. 주변을 탐색하며 나아가던 녀석들이 장애물을 감지하자 날아올랐다. 생물학적 기능으로 바퀴는 장애물을 피해 비행한다. 인공지능 칩에 끌려(먹이나 섹스 파트너로 인식하지 않을까) 다가가는 건 유전자 변형 때문이다. 향연을 관람할 시간이 없다. 너무 지체했다. 놈들이 냄새를 맡았을지도 모른다. 벗어나자.

출구를 찾을 수 있을까. 나가는 길도 쉽지 않겠지. 왔던 길을 되짚어보자. 지하 평면도와 앱 내비를 펼쳤다. 현재 위치는 여기고… 경로와 출구를 숙지하고 지시대로 따라가자.

뒤돌아서 걸으며 숨을 골랐다. 마구 분탕질을 친 것 같은데 조용했다. 공장은 잠깐 생산 차질을 빚겠지만 곧 정상을 찾을 것이다. 언론에 보도돼 이슈화되어야겠지만 상관할 바 아니다.

제대로 가는 거 맞나. 아직 생산시설을 벗어나지 못했다. 공장을 벗어나 터널 속을 지나야 한다. 뭔가가 붙잡았다. 금융기관 금고 같은 문이었다. 뭐지, 사무실일 리는 없고 부품실도 아니다. 제어실… 대체 뭘 하는 곳이야. 뭔가 은밀한 일이 진행되는 핵심시설이라는 느낌이 발목을 잡았다. 다가갔다. 여기도 손잡이가 애를 먹였다. 키도 안 먹고 암호해독기도 무용지물이다. 부수자. 개폐장치에 폭약을 장착했다. 뒤로 물러나서 숫자를 셌다. 하나, 둘… 불꽃이 일었고 문은 해체됐다.

안은 어둡고 서늘했다. 여러 개의 방으로 나누어져 있는 게 연구실 같았다. 희미한 빛이 새어 나왔다. 문을 밀었다. 여긴 뭔 일이 벌어지는 거야.

컴퓨터와 모니터가 여러 대 놓여있었다. AI가 뭘 쓰고 그리는지 작업 중이었다.

AI가 기억을 생성해내고 있었다. 만들고 고치고, 다시 고치고… 완성된 낱낱의 기억들이 중앙 서버에 저장 중이다. 대체 어떤 기억들이야. 컴퓨터의 락을 풀고 저장 폴더들을 불러왔다.

인간의 희로애락에 대한 여러 유형의 기억들이 모니터에 떴다. 기억들을 펼쳤다. 행복한 기억들이 대다수였다. 그중 자신의 유년과 비슷한 기억들도 있었다. 이 기억들이 판매되면 사람 뇌에 심어진단 말인가. 그렇다면 자신의 유년도…. 마른벼락이었다. 기억들을 죄 비우고 싶었다. 생각해 보자. 절도 전과 있는 약물중독자가 체포됐다. 재판을 거쳐 교도소로 가는 대신 시설을 택했다. 어떤 경로로 기억이 심어졌는지는 알 수 없었다. 어떤 놈이 어떤 의도로 심었는지도.

온전한 유년은 어디 있으며 어떻게 찾아야 할까. 자신과 유사한 꿈이 펼쳐져있는 모니터 화면을 들여다봤다. 개 같은, 이 따위 쓰레기에 치여 여태 허우적거렸다니.

경고음이 낮고 길게 이어졌다. 현실을 직시했다. 스마트기기에 데인저danger 신호가 나타나 있는 것을 그제야 깨달았다. 방심한 탓이다. 망할…. 보안 로봇들이 들이닥친다.

-당신은 방산업체에 무단 침입했다! 움직이지 마라. 체포한다!

합성된 기계음에 진저리가 쳐졌다. AI가 싫다. 레이저 건을 꺼냈다.

-경고한다! 무기를 버려라. 저항 즉시 당신은 제압되며 모든 상황은 녹화된다.

맨 앞에서 주절대는 놈, 저놈 라이다를 뭉개버리면 도망칠 수 있지 않을까. 다시 체포, 구금되는 건 끔찍했다. 이성적이지 않았고 적개심만이 앞서 있었다. 총을 들고 표적을 채 겨누기도 전에 사내는 비명을 지르며 쓰러졌다. 고압 전류였다. 총을 쥔 손에 맞았다. 끔찍한 통증이 왔다. 정신이 남아있는 잠깐, 자신이 품고 있는 AI에 대한 적개심과 화성 이주에 대한 열망이 어쩌면 조작됐을지 모른다고 생각했다.

러다이트 K의 서울지역센터장은 보고서를 작성하고 있었다.

'러다이트 0157 오정민 소멸… '멸'이란 철자에서 커서가 반짝였다.

센터장은 '멸'이란 단어를 지우고 '실'로 철자를 고쳤다. 마땅치 않은 듯 그는 소실이란 단어도 지웠다. 커서는 한동안 깜박였다. 센터장은 그곳을 공란으로 두고 다음 문장들을 만들어나갔다.

'…러다이트 0157 오정민에 심은 기억은 의식바닥에서 AI에 대한 분노로 발현돼… 극한 상황에서도 지속해서 행동하는 것으로 판단되며… 이는 향후 러다이트 양성, 배출 시 유효한… 단 기억생성은 다양한 분류군으로 세분화할 필요가 있으며… 실례로 러다이트들 커뮤니티에서 서로 기억이 같다는 사례가… .'

센터장은 중지손가락으로 머리를 두드렸다. 커서는 명멸하고 있었다.

전통성과 실험성을 부단히 실험하는 미래작가
손경주의 소설세계

유한근
문학평론가

　손경주는 첫 창작집 《바람이 분다》(인간과문학사, 2016)가 문학나눔 우수도서로 선정된 작가이다. 이 창작집 발문에서 나는 '리얼리즘 소설의 원형·상징구조'라는 부제와 〈서사의 존재론적 의미를 발견한 소설〉이라는 제목으로 그의 소설을 들여다 본 적이 있다,

　그렇다. "손경주는 리얼리즘 작가이다. "리얼리즘이야말로 문학의 진미"라고 《창조》 '편집여언編輯餘言'에서 말한 김동인의 소설을 계승하는 소설가이다. 소설 플롯의 긴장성과 암시

적 상징성, 그리고 사물과 심리의 사실적 표현 등 소설 표현구조만을 계승하는 작가가 아니라, 제재·주제·전통까지도 맥락을 이어받는 작가이다. 그의 소설 전망은 무한히 열려 있다. 당대의 주제나 소재의 열린 지평을 유지하며, 이에 관심을 가지고 있는 것이 그것이다. 최근 젊은 작가들 사이에서 이루어지고 있는 소통을 거부하는 소설, 스토리 결핍의 소설로부터 그 오염을 지키는 한국의 마지막 보루의 작가가 그것이다. 이를 환기하기 위해서 필자는 《인간과문학》의 '작가재조명' 〈'항적航跡'이 재조명 받아야 할 이유〉라는 제목의 서두에서 그렇게 말한 바 있다.

그의 두 번째 창작집 《고양이 울음소리》는 그의 소설가적 역량을 어김없이 보여준 창작집이다. 이른바 콩트라고 지칭되는 짧은 손바닥만한 소설과 단편소설, 그리고 장편에 육박하는 중편소설 등을 한 권의 창작집으로 집약하여 보여주고 있는 점과 세상을 바라보는 다양한 시각과 현대소설에서 시도할 만한 모티프적인 실험을 시도하고 있다는 점에서 그는 리얼리즘 작가를 거부하는 실험적인 작가로 변모한다. 이 말은 지나친 표현일 수는 있다.

자명한 것은 손경주의 작품세계가 달라지고 있다는 사실이다. 인간과 삶의 본체를 창작적으로 해명하기 위해 첫 창작집

《바람이 분다》에서는 세상을 정면 돌파하려고 온몸으로 밀고 갔다면, 두 번째 창작집 《고양이 울음소리》에서는 현실을 우회적으로 측면과 배면을 들여다보자는 작가적 속셈을 보이고 있다는 점이다. 진지함보다는 관조를, 세상을 바라보는 긴장된 시각보다는 관조적 여유를 볼 수 있다. 이를 입증하고 있는 것은 여러 편의 엽편소설과 알레고리적 표현 구조를 보이는 단편소설들이다. 그리고 지나칠 수 없는 변모의 모습은, 미래지향적인 소설 성향과 심층분석의 소설, 그 기미가 나타나기 시작한 점 등이다. 이 점을 염두에 두고 그의 새로운 소설세계로 들어가 보자.

1. 다양한 사람에 대한 다각적 시각

'콩트'라고 지칭되는 손바닥만한 엽편葉篇 소설은 지난 20세기 7-80년대 기업체 사보가 활성화될 때 편의상 발생되어 한 시기를 풍미했다. 짧은 휴식시간에도 읽을 수 있는 분량의 소설, 반전이라는 특별한 구조의 위트나 재치가 번쩍이는 재미있는 짧은 이야기가 그 시대를 그리고 당대의 사회와 인간을 풍자 비판하는데 효율성이 높았기 때문이다. 정보화 시대를 거쳐 다양화 시대에 들어와 있는 지금, 책 읽기에 긴 시간을 투자하지 않는 모바일 시대에도 콩트는 그 효용성을 발휘하기에 적당한 성격의 스토리 혹은 소설양식이다. 그런 점에서 손경주의 콩트 창작 시도는 유효하다.

특히 다양한 인간군상의 출현과 다양한 표현구조로 시각을 다각화했다는 점에서 20세기 콩트와는 다른 경향이다. 예컨대 유명 동화를 패러디한 것처럼 보이는 〈숲속 잠자는 공주〉는 남아프리카의 끈끈이주걱 혹은 일본의 병자초와도 같은 식물을 주인공으로 스토리를 구성하고 있는 알레고리소설이라는 점이 그것이다.

이 콩트는 이렇게 시작된다. "아침 햇살이 나뭇잎 사이를 비집고 들어와 숲을 비춘다. 볕을 받은 풀잎들이 기지개를 켜고 곤충들은 막 잠에서 깨어났는지 더듬이를 비비고 있다. 나는 이 산 저 골짜기를 다니며 꿀과 꽃가루를 모아왔다. 약초도 마다하지 않았다. 오늘은 이르게 나온 것 같다. 꽃들이 입을 열지 않고 있었다. 뭘 하지. 뭐가 있나, (…) 그런데… 저 뭐지. 가시수풀 속 으슥한 곳에 뭔가 감춰져 있었다. 조심스레 다가갔다. 아니… 공주다, 숲속 잠자는 공주. / 이게 뭔 일. 혹, 백설공주. 아니다. 난 난쟁이가 아니고 왕자는 더더욱 아니니까. 공주는 잠들어 있었다."라고 다분히 시적이며 판타지적인 분위기로 시작된다.

그러나 그 공주를 표현하는 부분에서는 비동화적이다. "날렵한 발등에 드러난 푸른 정맥이 인상적이다. 햇살에 공주의 자태가 드러난다. 볕이 공주의 종아리며 무릎, 허벅지를 비춘다. 피부는 희고 투명하며 부드러워 보인다. 햇살이 복부를 지나 봉긋한 가슴에 머무는 순간, 무엄하게도 왈칵 달려들고 싶은 충동이 인다. 아니다. 그녀가 깨어나야 하고 일어나서 어떻게 된 일인지 자초지종을 듣는 게 순서다"가 그것으로 누군가 읽을 수 있는 엽편소설로서의 면모를 갖는다.

그리고 "'깨어나라, 공주여!' 미동도 없다. 아닌가. '공주님, 일어나소서.' 역시 소용없다. 나는 샤먼처럼 잎사귀 붙은 나뭇가지를 들고 푸닥거리를 벌인다. 이래도, 이래도… 힘만 뺐다. 제풀에 지친 나는 공주가 입속에 독 사과를 물고 있는가 싶어 공주의 입을 살며시 벌린다. 하지만 웬걸 입은 꼼짝도 않는다"라는 부분에서는 패러디 소설로서의 면모를 보이기도 한다. 또한 "일해야 한다. 부양할 처자식이 있고 당장 저녁거리는 없다. 떠나기 전 공주의 발바닥을 간지럽힌다. 역시 어림없는 짓이다. 왕자가 와야 하는가. 나는 떨어지지 않는 발걸음을 돌린다"에서는 비판적인 패러디 소설의 면모를 여실히 보여준다. 그러나 결말부분에 가까이 가서도 작가는 이 소설에서의 '나'의 정체가 무엇인지 밝혀주지 않는다. 물론 이 부분에서 '나'

는 "일해야 한다.…"로 보아 벌이 아닐까 하는 의구심이 들지만. 이 또한 콩트의 구성미학에서 엿볼 수 있는 부분이기는 하지만. 특히 결말 부분의 "입술이 열린다. 공주의 입이 크긴 하다. 내 입과 혀로는 감당할 수 없으니 말이다. 그래도 멈출 수 없다. 젖과 꿀을 찾아 나는 진군한다. / 체취와 체액, 부드러운 촉감… 나는 파고들며 탐닉한다. '이보다 더 좋을 수 없다'. 기분 황홀하고 몸 나른하다"에서 확신이 들기는 한다.

"교수님! 이것 좀 보세요. 못 보던 종이죠?"

"놀랍군. 우리나라에도 이런 종이 있었다니. 여태까지 알려지지 않은 종이야. 남아프리카의 끈끈이주걱이나 일본의 병자초와는 다른."

"가혹한 생존환경에서 자라며 진화해 온 결과겠지요? 벌써 한 녀석 걸렸는데요."

"샘플링 채취는 그렇고. 사진 찍고 위, 경도 기록하지. 이 지역 대대적으로 조사할 필요 있어. 암벽 지역이잖아."

공주의 입은 입이 아니라 잎이었다. 염산이 함유된 소화액이 잎에서 분비되고 있었다. 날개와 다리를 움직일 수 없다.

"나 좀 꺼내줘!"

-〈숲속 잠자는 공주〉 결말부분

위의 인용문은 〈숲속 잠자는 공주〉의 반전부분이다. 교수와 학생들의 숲속 실습에서의 대화 묘사와 "공주의 입은 입이 아니라 잎이었다. 염산이 함유된 소화액이 잎에서 분비되고 있었다"라는 재치 있는 표현은 언어트릭이라는 아이러니 표현구조와 함께 알레고리 소설로서의 면모를 십분 발휘한다. 이런 경향의 또 다른 소설은 '개'를 나레이터로 하여 세상 사람들을 바라보는 〈외국에서 온 손님〉도 있다.

그러나 손경주의 콩트 형식 짧은 소설에서는 이런 경향의 작품만 있는 것은 아니고 세태소설적인 콩트도 있다. 그 하나의 예가 별난 남자의 마마보이적 기질을 표현한 〈소개팅〉과 김카라라는 카피라이터의 단편적 삶을 그린 〈남편은 심령술사?〉이다. 나레이터인 '나'는 카피라이터이고 남편은 기자인 부부의 이야기이다. 이 콩트의 서두는 이들의 신상을 소개하면서 시작된다. "이름 김카라, 결혼생활 7년째, 그러나 무자식(상팔자?), 그리고 카피라이터. 아, 서울 아파트값 급등 전, 대출 끼고 작은 거처를 하나 마련한 일도 추가하자. / 대충의 내 이력이다. 이런 나를 두고 뭇 사람들은 부러움의 시선을 던진다. 자신 있게 사는 현대 여성의 표본! 이상적인 기혼 여성상! / 그러나 그건 나를 모르고 하는 소리다. 내게도 문제는 있다. 물론 나는 직장에서 인정받고 있으며 내 일에 자부심과 보람을 느낀다. 문제는 그쪽이 아니다. 그렇다. 남편이 속을 썩인다. 그렇다고 남편이 '셔터맨'이라거나 '마마보이'란 소리는 아니다. 바람을 피운다는 건 더더욱 아니다"가 그것이다. 기자 휴직중인 남편. "카피 문구 한 줄을 위해 일주일, 한달을 끙끙거린 적이 부지기수"인 나. "맞벌이였는데 지금은 외벌이니 대출금에 공과금, 생활비 등으로 살기가 벅"찬 부부이야기. 그 와중에 "매사 트집을 잡고 사사건건 신경질을 부리다 요즘엔 뭔가에 몰입"하는 남편. 그런 남편의 점입가경인 행태는 대낮부터 술을 마신다는 것으로 끝장을 본다. 그러나 '나'는 남편을 자극하지 않는다. 숟가락 구부리기에 골몰하는 남편. 어쩌다가 이제는 천덕꾸러기가 된 남편. 그런 남편이 "바로 그때, 남편의 괴성이 들려온다. 나는 청소기를 내던지고 주방으로 달려"가지만 어쩌구니 없는 일이 벌어진다.

"여보! 드디어 해냈어. 내가 화장실 문을 열면서 '켜져라, 불!' 하고 소리치자 불이 켜지고, 화장실 문을 닫으며 '꺼져라, 불!' 하고 말하니까 불이 꺼졌어. 해낸 거라고. 이제 된 거라고."

남편은 부들부들 떨고 있다. 주방 바닥을 뒹굴고 있는 술병들, 그리고 풀어진 눈과 몸… 남편은 만취 상태였다. 나는 퍼뜩 집히는 게 있어 서둘러 냉장고 문을 연다. 아뿔싸, 나는 그대로 바닥에 주저앉고 만다. 맙소사 냉장고에 실례를 하다니, '유리 깰라'라는 사람이 심령술사인지는 모르지만, 내게는 원수임이 분명하다. 머릿속에는 빙빙 떠도는 말… 신이여, 냉장고를 버려야 합니까, 남편을 버려야 합니까.

머릿속이 맑아지면서 응답이 들려온다.

'둘 다 버려라!'

-〈남편이 심령술사?〉 결말부분

위의 인용문에서 보듯이 만취해 냉장고에 실례를 해놓고 헛소리하는 남편. 그 남편과 냉장고를 같이 버려야 할 상황. 그 상황은 특별하지 않다. 그러나 되새기면 우리 사회의 반전적 상황일 수 있다. 이 자체가 콩트적인 상황임을 알 수 있다. 작가는 '나'의 "머릿속이 맑아지면서 응답이 들려온다. / '둘 다 버려라!'"라고 재미있게 표현하고 있지만 이와는 달리 이 상황은 슬픈 이야기이다. 콩트에서 맛볼 수 있는 재미를 보여준다. 콩트 세계가 꿈꾸는 사회와 인간에 대해서 비아냥거리기를 실현한다.

이렇듯이 손경주의 콩트는 다양한 등장인물이 소설 속에서 설정되고 다각적인 시각으로 그 상황을 해석하고 있는 작가의 면모를 보여준다. 〈돼지꿈〉에서의 상돈씨, 〈그 남자가 18층에 내리는 이유〉에서의 초등학교 6학년의 소녀, 〈들들이 아빠, 딸

딸이 아빠〉에서의 길남씨 등 우리 곁에서 사는 사람들의 이야기를 통해서 작가는 세상을 다각적으로 표현한다.

 2. 단편소설의 몇 갈래

 손경주 소설의 두 번째 경향은 사회구현을 위한 소설로서의 알레고리소설 외에 자기 구현 소설로서의 내면심리 분석소설, 그리고 미래지향적인 소설의 양상을 보여준다. 전자의 소설 예는 〈테라포밍〉이고 후자의 내면소설은 〈고양이 울음소리〉와 미래소설인 〈오디세이호의 항해〉일 것이다.

 우선 이 창작집의 표제작인 〈고양이 울음소리〉부터 보자. 이 소설은 작가관찰 시점의 소설로 나레이터격인 탤런트 현지수와 일종의 사티스트인 남편과의 갈등을 모티프로 하는 소설이다. 그리고 이 갈등을 도와주는 한 축으로 현지수와 고양이의 대결 국면이 플롯으로 설정되어 있다는 점이 특별하다.

 이 소설은 이렇게 시작된다. "고양이는 어김없이 나타났다. 창밖에서 발톱으로 유리창을 긁어대며 머리를 디밀고 있었다. 거실에서 서성이던 현지수는 고양이를 보자 살의에 몸을 떨었다. 정말이지 년을 죽이고 싶었다. 그래, 죽이자. 죽인다면 어떻게 죽일까. 집안으로 불러들여 약 논 먹이를 줄까. 한데 년이 먹이를 먹기는 먹을까. 기분 같아서는 샤브르로 베고 찔러 죽이고 싶은데. 신음이며 피 튀는 몸부림이 볼만할 거야"라는 정신질환적인 충동적 살의 의식을 가진 여자로 심리묘사 된다. 그로 인해 현지수는 불면증에 시달리고 고양이와의 대결이 지속된다. "고양이는 앙칼지게 울어댔다. 앞발로 유리창을 긁어대며 집안으로 들어오려는 모습은 필사적이고 괴기스럽기까지 했다. 방음 잘된 창이지만 창밖 년이 우는 소리가 들려오는 듯했다. 여자는 부르르 진저리를 쳤다"고 작가관찰자서술과 일인칭서술을 교호시키며 등장인물의 내면심리를 분석·묘사한다.

현지수는 고양이를 이렇게 인식한다. "드넓은 집은 적막강산이었다. 매일 드나드는 파출부 아주머니만이 집 안에 있는 사람의 전부였다. 아니, 고양이가 있기는 했다. 현지수의 적적함을 달래줄 수 있다는 구실로 포장된 남편의 호사 취미였다. 고양이는 페르시아산 친칠라 암컷이었다. 남편과 달리 여자는 고양이를 좋아하지 않았다. 더 솔직히 얘기하자면 년을 처음 본 순간 여자는 요사스러운 짐승이란 생각에 오싹한 한기마저 느꼈다. 고양이는 당연히 자신보다 남편을 따랐다. 년의 침상 눈동자와 흰 털이 여자의 머릿속에 떠오르다 갑자기 남편의 혈색 좋은 얼굴과 겹쳐졌다"는 표현을 통해서 현지수와 남편의 표상적 관계, 그리고 현지수의 고양이에 대한 인식을 엿보게 된다.

따라서 남편 이야기에서도 이는 연결 적용된다. "자야 한다니까. 머리끝까지 이불을 뒤집어썼다. 자자. 자야지, 숫자를 셀까. 하나, 둘, 셋… 백, 아흔아홉, 아흔여덟… 잠은 오지 않고 의식은 말짱해졌다. 외간남자들이 밀려나고 남편과의 지난 일들이 떠올라 펼쳐졌다. / 남편이 던진 와인병은 홈시어터의 사운드 바와 티브이 패널을 회복 불능으로 만들었다. 싸움의 발단이 뭐였지. 사소한 거였지만 그는 자신을 함부로 대하고 있었다. 막 나간다 이거지, 차라리 이혼하자고 하지. 결국, 결과론적으로 그렇게 될 것 같았다. 퍽하고 터지면서 흩어지던 유리 파편들, 여자는 잠시 약해졌었다. 남편과의 관계는 정말 그렇게 깨지는 걸까. 자신은 왜 참지 못하고 길길이 날뛰었을까. 되돌릴 수만 있다면, 그래서 다시 시작할 수만 있다면. 아니, 못할 것도 없잖아. 드라마 엔지(NG) 나면 새로 찍듯 내 인생도 지우고 싶은 삶 지우고 새로 인생 담는 거야. 현지수, 잘 나가던 탤런트였잖아. 어쩌면, 그때 결혼이 아니라 계속 일을 해야 했는데, 남편 때문에. 가정에 안주하지 않았다면 지금도" 활발하게 활동하는 잘 나가는 탤런트였을 것이다. 그러나 이 소설에서 이보다 더 중요한 모티프는 고양이 이야기이다. 이 소설은 고양이를 통해서 인간과 삶을 표상적으로 그리고 있기 때문이다.

　분명 집 밖으로 내쫓았는데 고양이가 거실 탁자 위에 앉아 있었다. 망할 년, 누가 주인인지도 모르고. 이참에 아주 보내버려야지. 년이 탁자에서 풀쩍 내려와 사냥 방으로 걸어갔다. 남편은 년을 위해 방에 사냥터를 만들었고 가끔 햄스터를 풀어놓았었다. 넌 죽어야 해. 감정을 누르고 눈으로 고양이를 쫓았다. 방은 어두웠다. 고양이가 캣타워(올라가고 내려가는 수직 운동을 할 수 있게 만든 인공구조물) 위로 풀쩍 뛰어올라 주위를 살폈다. 뭔가 찾은 듯 바닥으로 내려온 년이 자세를 낮추고 소리도 흔적도 없이 걸음을 옮겼다. 움직임이 한층 신중했다. 년의 눈이 인광처럼 번쩍이더니 년은 긴 뒷발을 차고 새처럼 날아올랐다. 눈을 감았다. 사냥감이 내지르는 단말마의 비명이 들려왔다. 이게 무슨 짓이야. 내 집에서, 묵과할 수 없어. 손에 잡히는 것을 잡아 던지려고 주위를 두리번거리다 년과 눈이 마주쳤다. 년은 사냥감의 목덜미 살을 물어뜯던 중이었다. 차갑게 번들거리는 눈동자에 날카로운 송곳니, 그리고 피가 묻어난 살점… 현지수는 비명을 질렀다. 무서워. 하지만 이건 꿈이야. 왜 이런 꿈을 꾸지. 꿈에서 깨어나야 해. 여자는 자신이 꿈을 꾸고 있다는 사실을 깨달았다. 그러나 여자는 꿈에서 깨어나기까지 오래 침대에서 버르적거렸다.

-〈고양이 울음소리〉 중에서

이 소설에서 고양이와 울음소리는 메인 스토리가 아닌 소설의 외적인 국면에서 구성미학이나 소설의 분위기 혹은 톤을 위한 장치이고 작중인물의 심리상태를 표상하기 위한 설정이다, 위의 인용문의 경우에는 꿈이라는 설정을 통해서 현지수의 정신적 상황을 표현하기 위한 보조장치라 할 수 있다. 고양이 울음소리는 현지수로 하여금 "총을 내려놓고 벽에 X자로 걸려있는 펜싱 검을 뽑아 들"게 하고 예리하고 날카로운 사브르로 김피디의 뺨에 상처를 내게도 한다. 현지수에게 고양이 울음소리는 "어디지, 어디서 우는 거야. 이년부터 요절내야 해"라는 마음을 갖게 한다. 또한 현지수의 환영을 깨어나게 하기도 하여 여자를 버르적거리게 하기도 하고 움직이게도 하고 예전으로 돌아가고 싶다는 소망을 갖게도 한다.

하지만 235일이 지난 어느 날 현지수는 "남편을 살해한 한 중다성격 환자의 살인사건에 관한 판결기사"를 읽는다. 그 "사건은 해리장애解離障碍에 의해 비롯된… 해리장애란 개인의 성격이 분열되는 것으로… 정신적으로 견디기 어려운 고통과 스트레스를 받는 사람이 어떤 계기에 의해 갑자기 특정한 기간의 기억이나 특정한 사건의 기억을 상실… 해리장애에는 이중성격과 중다성격이 있는데… 지킬박사와 하이드씨는 이중성격의… 현지수는 은퇴한 탤런트로서, 그녀는 성폭력에 시달렸고 이는 공포 장애로… 아이를 낳지 못한다는 극단적인… 이는 고양이에게 투사돼… 이 사실은 그녀의 집에서 4년간 일했다는 파출부 아주머니의 증언에 의해서도… 남편으로부터 이혼을 강요당하자… 스트레스와 중압감에… 중다성격 장애를 앓는 상태에서… 쟁점은 피의자가 살인 당시에 정신이상이었는가 라는 점… 법원은 양측의 법정 심리학자 및 정신의학자의 증언과 의견을 종합해… 그러나 일부에서는 반대의견도 만만치 않아….”라는 기사와 또 다른 반대의견의 기사를 읽는다. “이 장애는 학습되고 유지될 수 있으며… 개중의 영리한 피의자는 전문가를 속일 수도… 특히 이번 사건의 경우 치료자인 의사들이 피의자의 머릿속에 이 장애를 심어주었을 수 있다는… 즉 피의자에게서 부가적인 이 장애의 증거가 나타나자… 치료자들은 이 희귀한 장애에 유별난 관심을 보이고 무죄 추정의 주장을… 이에 피의자는 자신의 이상행동을 강화… 더 빈번하게 일어나게 만드는….” 내용의 기사를 읽는다. 그러나 언론은 우호적이었다. “마침 미투me too 바람이 불었고, 남편에게 성추행을 당했던 여자가 SNS에 남편의 만행을 폭로했"고, 검사도 항소를 포기했다. 이에 대해서 이 소설의 결말부분에 작가는 현지수의 독백으로 그녀의 내면심리를 표현한다. "미흡하지만 그런대로 괜찮은 연기였어. 흥신소 김탐정이 단역으로 제때 나타났고 파출부 아주머니도 맡은 역을 무난히 소화했어. 소품으로 고양이도 멋졌고. 현지수는 그들에게 박수를 보냈다. 참, 법정 심리학자와 정신의학자들에게도 땀 밴 손을 부딪쳐야지. 특히 레지던트 4년 차에게. 신참 변호사에게는 성공보수를 얼마나 더 얹어야 할까. 이제 뭘 해야지. 아, 마무리. 신참 변호사, 요 이쁜 놈 계속 돌려 말아. 똘똘해서 잘할 것 같긴 한데. 그나저나 벌려 놓은 재산이 얼마나 되나 모르겠네"라는 것이 그것이다.

이렇게 조야하나마 이 소설을 살펴보았지만, 이 소설은 리얼리즘 소설은 아니다. 기존의 세태소설이다. 로맨스 소설도 아니고 범죄소설도 아니다. 내면 깊숙이 자리하고 있는 인간의 심층 심리소설이다. 고양이 울음소리라는 상황 설정을 대비적인 구조로 설정해놓고 소설 속 인물의 내면심리를 분석하고 있다는 점에서 작가 손경주에게는 실험적인 소설인 셈이다.

한편 손경주는 첫 번째 창작집 《바람이 분다》와는 다른 궤도를 그리는 소설로 〈오디세이호의 항해〉를 실험 창작한다. 《바람이 분다》에서의 〈항적〉과 같은 항해라는 점에서 〈항적〉

이 바다에로의 항해인데 반해, 〈오디세이호의 항해〉는 우주라는 같은 궤도이다. 또한 《바람이 분다》에서의 〈AI〉와 우주라는 공간을 설정하고 있다는 점에서 맥락을 같이하는 소설이다.

같은 맥락으로서 주목되는 소설은 〈테라포밍〉이다. 테라포밍terraforming은 "지구화, 행성 개조는 지구가 아닌 다른 행성 및 위성, 기타 천체의 환경을 지구의 대기 및 온도, 생태계와 비슷하게 바꾸어 인간이 살 수 있도록 만드는 작업"을 의미하는 말이다. 이 소설은 제목이 시사하는 바대로 '테라포밍'을 모티프로 한 소설이다. 굳이 이 소설의 성격을 규정하기 위해 장르의 범주를 지정한다면 SF미래소설이라 할 수 있다. 그러나 이 소설은 기존의 미래소설과는 다르다. 서두부터가 그러하다. "세상의 하루가 열린다. 박명이 희미하게 들락거리는 숲, 밝음과 어둠은 밀고 당기다 정해진 규칙처럼 한쪽이 물러난다. 해가 떠오를 때는 밝음이, 달이 나타나면서는 어둠이 숲을 점령했었다. 해가 솟는다. 숲의 이면에 드리운 어스름의 그림자가 푸르게 빛나다 희미해진다. / 숲 안 깊은 곳에선 어둠의 마지막 저항인 양 물안개가 피어오른다"처럼 일반 소설과 다르지 않다.

그러나 이 소설의 등장인물을 일별하면 다른 느낌을 갖게 된다. 우두머리 '알파'가 거느리는 침팬지 무리, 직립보행원인인 '루시', 새, 거미, 오사보라는 야생돼지, 멸종한 소의 조상인 오록스, 그리고 뚱이와 정 박사 등이 등장인물인 알레고리 소설이라 할 수 있을 것이다. 이들은 테라포밍 상태의 유리 용기인 테라리움에 사는 생명체이다. 이 가상의 공간 속에서 이들은 삶을 영위한다. 그들의 삶에 대한 대략적인 스토리를 전언하기보다는 이 소설의 결말 부분을 보여주면 이 소설의 경개梗概를 알 수 있을 것이다.

테라리움 너머에 털 없는 원숭이들이 몰려 있다. 뭐야, 구경났다는 거야, 환영한다는 거야. 플래카드라도 걸던가. 정박사가 앞으로 나선다. 못된 년! 하지만 뷰티한 건 어쩔 수 없다. 이쁨주의보, 눈을 마주 보지 말자. 아, 젖가슴도 보면 안 된다.

-하이!

마땅히 할 말이 없는지 뚱이는 오른손을 들어 올린다.

-뚱아! 고생했어.

-먹을 거!

(…)

-너는 위대한 침팬지야. 아니, 털 있는 사피엔스야.

-난 털 없는 원숭이가 되고 싶지 않아.

-넌 테라포밍을 위해 새롭게 태어났어. 감수해야지. 우리는 편

도우주선을 타고 여기 왔어. 지구로 돌아갈 수 없다고. 이 프로젝트를 성공시키지 못하면 우린 모두….

(…)

-여긴 대체 어떤 행성인가?

-말해줘도 모를걸.

-너무 혼란스럽다. 과학이라는 미명으로 저지르는 만행도 싫고.

-그렇겠지. 잘 먹고 좀 쉬어. 사피엔스라는 사실 잊지 말고.

여태까지 자신은 삶을 자신의 자유의지로 살아왔다고 생각했다. 착각이었다. 자신은 사육되고 방목된 실험 대상이었을 뿐이었다. 털 없는 원숭이들의 과학이라는 기치 아래 소모되는 소모품.

방역복으로 온몸을 감싼 털 없는 원숭이들이 다가온다. 반항의 결과를 알기에 뚱이는 철창 안으로 들어간다.

-〈테라포밍〉결말부분

〈테라포밍〉의 특성과 메시지가 함축된 결말 부분이다. 뚱이를 비롯한 원숭이들이 사는 공간은 지구가 아닌 어느 행성이다. 그들은 편도우주선을 타고 이곳으로 날아왔다. "자신은 사육되고 방목된 실험 대상이었을 뿐이었다. 털 없는 원숭이들의 과학이라는 기치 아래 소모되는 소모품"이었음을 아는 것으로 이 소설을 마무리된다. 그렇다면 이 소설에서 작가가 말하고자 하는 바는 무엇일까? 파괴되고 있는 지구를 환기하기 위한 것일까? 아니면 우주를 떠돌아다녀야 하는 우주적인 노마드인 현대인을 제시하려는 것일까?

3. AI 모티프 미래소설의 가능국면

그 해답을 '길 없는 길'이라는 부제가 붙은 〈러다이트〉에서 찾아야 할 것이다. 이 소설은 장편소설에 버금가는 중장편소설이다. '러다이트Luddite'의 사전적 의미는 "19세기 초에 산업 혁명으로 대량 생산이 가능해지자 사람의 노동을 대신하는 기계가 노동자의 일자리를 빼앗는다고 생각하여 이러한 기계를 파괴하는 운동을 이끈 사람"을 의미한다. 러다이트가 주도하는 운동은 19세기초 영국의 중부·북부의 직물공업지대에서 일어났던 기계파괴운동으로 이 운동과 러다이트가 상징하는 바는 "일반적으로 산업화, 자동화, 컴퓨터화 또는 신기술에 반대하는 사람"을 의미한다. 이 소설의 제목이 시사하는 바로 볼 때, 이 소설은 현대문물에 비판적인 소설이다. 여기에서의 현대문물이란 인공지능(AI)을 의미할 것이다. 그래서 " '네오 러다이트'. 18세기 기계 파괴 운동을 재현한 러다이트

Luddite K라는 단체"의 성립을 수긍하게 된다. 이 단체는 "드러내 놓고 사람을 모집하지 않"지만 "22세기에 새로운 운동을 시작했다. AI 파괴 활동이다. '러다이트 K' 운동은 간간이 언론에 보도됐다"가 그 근거이다. 이를 배경으로 하여 쓰여진 이 소설 〈러다이트〉에서의 러다이트는 19세기 인물을 현대, AI시대에 소환하여 재생시킨 인물 설정이라 할 수 있다. 이 소설의 서두는 이렇게 시작된다.

"길이 끊겨 있었다. 바이크를 세웠다. 갈 수 있는 길은 여기까지다. 어둠이 내리고 있었고 앞에는 어둠보다 더 시커먼 산이 버티고 있었다. / 스마트기기 지도 앱 방향은 산길이었다. 주봉을 중심으로 여러 봉우리를 거느린 산. 우회할 길은 없어 보였다. 높이와 거리, 경로(능선과 계곡을 경유한다)를 살폈다. 이 산을 걸어서 넘어라…. / 사내는 시선을 산에 두었다. 어두운 낯빛이었다. 북방 아시아인이 그렇듯 사내는 작은 눈에 낮은 코의 평면적 얼굴이었다. 중키, 평범한 상체에 비해 하체는 다부져 보였다"

-〈러다이트〉서두부분

이 소설은 인공적인 길이 아닌 자연적인 길을 가는 한 사내의 모습부터 그린다. 소설의 서두는 통상적으로 그 소설의 모티프를 암시하게 된다. 이를 염두에 두고 탐색할 때, 또한 〈러다이트〉라는 제목이 시사하는 바와 서두 부분의 암시를 종합적으로 판단하면, 첨단의 현대문물에 저항하는 한 사내의 저항과 갈등과 절망을 그린 소설로 볼 수 있을 것이다.

좀 더 구체적으로 들어가 보면, 그 사내는 "관공서, 금융기관, 오피스 빌딩에 들어가 (…) 민원인처럼 서성이다 책상이나 캐비닛 밑에 사이보그cyborg 바퀴벌레들을 풀어놓았었다. (…) 바퀴들은 AI의 핵심 칩에 반응하도록 유전자 조작되어 있었다. 바퀴는 칩을 먹고 먹은 것을 토해낸다. 시간이 되면 바퀴도 칩도 녹아내린다. / 직접적인 테러도 가했다. 끈끈이 총을 들고 목표물을 조준했다. 맞춰진 시간에 폭약은 폭발했다. 사람 없는 시간에. / 쇼show, 아니 상징일뿐이다. 러다이트 K는 다크 앱에서 AI 시스템 체계를 무력화시키는 작업을 하고 있었다"에서 밝혀지듯이 러다이트 K가 이 소설 주축인물로, 위에서 보듯이 AI 시스템의 테러리스트로서의 역할을 부단히 시도한다. 그는 AI에 밀려나는 비루한 사람들의 입장에서 살아가는 휴머니스트이기도 하다.

AI 시스템은 인간의 희로애락에 대한 여러 유형의 기억들이 비슷하다는 사실을 이용하여 사람들의 뇌에 그 기억들을 판매하여 심어주기도 한다. 이에 그는 적개심을 갖고 이 소설의 결말 부분에서 방산업체에 침입하여 AI를 파괴하려고 하나 실패한다.

러다이트 K의 서울지역센터장은 보고서를 작성하고 있었다.

'러다이트 0157 오정민 소멸…' '멸'이란 철자에서 커서가 반짝였다.

센터장은 '멸'이란 단어를 지우고 '실'로 철자를 고쳤다. 마땅치 않은 듯 그는 소실이란 단어도 지웠다. 커서는 한동안 깜박였다. 센터장은 그곳을 공란으로 두고 다음 문장들을 만들어나갔다.

'…러다이트 0157 오정민에 심은 기억은 의식 바닥에서 AI에 대한 분노로 발현돼… 극한 상황에서도 지속해서 행동하는 것으로 판단되며… 이는 향후 러다이트 양성, 배출 시 유효한… 단 기억 생성은 다양한 분류군으로 세분화할 필요가 있으며… 실례로 러다이트들 공유방에서 서로 기억이 같다는 사례가….'

센터장은 중지손가락으로 머리를 두드렸다. 커서는 명멸하고 있었다.

-〈러다이트〉 결말부분

위의 인용문은 '러다이트 0157'이라 불리는 오정민이라는 사내의 죽음을 그린 결말부분이다. 소멸이 아닌 소실이라는 언어의 차용은 그도 하나의 물건에 지나지 않는다는 설정이며, 그의 뇌에 심은 기억이 오류로 AI에 대한 분노로 발현되어 극한 상황에서 저항으로 행동하게 되었다는 것으로 판단되어 향후 러다이트 양성, 배출 시에는 이를 공유하여야 한다는 메시지를 남기는 것으로 이 소설을 마무리한다.

이 소설 〈러다이트〉는 앞으로 좀더 집중적으로 연구되어야 할 소설이다. 이 소설에 설정된 시대적인 배경이나 상황의 타당성, 그리고 인물 설정의 개연성 등이 미래지향적이며 미래소설로서의 가치가 있을 것이라는 소설 원론적인 판단과 함께 소설로서의 가능 지평도 좀 더 가늠해 보아야 할 것이다. 예컨대 이 평문에의 서두에서 언급한 "SF미래소설이나 노마드 소설, 그리고 크로스오버 소설"로서의 가치를 실현할 수 있는 하나의 소설이 될 수 있는가를, 아니면 그 방향성으로 나아갈 수 있는 이정표적인 작품인가를 다각적으로 점검해야 할 것이다. 물론 필자의 섣부른 판단을 그래도 원한다면, 나는 이 소설의 가치를 모티프적인 국면에서나 표현구조적인 국면에서 아직도 실험적 과정에 있지만 그 가치에 대한 향방성은 긍정적임을 서슴지 않고 이야기할 수 있을 것이다.

손경주 작가는 전통적인 본격적인 보수적인 소설가이며, 신춘문예 스포츠서울 SF소설에 당선한 미래지향적인 작가이기도 하다. 서두의 리얼리즘 작가라는 규정은 수정되어야 할 것이다. 그것은 이번에 출판되는 제2창작집《고양이 울음소리》에서는 이제는 찾아보기 힘든 1980-90년대의 한국콩트를 21세기에 복원하여 독자들과 소통하려고 시도하는 실험작가라는 점 때문이며, 위에서 살펴보았듯이 AI모티프 미래소설인 〈러다이트〉와 소설 〈테라포밍〉을 통해서 제4차산업혁명에 전개될 소설을 실험하는 소설가이기도 하다. 이 점 때문에 우리는 새로운 문제적 작가인 그의 창작시도를 지속적으로 지켜보아야 한다.

다름소설선 001
손경주 소설집
고양이 울음소리

지은이 손경주
펴낸이 김은중
펴낸곳 다름북스
디자인 홍세련

1판 1쇄 2023년 3월 20일

출판신고번호 제2021-000252호
전화 070 7893 2624
블로그 blog.naver.com/dareums
전자우편 dareums@naver.com
ISBN 979-11-975963-3-9
ⓒ손경주, 2023